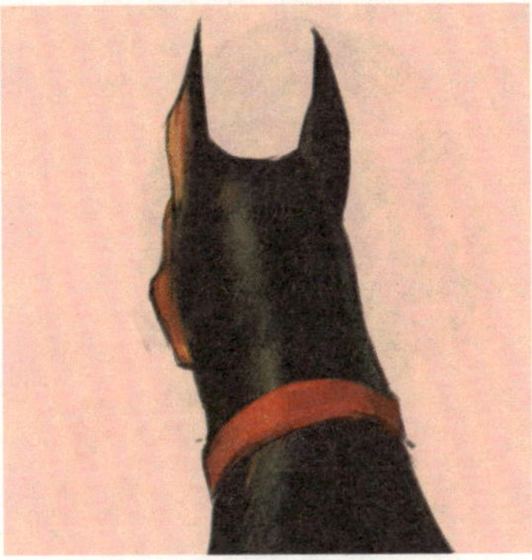

这只是个错误，
你们不适合。

心里有了印记，

便会不由自主地追寻。

在巨大的灾难面前，

情情爱爱仿佛都不值一提。

陆峥：我果然不太喜欢你。

陈错：这个我早就知道了。

陆峥：因为你把这些，只当作是一场消遣。

陆峥：他们需要我。

陈错想，我也需要你。

朦胧中，逆着光，

隐约能分辨出，

那是个男人的背影。

后来，

她找的每一个男朋友，

背影都像他。

第一次谈恋爱，他就想到永远了。

魅丽文化

告白
······MY LOVE

逆行

池总渣 / 著

江苏凤凰文艺出版社
JIANGSU PHOENIX LITERATURE AND ART PUBLISHING, LTD

图书在版编目（CIP）数据

逆行 / 池总渣著 . -- 南京 : 江苏凤凰文艺出版社，
2019.8
ISBN 978-7-5594-1832-6

Ⅰ . ①逆… Ⅱ . ①池… Ⅲ . ①长篇小说 - 中国 - 当代
Ⅳ . ① I247.5

中国版本图书馆 CIP 数据核字 (2019) 第 158396 号

逆行

池总渣 著

出 版 人　张在健
责任编辑　张　倩　王　青
文字编辑　肖　童
装帧设计　阿　和
出版发行　江苏凤凰文艺出版社
　　　　　南京市中央路 165 号，邮编：210009
网　　址　http://www.jswenyi.com
印　　刷　湖南凌宇纸品有限公司
开　　本　880mm × 1230mm　1/32
印　　张　9.75
字　　数　220 千字
版　　次　2019 年 8 月第 1 版，2019 年 8 月第 1 次印刷
书　　号　ISBN 978-7-5594-1832-6
定　　价　39.80 元

目录

CONTENTS

目录

CONTENTS

第一章 初识

肖春打电话来时，陈错正躺在浴缸里。任由手机响了许久，这才叠起双腿，慢悠悠地接听电话。肖春开的是视频聊天，见陈错接通了，本以为陈错是衣着完好。谁知一看手机屏幕，就见她裸着纤长美颈和圆润肩头。极黑的头发正洇着水，恰好挡住了胸前春光。

肖春这会儿在街上，被她吓得赶紧用手捂着屏幕。陈错不紧不慢地跟她说：“今天太累了，不去。”声音沙哑，勾人心弦。肖春切换成语音通话，千哄万哄，再加上威逼利诱，最后应下数项不平等条约，终于将陈错从浴缸里请了出来。

她吹干头发，打扮了一番，然后驱车赴肖春的约。

见面地点在酒吧一条街，此时，酒吧内音乐震耳，群魔乱舞，男男女女很是动情。

陈错这几年一直在修身养性，对这种环境吵闹的地方是避而远之。

但今天场子是客户定的，肖春作为经纪人，只负责牵线搭桥。故此，客户想在哪儿谈就得在哪儿谈。肖春只希望一会儿陈错能看在钞票的份儿上，能多待一会儿是一会儿。

肖春因为行业缘故，早就见多识广。但长得像陈错这样的美人儿，还是极少数。

有些人生来就吸睛，陈错进来时，酒吧里本来极快的音乐节奏都好似慢了一拍。酒吧里灯光摇曳，有人在抽着水烟，白雾般的烟圈股股涌出，沾到陈错的黑色裙边，像卷出的朵朵白云。她红唇噙笑，眼神倦懒，撩了肖春一眼，作为问询。肖春朝客户那边挪了挪，让出一个座位给陈错。

今晚的客户是做餐饮的，需要拍个广告片来做宣传。按理说他们应该找个专业的制作团队，而不是陈错这样的自由摄影师。但前段时间陈错去国外，拍了个短片回来，肖春负责经营平台，替她把片子发布到了网络上。这部三分钟的片子节奏快，足够吸引人的眼球，民俗风情和自然美景完美融合，配上紧凑的背景音乐。画面唯美、震撼效果跟先前去踩过点一样。就因为这部片子在网络上引起不小的轰动，在短短几天内就被播放了数万次，所以许多公司都主动找到了肖春，想要跟她合作。

肖春挑挑拣拣，今晚的客户，就是其中一家。

然而甲方来的两位男士情商有点儿低，先是盯着陈错看直了眼，后来更是因为男人见一个爱一个的天性，竟然眯着眼，笑看着跟陈错说“陈小姐这么漂亮，何必干这么累的活啊。”肖春心里一沉，赶紧看向陈错，好在陈错经过这么些年的磨砺，性子早已沉稳了不少，她面不改色地喝了一口柠檬水，没有答话。

接下来就全靠肖春一个人撑场面，找各种话题，与客户交流，还要保护陈错不被语言骚扰。几十分钟下来，肖春苦不堪言。陈错一直坐在一旁沉默不语，中途起身去洗手间，肖春看情况起身跟客户客套了几句，便紧跟在陈错身后。

洗手间很宽敞，金色的灯光投印在米白的地砖上，能映出人的身影。陈错站在洗手台的镜子前，拧开一支口红，涂抹着嘴唇。她看着镜子里跟进来的肖春，先是一笑，继而冷淡地说道：“不接这个工作，回去了。”

肖春苦笑着一张脸，想再劝她几句，但又怕惹恼陈错，闷闷不乐地站在那儿不敢言语。见肖春对自己如此小心翼翼，陈错想：肖春好歹也是照顾自己多年的经纪人，怎样也得给她留点儿面子。想罢，不由得叹了一口气，说道：“再待十分钟。”

肖春忙点头微笑。

陈错眼神移到肖春脸上，突然笑着说道：“过来。”肖春眼巴巴地凑了过去，就被陈错捏住了下巴。一股沁人的清香扑鼻而来，突然她的下唇被什么触碰了一下，原来是陈错的口红，她替她擦匀了颜色，又将她颊边的一缕头发，顺到耳后。陈错低声笑着说：“我的经纪人，怎么能没点儿颜色。”肖春心跳漏了半拍，脸顿时涨得通红。被陈错触碰过的地方，像触了电似的，明明跟她在一起这么久，却还是毫无招架之力。

陈错以开了车为由，拒绝了所有敬来的酒。从酒吧出来，驱车到小区楼下，已是凌晨两点半。或许是因为太累的缘故，在将车驶入停车场倒车的时候，不小心将一辆重机车刮倒在地。她下车看了看，顿觉头疼不已。

这辆机车停在公共车位上，现在这个时间找物业也无济于事，也查不到是谁家的车。陈错只好留了张名片，写了张字条放在那辆机车上，然后回家了。

第二天一早，肖春来接她，去拍那个餐厅的广告宣传片。

团队是临时组的，灯光音效各方面都需要协调。陈错虽然脾气不是很好，但胜在敬业，磨合了三天，基本还算顺利。等餐厅的宣传片拍完，又过去了好几天，她到小区地下车库取车时，发现那辆被她刮倒的重机车仍倒在她的车旁，丝毫没有被挪动过。

陈错在机车上找到了自己的名片，确定机车的主人跟自己一样，许久都没有回来过。这让她感到有些疑惑，开始仔细地端详起这辆奢侈地占用了一个车位的机车。虽然这车倒在地上，还摔坏了右视镜，车漆有些损坏，却仍然能看出车型的帅气与流畅。只看车身的高度，若它的主人没有一双大长腿，还真驾驭不了它。端详了一会儿，陈错驾车离开，把这件事抛诸脑后。

过了几天，肖春又联系她，这次拍摄的是消防宣传片，用时比较长，一些拍摄现场也比较危险。

肖春接下这个单子的初衷，是认为能跟政府部门打上交道，可以为今后事业更上一个台阶打下基础。更何况陈错当年满世界跑的时候，更危险的事情也不是没有经历过，为了这个爱好，她还当过一段时间的战地摄影师。陈错在叙利亚那段时间，肖春每天都为她提心吊胆，生怕会突然来通电话，叫她去替陈错收拾残局。

意料之中，没做过多的犹豫，陈错便应了下来。

这次是由制片方和消防部门接洽，陈错只需签好合同，等到了约定的时间，收拾行李出发即可。刚撂下手机，铃声又响起。陈错以为是肖春还有事要说，拿起手机直接就按下了接听键，略带调戏的口吻说道：“你干脆来我家吧，想说多久就说多久，彻夜长谈都行。”

话音刚落，就听见一声闷笑。一个有些粗粝的男声从电话那头响起，磁性沙哑，不算难听，只是让陈错有点儿想缩起脖子，躲一躲。她拿着手机，看了一眼电话号码，一串陌生的数字，是打错了吧。

把手机重新放到耳旁，就听那道男声说道：“彻夜长谈就不用了，只需赔我一笔修车费就行。”这会儿陈错正好走到窗边，她将窗帘拉开，淡金色的阳光划过她的眼睛，略有些刺眼。她声音恢复冷淡，说道：“好的，请把你的账号及账单，发短信告诉我。”

对方也是个利落性子，应了一声便挂断了电话。不久，一条彩信便发送到了她的手机上，是机车修理费的单据。陈错扬眉，真没见过这么一板一眼的，不过不纠缠，倒也轻松。她将修理费转过去后，这事儿也算是结束了。

可谁知一天后，她出门赴约，喝了一些酒，叫了代驾。这个代驾是个年轻小伙子，眼睛总是通过后视镜往陈错身上瞟。等进入地下停车场，只听到“砰”的一声，又撞倒了车。陈错惊醒过来，下车查看，发现又是那辆重机车，不过这次倒的方向不同，摔的是左视镜。

代驾小伙子这时候也从车上下来了，看见撞倒的是一辆重机车，愈发的局促不安。陈错蹲在车旁边，确认了还是她以前撞倒的那辆车后，就挥了挥手，让代驾小伙子走了。她这会儿酒劲儿正上头，只想赶紧回家躺在自己床上，好好睡上一觉。

代驾小伙子一听陈错要他走，二话不说赶紧开溜。陈错又好气又好笑，在车旁抽了一根烟，叹了一口气。拿出手机找到今早才转帐的账户，又转了一笔跟之前一模一样的款项，连小数点后面的数字都不差毫厘。她用手机对着倒在地上的机车拍了一张照片，毕竟好歹也是撞过两次的缘分了，留个纪念。

第二天上午八点半，车主打来电话。此时，陈错还在睡梦中，听到手机铃响，在被子里挣扎了半天，终于还是敌不过手机的不断震动，伸手按下了接听键，语气很不友好地说道："我不管你是谁，有什么事，请晚一点儿再打电话来，OK？"说罢，她挂断电话，把自己又重新卷回被子里。

再次醒来时，已是下午一点半。陈错喝了一大杯水，再捂着发疼的胃熬了一锅粥。浴后关火，热腾腾的一锅粥便熬好了，正好暖暖胃，将她因为宿醉而离体一半的灵魂给拉扯了回来。

喝完粥，才想起早上有人来过电话。

翻看通话记录，发现有一条未读短信，发送时间是早上六点十五分。短信里只有一个问号，来自于那位重机车的车主。打开支付宝转账页面，是车主将钱转回的提示。陈错犹豫了一会儿，可能是车主还不知道她今天凌晨又把他的车子给撞倒了，她决定打电话给车主说明一下缘由，毕竟不管怎样，是自己把他的车子撞倒了两次。

电话接通，陈错态度良好地跟对方说："不好意思我没有转错款，很抱歉，我今天凌晨回来的时候，不小心又把你的机车给撞倒了。"

对方沉默了好一会儿，语气生硬地说道："陈小姐，我真诚地建议您换一种交通工具。"

陈错早已料到对方的态度不会友好，但陈错并不想认识对方，也没有一味要去点头奉承的道理。她也语气生硬地回话道：“谢谢你的建议，我也建议您将您的机车停在该停的地方，而不是占用别人的私家车车位。”

那人被她堵得无话可说，不想再多做什么解释，便说道：“我修好车后，账单会发到你的手机上。”便挂断了电话。

陈错还没这样被人单方面挂断过电话，惊愕地看着手机生了好一会儿闷气。

陈文音是陈错的堂妹，两人在同一座城市。她周末通常会听母亲的话来看堂姐，顺便捎上她母亲煲了三个小时的靓汤。陈文音到陈错家门口时，发了条信息给陈错，没回。本以为堂姐不在，只好输入电子密码进门，却看见陈错穿着一条吊带睡裙，不修边幅地靠在沙发上抽烟。

陈文音看到这一幕，将手里的保温瓶放下，走到陈错身旁说道：“姐，你得注意一点儿形象啊。”

陈错将烟碾灭，对着陈文音说道：“你妈不是腰才好吗，怎么又弄这些，让她多休息吧。”

陈文音摆摆手：“我妈知道你才跟完剧组回来，要给你补补身子。”

陈错摸了摸陈文音的头发，关爱地说道：“生活费够用吗？”

陈文音忙说道：“够了，够了，我妈说我再敢花你的钱，就打折我的腿。”

陈错扬眉：“我赚钱就是为了给我在意的人花，不然赚来干吗。”

她话音刚落，陈文音就扑将过来，一把搂住她的腰，笑嘻嘻地说道：“姐，你怎么这么好呢，我以后可怎么办啊，嫁不出去了啦。”

陈错嗤笑一声：“你还怕嫁不出去？”

陈错打算带陈文音出去吃饭，她回房间简单地收拾了一下，就和堂妹坐电梯到了地下停车场。上车前，她特意留意了一下旁边的车位，那辆重机车已经没在那儿了。见陈错扶着车门盯着旁边的空车位看，陈文音从副驾座上探过身子，问道：“怎么了？”陈错摇摇头。

吃过饭后，陈错带着陈文音去买了几件衣服，然后给陈文音的妈妈买了一些补品，再把她送回了家。

等回到她住的小区，已是晚上八点多钟。她停车的时候，竟然又看到了那辆重机车。不知出于什么心态，她把车停好后，又走到那辆机车前转了一圈，抬头一看，这次这辆机车停的竟然还是私家车位。陈错心想，这人怎么总把自己的机车停在别人家的私家车位上，该不会是乱停乱放吧，素质堪忧啊。再仔细端详这辆价格不菲的机车，刮花的地方已经添补上了新漆，看起来威风凛凛。

不久，消防宣传片的拍摄也提上了日程，陈错收拾好行装，等肖春过来接她。在参与拍摄前，肖春就说过，拍摄过程态度要端正，不要抽烟。实在忍不住了，就吃一个棒棒糖。于是陈错的行李箱里，被塞了一桶各种口味的棒棒糖。

正值夏日，天气炎热。陈错随意地将头发挽了个发髻，她戴了一副墨镜，穿着一件黑背心和破洞牛仔裤，嘴里还含着一个棒棒糖。从肖春车上下来的时候，剧组里几乎没人知道她就是大名鼎鼎的摄影师。直到肖春将场务找来，将后车厢的摄影器材一一搬下，这才有人过来跟她打招呼。

不知是不是宣传方没有跟消防队的领导沟通好，他们一行人刚来就被堵在了大门外，不得入内。而肖春也只将她送到消防队大门口后，交代了几句，留下了一个助理，便驱车离开了。助理是男孩儿，叫许家，是个还没毕业的大学生，这次跟着陈错过来实习，主要是想学点儿东西，他很喜欢陈错的拍摄风格。

烈日炎炎，大家在大太阳底下站了许久，很多人纷纷躲到了一旁的树荫下。陈错顾不上火热的太阳，将单反从包里取出来，开始摆弄起她的相机。她一屁股坐在行李箱上，镜头对准守在门口且站得笔直的兵哥聚焦拍摄。

她白皙的小脸藏在单反后面，镜头就像一只巨大的眼，将整个世界都笼在里面。那个人出现的时候，陈错的镜头还停在那道铁栅门后，被阳光拖长的阴影里，那只鸟儿才是她的模特。还未等她按下快门，就有人过来把她的鸟儿惊走了。

迷彩裤拢在军靴里被收紧，隐约可感受到小腿肌肉的紧绷。陈错将嘴里的棒棒糖，用舌头顶了顶，换到了另一边。她扶着镜头，从那人的小腿，一路往上拍。这双腿很长，臀部结实高翘，腰身被军用皮带扣着，勒出一道有力的弧度。她用力地吮了口嘴里的棒棒糖，舌尖上甜意泛滥，她的镜头终于将那人的脸收了进来。嗯，果然没有浪费他那副好身材，这人长着一张极其俊俏的脸。

陈错微微眯起眼，她这些年拍摄的模特，上到明星，下到男模，哪个不是让人看第一眼就觉得惊叹的。

可这个男人不一样，他身上有股劲儿，很鲜活、很野性。阳光被军帽切割出一方阴影，他的双眼藏在阴影里，却格外明亮、清澈。似有火种，在他眼睛里生生不息。他的下唇有肉，一张一合之间尽显性感。

是很适合接吻的唇，她情不自禁地想着。

陈错抿了抿嘴唇，按下快门。许是她通过摄像头，传去的窥视感过于鲜明，那人眉头一皱，朝她这边看过来，陈错的目光对上这双眼，她的心不由得一颤，跟着手也一抖，手中的相机差点儿摔到了地上。她用力咬住了棒棒糖的塑料棍，在上面留了一个深刻的牙印。

突然，她的小腹有股像过电一样的酥麻感，她缓缓吁了一口气，尽是潮热的鼻息。虽被人发觉，但陈错非但没有放下相机，而是趁着对方直视镜头时，连续按下快门。紧接着她垂下头将刚才那几张照片调出来看，可惜太阳光有点儿大，拍出来的照片反光严重。陈错放弃查看照片，把单反放回了包里，再抬眼看时，刚刚入她境头的那位消防员已经不见了踪影，只剩站姿挺直的守门卫兵。

为了节约经费，整个摄制组在消防队拍摄的这段时间，吃住也都在消防队。这个决定引起了诸多人的抱怨，以往不管条件好坏，大家都住在酒店。现在要睡硬板床，很多人不习惯。

这些事情陈错是不在意的，她得知自己住的是哪间宿舍后，就让许家把她的行李一一搬到宿舍去。自己则专心地捧着单反，一边爬楼一边翻看里面的相片。

刚刚那位消防员的这几张照片，还未经过任何加工，但仍然可以看出他英俊无比。陈错意味不明地笑了笑，也不知在想些什么。许家搬着她的行李累得气喘吁吁，一回头就看见陈错这副表情，不由得脊背一麻，本能地意识到，陈错这是在谋划什么。

陈错的宿舍在五楼，她和化妆组的两个小姑娘同住一个宿舍。陈错进门时就看见两个小姑娘在那儿了，她冲两个小姑娘笑了笑，权当是打招呼。她把一张单人床整理好后，就坐在那儿，取出笔记本，拿出相机内存卡，把照片导出来。

从家里出来，整整忙活了一下午，汗了一身，陈错想要洗个澡。部队里都是公共澡堂，这时陈错无论说什么都不干了，她让许家去找制片来解决这个问题。因为部队有严格规定，虽然这是个很简单的要求，却让制片很为难。

所幸最后还是解决好了这个问题，同宿舍的两个姑娘也开心地拿上洗漱用品，跟着陈错一起高高兴兴地洗澡去了。陈错回到宿舍，两个姑娘还没回来。她用毛巾将头发绞了绞，就拨弄到了一边，拿起烟盒，走到阳台上抽烟。

陆峥走到宿舍门口时，恰好有股风穿堂而过。风中揉杂着一种香味，是沐浴后女人身上独有的体香。他一抬头，看见有个女人靠在阳台上，背对着他。这时的太阳还没落下山去，沐浴着阳光的女人肌肤雪白。穿一条贴身的背心裙，两条白皙的大长腿露在外面，她脚踩着人字拖，脚趾甲上涂着深红的甲油，整个人看起来透露着那么一点点风情。可这点子风情陆峥却很看不过眼，他皱着眉头敲了敲门，女人回过头，湿润蜷曲的头发在空中划出一道弧，更是让人欲罢不能。

陈错的脸上还残余着浴后的红晕，一撮卷曲的发，贴在她的颊边。她的睫毛颤了颤，再抬起，一双眼睛聚焦在来人的身上，很明显的，她双眼一亮，冲来人笑了笑，问道："有事？"

她刚想到这个人，这个人就出现在她面前，难道这就是传说中的心有灵犀？

男人的眼神从她脸上淡淡扫过，像看到一件无关紧要的东西一样，最后停在她夹烟的手上。陈错下意识地摸了摸脸，难道是因为没化妆，这几天熬夜熬得气色不好？

仍站在门口的男人这时开口说道："你好，我负责过来带你们去开会。请你记得通知其他人，五点十分在楼下集合。"

陈错喜欢听他富有磁性的声音，有心逗一逗他，便说道："我头发还没干呢，时间不够怎么办啊。"

她语调里带了点儿嗔意，本就是女低音，听起来不算娇，却意外的性感。可惜男人假装充耳不闻，转身就离开了。陈错错愕地愣在原地，手上的烟燃了一大截，才回过神来。她不怎么在意地将烟抽完，长得好看的人，都有任性的权利。有挑战度的事物，对她来说才更有趣。她伸了个懒腰，活动了一下全身的筋骨，心想这次为期一个月的拍摄，不会太无趣。

第二章 拍摄

化妆组的两位小姑娘这时候回到宿舍，长发的叫周眉，短发的叫小松。都是刚刚从学校毕业的小姑娘，周眉腼腆，开始还不好意思跟陈错搭话。陈错打开行李箱，她的蕾丝性感内衣被箱子里的拉链勾住了，大剌剌地暴露了出来。

小松在陈错身后轻轻地“哇”了一声，见陈错回眸，小松连忙说道：“好性感，很……很适合你。”这话是出自真心的，陈错身材凹凸有致，就算是女人也会想多看上几眼。刚刚她和周眉在澡堂里还提到陈错，两个人是又羡慕又赞叹。

陈错本来还蹲在地上，听到小松的话，便站起身来，眼神在小松的上围扫射了几圈，让小松瞬间涨红了脸，不禁抬手捂胸。又听陈错说道：“你的也很不错。”周眉站在一旁忍俊不禁，一时间宿舍里的气氛十分融洽。

两个小姑娘年纪小，闲聊的话题也多，陈错偶尔还能接上几句，没多久，周眉和小松就一口一个错姐地叫个不停。陈错跟她们聊了好一会儿，才想起来刚刚那位消防员来通知她们开会的事情，她看了看时间，还有十分钟，就赶紧要两个小姑娘换好衣服到楼下去集合，自己则站起身就开始脱衣服。

她背对着两人，掀起裙子，小松就看到眼前一片白腻的背部和细窄的腰身。一缕长发从陈错赤裸的肩膀上荡了下来，垂到腰间。唯一美中不足的，是陈错的背部有一条疤痕，白色的隆起，不太明显，但很长，从右肩一直划到左腰。等陈错换上一件宽松的长款衬衫，卷好袖子，回头时，小松还站在那里发呆。陈错抬手，在小松面前打了个响指，让她回神。

小松愣愣地说道："错姐，你背上怎么回事啊？"周眉用吹风机吹头发，听到小松这么直白地开口问陈错，不由得看了小松一眼。

陈错倒不在意："几年前的一次地震，房屋倒塌的时候被钢筋划到的。"

小松吸了一口气，戚戚地说道："那时候，一定很痛吧。"

周眉放下吹风机，拽着小松说道："时间差不多了，小松、错姐，我们该下去了。"

陈错本以为到了楼下，能看到那个冷傲的消防员。没想到换了另外一个消防员来带她们去会议室。这个消防员的个子不高，一张娃娃脸，长得很秀气。娃娃脸将他们带到另外一栋楼的办公室里，制片和导演早就在那儿等着了，还有几位消防队的领导。

大家简短地介绍了一番，制片将行程表、分镜，剧本一一分发给大家。陈错几天前就拿到了其中一本剧本，但剧本这种东西，就和行程表一样不稳定。谁也不知道导演哪天一时心血来潮，要弄点儿什么新的花样出来，那安排好的所有一切都得变动。

她看着眼前的这个剧本，眼睛停留在了主演名单上，第一位的名字：陆峥。

这时外面有人敲门，敲三下后推门而入。陈错漫不经心地将视线从剧本移到进来的人身上，那人站姿挺拔，向领导敬了个礼。陈错眼神不禁定住了，杵在哪儿一动不动。领导招手让他过来，导演笑着跟大家介绍："这是我们的主演，也是消防中队的队长，陆峥。"

陆峥朝在场的各位点点头，然后坐到给他留的座位上，刚好是陈错的对面。她注意到，对面的男人换了一身衣服，迷彩服换成了绿色军装。陈错目不转睛地盯着他，看了好一会儿，却不见对方的任何回应，一时有些无趣。这时导演正在讲解拍摄时需要注意的问题，陈错是个对工作很上心的人，便集中精力听导演的安排。

陈错将需要注意的事项一一记录在剧本上，她在思考时，下意识咬住了笔头，牙齿在笔杆上磨了磨，再一抬眼，却发现陆峥在看她，两人四目相对，很快，陆峥带着有些嫌弃的眼神看向了别处。

陈错："……"

正式拍摄的时候，第一个是陆峥穿工作服的镜头，如果不出意外，一天时间是要将所有单人镜头都拍摄完毕的。可惜刚拍完陆峥将消防服穿上，出警铃就骤然响起。接到报警，一家网吧起火，起火原因暂且不明。陆峥听到铃声的第一秒，就抱起还未带上的头盔，立刻站起，迈腿想要离开。

导演叫了几声，制片想去拦，现场顿时乱作一团。陈错从摄影器材后探出脸，就见陆峥侧脸僵硬，下颌骨紧咬，怒视着阻拦他的人："让开！"他气势凶狠，身材高大，让阻拦他的几个人害怕的让出路来看着他离开。

出警铃响个不停，导演也没遇到过这种类型的"罢演"，他非常着急得拿出手机想要联系消防队的领导，不管怎样都要找一个能压制住陆峥的人，要不然这宣传片还拍不拍了。陈错坐在拍摄器材后面，她工作时一向沉默寡言，除非必要时跟导演沟通，不然她的眼里只有自己的器材和主演。

她见导演气急败坏的模样，便起身走向导演，向他提了个意见："反正要拍现场救火素材，不如今天正好跟拍。"导演闻言考虑了一会儿，因为火灾现场很危险，他不得不为每一位在场的工作人员负责。

为了不给救火的消防员添乱，导演打算除了几个非去不可的人员，其他人都留在营地待命。导演、收音师和陈错还有两个助理上了一辆车，奔赴火灾现场。等他们到时，两辆消防车早已在现场待命了。现场的消防员忙碌着往火场铺设水带，陆峥拿着对讲机，网吧老板站在他旁边急促地交代起火原因。

老旧的线路加上客人没熄灭的香烟，炸了一台电脑后，一连串的台式机都烧了起来。网吧位置在二楼，滚滚浓烟从窗子里涌出来，现场一片混乱。陈错穿戴好辅助背心，扛着摄影机，将镜头对准了灭火的消防员。

此时的陆峥面色凝重，正在紧张地指挥着水枪的布置情况。战勤员老其跟陆峥说道："这情况得先断电再灭火，断电这儿整片都得断，就怕时间来不及，这火烧得太快了。"

陆峥急速地说道："只能同时进行，先进去一组队员侦察。"很快三个人为一组的侦察队，率先进入火灾现场。

火势凶猛，陈错刚把镜头对准二楼那几扇窗户，就听见"轰隆"一声巨响，爆炸了。碎玻璃和带着火苗的不明物体往一楼掉落，引起周围群众的尖叫。陈错所在的位置刚好是二楼爆炸的正下方，扑天盖地的爆炸物砸下来时，她用手挡着器材，快速后退了几步。

陆峥看了剧组众人一眼，额上青筋突突乱跳，指着他们怒道："赶紧退出去！在这儿闹着玩呢？！"他举起对讲机，急忙呼叫道："一号，一号！收到回复？！"

那边回道："这里是一号，发现一名被困人员，正在撤离。"陆峥紧拧的眉头，没有丝毫放松。二次爆炸的可能性太大，侦察员还在里面没有撤出来，每一秒都牵动着他的心。

这时，老其跑过来跟他说道："断电成功了！"

陆峥忙不迭地做手势："快！水枪！"

早已做好准备的水枪手对着二楼进行喷射，第二组消防员在水枪的掩护下进入火场。陈错的手被玻璃碎片划出了许多道口子，鲜血不停地渗出来，她像感受不到一样，仍旧将镜头对准了冲入火场的第二组消防员身影。

熊熊火焰伴随着滚滚浓烟愈演愈烈，现场的温度非常高，也很熏人。陈错猛烈地咳嗽起来，不知什么时候，剧组的人都退到安全线外，她身旁没有人，只剩她端着摄影机在离火苗和浓烟最近的地方拍摄，像是消防员带着灭火器在火灾现场一样，执着又无畏，可是她的做法却惹恼了陆峥。

经过消防队员的奋力抢救，一个小时后，火势渐渐得到了控制。最后清理火灾现场，有六位人员受伤。

陈错早在半个小时前，拍摄完了自己想要的素材，就离开了现场。她找了个地方，给自己清理伤口，熟练地将纱布裹到手臂上。此时，剧组的人正在收拾东西，导演在看陈错摄影机里拍摄的片段，而陈错坐在剧组的面包车里，悠然地喝着水。

突然车门被“轰”的一声打开，陆峥穿着一件背心，浑身是汗，还带着刺鼻的焦烟味，怒视着她。制片见势不妙，赶紧过来解围，陈错捏着水瓶，见陆峥瞪着自己，也不闪避，只冷静地回视。

陆峥面色极其不友善，手指指着陈错的脸：“你！”他又看向制片，“你们！下次找死也不要在我们眼皮子底下，我们可担不起这责。队里是请你们来拍宣传片的，不是请你们来作死的！”

这些话也句句在理，制片一时被堵得脸色发青，实在是不知道该怎么反驳。他只能勉强带着笑，说道：“陆队，我们一定注意，下次绝不会再发生这样的事了。”陆峥看了他一眼，却转过头来盯着陈错，像是要她开口解释一下。他还记得刚刚这个女人，明明现场都爆炸了，就只退了那么几步，还站在那里拍。

陈错坐在那儿一言不发，气氛再一次僵了起来。制片这时也有些慌了，他听说过陈错的坏脾气，既怕陈错就这么跟陆峥怼起来，引起这次拍片的不和谐，又怕陈错发起脾气来一甩手就不干了。他再次赔着笑脸，说道：“陆队，你看你身上都有伤，还是赶紧去处理一下吧。”他话音刚落，就见陈错将手上的矿泉水瓶砸向陆峥，制片惊恐地睁大了眼睛，心跳都差点儿停止了。

陆峥下意识地抬起手，将那个砸向他的矿泉水瓶接在手里。他抬眼，陈错侧过身体靠在椅子上，头发挡住一半的侧脸，讪讪地说道：“知道了，以后会注意。”陆峥也不想跟她多说什么，意思到了就成，他转身就离开了。

陈错抓了把头发，又将脸转到车门外。她越过制片的脸，落在陆峥的背影上。这背影有种微妙的熟悉感，尤其是他受伤的时候，肩膀上的血顺着背心往外渗。陈错轻轻地“啧”了一声，又将脸转了回去。

等剧组其他人都上车时，陈错早蜷缩在角落，戴着耳机，闭眼休息。回到营地，导演和制片商量了一会儿，最后决定补拍一些今天定好的镜头，要补拍的镜头不多，但比较为难的是主演刚救完火回来，身上还受了伤，状态未必很好。

陈错回来就先去洗了个澡，得到通知后，没多做停留，含了个棒棒糖就去了拍摄现场。她很想抽支烟，又想着肖春的嘱咐，还是强忍着放弃了这个念头。棒棒糖很快就碎在了她的嘴里，被她的牙齿磨得细碎，再慢慢地咽下去，这好似不是在吃糖，而是在消散她心头的怒意。

在拍摄现场没等多久，陆峥就来了。因为是晚上，灯光打得很亮，屋里又没空调，闷得人汗流浃背，陈错穿着背心短裤，头发被高高挽起，她的嘴里咬着棒棒糖的塑料棍，拿着本子跟导演商量过一会儿要拍摄的镜头。

陆峥脸上还有稍许疲态，气势倒是比之前缓和了很多。这时，陈错抬眼看了陆峥一眼，高声对化妆师说道：“小松，给男演员上一点儿妆。”陆峥没反抗，只是在粉扑压到脸上时，他听见陈错的嘀咕：“这颜值忽上忽下的，戏都接不上了。”

陆铮不禁眯了眯眼，磨了磨后槽牙。

正式开始拍摄之后，陈错神态就认真起来。她对工作的狂热程度，陆峥在那场火灾现场就已经充分了解了。但是她较起真来，还是让他很无奈。光是一个穿衣镜头，就重复了好多次，这个片段在分镜剧本里，只有三秒钟，但现实中却足足拍了一个小时。

不同角度、灯光、演员的临时发挥，都是重新拍摄的理由。虽然陆峥长得十分英俊，且很上镜，但他终究也不是专业的演艺人士，镜头面前的僵硬感挥之不去，别提还要说那么多拗口的台词。他的声音很好听，咬字也非常清晰，但因为没有演讲功底，声音时轻时重，一句话一口气说完，中间也没有作任何停顿，这样让人听起来，他说的台词很没有层次感。

陈错拨开贴在颊边汗湿的头发，和导演商量干脆用后期配音，这样收音师就可提前收工。屋里的温度被灯光照得很高，又满满地挤了一屋子人，能先离场当然好，收音师父和他助理赶紧将工具收拾好后，就离开了这间屋子。

许家给陈错买来的冷饮早已变成了热饮，陈错觉得连呼吸的空气都是热的，就好像今早在火灾现场，那条街道上的空气一样，闷热黏腻，让人十分难受。她喝了一口水，抽空看了一眼陆峥。陆峥显然要比其他人更加难受，他现在穿的是消防服，又重又闷，难受程度可想而知。

但不知道是不是他习惯了高温环境，此时的他神情淡定，就是脸上出的汗，冲散了脸颊上的粉底，此时的他成了一张大花脸，看起来有点儿好笑。周眉拿着纸巾给他拭汗，小松在旁边调着粉底液，随时准备着给陆峥补妆。陆峥肤色有点儿偏深，正常的粉底液对他来说太白了，得混着深色粉底用。

导演大概也觉察出大家热得有点儿受不住了，便大声鼓励着大家说道：“还有几个镜头，今天就可以收工了，请大家再坚持一会儿。”

陈错突然发现，好像从开拍到现在，陆峥都没有喝过水。在这样的高热且心浮气躁的拍摄环境中，大家都失去了眼力见儿。陈错皱眉，心里有些不太舒服，就算陆峥再怎么嫌弃她，但今天的火灾现场，陆峥是一位优秀的消防员战士。他暴躁的态度掩盖不了他的责任感，陈错在这一点上是佩服他的。

一个镜头拍摄完毕，陈错抬手招来许家，让许家送瓶水去给陆峥，陆峥接过水，也没多问是谁给他的，拧开瓶盖“咕咚，咕咚”仰头就喝了大半瓶，这才轻快地叹了一口气。陆峥喝过水后，舒适地眯着眼睛，他眉弓骨上坠着汗珠，衬着那漆黑的睫毛和眼眸，性感地让人浮想联翩。

他的喉结上下翻动，脖子和锁骨以下的部分被黑色的消防服给包裹得严严实实。

大概是她送水的行为，惊醒了后知后觉的制片。没多久，她就看见制片一脸堆笑地将一瓶冰水送到陆峥手里。这时的陆峥做了一个很孩子气的动作，他将水瓶压在脸颊上，或许这样能让他的体温降下来一些。

陈错下意识地伸手去拿自己的手机，要把此刻的他拍下来。而此时的她脸上洋溢的全是欢笑，她自己都不知道。陆峥的脸刚贴上水瓶，站在一旁的小松就大叫着说道：“陆队，你的妆！”陆峥眉心一皱，将水瓶放下，歉意地朝小松点头示意。陈错想：这人看起来还挺有礼貌的，怎么对上她就那么讨厌呢。

等小松仔细地将他脸上的水拭干，再拍上粉底，陆峥脸上那点儿笑意便也消失不见了，又恢复了冷漠的模样。他一抬头，却发现陈错正直直地望着他，陈错也出了不少汗，但她穿得少，黑色背心里还延出了一条细窄的同色内衣带，落在颈边的头发一缕缕地贴在脖子上。她坐在椅子上，跷起一双二郎腿，陈错感觉到陆峥的眼神在她身上来回扫射了好几次，好像对她更加不满意了，他刻意将头扭到一边，再也不看她。

这实在很让人受打击，她用手背拭去下巴上的汗，听到导演喊开拍，只好将这些心思全抛诸脑后。一个镜头拍摄下来，又花费了足足两个小时。此时已是晚上十点。陈错教许家将摄影器材分别归纳到各个箱子里后，便从背包里取出一件衬衫外套，披在身上往宿舍走。

刚一收工，剧组的人就散了大半。陈错回到宿舍，才发现自己的手机落在了拍摄现场。她赶紧回去拿，发觉这会儿影棚里还有人在。

里面只开着一盏昏黄的小灯，一个身穿背心的男人正在拖地，那人是陆峥，留在现场散乱的椅子都被规整好，地上凌乱的垃圾也用一个大黑塑料袋收了起来，他安静地清理着，动作干脆利落。

他警觉性强，抬眼一瞧，就看见陈错站在门口，陈错发现陆峥看见了自己，借故咳嗽了一声，说道：“我手机落这里了，你看见了吗？”

陆峥确实发现了一部手机，拿起时刚好有短信进来，屏幕亮起，屏保是一个女人的照片，背对着镜头，图片恰好截到了她的嘴唇，下身只穿着一条内裤，背心卷到了肩胛骨，腰身纤细，臀部却十分丰满。这张照片非常容易和本尊对上，这女人的身材和照片上的一模一样。

陆峥从未想过，竟然会有女人会将自己这么露骨的照片，设为屏保。毕竟太容易被人发现了，不羞耻吗？陆峥朝一个方向指了指，简短地说道："在那儿。"

陈错看了一眼湿漉漉的地板，对陆峥说道："你刚拖干净的地，我不好进去吧，你拿出来给我吧？"陆峥没有应声，继续拖地，显然不想理她。陈错只好走进去，人字拖踩在湿漉漉的地板上，有点儿粘，走起路来十分吃力。鞋板拍在脚底，发出清脆的哒哒声，落地时溅起的水泡，发出黏连的声响，这在因为要拍摄宣传片，而特地收拾出来的空旷房间里，很清晰。这声音可真糟糕，陈错若有所思地想。她找到自己的手机，翻看了一下信息。

她看着还在拖地的陆峥，说道："下次这些事情，交给场记做就可以了。"陆峥当作没听见，没有搭理她。

陈错又接着说道："还有拍摄的时候，想要什么就直接和制片说，不然别人怎么知道你是渴了还是热了。"

陆峥沉默了好一会儿，才说道："没关系，拍不了多久。"

陈错哑然失笑："好歹也有一个月，你打算每次拍摄都像今天这样的状态？还是说你们当兵的，都比较耐燥啊。"她本意是指陆峥粗糙，但不知怎么的，这句话听起来有些暧昧。果不其然，陆峥又以那种嫌恶的眼神看着她。

她突然气性上来了，往陆峥的方向走，直到极近的距离才停下来。她放柔了语气，带了些许气音道："是我的错觉吗？你好像……很讨厌我啊。"

陆峥偏头，躲过了陈错落在他耳边的气息。他身上的热度还未散去，只是靠近，陈错都能感受到那股灼人的热量。她笑出一口白牙，拿出一包纸巾："你身上好烫啊。"她抽出一张纸巾，递给了陆峥。

陆峥垂眼看，看那手指纤纤，蔻红甲油，捏着带暗香的纸巾。见他不接，陈错又将纸往他面前凑了凑。陆峥突然动作起来，却不是接她的纸，而是继续用拖把拖地，他拖得差不多了，将拖把塞进桶里，提起来就往外走。全程无话，态度分明。

陈错将纸压在自己的脖子上，拭汗。现在已经不用问了，他们的男主演确实很讨厌她。至于为什么讨厌，看不顺眼，目前为止她还不是很清楚。收拾好房间后，热浪退去了不少，窗外正对着开阔的操场，夜空悬着一轮皎洁的明月。

她走至窗边，将窗户打开，烟瘾又上来了。左右现在又没人，她拿出烟盒，含上一根。本以为走了的陆峥竟去而复返，还主动跟她说话，他语气平平地问她在做什么，陈错没料到他会回来，惊讶回头，见陆峥已经换了迷彩服，戴上了帽子，手指压在了灯的开关上。

陈错回过神，取下嘴里的烟："没什么，这就走了。"她脚步轻快地跑到了陆峥身旁："走吗，陆队。"陆峥等她出来才将门关上，然后率先往前走。

陈错跟在他身后："陆队，这么晚了，你要不要送我回去？"

陆峥突然开口道："按规定，你们不应该住这里。"

她又跑了几步，和陆峥肩并肩："为什么啊？"

陆峥好似没感觉到她靠得太近一般，不动如山地说道："扰乱军心。"陈错愕然，嘴巴大张着，然后无法控制地喷笑而出，她笑得姿态有点儿过分，陆峥瞥了她一眼，这轻轻一瞥便被陈错尽收眼底。

走廊里的声控灯一盏盏亮起，陈错不知何时将头发放了下来，拨至一边。她的头发微卷，如云团拢在胸前。陈错仍穿着白天的那件背心，因为身高的原因，只稍稍垂下眼皮，陆铮便能轻易看到陈错从衣领里外泄的春光，他视若无睹，点水掠过。

陈错问他："你说的扰乱军心是指我吗，那你呢？"

陆峥回道："并不只是指你，是指所有女性。"言下之意是说陈错过于自恋，但陈错显然脸皮要比陆峥所想的厚多了。

她也不怎么在意，仍盯着陆峥："我说的是你，你的心乱了吗？"

下楼时，陆峥面无表情地往下走，只是没走两步，就被陈错扯住衣领。他回头，就见陈错朝他伸出的手，掌心朝上：“我有点儿夜盲，看不清。”

陆峥面无表情地说道：“松开。”

陈错左手拉着他的衣领，右手仍向他伸来：“为人民服务嘛。”

陆峥突然叹了一口气，说道：“我回答你刚才的问题，你松开我。”

陈错眼睛一亮，心中暗自欢喜道：“好啊！”嘴上虽然这么说，可她的手却没有要松开的意思，她还是怕她一放手，陆峥就头也不回地走了。

她还是能猜出陆峥的一些小心思的，不管是喜欢还是讨厌。这时陆峥开口道：“你是非常能扰乱军心的类型，而我是男人。”这话过于中性，陈错竟一时理不清，陆峥又接着说，“你是我最不喜欢的类型，我回答完了，可以松手了吗？”

这是陈错自懂事以来，听过对自己最低的评价。她也算从小漂亮到大，还没有被男人这么评论过，这回她被拒绝得灰头土脸。陈错沉默了一会儿，就见陆峥脸上露出些许懊恼。

大概也在后悔刚刚毫无风度的拒绝，嘴唇微动，欲言又止。两人僵持着在楼梯间，因许久没有动静，声控灯也灭了，周遭陷入一片黑暗。陆峥感觉到自己衣领上的手松开了，他往下走了一步，脚步声感应了灯，顿时楼道里又亮了起来，陈错的声音从后方传来：“可是怎么办呢，你是我喜欢的类型。”

陆峥错愕地回头，陈错站得比他高一个台阶，刚好跟他的视线持平。这一回头，就极近地对上了陈错的脸，好似要吻了上来。面对事故现场，尚能镇定自若的陆队长，脸色骤变，人也因为躲避而打了一个趔趄，险些站不稳。

陈错一伸手，搂住了他的腰，没想到陈错的手劲儿还挺大，竟然稳住了他，还将他往自己身上带了带。这一用力，陆峥就跟她贴在了一起，他胸口撞上两团绵软的东西，鼻间被一股暗香侵袭，香里竟然还带着一点儿甜腻的味道。

想到刚刚拍摄时，陈错嘴里叼着糖，腮帮子一鼓一鼓的，想必吃了不少，以至于这会儿甜意还未消散。陆峥失措不过几秒钟，就掰开了陈错的手，他手劲儿大，却也是很有分寸的。只是他刚用力将陈错的手从自己腰上掰开，就听陈错声音哑哑的，在他耳边喊着疼疼疼。

他下意识地松开手，陈错便捂着自己的手腕："陆队，我好心扶你，不用对我这么粗暴吧。"她话音刚落，陆峥的额头便是猛烈地一跳。他转头就走，没几步便消失在楼梯转角，一点儿也没有要等她的意思。

见人没了影，陈错才松开装模作样地握着右手腕的手，转而揉了揉自己的胸部。痛是真的，却不是手腕，而是胸。姓陆的也不知是怎么练的，胸膛跟钢板似的，她还以为自己撞上了一堵墙呢，那一下把她疼得差点儿说脏话，原本那点儿调戏的心思，全散了。

她拿出手机，打开手电筒照着下楼梯。陈错的夜盲是真的，楼梯道的灯又不是很亮，刚刚有个人陪着还好，现在就她一个人，得注意点儿脚下了。她走得很慢，夜晚没有人的办公楼又实在冷清。不知是哪里的东西被风吹倒了，发出"砰"的一声巨响，吓得陈错猛然一跳。

好在她也还算淡定，保持着原有的速度下楼。从楼梯口到出口还要经过一条长长的走廊，而走廊上此时正站着一个人。周遭又没灯，那人安静地站在黑暗中，很有存在感。陈错惊叫出声，灯霎时亮起，竟然是陆峥。

他奇怪地看着她，问道："怎么了？"

陈错捂着怦怦乱跳的心："你干吗吓人！不就是占了你一点儿便宜吗，至于这样吗？"

陆峥脸上本来还带着一点儿笑，被她这么一说，笑意全没了。他打量着陈错："你还知道怕？"

陈错没好气地翻了个白眼："你不声不响站在那里，是个人都会被吓到。"

陆峥不回声了，只等她走过来，这才继续走。陈错等心跳缓和下来，紧跟上陆峥："你刚刚是在等我？"陆峥还是没理她，陈错也没再出声。她跟在陆峥身后慢慢走着，眼睛观看着陆峥的身体轮廓，从上至下，再回想刚刚揽住的腰际手感，还挺结实的。搂住陆峥的时候，其实有点儿勉强。虽然陈错在没有拍摄工作时，几乎周周都去健身房练拳击，身上有些薄薄的肌肉，但也还是被拉扯的手臂生痛。她不动声色地甩了甩手，就见陆峥停住了。

陈错不解道："还没到呢。"

陆峥头也不回："我说了要送你吗？"说罢他径自进了宿舍楼，留下自作多情的陈错。

第二天一早，剧组还未开始拍摄，就先开始搬迁。从营地搬到附近的一家酒店，导演显然没想到还有这一茬儿，制片更是整张脸都铁青地认为住在营地里确实不合理，但这些背后的操作，也没人敢当面去问。

时间紧迫，陈错左手行李箱，右手摄影器材，一个人就搬下了楼。手臂上若隐若现的肌肉线条，惊呆了周眉和小松那两个小姑娘。臂力惊人的陈错将行李都搬上车后，开始在一旁摆弄起她的手机。

她突然想起昨晚陆峥才提起住宿这事儿，今天一早整个剧组就要搬离营地。是谁在背后做了好事，可想而知。

制片要是知道这事儿是陆峥搅出来的，还不知道要在拍摄的时候，怎么为难他呢。陈错担心着还未发生的事，忧心地叹了一口气，又把一个棒棒糖送进了嘴里。这时周眉吃力地将行李箱提下楼，陈错顺手帮着周眉将行李搬上车。周眉还来不及阻止，陈错就完事了。

周眉的脸涨得通红地说道："谢谢错姐。"

陈错好笑地看着那个硕大的行李箱："你人这么娇小，怎么搬这么重的东西？下次让场记帮你忙吧。"

周眉话不多，只腼腆地笑了笑，然后偷偷给陈错塞了一瓶草莓牛奶："感觉错姐你喜欢吃这种口味的棒棒糖。"

陈错拿着那瓶牛奶，朝周眉抛了个飞吻，眨眨眼，说道："谢了。"期间陈错感觉到好像有人在看她，摄影师总是对视线很敏感，她转头看去，只看见训练场上有一队消防员在训练。于是，她这个一回头，捕捉到的可不止一个人的视线。

本来训练场上的这一队人就比较显眼，更何况今天陈错穿了一袭白裙，腰部收窄，长发及腰。她冲那边露齿一笑，就见一列里，有几位正在跑步的士兵一个踉跄。这下陈错笑出了声，连周眉都没忍住，含着笑来拉陈错的手："错姐，你别闹他们了。"

陈错反而抓住周眉的手，自然而然地以一种女生的亲昵，将周眉拦腰搂了过来："我不闹他们，我闹你。"

她身上幽香阵阵，让周眉也不能抵挡，她双手捂住自己的脸，哀求笑道："你也别闹我啦。"陈错嬉笑地和周眉闹了一会，等剧组人齐了，这才上车离开。

今天的拍摄镜头主要是消防员的训练部分，算是集体拍摄，项目很多，一天肯定拍不完。因为搬去酒店住，耽搁了一上午，只能下午开拍。为了不出现第一天主演要去救火的意外，制片和消防大队的宣传部商量过后，最后决定让陆峥那一队的消防员和另一队暂时合并，一起管理。

陆峥当然不同意，他和队里的兄弟出生入死这么久，默契早就不言而喻。这贸然换个队长，他怕队里其他士兵不习惯，但军人以服从命令为天职，陆峥再怎么不愿意，也只能敬礼说好，一切听从安排。但当他看到剧组的人，脸色就不太好看了。

他本来就不愿意拍摄这个宣传片，尤其是这个剧组里还有一个，随时随地都生怕他人不知道自己有魅力的女人。

下午要拍摄消防技能训练的项目，由陆峥带队，先拍摄基础体能训练，再穿上消防服，进行消防技术训练项目展示。陈错看了看旁边准备的道具，还有空气呼吸器。她好奇地过去想要拎起储气瓶感受一下，右手一提，沉甸甸的。陈错咂舌，一会儿陆峥他们还要背上这个爬楼，只能让小松他们别上妆了，那汗肯定出得跟雨似的。也要多准备一些水，出太多汗万一脱水了怎么办。陈错忧心忡忡，又去看还在训练场上训练的陆峥。

陆峥头戴军帽，双眼因为猛烈的阳光微微眯起。他的两颊微红，表情严肃又正经地盯着士兵们做引体向上。陈错今天有意地打扮过，却架不住这炎热的夏日，只好把自己卷了好久的长发，团起来。

因为是日常训练，陆峥穿着短袖迷彩，露出粗壮、结实的手臂。陈错不禁拿出手机来拍他，拍得肆无忌惮，旁若无人。一旁的小松凑过来，就像发现了什么秘密一样，笑道："错姐，你在拍什么啊。"

陈错神色不变地说道："收集素材。"

小松似信非信："那你干吗要用手机拍。"

陈错将照片放大了看，食指在陆峥的脸上点了点："我在拍他哪个角度更上镜一点儿。"小松也不懂摄影里的门道，陈错的随口胡诌，她也信以为真。

她伸出大拇指："错姐，你真敬业！"看了好一会儿她又问道，"那你找出他哪个角度比较上镜了吗？"

话音刚落，就见陈错侧过脸，也不知道是不是故意的，似贪吃般舔了一下唇："三百六十度无死角，都很上镜。"

正式开拍的时候，陆峥带着一个小队的人，两人一组进行举重和跳箱。这只是个简单的镜头，导演认为到时候素材选取，肯定是要多剪辑一些刺激的项目，比如滑绳，又或者四百米障碍跑。

按理来说障碍跑并不属于今天要拍摄的内容，但导演觉得这是片子里不可缺少的一部分。宣传片除了要宣传消防员的大无畏精神，还要拍出他们高强度的训练和强健的体魄，反正就是要来点儿厉害的。要不是不允许，他甚至想让陆峥他们脱了上衣来拍。

一个镜头拍完，陆峥因为站得和导演他们比较近，顺耳就听到了导演在和陈错商量的事情，认为他们体能训练平平无奇，不够刺激，有想法让他们脱了上衣拍摄的打算。陆峥听后，气得脸都青了，他下意识地张了张口，又蹙紧眉头，抿住唇。

没想到陈错听完导演的一番话，竟然说道："导演，我要是想拍小鲜肉露腹肌，我来这里干吗？我要拍的是铁铮铮的军人形象，不是满屏幕卖肌肉的军人。"

陈错刚怼完导演，导演脸色就变得极差，胸膛气得一鼓一鼓，跟抽风机似的，好像陈错侮辱了他一样。陈错仰着脸挺着腰，她不认为自己错了，也不会为了拍摄顺利而服软。最后出来的作品是大家的，当然也会标上陈错两个字。

她不会退让，也不允许。

就在气氛一度陷入僵局的时候，旁边突然插进来一道声音，是陆峥那独有的冷感磁性的腔调，他说道："导演，陈小姐，我能不能看看刚刚拍摄的镜头。"陈错意外于陆峥的搭话，但她现在也不想和导演争吵，导演显然也不想让这种场面再继续下去，便点了点头。

陈错回到摄影机前，缓过劲儿后，这才想起陆峥叫自己的那句陈小姐，原来陆峥知道自己的名字，可是他的那句陈小姐，似曾在哪儿听过。

从体能训练拍到负重上楼，搬抬体重有六十公斤的假人朝前跑。不止拍一遍，是反反复复地拍，几位消防员都被累得气喘吁吁，苦不堪言。这不比火场救人的惊险与奋不顾身，拍摄时往往刚提起劲儿来，导演一个"卡"，劲儿就一扫而光了。等再次开拍，又要嘶吼着，不止身累，心更累。

和陆峥一起拍摄的，还有第一天被陆峥叫去带剧组人开会的那个娃娃脸。娃娃脸叫白田，刚开始还和几个一同被选来拍摄宣传片的消防员一起讨论剧组里最显眼的陈错。都是十八九岁的大男孩，年轻气盛。部队里突然来了个美女摄影师都很兴奋，展示体能的时候，都打起了十二分的精神，一半给镜头，一半给镜头后面的美女陈错。哪承想这女人这么冷酷无情，本来导演很满意的镜头，陈错往监视器后面一站，和导演一起看回放画面，三言两语，这镜头又得重拍。

中途他们休息，白田摘了帽子，蹲在陆峥身边："陆哥，你说是不是长得越漂亮的女人越心狠，你说那扛相机的美女，咋就老是不满意呢，哥几个快拍脱水了都。"陆峥斜了他一眼，把自己手里的水瓶往白田手里一塞，示意他补补水。

白田哪里是想喝水啊，他用肩膀撞了撞陆峥："要不你去劝劝那位美女，请她手下留情，让咱们过了呗。要不闭嘴也行，你看导演都没那么较真。"

陆峥也摘了帽子，低声道："你知道这拍摄的视频往后都往哪儿放吗？”

这个白田还真不知道，陆峥也不卖关子，给他解了谜：“去各大高校宣传的时候，这视频都要拿去放。说不定到时候，作为主演之一，你能亲自登台示范。”

白田顿时兴奋起来：“真的啊陆哥！你可别骗我！”各大高校，那得是多少女性观众啊！白田使劲儿地抹了抹自己被晒得通红的脸，“陆哥，你看我晒没晒坏啊，俊不俊？”

陆峥重新将帽子戴上，没搭理他。白田刚兴奋没多久，又蔫了回去，怨念地看了陆峥一眼：“要是真有这好事，队里肯定也是让你去。”

陆峥毫不犹豫地说道：“我不去。”

白田眉飞色舞：“这可是你说的啊，不许反悔。”

白田正开开心心地畅想未来，忽地，他又一脸坏笑地蹭着陆峥：“陆哥，你不稀罕学校里的妹子，是不是心里头有人了。”

陆峥凉凉地看了他一眼：“有什么人。”

白田冲他挤眉弄眼，怪嗔地说道：“装！还装！昨晚我都看到了，你和一姑娘在楼底下，两人并排走着呢！”

陆峥眼神直视前方，看着不远处在烈日下训练的伙伴们：“没人，没兴趣。”

白田顺着他的视线望去，突然浑身抖了抖，苦着脸说：“陆哥，你不是吧！”硬邦邦的男人有什么好看的，难道陆哥有什么不为人知的取向？

白田不自觉地将身体挪了挪，想要离陆峥远点儿。他一边挪一边说道：“陆哥，我觉得你这样不行，我有点儿害怕。”这一动他就撞上了一副柔软的身体，还有点儿香。

他抬头，陈错举着两块西瓜笑眯眯地看着他们：“吃西瓜吗？”然后她又好似吃惊地问道，“陆队不行了？哪里不行了？”

陆峥站起身，陈错把西瓜递给他：“吃吧，挺甜的。”陆峥本想拒绝，但想到刚刚陈错的一番话，犹豫了一会儿，伸手去接西瓜，哪知陈错趁他伸手的时候，反手用掌心包住他的手背，指头慢慢从手背滑到指缝间，她的手捧了冰瓜，湿漉漉的，还很凉。

温度是舒服的，只是摸人的力道，非常不对劲。陆峥猛地收回手，西瓜险些掉在自己的消防服上。陈错见他手忙脚乱的，笑嘻嘻地抬手，吮住无名指上微红的瓜汁：“陆队，小心湿身啊。”

白田蹲在地上，嘴里还噙着一口瓜，抬头傻呆呆地看着这两人，向来酷得很的陆哥，腮帮子抽了抽，一副忍无可忍的模样。虽然陈错好像也没说什么过分的话，不就是调戏了一下陆哥嘛。

他猛地回过神，调戏？他嗅到了八卦的味道，这摄影师跟他们陆哥什么关系？虽然陆哥的表情看起来很不和善，但这两人……白田还没遐想完，只见陆峥深吸了一口气，然后郑重地说道：“陈小姐，请自重。”

白田“噗”的一声，差点儿没憋住笑。他又赶紧咬了一大口西瓜，堵住了自己的嘴。白田想陆哥怎么跟个大姑娘似的，还自重。对人家美女这么正儿八经，严肃得要命。难不成陆哥真的对男人的兴趣大过女人？

哪知陈错反而故作无辜地说道：“我只是好心提醒你一下，你看……”她手指点了点陆峥手里的西瓜，瓜汁已经滴落到了他的消防服上，拖出一道长长的红印。

陆峥被堵得无话可说，转过身来找白田的茬儿：“你笑什么？”白田抿着嘴唇，表示自己没笑。

陈错也朝白田看过来，然后他就见陈错，妩媚地将颊边的头发撩至耳后，娇羞地说道：“小帅哥，你们陆队一直都这么害羞的吗？”

被陈错称为小帅哥的白田猛烈地摇了摇头：“陆哥害羞，开玩笑，我就没见陆哥害羞过。”想了想，他又接着说道，“陈小姐，我们陆哥之前英雄救美的多，投怀送抱的也多……”他话还没说完，陆峥的眼神就跟刀子似的扫到了他身上。

陈错冒似困倦的双眼微微一睁，目光在陆峥身上扫了一圈，意味深长地说道：“说的也是，陆队认真起来，别说小女孩了，连我都有些心动呢。”说罢她将手覆在左胸上，微微压了压，像在感受心跳一般。

然而这个动作却让她胸口的柔软和饱满，都一览无余。陆峥冷着一张脸，将手中的西瓜吃掉，便气势汹汹地朝陈错走了几步。白田就着蹲的姿势赶紧伸手去揽陆峥，急切地说道：“陆哥别啊，不能打女人啊！”

陆峥甩了甩腿，将他撂开：“我没想打她。”

此时的陈错也不躲闪，依旧挑衅似的看着陆峥。陆峥朝她走来，掠过她而去。陆峥在她身后，问小松垃圾袋在哪儿后，便小声地说了声“谢谢”。小松急促的声音紧跟着响起：“不用，你要不要喝水。”

白田看了一眼小松，又再看看陈错，陈小姐的表情，跟刚刚的陆峥还真像，脸青得厉害。

陈错冷着一张脸，坐在摄影机后面的椅子上。她心里烦，想抽烟，但她忍了又忍，舌尖用力低住牙关，“啧”了一声，她从包里掏出来一个棒棒糖，塞进嘴里，咬得咔咔直响。

西瓜是陈错让许家去买的，从酒店来营地的路上，她看到一家水果店。想着今天下午拍摄，消防员们又累又渴的，这时候吃口冰镇可口的西瓜，最为舒适不过了。她特意挑了一块最好的西瓜，给陆峥送了过去。她这好似对所有人好的表面下，藏着很明显的私心。

本来陆峥有所好转的态度，看似比先前更差了一些。是她做事的方式不对，惹他烦了？陈错摇摇头，甩开杂念，专注于拍摄。

下午拍摄完毕，所有人都累得够呛。结束之后，还有个人因中暑晕倒了。陆峥不管自己拍了一下午，累不累，将那人背起来就往医务室跑。

陈错也没有好到哪里去，她脸颊通红，露在衣服外面的皮肤也全是红的。不用看也知道，是晒伤了。反而是经常在烈日下训练的消防员们，除了消耗了一些体力，基本没有多少大碍，甚至还有几个消防员留下来帮剧组搬器材。

陈错碰了碰肩膀上的皮肤，刺痛得很。小松收拾东西路过她身边时，还惊讶地叫了起来：“错姐，你的肩膀好红啊。”

陈错点头：“没事，不是很严重。”

小松赶紧说道："错姐，这儿不是有医务室吗，赶紧去那儿抹点儿药吧。"

陈错刚想说不用麻烦，忽地，她想起了什么，说道："也好，要是我这样耽误拍摄就不好了。"

医务室很简单，奇怪的是医生不在，陆峥也不在。最里面的病床上躺着那位中暑晕倒的剧组成员，美术部的，是个女孩儿。陈错拉开帘子看了女孩儿一眼，见她身旁支着架，正吊着水，看来是有医生给她看过了。陈错给姑娘掖了掖被子，拉好床帘。

她本意是来找陆峥，但他不在，就只好忙自己的事。她的脖子肩膀都很痛，得找药抹一抹。她在医务室的药架前转了几圈，陈错就拿了药，坐到了医务室的另一张病床上。

陆峥进来时，兰医生不在办公桌前。上次他被火燎伤，在这边上了一个月的药。陆峥将病员背来这里，看到兰医生，才想起他妈妈上次来看他时给他带了些土特产，特意吩咐要他给兰医生。陆峥去而复返，没见到人，只看见左右两张病床，都拉起了帘子。

其中一张床，白色帘子后人影憧憧，便喊道："兰医生。"话音刚落，他已经将床帘拉了开来。刷拉一声，他看到了一个光裸背脊，裙子的拉链直达腰际，长发尽数被挽到右肩，因此毫无遮挡，他看到一个光洁漂亮的美背。

陈错正吃力地在给自己肩膀抹药，没来得及回应，帘子就被人掀开了。她大吃一惊，回过头，对上陆峥惊愕的双眼，她左手拢住裙子，遮着前胸，倒也没有露出多少。只是这种情况还是有些尴尬，陈错嘴唇动了动，尚未说话，床帘就被人大力拉上，帘扣撞在床架上，叮当作响，足以可见这人用的力气之大。

她无力地抿唇笑了笑，脱衣服抹药只是为了方便，可这种巧合，也不是她的本意。陆峥也不是这种秉性的人，毕竟她数次有意撩拨，皆铩羽而归。

原本想着要转变风格，走纯情姑娘路线。现在好了，陆队长又该认为她是个轻佻的女人了。这时陈错药也不抹了，赶忙将裙子拉起，刚把头发从衣服里拿出来，就听见帘外有道男声响起：“非常抱歉，我不是有意的。”陈错以为他走了，没想到还在。

她拉开帘子，探头望去，陆峥站在窗前，看着外面，侧颜坚挺，嘴唇抿直。他听到动静，朝她看了一眼，又移开，陈错本想说没事，可念头一转，她改了主意，她用手捋着自己的长发，也不看陆峥，同他一样侧着脸，不说话。

陆峥大概没想到她是这种反应，率先转过头来看她，像是想看她有什么花招。医务室的气氛变得有些古怪，兰医生这时候进来了，她看到陆峥，开心地叫道：“阿峥，怎么有空到我这里来。”

兰医生比陆峥大三岁，陆峥指了指桌上的特产，客气地说道：“兰姐，我给你带了一点儿家乡的特产。”

兰医生甜笑着打开了袋子，往里面看了一眼，冲着陆峥说道：“说了多少次，请我吃饭就好了，不用带这么多东西的。”

这时一道女声软绵绵地插进他俩的对话里：“医生，我的肩膀有点儿疼，你帮我看看好吗。”

兰医生循声望去，这才发现医务室里还有人。抬起头她就迎上一双轮廓极美的眼睛，她心里微沉，一股全凭直觉的危机感，顿时就浮现在了她的脑际。那眼睛转了转，很有风情地往她旁边看了一眼，又嗔又怪的，像是撒娇，揉得人泛起一丝涟漪，兰医生顺着她的眼神看去，果然，那眼睛是在看向她身旁的陆峥。

兰医生紧张地看向陆峥，生怕在他脸上找出任何一丝被勾引的痕迹。好在没有，陆峥甚至没有看陈错，只垂着眼冲她点点头，说道：“我先走了。”陆峥话音刚落，突然一道清脆的拉链声响起，兰医生瞪大眼望向陈错，她以为陈错现在就把衣服给脱了，哪知陈错将手从身后拿出来，继而不紧不慢地笑道：“刚刚拉链没拉好。”

刚刚？刚刚这里除了中暑昏迷的病人外，就只有陆峥和她，兰医生也是成年人，到底容易多想。她一会儿深深地望着陈错，又瞧一瞧身旁的陆峥，可惜陆峥面无表情，好似没听到陈错的话语一般冷淡。

他走出医务室，反手将门带上，力度很轻，也很有教养，“咔嚓”

一声，切断这屋的一切暗涌。兰医生眼巴巴地望着门，就听见屋里响起了轻轻的“哎呀”一声，陈错手指缠着一缕头发：“医生啊，我的肩膀是真的疼。”说罢，她还吸了一口气，闭上眼，再睁开时，竟是满眼含泪。

兰医生心头堵得慌，看着满身是戏的陈错，很是不喜。她面无表情地戴上口罩和手套，让陈错躺到床上去。陈错配合着趴到病床上，半撑着身体，扭腰将自己的裙子拉链拉到底，非常自然地裸露着上身，躺在病床上。

陈错抬着下颌，看兰医生口罩外的冷淡眉眼，笑道：“医生，对我温柔一点儿哦。”兰医生动作顿了顿，沾了药的棉签落到陈错身上时，手还是放轻了一些。她耳廓有些发热，主要是因为陈错刚才的声音，实在很不正经，就同调笑似的。

等抹好药，兰医生叮嘱道：“晚上不要碰水，药膏明后天早晚各抹一次，做好防晒。”陈错点了点头，她撑起身体，裙子滑到肚子上。兰医生连尸体都解剖过，自然不会大惊小怪。她不禁将视线落在陈错的上身处，看了好几眼。

陈错裙子里面穿的是隐形胸贴，裸色翅膀形状的内衣，托着柔软，呼之欲出。就连兰医生以挑剔的眼光打量，也不得不承认，实在很耀人眼，加之腰身纤细，看起来更勾人魂魄。

陈错手里还拽着裙子，见兰医生的眼睛紧盯着她的胸部，她下意识地挺了挺腰，就觉得这个情敌实在有趣。她也不急着将裙子穿上，大大方方地朝兰医生张开手：“要摸吗？”

兰医生惊得结结巴巴：“谁，谁要摸了？”

说罢，她瞟了陈错一眼，说道：“赶紧把衣服穿上！”

陈错乖乖地点头，等收拾好，她走到兰医生桌前，停了下来。兰医生警惕地看着她，陈错突然伸出手，说道：“你还没给我药呢。”兰医生公事公办把她要的药放在桌上，就埋头翻看着病历。

她实在不想和陈错多说话，哪知陈错拿了药，还不放过她。她绕到兰医生的身后，弯腰凑到她耳边，手撑在桌面上，小声地说道：“兰医生，你也不用这么怕我。毕竟我们同病相怜。”兰庭心不自在地往旁边避了避，双手一摊，望着陈错，不知她话所指。

陈错手指点了点那袋特产：“都喜欢上了一个不解风情的男人，不是吗。”

兰庭心下意识地想要否认，可话刚到嘴边，又咽了回去。她摘下口罩：“我是喜欢阿峥，但是你和他……老实讲我并不担心。”

陈错直起腰，饶有兴趣地说道：“怎么说？”不等兰庭心开口，她又恍然道，“对了，他说过，他最不喜欢我这样的女人。”

她手指轻轻从唇边擦过，有些暧昧地说道：“可怎么办呢，我最喜欢他那样不解风情的男人了。”

从医务室出来，陈错眉眼尽是愉悦，穿过走廊，不远处是一小片树林，黄昏光影错落，有人站在走廊那头，长腿交叠，背靠墙面，双手抱于胸前，在等她。

陈错脚步轻快地走上前，停在陆峥面前。陆峥眼神本看向别处，直到陈错跳着在他面前出现，他才微微后仰，下意识地挑了挑眉，跟她保持距离。陈错得寸进尺地将身子朝前倾，还伸手撑住墙面，玩味地抬眼瞧他。

她动了动鼻子，将脸凑到陆峥下巴处晃了晃：“在吃糖吗？什么味道的。”陆峥腮帮子动了动，一言不发。陈错自言自语地说道：“哈哈，薄荷味的？戒烟糖？”

陆峥终于开口说道：“别靠这么近。”

陈错歪头问道：“怎么了，不舒服？”

陆峥不回答，就算是默认了。陈错自己本来还有点儿力气，没想到被陆峥这么一推一拉，还没等她反应过来，就已经踉跄退后几步，但陆峥又太有分寸了，她身子刚有点儿不稳，又被他牢牢托了一把腰，站定了。

她反手摸了下腰，那里好像还留着陆峥的余温和他身上的味道。陈错双眼微弯：“手感好吗？我的腰。”

陆峥望了她一会儿，最后像认输似的，摇了摇头说道：“刚才非常抱歉，我不是故意的。但也请陈小姐停止你的无聊行为，陪你玩的人很多，你没必要把时间浪费在我身上。”

他话音刚落，就见陈错一副惊讶的表情。陆峥本以为说动了陈错，哪知下一秒，陈错竟然拍着手说道：“你第一次和我说这么长的话，真好，你的声音很不错，我喜欢。”陆峥哑然，知道面前这位小姐大概是听不懂人话了。

不想多言，只好走人。他刚侧身，就被陈错看出了意图，迈步去拦。下一秒，陈错就被陆峥扣住手腕，力气大得惊人，大概是想吓她一吓，不要再来纠缠自己。可惜陈错双手交叠一挣，趁陆峥没留意，反手扣住他的脖子，想要将他按在墙上。

哪知陆峥反应极快，没几下，陈错就跟个犯人似的，被摁在了墙上，脸贴墙面，双手被反扣在身后，大腿压着大腿，全方位压制。陈错愣了几秒，不禁笑出了声。陆峥冷着脸，手里拽的，身下压的，是又香又软，货真价实的女人，不是队里的那些糙汉。

感觉到身后人往后退开了一些，陈错动了动自己的手腕，又摸了摸贴在墙上的脸，转回身道：“陆队长，你对我也太不客气了。你弄得我好疼啊。”他看着一脸娇气，又含着笑的陈错，眼底似有困惑。

陈错是真心喜欢陆峥的那双眼睛，眼皮很深，睫毛也长。现在冷眼望她，像打量也是审视，又有些不知道该拿她怎么办的苦恼。种种凑在一块儿，倒意外的鲜明。他的眼里，总算出现了她的影子。毫无顾忌的进攻总有影响，有一就有二，一处守不住沦陷了，就会步步后退。陈错一眼不眨地与他对视，带着股天真又坦荡的勾引。陆峥突然又用力推着她的肩，将她按在墙上。

他凑得很近，脸颊微倾，暧昧地跟她贴在一起。陈错下意识地抬起下巴相迎，像是吹响了胜利的号角，她满心欢喜，志得意满。她无视被晒伤的肩膀，撞在墙上引发的疼痛，只想在此时此刻，能偷来一个吻。

可惜陆峥坚毅的下巴，只停留在她的鼻尖处，一个呼吸间的距离，便抽身而去。只留下陈错依然保持着原有的姿势，愣在那里。她的欢喜尽退，陆峥终于见她脸上露出些许失措，反而笑了。她从没有见过他笑，这还是第一次，在他笑完之后，又欣然地说道："我果然不太喜欢你。"

陈错脸色暗了下来，好半天才哼笑道："这个我早就知道了。"

陆峥仍注视着她："因为你把这些，只当作是一场消遣。"

陆峥把话说完，就转身离开。陈错看着陆峥离去的背影，突然发现，还没认识多久，这男人就让她看够了他的背影。

她喊道："陆队！"陆峥停下，陈错自他右手边跑过去，头发顺风而起，几缕发丝擦过他的脸颊。陆峥看着陈错远去的背影，意识到陈错叫住他没别的意思，只是这一次，她要比他先离开而已，为了那点儿面子和自尊心。陈错走得早，没看见，那男人在她身后，看着她的背影，竟然笑了。这可不像往日硬邦邦的陆队，笑意纯粹，带点儿柔软。

第二天拍摄，陈错全副武装，长袖长裤。拍到一半，陈错灌了半瓶冰水，当天晚上月事就来了，肚子疼到不行，拍摄完后，她从医务室出来，面色泛青，嘴唇发白，捂着小腹，慢吞吞地走着。

刚刚兰医生给她开了药，叮嘱她再不能吃生冷的食物，也要注意不要劳累过度。陈错只拿起放在桌上的药袋，点头，却不应声。在她工作的时候，这些都不是理由。陈错出来工作这些年，知道想在背后不被人闲言碎语，就要比任何人都努力。只有做出成绩来，才能硬着腰杆跟人叫板。

陈错将药当糖块一样嚼着吃了，出了医务室，心情实在是不好。背疼，小腹也疼。在拍摄时偶尔也会发生一些小意外，就是她在微博上大火的那个短片，她在拍摄一个瀑布的时候，踩在一块长满青苔的石头上，险些滑到深不见底的深潭里去。

肖春总说她拍起东西来，跟不要命似的。陈错虽想反驳，可确实也是如此。她爱镜头里的世界，想将这世间所有的美，都用镜头呈现在大家眼前。

陆峥从澡堂里出来，准备去吃饭。因为拍摄的缘故，饭点要比平时晚。在饭堂不远处的一棵树下，他看见陈错蹲在那儿，埋头不知鼓捣着什么。陆峥淡淡地看了她一眼，本不想去搭理她，可他又忍不住想知道她在干什么。他悄然走到陈错身后，默不作声地看着她。

陈错的个子比较高，平时气势也强。现在蹲在那里，蜷成一小团，倒是有几分可爱。他站在她身后，看见陈错拿着手机，开着相机在拍地上一群正在分食一小块面包的蚂蚁。他看到陈错左手腕上挂着一个塑料袋，里面装着半个面包，显然和地上用来勾引蚂蚁的是同一份。陆峥没想过陈错会做这么无聊的事，更没想到自己也会这么无聊，竟然站在她身后，看她拍个不停。

这时陈错终于拍满意了，蹲在地上伸了个懒腰，哪知手刚伸开，就打在了一个人的身上。吓得她想要起身，又一个不稳，往后一仰，她没倒在地上，而是坐在了左右迈开，站得极稳的一双军靴上。陈错背贴着身后人的小腿上，她仰头向后看，就看见陆峥的下巴和那双黝黑的眼睛。

从这个角度看过去，基本没有谁能扛得住，包括陈错曾经拍摄过的人气小鲜肉。可这些却在陆峥身上不存在，他仍然轮廓硬朗，帅气逼人。他动了动脚，示意陈错的屁股还坐在自己的脚背上。

本以为陈错会立刻站起来，但他还是低估了这个女人。只见陈错伸出手，笑意盈盈地说道："陆队，拉我一把。"陆峥知道，面对这种蹬鼻子上脸的人，应该将脚抽出来，让她一屁股坐地上。可他没有这么做，而是伸出手去握住了陈错的手，一个用力，将她拉了起来。

陆峥想了想，问道："你在这儿做什么？"

陈错晃了晃手机："拍蚂蚁啊，你不是看到了？"

陆峥一时无语，他是看到了，只是以为陈错会找个更好的说辞罢了。如此简单明了，一时让他不知道该说什么好。陈错突然伸手在陆峥脖子上撩了一把，陆峥身子一僵，语气很不友善地说道："你……"

陈错揉擦着指腹上的水珠说道："陆队长，才洗完澡出来？"陆峥当作没听见，径自往食堂走去。陈错跟在他身后，手腕上提着的袋子窸窸窣窣地响。

她轻轻地问道："你要去吃饭吗，我们一起吧？"

陆峥头也不回："我记得你好像吃过剧组的盒饭了。"

陈错嘟囔着说道："剧组的盒饭不好吃嘛。"

她加快步子，走到陆峥身旁，故作可怜兮兮地说道："你走慢一些，我肚子疼。"陆峥上下打量了她一番，最后定在她略显苍白的嘴唇上，虽然没有回她的话，但脚步还是放慢了一些。

这个点还是休息时间，刚从食堂吃完饭出来的人不少。还有几个人与陆峥认识，当下就笑嘻嘻地往他俩身上瞧，暧昧十足。陈错毫不在意，陆峥亦然。进了食堂，陈错跟在陆峥身后打饭，她今天斜斜地扎了个辫子垂在胸前，白T恤牛仔裤，素颜，倒是能唬住食堂大妈。

她冲打菜的大妈甜甜一笑，哄得大妈舀了一勺满满的红烧肉给她，还叮嘱陆峥："小陆啊，好好照顾这个水灵的大姑娘。"

陆峥对长辈一向是很有礼貌的，他点了点头，说了声"好"，然后领着陈错到一边的空桌旁坐下。刚刚对着大妈还是满脸堆笑，这会儿坐下来正眼都不瞧她一眼，就只知道埋头吃饭，速度很快，却不粗鲁。

陈错吃了几口饭，就吃不下了，她很难受，暗中一直压着自己的小腹。见自己还没吃掉四分之一，陆峥餐盘里的饭菜就已经所剩无几了。陆峥看着她依旧慢吞吞的，突然端起自己的盘子，走了。陈错抬头，喊了一声，见人没搭理她，只好皱着眉头，继续吃饭。

她得吃饱，不然月事痛再加上胃痛，能把她折磨得够呛，于是吃饭的速度比刚才加快了许多。她担心陆峥走远了，吃了没几口，就搁下筷子，正想站起身，肩膀就被人压住了。陆峥站在她左边，将一瓶牛奶放到桌子上，淡然地问道："去哪儿？"

陈错看了看那瓶牛奶，再瞅一眼陆峥，顿时眉开眼笑，感觉肚子都没那么疼了。她摇了摇头，说道："不去哪儿。"她伸手将那瓶牛奶拿过来，玻璃制瓶身，还是热的。陈错将吸管插进去，一连吸了好几口。温热的牛奶吸进胃里，熨得人心都暖暖的。

陆峥看她餐盘里剩了许多饭菜，不禁皱眉道："吃不下了？"陈错点点头，他挑眉，说教道，"你知道在灾区，要吃到这样的饭菜有多难吗？”

陈错嘴里咬着吸管，好半天才松开，舔过唇边的奶渍，眯起眼睛说道：“我知道啊。”被陈错这么一说，陆峥顿时也不知该怎么接茬儿了。

这时，陈错又接着说道：“三年前我经历过一场地震，被埋在下面四天三夜，别说饭了，我当时连虫子都吃过。”她说话的语气轻描淡写，好似在回忆一场趣事般，“被救出来的那段时间，我拼命地吃，那会儿胖了十斤，还把胃给撑坏了。”

陆峥沉默了一会儿，起身去取来一双筷子，将陈错的餐盘拖到自己面前，快速吃了起来。陈错坐在他对面，见这个男人毫不犹豫地将饭菜往他嘴里送，她晃了晃小腿，欢快地哼起了小曲儿。

心情好了，小腹也没那么疼了，心思便活络了起来。陆峥刚刚应该已经吃饱了，现在又吃她的这份，动作就慢了下来。陈错拿起筷子，往餐盘里夹了一筷子，陆峥顿了顿，抬眼望她。陈错三两口嚼吞入腹：“帮你吃一点儿，免得陆队待会儿胃不舒服。”

陆峥没搭理她，继续低头吃餐盘里的饭菜。陈错又用八卦的语气问道：“那个娃娃脸说很多人对你投怀送抱，是真的吗？

陆峥头也不抬地回答道：“假的。”

陈错笃定：“我不信。”

陆峥给了她一个爱信不信的眼神，接着陈错托着下巴，似自言自语地说道：“不过呢……你这么不解风情，人家小姑娘喜欢上你呀，指不定会被伤成什么样呢。”

她啧啧地为别的姑娘们叹息，满脸心疼，好似看见了陆峥伤其他姑娘们心的画面一般。陆峥进食的速度加快了一些，显然不想再跟她继续这个话题。陈错双手捧着奶瓶，一小口一小口地抿，含情脉脉的眼神一遍遍地在他脸上来回扫射。

感觉到了她的安静，陆峥便多疑起来，总觉得一会儿还会有些什么预想不到的事情等着自己。他抬起头，看见陈错望着他，两人对视了许久，竟然是陈错先别过头去。陈错眼神不自在地往一旁瞥，又用手摸了摸自己的脸，眼睛先是落在光滑的桌面上，企图要看清自己脸上是不是有什么东西，然后又生生忍了下来。

见她动来动去，一副极不自在的样子，陆峥问道：“你刚刚不是有很多话要说吗，现在怎么不说了？

陈错双眼霍地亮了起来：“你是在关心我？想听我说话？

陆峥语气一顿：“不是。”

陈错兴奋地说道：“陆队，你知不知道，关心一个人，就是喜欢上她的开始啊。”

陆峥挑眉：“我关心的人很多，那岂不是每一个我都要喜欢？”话音刚落，他心里就有些后悔。他心想：不应该搭话的，对面这人肯定更来劲儿了。果不其然，陈错身子朝前倾了倾，把声音压得很轻，跟说秘密一样地说道：“我和她们不一样。”

陈错笑得很甜，声音更像是揉了蜜，她说道：“因为我喜欢你啊。”陈错话音刚落，她就紧紧地盯着陆峥，不愿意放过他的任何一个面部表情。她清楚地看到，陆峥的瞳孔微微一缩，身体向后仰了仰，这是防御的姿势。他嘴唇微启，像是要说什么，但又咽了回去。

他不禁皱起眉，疑惑地看着她，不一会儿，他的表情又恢复了淡然。陈错有些失望，但也知道有些事情是急不来的。这时候，陆峥站起身说道：“我吃完了，先走一步。”

陈错急忙也跟着站起身，回道：“别啊，我们一起啊。”

陆峥端着餐盘，垂眸望她：“你要跟我回宿舍？”

陈错赶紧说道：“我是很想去啊，但你们宿舍还有其他人吗？”

陆峥：“没人你也不许去，这是规矩。”

陈错敷衍道：“知道了，陆队长，这是规矩。”

等陆峥将餐盘放好，食堂做饭的阿姨塞给他两个桃子，他随手递给陈错一个。桃子嫩红嫩红的，陈错美滋滋地接过桃子，一口咬下去，她被喷射出的桃汁溅了一身，陈错僵住了，她嘴里含着桃子肉，站在那里不知所措。

她缓缓转过头，看向陆峥。陆峥的脸微微侧着，右手成拳压在嘴唇处，肩膀微微颤抖，显然是在偷笑。

陈错咬牙切齿地说道：“你为什么不提醒我一下。”

陆峥轻咳了一声，眼睛里还有未褪尽的笑意：“我不知道这个桃子，这么……熟。”

再然后，他就笑不出来了。桃子汁顷刻间在陈错的白 T 恤上洇开变透，他甚至能看清陈错今天穿的内衣，是蕾丝边的。

第三章 你是救我的光

陈错嘴唇红润，湿漉漉的，她还用舌头舔了舔，并非故意，只是本能。她感觉桃汁沾染之处都黏黏腻腻，简直令人抓狂。食堂外有一排水槽，是为了方便大家洗手用的。她嘴里叼着桃子，拧开水龙头，仔细地清洗了好一会儿。陆峥不知从哪儿拿来了纸巾，递给她。陈错说了声“谢谢”，发现陆峥脸色古怪，像有话要说，但又有些难为情说不出口。

她将手上的水珠拭净，又小心翼翼地咬了一口桃子：“干吗这样看我？有那么好笑吗？”

陆峥摇头：“你衣服湿了。”她低头一看，这才发现胸口已经洇开了一大片，陈错尴尬地用纸巾擦拭着那片湿透的T恤，结果越擦越糟糕。

下一秒，一件衣服带着浴后的皂香，拢住了她。陆峥脱下军装外套，给她套上，他只穿着一件背心：“把扣子扣好。”

陈错受宠若惊，将衣服穿好，扣好扣子。她脸颊有些发热，又不愿被他看出来，只好先开口调笑道："陆队，你今天怎么对我这么好。"

陆峥看她一脸傻笑而不自知，低声说道："衣服记得还我。"

陈错闻了闻袖子，小声说道："好香啊。"

她的鼻子刚从袖口挪开，陆峥就嫌弃地说道："别乱闻，记得把衣服还我。"他顿了顿，"不许在人前还。"

陈错嘟囔着说道："干吗啊，你怕人误会啊。"

就算陆峥不提醒她，她也不会那么做的。可想是一回事，听陆峥这样直白地说要避嫌，又是另外一回事了。见她不情不愿，陆峥挑眉道："误会什么。"

陈错将束住头发的橡皮筋扯下来，她的长发，在空中划出一道优美的弧线，发间裹住的浓郁香味，瞬间飘散在陆峥鼻息间。陈错将头发顺到胸前，将过长的袖子一下下折起，说道："怕人误会我和你做了什么啊。"她说的话带有一丝丝的暧昧，语气不紧不慢。

陆峥似被她的香意迷惑，追问道："我和你做什么了？"

陈错察觉到了陆峥的不同，她顿时掀起眼睫，望向他。慢慢地，她勾起微微带笑的唇，妩媚地说道："你说做什么？"

陆峥看着陈错，她双颊不知道什么时候变得绯红，尖尖的下巴，脖子很细，被他的衣服拢住了。他知道现在两个人的情绪都有些不太对，他什么话都不该说，什么事都不该做。因为他真的有点儿想伸手去碰一碰陈错的脖子和下巴，又或者是她的耳垂。一盏路灯突然噼啪作响，大概是有飞蛾撞进了灯罩里面，不断地煽动着翅膀，发出扑棱扑棱的声响，将陆峥惊醒过来。

陆峥抬腕看了眼手表，说道："我该走了，训练的时间到了。"

陈错显然也没从这突如其来的氛围中挣脱出来，她慢半拍地"啊"了一声，埋怨道："哎呀，你着什么急。"

可是转眼陆峥就走出老远，他得先回宿舍穿衣服，他现在只穿着一件背心，衣衫不整就去训练，要是被上司看见，肯定要被训一顿。可谁又知道他为什么把衣服给陈错穿上，大概是不想让陈错顶着湿答答的前襟，穿过这满是男人的训练营，彻底扰乱军心吧。陈错见他走得快，只好小跑跟上去，还在纠结地说道："肯定没女孩儿追你吧，投怀送抱都是骗人的，是吧。"

陆峥突然停下，陈错险些跟他撞上。她抬头，看见陆峥斜斜地也在看着她。他的睫毛很长，眉骨也深。这样半明半暗地望着她，帅得让人心慌。他愤愤地说道："怎么没有，你不就是？"陈错怔住了，站在原地，都忘了怎么回答他。好半天，她才捂着怦怦乱跳的胸口，骂自己没骨气，陆峥只用了一句话，就将了她一军。

陈错穿着陆峥的外套回到酒店，在楼道里撞上了制片。制片在她的胸口和外套上来回梭巡了一番，脸上露出了耐人寻味的笑容。陈错冷淡地跟制片点点头，刷卡进了房间。

陈错将陆峥的衣服扔到床上，她也一头栽倒在了床上，鼻子埋进衣服里，狠狠地嗅了嗅。真好闻，男人的味道暖融融地包裹着她，她红着脸，抠着那军扣。上面还有纹路，坚硬冰冷的，摸久了也就热了，就像他一样。

她拿出手机，将陆峥的照片翻出来看。她好久没这么喜欢上一个人了，刚开始确实是一时兴起，后来越接触越觉得他越迷人。陆峥很少笑，刚刚分开的时候，他侧着脸，笑得有些邪性，还狂野，就像初次见面的时候，她看到他眼睛里的那团火。

这会儿陈错有些想入非非，小腹酸软，她双腿忍不住绞在一块。这时月事痛又去而复返，把陈错那点子遐思都冲得一干二净。她本打算致电前台，将衣服送去干洗，可手指刚落到电话按键上，就收了手，最后她还是打算自己用手洗。

第二天衣服晾干了，陈错在衣服上喷了些自己常用的香水。一款名为VousCoucherAvecMoi的香水，中文名：春宵一刻。可惜陆峥不懂香水，她甚至都能想到陆峥拿到这件衣服时的表情，定是又嫌弃又后悔自己的绅士举动所引来的麻烦。

陈错背了个大包去拍摄现场，穿着防晒衣，戴着口罩。拍摄前她吃了几片药，助理许家忧心地看着她，小声问有没有要帮忙的。陈错点点头，然后用下巴指了指摄影机，示意对方好好学。

这些天连续拍摄，加上起床太早，陈错为了醒神，抽了好几根烟，连带着嗓子都哑了。她选择能不说话，就尽量不说话。拍摄的时候，许家给她叫了份外卖，是一杯生姜红糖水，送到她手里时还热乎乎的。

她惊讶地看了许家一眼，这时她才发现，这个大男孩也很阳光帅气，还是个十足的暖男。陈错拉下口罩拿出手机，对许家说道："多少钱，我转给你。"

许家忙摇头："没多少钱，不用了，陈老师你教了我这么多，这杯红糖水算不得什么的。"陈错哭笑不得，将微信打开，在线给他转了个红包。红糖水挺甜的，就是有些腻。暖得胃倒是舒服，陈错一直拧成一团的眉稍稍松开了一些。

今天拍摄的第一个项目是索降，遇到一些高楼起火，就得用上这个。陆峥穿着军绿色的训练服，站在那栋绿色的高楼上，动作很快，也非常利索。他将绳索锁扣扣好后，就飞速地从楼上往下滑，双腿有力地蹬了几下，几秒钟就平稳落地了。

导演笑着喊"卡"，说动作不错，再拍几条就能过了。陆峥站在导演身后看镜头，审视自己的动作。陈错站在摄影机后面，端着她的饮料慢吞吞地喝。

她感觉到有人在看她，抬眼望去，竟然是陆峥。陈错笑了，用唇语说道："你刚刚真帅。"可惜陆峥只看了一眼她手里的糖水，就不冷不热地移开视线，没有回应。

陆峥的戏份所剩不多，他的单人场景基本都拍摄完毕。接下来剧组就要留在部队拍摄团队训练，等团队训练部分拍摄结束，再进行纪录片形式跟拍现场。陆峥的剧本被他翻得皱巴巴的，虽然无需他说台词，但他还是将之背得滚瓜烂熟。他做事一向认真，今天在拍索降时，却有些分心。

只是这种分心，一般人都看不出来，只有和他一组的白田感受到了他动作上的凝滞。白田拍摄结束后，跑去喝水，陈错递给他一瓶冰水，让他带给陆峥。白田眉飞色舞，笑嘻嘻地给陆峥送过去，哪知陆峥不领情，让白田喝。

白田犹豫了一会儿，还是没喝。他再怎么没眼力见儿，都不敢就这么把这瓶水给喝了，要是陈错知道了，那得多伤心啊。因此，白田把那瓶水就放在了不太显眼的地方，直到瓶身上的凉意不在，都没去到该去的人手上。

导演喊“卡”的时候，陆峥的最后一个镜头就算圆满了。陈错理了理自己汗湿的头发，然后等陆峥和导演组的人谈完话，就走到他面前说道：“你的外套，我什么时候还你？”她的声音非常低，除了陆峥，大概谁也听不见，很有避嫌的觉悟。

可是陆峥却沉声说道：“不用还了。

陈错愣了一瞬：“你就不怕我拿它干坏事？”

听她这么说，陆峥将她从上至下扫了一眼，然后说道：“你能拿它做什么？”

陈错转移话题：“为什么不要了，之前不是说好了吗？”她语气失落得宛如失去了一个约会机会，而不只是简单的还衣服而已。陆峥还没闻到她留在衣服上面的香水味呢，她这样想着。

陆峥不作太多解释，言简意骇地说道：“就是不要了。”说完他将刚刚松开通风的扣子，又重新扣上。指节修长，手腕有力，摸着那硬质感的军衣，非常性感。可惜这时候，陈错也没办法沉迷美色。

明明昨天还好好的，今天又对她闭上了一扇门，连给她翻窗进去的机会都不留下，灰头土脸，很挫败。她心犹不死：“你的戏份结束了，我们晚上一起在食堂吃顿饭吧？”然而陆峥只给了她一个花痴的眼神，整整领子，朝自己所带的队伍走去。

他的拍摄结束了，该回到自己正常的生活了。陈错，只是一个错误，她不适合他。

陈错伸手够了一把，但立刻又回过神，意识到这里还是剧组，她不应该这么情绪外露，让别人看到，该会怎么想。可又实在是不甘心，拍摄结束，这意味着她和陆峥见面的机会，就更少了。因为现场跟拍，得选一个有默契，并且有过拍摄经历的消防队。

陆峥带领的这个队是去年才组建的，来参加拍摄的可能性不大。尤其是陆峥的态度根本不明朗，要说完全不喜欢，那昨晚那些玩笑似的话，仅仅只是陆峥的一时兴起吗？

下午的拍摄，是许家掌机，陈错在旁边指导。男孩子个高体力足，用摄影机的持久力比较好。很多次陈错为了教他拍摄走位，几乎都贴在了许家身上，把这个有些腼腆的大男孩搞得有些手足无措。倒是陈错板起脸，让许家把器材卸了，一边待着去，什么时候找回专业性了，再回来。许家灰白着脸，走到一边。

而陆峥那里，他在带队伍操练，戴着军帽，双手交叉抱于胸前，脚与肩持平，他身上散发的强大威压如同一座大山一般压在那些士兵的心头，兵蛋子们一个个都忍不住瑟瑟发抖，只觉今天要被心情不好的教官，操练到精疲力尽。

陈错将所有低落情绪，在工作的时候全部抛诸脑后。只有拍摄结束，她才能发泄一下这些负面情绪。剧组拍摄结束的当晚，训练场上就只剩下被他们集中拍摄的那一队，其他的队伍都去了食堂吃饭。

怪不得陆峥在她约饭时，会给她那样的表情。而被陆峥训练得哭爹喊娘的士兵们，一个个觉得陆教官今天是不是情绪那里不对劲。不但训练得狠，还训练得晚，比平时足足拖了有半个多小时。等他们一到食堂，一个个都狼吞虎咽起来。

教官单独一桌，白田端着餐盘走过去，一屁股坐在陆峥旁边。然后他就像发现新大陆一样，瞪大了眼睛，因为陆峥的左手边，放着今天陈错让他给陆峥的那瓶水，都喝了一半。白田指了指水，又看了看陆峥，说道："你真是个闷骚男，连喝水都不敢当着人家小姐姐的面喝。"

"小姐姐"这个词是白田从微博上新学来的，他年纪轻，接受的新事物，新信息也多。刚一说出口，陆峥就以一种鄙夷地眼神看着他："你丢不丢人？都多大了，还喊人家小姐姐。"

白田才不会这么轻易被转移话题："这水是陈错给的那瓶吧，是吧，是吧！"

陆峥轻哼一声，让白田闭嘴。白田还要磨叽，陆峥扬眉，威胁般看了白田一眼，白田不敢再说，但心想着，陈错还真有可能成为嫂子。看陆哥这态度，就知道两个人之间肯定不简单。

丝毫不知道自己已经成为白田心中嫂子的陈错，在拍摄结束后吃不下饭，回酒店买了碗粥，喝过后就去剪辑师的房间看成片。一般剧组拍摄，各个部门都是同时进行，包括剪辑。这样才能及时知道哪些镜头能用，哪些镜头需要补拍。

然后她又去美术组和导演一起开了个会，确定了之后的拍摄场景和所需变动，最后才回到房间，准备洗澡。而就在她进入浴室洗澡的时候，她隔壁房间的客人，刚好洗好了澡。女客人吹完头发，就将吹风机放在床上，开始化妆。

女客人在半小时后有个约会，她心情极好地描眉抹唇，然后提着包包准备出发。她找来一张卡片，插入卡槽。她不希望在她走后，房间里的空调停下，毕竟这天气实在太热。她出门，而陈错刚挤出洗发水洗头发。

酒店的浴室设备不错，喷头水流很大，除了水声，她什么都听不见。浴室里全是水汽，雾蒙蒙的，所以她不知道，在五分钟后，隔壁房间那个被女客人遗忘的吹风机，因为没有关掉开关，而将床单吹干点燃。

而此时的陈错还在想，如何能够再见上陆峥一面。而能夺人性命的浓烟已经快速地顺着走廊，从她房间的门缝中一缕缕钻进了她的房间。陈错关上喷头，她隐约能听到嘈杂声，但不知从哪儿传来的。她拿来浴巾，将身体裹住，凝神静听了一会儿，她好像听到了救命声。也不知是不是她的错觉，她刚洗完澡，身上还带着水，可她还是很热，她觉得整个浴室就像个巨大的闷炉，闷得她心慌。

她艰难地喘了一口气，月事期让她比平时还要虚弱，她打开门，顿时被满室的浓烟给呛了回去。隔壁的火已经殃及到了她的房间，挂在墙上的液晶电视已经变形，随时都有爆炸的危险。

陈错捂紧口鼻，重新将门关上。这里离消防队很近，救援很快就会来。她必须冷静，才能成功脱险。

陈错发现起火的时间太晚了，从刚刚开门的情况来看，如果现在她出去，十有八九被呛晕在半路，陈错当机立断，将挂在一边的毛巾和衣服扯下，用水全部浇湿。然后塞到浴室门缝下。她将自己身上的浴巾也浇湿了，再浇湿一块毛巾，绕着脸绑在后脑勺儿上，做了个简单的口罩。

她打开窗户，往外看。她住的楼层不高，在四楼。可窗外没有任何安全落脚点，管道在三米外，可供扶手太少，她被彻底困死在房间里了。陈错虽然面临过死亡的险境，可在这种生死攸关的情况下，她还是会害怕。虽然心里笃定会有消防员来救她，但她更怕她撑不到人来。

陈错捂着怦怦乱跳的心，努力让自己的呼吸不要太急促。她不知道她浴室里进了多少烟，这次为了来拍摄消防宣传片，她还特地买了一些相关题材的书来看。其中有提到，在实际生活中，百分之八十的遇害者，都是吸入浓烟中毒或窒息死亡的。

她将蓬头打开，调至冷水，不断浇在浴室的墙壁和那扇门上。很快，消防车上的警铃就从远处传来，陈错将蓬头放开，跑至窗边。然而她的浴室窗户面朝酒店背面，消防车应该停在大门口，她看不到一个消防员，陈错的眼泪在眼眶里打转，她忍了忍，告诉自己不要急，一定会没事的。

火势越来越猛，她的房间离起火源又近在咫尺。而此时楼下三队消防官兵已到位，陆峥指挥禁戒组疏散群众，然后他就看到了剧组的人在不远处，正看着楼上的火势，制片和导演的脸都白了，不知在说些什么。

陆峥快速地跑了过去："你们是住客？"

导演一看到陆峥，当下扑了过来，焦急地说道："陆队！陈错联系不上了，她，她好像被困在里面了，起火的地点，就在她那儿！"

陆峥神色一僵，咬牙让对方冷静，确认了被困的人里面有陈错后，他指挥灭火组，单干线正面突破，实施内攻灭火。陆峥从消防车上拿出梯子，他要快速爬到三楼，再往上走。一层层上去，还要靠掩护，太慢了。

战勤员老陈听到陆峥的决策，忙道："陆队，这楼层不算太高，从里面攻入还是来得及的。"

陆峥抹了一把脸："我怕被困人员等不及。"

浴室的门已经被火燎到了，因为水浇上去，已经在冒白烟。门上还有玻璃，磨砂玻璃已经非常明显地出现裂缝，爆开也是早晚的事情。

那时候就再也没东西可阻挡浓烟和火势，她要死在这里了，陈错没有任何一次，这么深刻地意识到死亡在一步步逼近。

如果上次地震被困，是漫长的凌迟，那这次就是心惊肉跳，刻不容缓的绝境。陈错咬咬牙，她等不到人来救她了，她得自救。她攀到窗子上，将腿伸了出去。

陆峥从三楼破窗而入，他看了眼天花板，还没有被烧焦，可室内的浓烟已经到了非常危险的地步。他踢开门，用最快的速度，朝上跑。这时对讲机里传来声音："陆队，三楼有被困人员，在 3102 房间，你能赶过去吗？"

陆峥停下脚步，低沉地回答道："收到。"给他传递这个消息的是白田，被困者是一位男性，报告这个消息的是他老婆，说自己老公没下来，肯定还在房间里。白田也知道陈错被困的事情，也知道陆峥用极为冒险的方式到达三楼的原因。

可就算如此，陆峥也不能不顾三楼的被困人员，去四楼。这是他们消防员的职责，哪怕他知道，万一来不及营救陈错，陆峥会后悔一辈子。可让陆峥见死不救，他也会悔一辈子。他不知道，陆峥是以什么样的心情说出"收到"两个字的，只希望进入火场的几组消防员，能够尽快抵达四楼。

这时白田身后突然传来一个女人的尖叫声，回头一看，竟然是刚刚那位哭着说老公还在酒店里面的女客人。她搂着一个男人又笑又叫，白田顿时愣在那儿，女客人还沉浸在自己老公安全的高兴中，她就被人用力扯了一把，回头一看竟然是刚刚她向其求助的消防员。

因为白田的力道太大，女客尖叫了一声："你干什么啊！"

白田忙松开手，他刚才没控制好自己的情绪："这是你老公？"

大概是他的脸色太差，女客人也不高兴了："是啊，他没在里面，你做什么这副表情！他不在里面，你还不高兴啊！"

那女客人的老公看到她这么一说，也发作起来，推了一把白田："你们怎么回事！"

白田没管对方的挑衅，忙拿起对讲机，跟陆峥说道："陆队，

3102 的被困者是误报。”对讲机里好一会儿才响起电流声：“知道了。”然后他就听到四周一阵惊呼。他抬头一看，竟然有个消防员从窗户里爬出来，徒手往上爬。

陆峥打开 3102 的房间，发现里面没人。他不确定那个人究竟是跑了，还是晕倒在哪儿了，必须要进行搜救。而通往四楼的楼梯已经烧了起来，他单枪匹马，冲上去要消耗的时间太长。这时误报的消息传来，陆峥没有犹豫，打开一扇窗户，就爬了出去。

陈错刚将脚踩到外面只有几厘米的石阶上，她就已经感受到了一股风滑过她的脚踝。这比浴室里的闷热，更显得诱惑力十足。她扶着窗，坐在窗沿上，正想把另外一只脚也伸出去，她看了一眼楼下，判断从四楼跳下去，有可能会摔死，也有可能会瘫痪。她苦笑了一声，这真是一场豪赌。

就在这时，一阵强烈的爆破声传来，浴室的门终于撑不住，炸裂开来。陈错避无可避，只能闭上眼睛，手死死地扣着窗沿，任由那些四射的碎片，擦过她的皮肤。万幸没有伤到要害，都是些小伤口，不幸的是浓烟一涌而入，顷刻间，就扑到她面前。她感觉到了迎面而来的高温，几乎要站不住。

前有火，后有四楼高度，简直进退两难。陈错小心翼翼地挪动着步子，只是脚下一空，她猛地滑了下去。心跳非常剧烈，她死死地睁着眼睛，不敢闭上。她的双臂因为双手抓着窗户边沿，因过度用力而颤抖着，脚不断地滑动，想重新找回落脚点。

眼睛被熏得很疼，眼前一片模糊。窗沿也开始发烫了，铝制品导热很快。陈错缓缓闭上眼睛，她快抓不住了，谁来救她？谁能救她？！就在这千钧一发之际，她的手腕突然被人抓住，那人力气极大，一把抓着她，就往上提。陈错将眼睛睁开，她看不清这个人的模样，只能通过这个人戴的面罩，隐约看到那一双眼睛。

那双让她初次见面，就沦陷的眼睛。

他将自己的氧气罩摘下来，扣在她脸上。然后，死死地搂住了她。

陈错这些年，也遇到过许多人的追求。奇招百出的有，俗气老土的也有。感动她的也不是没有，可这一切都比不上在生命受到威胁时，这个将氧气罩给了她的男人。陈错没有矫情推拒，她将脸埋在陆峥的消防服上，气味不算好闻，却让她非常安心。

她感觉到陆峥将绳索围着她和自己捆了一圈，然后陆峥跟她说道："抱紧我。"陈错这辈子都没抱过谁这么紧，好像要把自己揉进对方的身体里。究竟是因为死里逃生，还是别的情愫，这会儿头晕脑涨的她自己也不清楚。

今早才拍过的索降，如今就切身体会了一次。陆峥搂着她，下降的速度也不能太快。几个起落，终于抵达地面。陈错的脚刚站上地面，陆峥就快速地解开了他们身上的绳索。

从火场突围，陈错才觉得浑身都是冰冷的，她裹在身上的浴巾湿漉漉的，牢牢地贴在身上，陆峥上下打量了她一番，突然拧眉说道："你站在这儿别动，我让白田找个姑娘给你送衣服。"陈错颤抖着身子，点了点头。

陆峥将绳索重新往自己身上一捆，竟然又要上去。陈错急了："我房间的电视不知道会不会爆炸，你再进去很危险。"可陆峥好像没有听到她说的话，几个动作，就从他们出来的那个窗口，翻了进去。

陈错站在那儿吓得胆战心惊，不一会儿周眉就找到了她。周眉见她没事，红着眼眶向她扑了过去，搂住了她。怎知被她这么一搂，陈错的浴巾就松了开来。她胸前丰盈，纤细腰身，全被周眉看了个一清二楚。陈错这个当事人没叫，周眉却尖叫着红了脸，一双手捂住眼睛，视线还从指缝间探了出来："错姐，你！你的胸！"

刚刚陆峥这么大动作，都没把她的浴巾折腾掉。怎么周眉这么个小姑娘，抱一抱就掉了呢？莫非是刚刚陆峥抱着她的时候，有意识地帮她压着摇摇欲坠的浴巾。想到这里，陈错的脸也有些发热，但这股热意很浅，几乎没人能看出来，毕竟从陆峥松开她的那一刻，她脸上的红晕，就没消退过。

周眉看着陈错又将浴巾重新裹了起来，陈错说道："胸是真的，你不亏。"

周眉脸蛋儿上的温度一下又飙了上去，仓惶地把衣服披在陈错身上。那是一件男士的军装外套，周眉说是白田拿给她的。陈错将外套穿好，罩在浴巾外头，然后问：“剧组其他人没事吧？”

周眉点头，剧组里的人在火烧起来的时候，就及时逃出来了。大概只有陈错比较倒霉，正好在洗澡，听不见，也感受不到。如今人出来了，麻烦还不少。她的手机和单反都留在房间里全没了，幸好剧组所需的器材，因为不方便搬运，放在车里，逃过一劫。

火烧得快，所幸消防队员也来得及时，没多久就将火扑灭了。烧毁最严重的除了起火的房间，连带着陈错的房间，还有三楼的那一片。

酒店的负责人脸都灰了，还要承担酒店消防不合格的责任。因为此事，剧组也没办法立刻开工，尤其是陈错，得去医院做一次全身检查。

导演让制片先送陈错去医院，陈错却没肯立刻走，而是等到消防员一个不落地从里面出来。看着陆峥和队里的人，在车旁边脱下消防服，用水冲走高温。那群消防员，其实年龄都不大，看起来也不过十八九岁，陆峥在里面算是比较成熟的。男生被凉丝丝的水一冲，脸上的脏污都被冲了下来，一个个都露出了笑脸。

陈错看着这画面，这太适合拍下来了，可惜她现在手上什么也没有。陆峥脱了消防服，只穿了件迷彩背心，身上被水冲得痛快，眉眼也稍微舒展了一些。大概是感觉到了陈错的视线，便朝着她望了过来。这时制片催促她赶紧去医院，这大火烧得所有流程都乱了，他得赶紧把她送走，然后再回来重新加班赶工。

她听着制片的话，知道不好耽误，只得上车，眼神略有些不舍地从陆峥身上移开。车上开着空调，她冷得打了一个喷嚏，赶紧把外套往身上拢了拢。陈错在外套上摸到了一个工作牌，黑色长方块，印着端端正正的“陆峥”两个字。

竟然是他的衣服，陈错顿时笑了开来。可笑容刚起，她脸色又黯淡了下去。本还觉得，陆峥的衣服，她都有两件了。现在倒好，烧了一件，身上又穿了一件。不知道这件，陆峥会不会像之前那样，说不要，就不要了。

陈错的伤不重，还能继续开工。然而得知陈错涉险的肖春，已经将电话打到了制片那里，疾言厉色地同制片交涉了一番。大意是陈错是她手里极好的摄影师，这次住的酒店能起那么大的火，除了酒店方有过错，制片在选择上是不是也太轻率了些。别说没什么事，万一真有什么事，谁来担这个责任。

最后肖春说要中止合作，她明天就会到剧组，把陈错接走。制片急得脸都青了，这次的宣传片是要在许多场合中展示的，投资也不小。这贸贸然换摄影师，接下来的工作可要怎么做。就算能找到接替的，剧组这么多人耽误一天，就得多发一天的工资。

制片拿着手机，面带菜色地跟陈错说道："陈老师，这次实在是我们不对，这临时让我们上哪儿去找像您这么专业的摄影师啊。"陈错伸手接过制片的电话，和肖春接上线，她"嗯嗯"了两声，然后让肖春送她之前用的那款手机过来，接着，总算谈到了正事上。

陈错说，她在洗澡，没能及时发现火情，怪不得别人。而且宣传片已经拍了一半，没有半途而废的道理。制片总算松了一口气，心想，谁说陈错脾气大，目中无人的，这不是脾气好着呢。而肖春则恨铁不成钢得要命，陈错这人，哪里是这么冠冕堂皇的主。

之前因为和导演的理念不合，中途说不拍了，那是连违约金都愿意赔，就不拍的主。要不是手上有真功夫，早就被淘汰了。可惜也因为这个脾气，陈错至今都没有达到她该有的高度。肖春私底下不知劝了她多少回，都没用。陈错说，她想拍一些真实的东西，那导演需要的是争议，所以让她拍一些不真实、不切实际的东西，她不愿意。

后来肖春一打听，哪里是跟导演有争议，是导演想潜规则她，还让陈错按着他的思路去拍，不需要陈错有任何意见，陈错就翻脸了。还拿着导演潜规则她的短信，反过去威胁对方，因此闹得不可开交。

而这次又是因为什么，还能因为什么。陈错每次跟她聊天，三句不离那个叫陆峥的消防员，还能为什么，美色误人啊。

回到队里，白田去找陆峥吃饭，顺便叨叨刚才误报的那对夫妻。他们还说要去投诉白田，白田气愤至极，跟陆峥说拼命救他们，那对夫妻怎么这样，没一点儿良心。陆峥换下身上湿淋淋的背心，找出一件短袖穿上。见他穿便衣，白田疑惑地问道："陆哥，你要去哪儿？"

陆峥将裤子穿好，拿出手机看了看："医院。"

白田紧张兮兮地拉着陆峥一通看，问道：“陆哥，你哪儿受伤了？赶紧去找兰姐看看呀。就说要你别这么鲁莽吧，今天都没做一点儿安全措施就敢爬楼，你真以为你是空中飞人啊。”

陆峥将自己的手臂从白田掌心里抽出来：“废话怎么这么多，赶紧去打报告。真等人来投诉你？”

白田气恼道：“投诉就投诉，还怕了他们不成！”

陆峥看着白田那年轻气盛的脸，抬手拍了他脑袋一下：“别糊涂，仔细把事情向上头说了，真有什么事，上头也不会怎么样你。”陆峥走到镜子前，随意抓了抓湿淋淋的头发。

白田从镜子里看他，突然了悟：“陆哥，你去医院是不是看嫂子？”

陆峥从镜子里回视白田，他脸上还有水，眉尾稍稍一动，竟挑出几分性感玩味：“谁是你嫂子？”

白田支支吾吾地说道：“陆哥，我可不是嫂子，你这么撩我没用。”

陆峥冷笑一声，懒得搭理白田的胡言乱语，他直起身，抽出一张纸巾擦去脸上的水：“帮我带下队，我今晚有事。”

制片回剧组了，医院里只剩陈错。制片刚被肖春在电话里怼了一顿，只好给陈错安排了一间单人病房，在医院观察一晚，确定没有大碍再回去。护士拿了套病服给陈错，然后出了病房。见护士把门掩上了，陈错脱了外套，解了浴巾，门被推开时，她的病服裤子才提了一半。她没来得及回头，门就被人重重关上了。

陈错只感觉到那门板被大力带得微微震动，充分体现了来者被惊吓的程度。陈错也很尴尬，她想着没人会来看她，护士也才刚走，就偷了个懒在病房就换起了衣服。也是她的错，多走几步，进浴室换多好。将病服快速穿好后，陈错小心地推开房门，将脑袋往外探，发现刚刚撞见尴尬一幕的人还没有走。

陆峥穿着黑色短袖T恤和牛仔裤，坚硬的靴子，抱手靠在墙边。他将脸侧到陈错这边，眼神朝她身上一落，陈错的脸上片刻就一片绯红，她做作镇定地顺了顺自己的头发，调整好心态，放软声音：“原来是你，进来怎么不敲门。”

她眼神飘移，又转回来，在陆峥身上打量。陆峥衣品还算不错，穿军装帅，常服也帅，T 恤圆领露出他一点儿锁骨，那里竟然挂着一个红布三角符，刚好落在锁骨窝上，这东西实在不符合陆峥的气质，陈错忍不住又看了他几眼。

大概是察觉到了陈错异样的眼神，陆峥把那符往衣襟里一塞，挡住了。陈错拉开病房的门，问道："要进来坐坐吗？"

陆峥把她通身上下仔细看了看，见她精神挺好，便放心地说道："不用，我先回去了。"他想走，陈错怎会让他走，这男人竟然特地来看她，这已经很让她惊喜了。

她伸手一揽，竟然搂住了陆峥的腰。感觉他腰身结实，陈错还忍不住手贱，在他腰身上揉了揉。陆峥唇角抽了抽，掰开在自己腰上作乱的手，推开几乎要贴到身上的柔软身子。陈错仰着脸，撒娇地说道："你看都看完了，便宜也占了，就这么走了啊？"

陆峥脸色一黑："谁占你便宜了？"

陈错抿了抿唇，说道："就刚刚啊。"大概是感觉到陆峥要反驳，陈错将自己的手在陆峥掌心里一翻，反握了回去，想与他十指相扣。可惜这个没情趣的男人，指缝闭得紧紧的，根本不肯让她得逞。

陈错知道自己怎样笑最好看，她不掩眸中深情，望着陆峥说道："陆队长，救命之恩无以为报，以身相许，好不好？"

陆峥看了她一会儿，突然讽笑道："我救了那么多人，个个都要以身相许，我收得过来？"

陈错眉头一皱，酸溜溜地说道："想要以身相许的只有我吧！"陆峥不答话，只冷眼看着陈错作妖。

见他不跟她说话，陈错倒想得更多。她轻轻哼了一声，把手抽了回去。然后她就看到陆峥的手指动了动，竟然下意识地想握住她的手。这可把陈错给美坏了，心情也好了很多。她开心地说道："既然陆队长不喜欢我，那就换一个方式相处吧，一起吃个晚饭怎么样，我请客。"

半个小时后，两人身处医院外的一家小餐馆。

木质桌面油腻，点单的大概是老板的儿子，看起来像个高中生，正抱着手机兴趣盎然地玩着游戏，被老板骂了几句，才懒懒散散地走到他们桌前，问要点些什么。陈错里面穿着病服，外面套着陆峥的大外套，加上因为和陆峥在一起，两颊红晕不退，更显妩媚动人。

刚刚还对游戏念念不忘的小伙子，顿时就被眼前的这位大姐姐给电到了，一收刚才那不正劲的站姿，笑道："你们要点些什么？"然后他就跟说相声似的，嘴里溜出了一长串菜名，把陈错逗得哈哈直乐。陆峥坐在她对面，眼神渐渐有些不高兴，再看向那个点单的小伙子，就十分有压迫感了。

可怜这个小伙子，刚军训完，还对教官的压迫视线敏感着，顿时感觉到了陆峥身上的气息，和魔鬼教官十分相似，嘴也不敢贫了，眼巴巴地望着陈错，端着那本小菜单站在他们面前。

陈错笑眯眯地点了几个刚刚小伙子报出来的菜，这才想起来陆峥似的，说道："陆队，你要吃什么，我给你点几个你喜欢的？"

陆峥摇头："你点的已经够多了。"

陈错对着那个小伙子说道："好了，就这些吧。"

小伙子拿着菜单下去了，没多久又转回来，往陈错桌前摆了一听可乐："姐姐，送你的。"陈错有些惊讶，向那小伙子道了谢。

再看桌对面被小伙子完全无视的陆峥，陈错坏笑着说道："陆队，要不要分你一半啊，看你脸色那么难看，喝点儿可乐消消火。"

陆峥一动不动地坐在那儿："消什么火？"

陈错将他面前的玻璃杯拿了过来，把可乐倒了一半进去，听到他的问话，冲他眨了眨右眼："妒火。"

陆峥面无表情地说道："我不喝可乐。"他确实不喝，对体格的要求，长期的训练和自我克制，他不碰烟酒，也不喝碳酸饮料。基本只喝白开水或是茶。

大约是没见过这个年纪，就这么注重养生的人，陈错有些惊讶，然后小声地说道："烟也不抽？"

她从口袋里拿出烟盒，将里面的一支烟晃了出来，问道："从来没有抽过？"

陆峥眯了眯眼："年轻的时候不懂事，现在戒了。"

陈错"嗯"了一声点点头："那你以后可以随身带一个打火机。"

陆峥疑惑道："为什么？"

陈错愉悦地说道："好男人应该随身带着打火机，给自己的女人点烟啊。"

陆峥愣了片刻，突然放松了自己的紧绷着身子，朝椅背上靠了靠。他神情有些微妙，隐隐有股不羁的气势。他笑了笑，眼睛深深地注视着陈错："你是我的女人？"

他声音很哑，陈错一时间，都快误会陆峥是在勾引自己了，她也不避开视线："会是的。"

店面的格局不大，厨房离他们落座的位置很近。厨师将锅颠起，轰隆隆地锅碗瓢盆声响起，在嘈杂的背景音中，陈错与桌对面的陆峥对视着，看他眸底的突明突暗。不久，陆峥便和善地笑了起来，说道："你知道做我的女人，意味着什么？陈错。"

陆峥看她面带疑惑，将双手至桌下抬起，十指交叉扣握，一副要公事公办谈话的模样。陆峥说道："你该不会以为我没交过女朋友吧。"陈错当然不会这么以为，毕竟到了他们这个年纪，谁都有谈恋爱的自由。

陈错将茶壶里的茶倒进碗中，清洗餐具。然后她润着双手，将洗好的餐具，推到陆峥手边，抬眼："谈过怎么了，我不介意。"

陆峥被气乐了："你觉得我会在意你介不介意？"

陈错配合他道："行吧，那你还有什么可犹豫的，一次性说出来。"她态度坦荡，语气直白，好比在哄一位磨磨叽叽的小姑娘答应跟她恋爱的大叔一样。

她本以为，陆峥会有许多要求。例如不许她抽烟，又或者不能穿得太过暴露，毕竟几次接触下来，她感觉到陆峥骨子里还是个保守的人。却不承想，陆峥说的是：不能哭。

陈错有些错愕地睁大眼睛，搞不明白"不能哭"是什么意思。

陈错皱眉，她将烟盒掏出来，抖出一支烟："介意吗？"陆峥摇头，让她随意。

陈错有些焦躁，她没料到陆峥想得这么长远，提出的条件，对于恋爱中的女人来说，可以算得上是相当苛刻了。她现在确实非常喜欢陆峥，但陆峥如果这么认真的话，她有把握摘下了这朵高岭之花后，捧回家，会好好对待吗？过了这样的一个暧昧期，她会保持热情吗？

其实她也有过不少恋情，但几乎没有更深一步，陈错就提出了分手。那些男人无一例外，都被她伤得彻底。她甚至怀疑过自己是不是爱无能，每一段爱情的保鲜期只能够维持在暧昧阶段。

就在陈错沉默不语的时候，菜端了上来，陆峥见陈错一言不发，面上浮过一丝犹豫。他低声说道："先吃饭吧。"

陈错手指夹着烟，隔着缭绕白烟，眯起眼，很认真地问陆峥："可是我很想跟你谈恋爱，怎么办？"陆峥嘴里还含着饭，差点儿咳了出来。他死死地捂着嘴，好半天才压下那股被呛咳的冲动。

他有些恼了，瞪着陈错说道："你脑子里，一天到晚在想些什么？"

陈错从善如流地跟他说道："想你的脸，你的肌肉，你抱着我的时候，给我的强烈安全感，让我非常着迷。"

陆峥重重地搁下筷子，搓着手掌，脸色严肃，看起来就像陈错初中时期的教导主任。她赶紧喊道："好吧，是我错了陆队，开个玩笑。"

陆峥盯着她："没有这么开玩笑的。"他拿出钱包，取出两张纸币，压在桌面上。他站起身，朝门外走去，陈错垂眸，没有挽留，他亦没停。

第二天，肖春带着她的手机和重新收拾过的行李，赶到医院。刚一推开门，本以为陈错就算没有受惊过度，怎么样都要面目憔悴一些。哪知道病房里没有人，她喊了几声，这时病房浴室的门被推开了，陈错脸上敷着面膜，慢悠悠地从里面走了出来。

她撕下面膜，脸上更显嫩白。看她如此悠闲，不像在住院，更像是在度假。肖春一直悬在高空的心，总算安安稳稳地落了下来。她把新手机递给陈错，陈错用的是苹果，有自己的账号。登陆上以后，里面的电话号码基本没有遗失，就是可惜了那些宝贵的短信和照片。

陈错拿到手机后，就埋头捣鼓起手机来。她大早上的不止敷面膜，还洗了澡，把自己弄得香喷喷的，很是诱人。肖春看着她湿漉漉的头发，突然想起那个消防员，以打趣的口吻，问起他们之间的进度如何。毕竟能抗拒陈错的男人可不多，可是在陈错口中，是那个消防员有些难以征服。

听她这么一问，陈错便仰起脸来，脸上即不是春风得意，也不是志在必得，而是有些难过，甚至有些幽怨地看着肖春，长长地叹了一口气。她倒在床上，任由一双长腿从浴袍里支了出来，轻轻地晃了晃："我和他结束了。"

肖春也不知陈错是从哪儿弄来这明显不属于医院的浴袍，她叨念道："头发还没干呢，别躺床上。"陈错在床上懒洋洋地翻了个身，浴袍垮下来，露出一点儿锁骨，半点儿酥胸。肖春把毛巾砸到陈错脸上："把衣服拉好！"

陈错嘴里嘟囔着，这有什么关系嘛，但还是把浴袍拢了拢，有一搭没一搭地用毛巾揉着自己的头发："他是个很认真的人，我不想伤害他。"肖春眼睛微微一睁，她犹豫了片刻，到底还是没有把心里话说出来。她心想：陈错自己不知道，当她说出不想伤害对方这些话时，她已经开始认真了。

如若不然，按陈错以往的性子，只要想要，就必须得到，哪里会这么瞻前顾后的。如果陈错每次恋爱，都能想那么多，也就不会有那么多伤心人了。她不建议陈错在这个时候谈恋爱，而且还是跟一个消防员。

谁都知道消防员是个高危职业，收入也不高，虽然她不知道陈错口中那个叫陆峥的人，有多优秀。但陈错收入实在不低，往长远看，这两个人是真的不合适。陈错一心捣鼓着手机，自然没看到经纪人眼里的欲言又止。

肖春老话重提，还是希望她不要再继续拍下去。陈错这次大概是和这个剧组八字不合，身上的伤就没有停过。前些时间还差点儿中暑，太糟蹋人了。可惜陈错不听她的，嘴上说着不想伤陆队长的心，手上却在编辑着短信让许家将陆峥的电话号码发送给她，也不管许家有没有陆峥的电话号码。

好在许家这几日，也和参与拍摄的消防员们建立了些许感情，通过别人，知道了陆峥的电话号码。

在把陆峥的电话号码发给陈错之前，他犹豫地问道：错姐，你要陆队的电话做什么？

陈错收到这条短信时，略一挑眉，然后快速地回信息："要到了？"

许家："要到了。"

陈错："发来。"

至于想要做什么，陈错没有说。许家给他发来一串数字，陈错拿着手机，在屋子里走来走去。肖春在一旁看她使劲儿捣鼓，见她还穿上了一件军装外套，自拍起来，不由得说道："你刚刚不是还说，不想伤了人家的心吗？"

陈错停下动作，有些委屈地皱起眉："我只是想跟他说，他外套还在我这里，等他把外套拿回去了，我就真的不再招他了。"

说完她突然放下手机，问肖春要了支口红，仔细抹了抹，再拍照。肖春冷眼看她，心想：就陈错现在这副模样，谁信她说的话。

陆峥带队训练完，吃过饭，就回到宿舍。他拿出手机一看，收到了一条信息，陌生号码。只是那号码不是第一次跟他对话，最新的是一条彩信，是一张照片。往上滑是对话，关于碰到车后的赔偿讨论。陆峥手指往下拉，带出那一连串短信。

他从一开始，就认出了陈错是碰了他的车，还出言不逊的那位事主。毕竟同样叫陈错，也是摄影师，再结合声音一辩论，就八九不离十了。他不想跟陈错相认，也懒得追究，倒没想过，后来两人会有这么一番纠葛。

陆峥在删除拉黑上犹豫了好一会儿，还是点开了那张附带着文字的彩信。陈错头发湿漉漉的，有几缕盘着圈，贴在她白皙的脖子上，黑的愈黑，白的愈白。他的手指不自觉地贴在了照片上脖子处的位置，轻轻摁住。陈错气色比昨日好了很多，迎着阳光，靠窗而立，冲镜头笑得很美，也很有攻击性。

明明昨日在饭桌上，被他问得不敢吱声，现在似收拾好心情，又能重新春光灿烂，全当无事发生。图片是她的自拍，文字是："陆队，你衣服还在我这儿。"陆峥编辑了一段文字，最终还是关闭窗口，什么也没回。

陈错在医院进行最后一次复查，肖春不放心，非要她照个片子。陈错拿着手机，等待结果。同时她也在等着一条回信，她不希望陆峥对她如此冷淡。虽然她也给不了对方想要的东西，那些感情，她自己都不知道自己有没有，如何能给。

她看着手机，翻来覆去，她还从未对一段感情如此被动过。也觉得自己有些卑微，明明和肖春说得很好，不会再纠缠了，但还是忍不住自己的感受，遵从内心。哪怕这段感情只是一闪而过的花火，偏偏陆峥就不搭理这些。陈错纠结极了，同时她又发现对方正在输入，因为系统是新版，能看到小气泡。

明明是对方正在输入，但却没有任何消息发送过来。陈错看着那串小气泡好一会儿，最后消失不见，不由得长叹了一口气。看来身上这件衣服，是还不给主人了。等拿到检查报告后，没有太大的问题。她回病房收拾东西，准备回剧组。肖春提着饭进来，手里还拿着手机在接听电话。肖春脸色不好，疾言厉色道："那种地方我们陈错不去，你们自己找能拍的。"

陈错手上的动作停了下来，疑惑地看向肖春。肖春脸色有些难看，跟她说道："临近C城玉县发生6.5级地震，包括陈错这个剧组所跟的消防队，都要赶赴现场救援。导演的意思是派拍摄组到灾区去拍摄现场资料，希望你能去。不会要求深入现场，只需在外面拍摄救援画面。"真实的灾难总能拍出震撼人心的画面，这是虚拟环境，所拍不出的真实感。而肖春知道陈错之前遇过难，不管导演说什么好话，她也不会让陈错去的。

果不其然，陈错刚听到地震这个消息，脸色就泛白，像陷入一段不堪回首的回忆一般，眼底顿时没了光。肖春还在生气，拒接导演的电话。可没想到，陈错突然开口道："我去。"

肖春不敢置信："什么？"

陈错仰起脸，有些虚弱地笑了笑："我可是要拍遍世界的摄影师，不能怕。"

C城玉县多是老旧建筑，房屋质量基本不达标，导致震时大面积垮塌，同时灾区人口密集，截止今日十六点四十分，已经造成了105.34万人受灾。这些消息是陈错从手机上的“新闻速报”看来的，她坐在汽车的后座上，肖春在前方开车，满脸不情愿。

刚刚他们已经在医院就这个问题争吵过了，肖春争不过陈错，尽管气得脸色铁青，还是要开车捎她一程，专门去看看那位蛊惑自家摄影师的消防员。陈错换上了肖春带来的衣服，她把陆峥的外套好好地收进了衣袋里，这次她倒没有搞什么花样。

她觉得陈错以后的态度应该要端正一些，毕竟陆峥都跟她这么掏心掏肺地说过自己的苦处，她不能再瞎胡闹，伤人心了。然而她俩都没能看到陆峥，其实也算是看到了，是陈错看到的。她看到陆峥坐在军车上，戴着安全帽，脸朝她这边侧着，却没看她，而是蹙眉抿唇，很严肃的模样。

明明只是一闪而过，车上也有许多其他的消防员，可陈错就和命中注定一样，从那一车人中将陆峥认了出来。就像陆峥在她眼里，是会发光一样的存在。她下意识想降下车窗，呼喊的声音却卡在喉咙里。

她想，她在做什么呢，跟演偶像剧一般，让人尴尬。她这样会给陆峥添麻烦的，明明陆峥已经说过，在人前，不要太放肆。当时说这些话的时候，他俩正走向小饭店。陈错闻言，侧眼挑眉，笑得有些妖：“那人后呢？”

陆峥面无表情地答道：“人后也老实一点儿。”陈错真是爱死陆峥这副命令她的样子，很有吸引力。她乖乖点头，作听话状。

陆峥看她垂下睫毛，一脸乖巧，唇边含笑，就知道陈错心里指不定在想什么歪点子。他却没再多言，只意味不明地略一勾唇。陈错没瞧见，她在忙着看地上一长一短的影子，他俩呀，连影子都那么登对。

陈错将车窗调上，对前方的肖春说道：“开快一些，第一批救援队已经走了。”

三年前她也经历过这样的灾难，当时她只是迷恋当地的风景，毕竟名导在那里拍过著名电影，那片湖是每一个摄影师，都必须去踩一趟的点。

当时陈错预定了一家客栈，打算住上半个月。早上上山，晚上和客栈老板喝酒。而灾难来临往往都没有任何预兆，当时还是中午，那天从早上开始，陈错就心慌难受，眼皮跳个不停。出门的时候，她调整镜头，挂在脖子上的手机绳突然断裂，她忙着接手机，结果镜头也跟着手机一起摔了个粉碎。这下陈错什么上山的心情都没有了，她回到客栈二楼，披一条丝巾，靠在栏栅上抽烟。紧接着，便是强烈的地动山摇。她脚下一空，整个人便陷了下去。

从明亮到漆黑，从坠落的失重感到浑身上下，没有一处不疼痛。她随着许许多多东西一同被埋在了下方，她的眼前只有一个小小的，由坍塌的建筑物，所构成的小空间，透出那么一点儿光来。

地震了，而她被埋在下面，无处逃生。那真的是一段最漫长，难熬的时间了。刚开始，她拼命地喊救命，后来她就不敢喊了，她怕人来了，她喊不出声来。刚开始的惊慌劲儿熬过后，她就开始检查自己身上有没有伤口，背很疼，也是麻木的，什么都感觉不到。

饿，很饿，她想起了以往的每一顿，她剩下的食物，如果这时候有人能将那些端到她面前，让她做什么都可以。被困在碎石堆的一个小空间里，她没办法挪动，她害怕她一动就导致那些本就不够结实的木桩、石头通通往她身上砸。

不能动太难受了，她还渴，却不敢盼望着下雨。下雨容易山体滑坡，那她就真没命了。幸好地震时，不知哪里的水管被砸裂了，滴滴答答的水，顺着一块石头流进来。她舔着那块石头，水的滋味从她的舌尖散开，她甚至能产生这水是甜的幻觉。那是绝望又漫长的三天，她时睡时醒，不知所措。梦里总是无数次看到有人撬开了石头，将她救了出去。

然后她住进了医院，肖春唠唠叨叨地骂她，问她还敢不敢作，然后给她喂粥。陈错含着那口粥，就开始哭。肖春问她哭什么，陈错摇摇头，说太好喝了，以前怎么不知道。原来只是一碗清淡的小粥，都那么好喝……

她睁开眼睛，病房里的一切都如潮水般褪去，四周还是那如囚牢一般的乱石堆。她身上有些痒，实际上她已经很难感受到自己的身体了，睡眠不能缓解她身体的疲惫。只有胃里那股子饿得焦心的滋味，足够磨人。然后有虫子顺着她的脸爬了过来，她想到了粥的滋味。

虫子的味道很奇怪，也令人恶心。实际上，是没有任何味道的。陈错不害怕虫子，可后来的很长一段时间，她害怕极了，也害怕黑夜的到来，甚至没办法出门。

再后来，她瞒着肖春，去了战时国家，一次次经历生死，整个人都脱了一层皮，也成了人。不再是那个被困在乱石堆里，无法见光的陈错。

其实被救的记忆也不太清晰了，被困的时候，她经常出现幻觉，幻觉中太多次她被救，而真正的救赎来时，她却无法分清，到底是真是假。她当时已经没有力气说话了，只能非常微弱地，喊着救命，那声音小的大概也只有她自己能听到。

可她还是被救了，从乱石堆里被救出来的那一瞬间，陈错甚至没办法睁开眼。她的视力模糊，只能感受到被救的真实，不是幻觉。是有人抱紧了她，她感觉到四周轰隆隆的声响，听不清那个人在跟她说什么。她感觉背上被人摸了一下，然后抱起她的那个人，搂住她的手更用力了一些。而陈错，也抓紧了那人的衣服……

突然，一切杂音都从她的耳边消失了，她能够清晰地听见那个人的声音。他让她努力地醒过来，撑下去。陈错被放到担架上时，她非常费力地睁开眼睛，她的眼睛不知为何在不断地落泪。朦胧中，她只能看到一团红，逆着光，隐约能分辨出，那是个男人的背影。陈错的手指动了动，她哭了，为自己的重生。

陈错没有在就近治疗点待多久，肖春就把她紧急转移到正规医院了。等她醒来时，她特别想见到那个人，抱着她的那个人。肖春让陈错别魔怔，那个人也只是公事公办，救死扶伤而已。可当时的陈错，却听不进去这些。她双眼恍惚地握着那个杯子：“我想找到他。”

谁也无法理解，那个人对她的意义。

而后来，她找的每一个男朋友，背影都像他。

……

导演知道她同意了，也知道如今情况特殊，不可能整个剧组都跟过去。他让制片带着摄影组和录音组一起，跟随消防队的官兵到灾区去现场拍摄一个星期。

导演倒是不急，制片的脸色却没有那么好看了。陈错轻装上阵，带着必备器材就上了开往灾区的车。她这次本打算自己去，没想到许家竟然也执拗起来，非得跟着。陈错点了一支烟，指头朝许家点了点，让他跟自己出来。

避开旁人，她认真地看着这个大男孩。许家的心思，她大概猜得到一些，但她从不想给人以误会和错觉。于公于私，她都不可能对许家有任何想法。陆峥是她的意外，而她喜欢这个意外。陈错递给许家一支烟，许家竟然不会抽。

她将手中的烟按在墙上，熄灭了。许家看着她的动作，正出神，陈错抬眼，切入较为实际的一点，说道："许家，你知道我一天的工资是你的几倍吗？"许家愣了好一会儿，点点头。陈错继续说道，"你现在还是个学生吧，你的未来很长，也光明。你没必要现在就去强求一些东西，那地方不用我说，你也知道很危险，你为什么非得要这些经验不可呢？"

许家被她说得垂下头，但很快又抬了起来。他望着陈错："错姐，我，我想去。我不怕！"陈错看着许家执着的眼神，也知道是劝不动了。她也不多说废话，只让许家到时候别拖她后腿，多注意安全。

第四章 我要待在有你的地方

去往 C 城玉县的路程不过几个小时，离灾区还有一段距离，汽车就不能进去了，只能下车步行。离第一次暴发强震的时间不久，还有一波波的余震。陈错的靴子踩在灾区千疮百孔的土地上，她甚至能够听见，那隐蔽又浩大，土地的回响。

许家第一次到灾区现场，但这种情况，他感觉还是能够接受的。没有了车，所有的摄影器材就得全靠人工搬运。陈错将自己的袖子卷起，把长发高高挽起，单反往脖子上一挂。她背着大包，两手都提着器材箱，就朝灾区的方向走。

许家回过神，立刻把剩下的器材都带上，步子有些蹒跚，他想跟陈错说，可以将重物给他一些。然而他看着陈错比他还要利落的身姿，还是把话咽了回去。

不管是什么灾难，现场都是非常触目惊心的。那些震前熙熙攘攘的街道，如今变成了一片废墟，那些干涸的血渍和残躯沾满沙砾，整个街道死气沉沉。许家在无意间踩到一件散落在地方的衣服时，他脸色就彻底变了。

陈错对那些好似视若无睹，但她的表情和唇色，都比刚才更苍白。仔细一看，还能发现她额上的汗珠。她小声又快速地跟许家说道："不要拍小孩儿的脸，不要拍那些肢体残缺的人，不要拍军人。"三个不要，已经让许家觉得很反胃了，但陈错的话他还是听进去了。

很快，他们就看到了颜色不同的救援服。白、黄、橙、绿，每个人都在配合着彼此忙碌。可这些忙碌，却盖不住那点儿零星的哭号声。有个妇人趴在废墟上，手指头扒拉着那些石头，手指已经被磨得鲜血淋漓。她已经哭不出声来了，喉咙里只勉强喊出丁点儿声音。仔细听，她在喊囡囡，她的小女儿。

她前方的废墟里已经测不出有任何活体反应，可作为母亲的她，没有看到尸体，又怎么能够死心。陆峥咬着牙，离开那堆废墟，也不再去看还在那儿哀求，朝他们磕头求助的那位母亲。白田红着眼，也不敢看过去。如果按照那位母亲的说法，她的小孩儿还活着，生命探测仪不可能探测不到。

搜救犬在不远处发现了人的气息，红外也显示那里还有人活着。他们不能浪费时间，只能对那位母亲的呼喊视而不见。可知道自己该做什么，却不代表不被触动。那位母亲看着他们离开，几乎是撕心裂肺，从喉间泣出血来一般，哭号着："我求求你们啊，我的囡囡还有救，我真的听到她叫妈妈了，我求求你们。"

白田握紧拳头，他压抑极了，不由得停下脚步："陆哥。"

陆峥头也不回："走，还有要救的人，不许停下。"白田狠狠地用衣袖拭过眼眶，最后坚定地跟在陆峥的身后，到另一处继续救援。

陈错举起摄像头，她的手却在颤抖，甚至连简单的聚焦都没办法完成。地下还有接连不断地余震波动，已经倒塌的建筑物仍有碎石砸落的声音传来。哭声、尖叫声，还有痛苦的呻吟，不断地充斥她的耳际。许家却彻底受不住了，他放下手中的器材，跑到不远处一位浑身脏污的中年男子身边，徒手跟他一起，搬挪石头。

那名中年男子在镇上工作，被夷为平地的是再也看不出原样的平房下埋着他的父母和妻儿。他一直在用家乡话喊他们的名字，一个大男人，哭得话都说不清楚了，求他家人应应他，说以后自己怎么活，一个人怎么都活不下去啊。

许家被男人的伤心感染着，落下眼泪。陈错只觉得胸闷，呼吸也变得急促起来。她受不住这些声音，但她知道她必须做些什么。她将镜头对准那些橙色身影的消防员，看他们互相吆喝打气，用仪器，用肉躯将一块又一块石头挪开。

她也看到了陆峥，陆峥还是一贯的面无表情，神色认真，只是他紧绷的下颌骨和紧锁的眉头，没有一刻是放松的。陈错手中的镜头晃得厉害，根本拍不清楚。陈错放下摄像头，狠狠地给自己一记耳光。她被恐惧占领了心神，这和之前自己被压在废墟里有什么区别。

陈错不允许自己懦弱成这样，至少她活下来了，她得做些什么。来这里的目的除了拍摄纪录片和资料，也得如实地传递真情。那些残忍的真实，和巨大悲哀中盛开出人性的花。她没有阻止许家去帮那个中年男子，许家知道自己该做什么，并且不会被任何人或者任何事受到阻止，而她也一样。

突然又是一阵强烈的震动，陈错几乎都要站不稳了。她抱紧摄影机，就近找了个东西支撑住了身体。突然，她听见一声嘶吼，是白田，他在吼着陆峥的名字。

那一刻，陈错脑海里什么都一一闪过了，唯独没有的，就是从踏上灾区的那一刻，对地震的极大恐惧。她根本感受不到地的震动，等回过神，她已经跑到了距离陆峥被掩埋地点非常近的位置，突然她被人一把拽住，拉出危险距离。他们根本不会让她过去，他们面无表情，身穿橙色衣服，像高大的神。

而这神也不过是肉体凡胎，人们总向他们求救，而他们又能向谁求救。陈错抱紧自己的摄影机，像个孩子一样无助，她眼眶泛红，看着那处裂缝。刚刚在又一次余波来临时，陆峥只来得及推开了身边的白田，自己摔了进去。

陈错朝着那道裂缝喊着陆峥的名字，她声音颤抖，满含深情。任谁都知道，她喊的那个人，她有多么在意。而聚在那儿的消防员们，早已开始在刚刚陆峥掉下去的位置，进行营救。陈错什么也做不了，她只能扛起摄影机，继续着她的拍摄。她怕拍到陆峥最后的画面，但她必须拍下来。

她的视线模糊，眼泪不断地往外流，陈错将镜头对准那处塌陷点，那是一个深且昏黑的洞口，尘埃在浮光中飘摇，工具和人力齐下，她听到了男人们用力挖开石头的呼喝，也听到了碎石不断下落的声音。她的心揪成一团，发现自己已没办法再继续拍下去了。

要是拍到了陆峥牺牲的画面，她怕自己一辈子都没办法再举起摄影机了。可她现在却无法停下来，她需要记录这一切，记录这些人，记录这份职业，他们究竟为之奉献了什么。陈错扶着摄影机，她的呼吸极重，一下一下，心里却在恳求，求陆峥一定要活下来。

没多久，陆峥被救了上来，他浑身都是尘土，身上浓烈的橙色工作服都被盖得黯然无光。他紧闭着双眼，一动不动。白田哭着跪了下去，给陆峥做心脏复苏，一边做一边哭，陈错死死地盯着陆峥的脸，看那毫无血色，昏迷不醒的模样，她把嘴唇都咬破了，自己却不自知。

这时陆峥突然咳嗽了一声，慢慢睁开眼睛。而他做的第一件事，是有气无力地拍了白田一耳光："还有人被困在下面呢，一个大男人哭什么，赶紧去营救。"白田喜极而泣，用力点点头，他用脏兮兮的袖子擦拭着脸上的泪，却不再似刚刚悲痛。他配合着其他消防员，继续营救其他被困的人员。

而陈错将摄影机的内容储存下来以后，她也没办法过去，只能在外围看着陆峥。看陆峥故作轻松，把白田哄好后，又痛得皱起来的眉眼。他似乎想要咳嗽，手捂着腹部，身体抽动着，却不敢用力。他的嘴里有鲜血渗出来，这是伤到内脏了。

医务人员很快就来了，陆峥被抬上担架，经过陈错时，他的消防帽掉在了地上，滚落到一边，没有人去理会。陈错不想给消防员添麻烦，她捡起陆峥的消防帽，抱在怀里，就跟在医务人员身后走。

这时候，她就是一个多余的人，临时搭起来的手术棚她不能进，除了在外面等待，她什么也没办法做。陈错站在门口时，突然有护士走出来，跟她撞了个满怀，护士铁盘里的医疗器具一阵哐啷作响。护士不由得开口呵斥道：“闲杂人等，别挡在这里碍事！”

陈错抱着那个消防帽，歉疚点头。她选了个能看见帐篷门口的位置，远远地坐了下来。手中无意识地摸着那个冰冷的消防帽，心里却七上八下地想着事情。她想：她大概没办法像跟肖春保证的那样，把外套还给陆峥，就不再纠缠了。

她好像，要比她想象中的，还要喜欢他。

消防帽脏了，也不知道上面沾染着谁的血。她用衣服下摆，将消防帽仔仔细细地擦拭干净，然后将它戴在自己的头上，她深深地看了一眼手术棚，背起摄影机，深一脚浅一脚地离开了。她当过战地摄影师，却从来没在灾区现场拍摄过。她怕天灾多过人祸，这次来，也是想要直面这些灾难，去征服自己内心的恐惧。

断断续续的拍摄，一次又一次的余震，生离死别的悲号，死而复生的喜悦，一桩桩一幕幕，都成了影像，被记录下来。休息的时候，陈错从背包里拿出一瓶水，喝下几口。她捏着水瓶，看见了另外一位摄影师。陈错愣了一瞬，继而无限感慨涌上心头。

这位摄影师是她以往恋情的其中一段，在一起没多久，陈错就一条短信单方面提出了分手，一个理由都没给他。其实也是给了理由的，仅仅只是因为这位摄影师，去了趟非洲，得了肠胃炎，瘦了二十斤，陈错就不喜欢了。

这位摄影师叫林庄舟，长得高大，模样也很英俊。也不知道是从哪儿听到陈错跟别人说的分手理由，在电话里追问陈错，甚至向陈错保证一定增肥，以求复合。可惜陈错是个说一不二的人，分了就分了，没有重新再来的道理，林庄舟给她打电话不接，面也不见，态度十分坚决。

爱恨只在一瞬间，最后林庄舟放话，以后摄影，只要有陈错，他就不去。他在，就不能喊陈错。肖春得知这个消息，急得要命。暗恨林庄舟怎么不大气一些，又嫌陈错撩人不看人身份。林庄舟的师父是摄影界的老大，连带着林庄舟，都很有名气，活动怎么会少了他。

那时陈错的知名度远远不及林庄舟，在外人眼中，最有噱头的，不过只是美女摄影师的头衔。会因为谁而避讳谁，一眼可知。可惜陈错听到这个消息，也没被林庄舟的话逼着去复合，而是让肖春随意什么活都可以接，不用看档次，能赚钱就行。

肖春气得直咬牙，这档次一旦降下去，提起来就难了。你一开始能够从低到高，但绝不能中途掉下去，不然得什么时候才能再将成就混回来。陈错还对肖春说，幸好没交往多久，就分手了。看林庄舟做出来的这些事，要是真交往时间长了，再分手，就不是那么简单变向封杀她了。

陈错不急，可肖春急啊，陈错看着肖春急出来的嘴泡，沉默了好长一段时间，然后醒悟道："我还是去给他道个歉吧。"她不是为了自己，而是为了肖春，而肖春自然又是为了她。

简直是个因果循环，弄得肖春都没脾气了。然后，在陈错为了给林庄舟道歉而组的饭局上，林庄舟狠狠地羞辱了陈错一番。

他对陈错说："你不是很有骨气的吗，怎么现在怂了？知道来认错了？不好意思，你这样我反而觉得没劲了，我还以为你能撑多久呢？"

"你想我收回那些话，你别做梦了！如果你继续有骨气下去，说不定我还会饶了你。"听到这些话，肖春被气得差点儿晕过去，她又气又悔，只恨自己当初不应该劝陈错向林庄舟服软。她愤怒地瞪着林庄舟，却见陈错优雅地站起身，抚弄着头发。

林庄舟盯着陈错，眼里仍有迷恋。他还以为，陈错要对他用美人计了，哪知下一秒，陈错揪着他的衣领，将他从椅子上拽了起来，狠狠地把他推到墙上。陈错蹬着八厘米的尖头高跟鞋，毫不客气地踩在离林庄舟胯下三寸的位置，用力地碾了碾。

陈错阴沉沉地说道："我确实是因为你瘦了，才不要你。但你和你师妹那点儿事，真当我傻，不知道？忍你不代表纵容你，与其一天天想着为难你的前女友，不如硬气一点儿，好好磨练一下你的摄影技术，或者，练练你的肌肉吧，本来就没脑子了，还没肌肉。"

然后她松开林庄舟，转身就走，还拖上眼中噙泪的肖春。她看不得肖春哭，还要哄一哄，说自己刚刚已经出气了，现在也不难受了。

肖春嘴硬，戚戚地说道：“我哪里是为你哭的，我是哭你这样，资源就更少了。”

陈错煞有其事地摸了摸下巴，点点头说道：“所以说，咱们现在也不能看活好不好了，有钱赚就接吧。”她可以省一省，但她的经纪人，总不能跟着她吃糠咽菜吧。

如今在这里又见到这个悲催的前男友，陈错不以为意，也不想去搭理他。虽然后来，林庄舟确实把话收回去了，肖春还意外得不明所以。但林庄舟这个人，早就被陈错踢出局，甚至为了自己曾经因为林庄舟的背影跟那个人有点儿像而交往感到可耻。

她不恨林庄舟，毕竟自己也不是个善良的人，也要为了自己的选择而付出应有的代价。林庄舟也没有资格怨恨她，交往的时候就劈腿，她没有追究，两人分开后就应该相忘于江湖，各自安好。陈错脚步不停地与林庄舟擦身而过。

林庄舟停下脚步喊陈错，见陈错没有要停下的意思，不由得跟在陈错身后，说道：“这么久不见，你连声招呼都不打？”他看见眼前的陈错，突然跑了起来。林庄舟心口一窒，以为陈错真的是不想见到他。没想到，陈错跑到一个浑身脏兮兮的消防员面前停了下来，还激动地拉着对方的手。

林庄舟先是震惊，而后面色铁青，最后便透露出些许不屑来。没想到陈错眼光低成这样，竟然看上了一个消防员，他不以为意极了。消防员能有几个钱，指不定还要陈错倒贴。哪承想，陈错没有在那个消防员面前停留，而是问了些事情后，又跑开了。

从她的背影都能看出来，此时的陈错是有多高兴，简直像赴一场约会一样。她跑到一顶医疗棚外，停下，将戴在头上的消防帽取下来，还整理了一下头发，抹了抹脸，然后小心翼翼地掀开门帘进去了。林庄舟恨得牙痒痒，他跟了进去。

他看见陈错以一种他从没见过的柔情，走到了躺着好几个军人，临时搭建的大床边。她轻轻地伸出手，指头触碰在一只插了针的手背上，眼泪就落下来了。她在林庄舟面前，一直都强硬得不像是一个女人。如今，那个躺在床上，连脸都看不清的男人，却将陈错，整个人都化成了水。

陆峥醒来的时候，陈错缩在一旁睡着了。

她头发太长，就算扎起来，也有几缕黝黑的卷发盘在床边。陆峥看了一会儿那发丝，抬手去碰，动作很轻。他的指头无意识地将陈错的头发缠了一圈，拇指慢慢抚摸着。这时，有人走到他的病床前，抱着双手，脸色发黑。

林庄舟出去拍了一圈，最后又回到那顶医疗帐篷外，此时的他说不清是什么心情。或许是因为自尊心被狠狠地践踏了，如果陈错迷恋的是比他好上许多倍的男人，他倒不会这么有挫败感。可凭什么，区区一个消防员，就把陈错给降服了。

他清楚一些关于陈错的传闻。

比如她对男朋友背部的肌肉轮廓要求，近乎苛刻。除此之外，陈错根本不在乎。他在追求陈错之前，还特意找来陈错每一任前任的照片，拿着让健身教练，帮忙教他练。本以为能够在交往期间，用自己的人格魅力去征服她。哪知道陈错这人根本没有心，对他态度冷淡就算了，他在她心中的份量更是无足轻重，还不如她的经纪人，肖春一个电话，就能将陈错从他俩的约会中叫走。

理由是，经纪人遇到了一点儿麻烦，她需要过去。谁都知道，经纪人这种职业，就是负责解决麻烦的，哪有让自己的摄影师，倒过来帮忙的道理？陈错是在餐桌上收到肖春发送来的消息，即刻就提起包包，跟林庄舟说了声抱歉，就要离开。

林庄舟气得浑身发抖，又想起平时陈错和经纪人之间过于亲密的行为举止。虽然他明白女生和女生之间，总是有些暧昧的亲密，这也并不能代表什么。可经纪人要比男友重要，怎么想都有些奇怪吧。他拉住陈错，不让她走。陈错沉默地看了他一会儿，然后推开他的手，说了林庄舟至今为止，都还记得的话：谁给了你，干涉我自由的权利？

他跟着进帐篷，完全是想看清楚，陆峥的模样。怎知会撞上那个男人在摸陈错的头发这一幕，男人脸上还有血痂，抹了药，整张脸青青紫紫。像是感受了到他的接近，陆峥猛然抬起头，他的双眼皮褶皱很深，眼神里有疲惫亦有警惕。同时，他还留意到，这男人看见自己时就赶紧将自己的手从陈错的头发上移开了，林庄舟心里突然一松，这完全是想撇清关系的态度。

男人看男人看皮，摄影师看人看骨，即使陆峥现在的形象不佳，但林庄舟也不得不承认，这个消防员的皮相实在是太好，不做消防员，去娱乐圈也能混得风生水起，他是时下最兴的性感阳刚型。

林庄舟撇了撇嘴，但很快就被对方身上的消防服，找回了一点儿平衡。陆峥看林庄舟站着不动，就开口问林庄舟有什么事，林庄舟听着，心想：这声音真是好听，别说是女人为之倾倒，就算是男人听了也会欲罢不能。

陈错被两人的对话惊醒，她猛然坐了起来，椅子撑不住她的巨大动作，顿时就往后倒，林庄舟倒抽一口气，疾步上前伸手去接。谁知还没等他近身，床上的男人眼疾手快，先是按住陈错的膝盖，稳住她的身体，再扣住她的肩膀，往自己的身边一带。林庄舟的手就这么尴尬地悬在半空，连陈错的半根头发丝都没触碰到。

这时的陈错也被吓醒了，一双眼睛睁得比铜铃还大。她反手拽住陆峥的手，急忙说道：“你干吗啊，我摔了也就摔了，你知不知道你现在不能做这么大幅度的动作吗？”

陆峥有些内出血和肌肉损伤，幸好没有伤到骨头。但他昏迷了，也许会有脑震荡，得留观和拍片后，才能进一步知道结果，可是仅凭现场的简易医疗根本是做不到的。陈错的手凉凉的，掌心还在不停地渗着汗。她担心陆峥的病情，根本没留意到身后有谁。

陆峥把手从她的手里挣出来：“我没事。”他声音有些沙哑，人也很困倦。救援时消耗了太多的体力，完全恢复过来还需要一段时间。

这时候，有几个消防员掀开帘子走了进来，他们是临时替换下来的。救援足足持续了十四个小时，这些消防员也实在是熬不住了。白田的脸已经花得看不清楚模样了，其他几个小伙子也差不多。陈错盯着陆峥从她手里抽出去的手，有些怔忪。几个人围到陆峥身边，关切地问起了话。但也许是因为陈错在这儿，他们又不好靠得太近。

陆峥看了眼仍坐在床边的陈错：“我没事。”这句话他连续说了两遍，可陈错又怎么会听不明白意思。

这是对她下逐客令了，陈错沉默了片刻，弯腰拿起自己放在病床下的背包，从里面取出陆峥的消防帽，递了过去：“你帽子掉地上，我捡起来帮你擦干净了。”她没有看陆峥的脸，但她脸上的失落，谁都看得出来。

一时间，所有人都沉默了。陈错突然笑了笑，将自己的背包捡起，拍了拍，站起身：“我还得去拍东西，先走了。”这天都黑成这样了，还拍什么东西。站在一旁的林庄舟看不下去了，他伸出手一把拉过陈错，拽着她往外走。

白田站在陆峥床边，眼睁睁地看着陈错，被一个不知道从哪儿冒出来的男人拉走了，急忙说道：“陆哥，你刚刚干吗……”他的话说到一半就咽了回去，因为他看到陆峥望着那两个人背影的眼神，又黑又沉，他有点儿害怕。

但那点儿情绪转瞬即逝，很快陆峥又闭上眼睛，躺回床上：“别吵我。”

白田乖乖地闭上嘴，扭头看了看其他的伙伴，互相交流了一个眼神，都无声地退了出去。他们还没走两步，就被陆峥叫住了，白田回过头，看见陆峥眼神又倦又淡，还带了一点儿烦郁。

他问道：“有烟吗？给我来一支。”

帐篷外，陈错甩开林庄舟的手。她刚刚真是鬼迷心窍了，因为气陆峥对她的态度，竟然还真的配合着林庄舟，跟着他走了。她可是真够没风度的，何必这样来试探陆峥呢。分明陆峥跟她说过，如果想要，就要拿一颗真心去换。她到现在，都不知道怎么把真心送出去。

如果把陆峥越推越远，那可怎么办。林庄舟被她一把甩开，又见她一副心烦意乱的表情，顿时哈哈大笑起来：“你能不能别这么掉价，以前不是挺傲的吗？”

陈错冷冷地看了他一眼，回道：“关你什么事。”

她转身想走，却被林庄舟的话定在了原地，林庄舟说道：“让我猜猜，他是不是也有同样的背影，那可怜的消防员知道你拿他当替代品吗？”

陈错回到制片安排的休息间，她坐到椅子上，把包往地上一甩，就开始看单反里的照片。她看了好一会儿，只觉身心俱疲，将相机收起，拿了烟，往外走。

灾区的救援并未因为夜色降临而停滞，到处都是发电机供电打的炙亮的光，还有许多来自各处的谈话声。灾民们被安置在一起，抱孩子的父母，靠在一起的夫妻，互相扶持的老伴……

陈错狠狠地吸了一口手里的香烟，眯着眼吐出一口烟圈。想到刚刚林庄舟那声质问，她深深地叹了一口气，她第一次感觉到了害怕，甚至回头看了看他们和帐篷的距离，担心陆峥会听到他们的谈话。陈错什么时候变得这么胆小了，别说陆峥还跟她没什么关系。她发现陆峥对她的态度，比之前更淡了。刚刚陆峥在同事面前，跟她暗示，让她出去的行为，实在让陈错很受伤。

香烟上的火星明灭着，吸入时，能听到烟草的燃烧声。她揉着疲倦的眼皮，看着自己的掌心。上面有些脏，还有多处伤口。比起其他女性，她的手算不上柔软细腻。她将手掌拢起松开，仿佛想要去抓住什么一样。

在巨大的灾难面前，情情爱爱仿佛都不值一提。

当她知道陆峥掉进洞里，生死未卜的那一刻，她的心似乎都停止了跳动。在这样的前提下，她总会对陆峥心软一些。如果依照她以前的脾气，大概不会管陆峥的同事在不在场，早就上前据理力争，生了好一顿闷气了，可现在想想，她有什么资格生气呢。

她多么卑鄙啊，留意到陆峥的理由，除了那对似火般炙热野性的眸子，还有陆峥的身形、职业。陆峥穿上消防服，实在太像那位出现在她梦中许多次的救命恩人。

陈错不是没想过，去找那个人，但现场那么乱，那么多救援队，光是消防部队的，就有十多组，根本没办法从这些人里面，将那个她连脸都不知道的人，找出来。更何况，陈错也真怕把那个人找出来。

她无法想象自己深爱别人的模样，她最爱的是自己。她也怕将那人找出来以后，她心里的感觉就散了。越在意越珍惜，也就没那么强求了。可她心里有了印记，便不由自主地追寻那些东西。

陈错拍了拍自己的脸，低声提醒自己要集中注意力工作。她束紧鞋带，朝灾民安置区走去。许家不知从哪儿忙完回来，给她打电话。地震后通信信号非常差，声音断断续续，他们说了几句话，发现实在是听不清，就不耐烦地把电话挂了，改为互发短信。

她想拍摄一些人的特写，怎知拍摄的时候，遇到了麻烦。

陈错向一位在给襁褓中的孩子哺乳的妈妈询问，希望征得同意，拍一组照片。哪里知道，在她一旁的男人突然暴起，问陈错什么意思，是不是嫌他们不够惨，他老婆喂奶的裸露照片，都要拍下来，拿去当素材。

陈错护着自己的相机，连声抱歉。她想这当丈夫的大概是受了什么刺激，又或者单纯是想要钱，也有可能是因为这次地震损失太大，而心情不好。他凶狠地推搡着陈错，他的声音刺激到身后的孩子，孩子因受到惊吓哭了起来，连奶都不吃了。男人听到孩子的哭声，更加愤怒起来，将一切都怪罪到不识趣的陈错身上。

他的手高高举起，就要给陈错一耳光。陈错脸色顿时就变了，别说她没有直接拍，而是拍摄前去征询他们的同意。加上她确实不觉得母亲的哺乳，是裸露照片。也是她想得太少了，错估了他们的保守态度。但她的所作所为，也实在没有过份到要挨这一记耳光。这男人为这事儿动手打女人，也不是什么好人。

陈错想上前去抵挡，也在想许家什么时候能来。她一个女人，力气再大，也抵不过一个发疯的男人。那个男人的手还没落下来，就被一个人抓住了。陈错愣了愣，看着眼前突然出现的陆峥，他仍然穿着消防服，精神似乎较之前好了很多，气势十足地挡在她身前。

那个男人一看是消防员，也不再闹了。毕竟他老婆孩子，都是消防员救出来的。那个男人一走，陆峥也打算走。刚迈出步子，他就被陈错拉住了。

陈错焦急地说道："你怎么就出来了，你身体还没好呢。"她的尾音都颤抖起来了，抓着陆峥的力道也很大。

陆峥回过头，在夜色中，静静地看着陈错。她纤细的眉毛皱得很紧，脸上脏兮兮的，巴掌大的脸，就算有艳丽的眉眼撑着，也实在是说不上好看。但她眼中的情绪是真的，让她看起来，起码在陆峥眼里，比之前那些为了挑逗他，而摆出来的妩媚神情，都要好看。

陈错见陆峥一个劲地盯着她看，不由得抓着陆峥的手臂摇了摇，说道："你不是私自跑出来的吧，医生说你可以下床了没，说话啊！你不要命了！"

陆峥突然抬手，拇指在她脸颊边重重擦过，低声说道："脏死了。"陈错反手摸了摸自己的脸，一时间愣在原地。

陆峥笑了笑，说道："没事，还能动。"说罢他又蹙眉，"赶紧离开这里，知道这是什么地方吗，敢往这里闯？"

陈错仍然捧着脸，呆呆地接过话茬儿："这里有你。"说完这话，她像刚醒来似的，"我的意思是，我们剧组还需要拍一些资料片，到时候得用上。"

陆峥淡淡地点头："拍完了吧，赶紧回去。"

陈错欲言又止，还是忍不住问道："那你呢？"

陆峥看向不远处的灾民区，说道："他们需要我。"

陈错想，我也需要你。可这话太矫情，她不过是想让陆峥离开这个地方。早上才有过意外，可危险总在不经意间，万一下次，陆峥没有那么幸运该怎么办。

两个人一时陷入了沉默，陆峥手臂动了动，陈错看着陆峥的手从自己的指缝间抽出去，心里突然觉得一阵空荡荡的。陆峥背对着她，还没走几步，陈错就跑了过去，搂住了他的腰，紧紧地抱着，恨不得将自己都揉进陆峥身体里。

陆峥站在那里，没有说话。

陈错哑声说道："我是真的不想跟你分开，我是真心喜欢你的。"她抱着的陆峥，站在那儿僵了好一会儿，才渐渐松软下来。

他拍了拍陈错交叉扣在自己小腹上的手，低声说道："我知道。"

陈错咬了咬牙，想松开手，可是手上却还紧紧地扣着，还是陆峥掰开她的手："快些走吧，回到属于你的地方。"

明明都没有在一起过，却像分手一样难过。陆峥从没有给过她任何误会，又或者有过他俩走得非常近的时候。也许有过一次，就是在医院的时候，陆峥来看她，袒露过自己心中的想法。是陈错自己怕了，不敢了。而这一次，陆峥仍旧看透了她心中的怯懦，让她回去。

陈错仰着头，看陆峥被灯光拉长的背影，她盯着陆峥从坚硬的消防服里露出来的一截脖子，竟然都觉得自己有些委屈了："你为什么就不能挽留一下我。"也许他留了，她会有不一样的选择。

陆峥舌头抵着牙，"啧"了一声。不知在不满什么，陆峥转过身，陈错看不清他脸上的表情，只感觉到陆峥抬起手，重重地放在她的头上，揉了揉，他跟她说："别任性了，像个小孩儿一样，什么都想要。"

世间甚少两全其美，这个道理陆峥懂，陈错亦懂。

陈错松了手，让他走。陆峥的背影融入黑暗中，离她越远，就缩得越小，直到在视线中消失不见。不知哪儿吹来的风，吹起的沙土让她忍不住闭上了眼睛，空气中还残存着陆峥的气息，不是很好闻，但却是男人的味道。

身后传来踩落石子的声音，鞋底陷入泥壤，石头滚出很远，咕噜噜的，有人从陈错的背后走过来。陈错没有回头，只把自己脖子上的丝巾解下来，捂住口鼻。她不打算将偷听者揪出来，反而是对方耐不住，喊了她一声："错姐。"是一道年轻的，还未经受社会磨砺的声音。

许家像是撞破了一场不该知道的事情，又窘迫又难过，还带着些许希翼与庆幸。

陈错知道他听到了他俩的对话，明白他俩还没发展到男女朋友的地步就到此为止了，所以才庆幸。不知怎的，此刻的陈错非常讨厌到此为止这个词，这词戳痛了她。她将丝巾捂得更紧了一些，走近许家。

她高高瘦瘦，玲珑有致的身体靠近他时，许家一时忘记了呼吸。但他能感受到陈错身上的幽香，陈错从来都是香的，连香烟的味道，都是女士烟那种薄薄的、惹人遐想的香。陈错的手指触碰到了他的手腕，许家抖了一下，非常明显。

陈错将许家的双手翻过来看了看，说道："还成，没受伤，明天你扛摄影机，咱们在这儿再待两天，你拼了命要来，总不能什么都没拍到就回去吧。"

许家站在原地，好半天才"哦"了一声。陈错点点头，正要迈开脚步，许家就把她叫住，他犹豫了一会儿，窘迫地问道："错姐，我今天是不是太傻了……很不专业。"

一腔热血到头来，忙活半天，还不如专业消防员的一小会儿工夫。许家那时候才知道自己该做什么，来做什么。他应该做自己能做的事情，而不是因为同情心，瞎忙活。

陈错看着他，说道："是。"许家的脸色黯淡下来，陈错接着又说道，"别瞎想了，做了就不要后悔，你心里觉得值就行。"

陈错在说许家，同样也是在说自己，实际上，就连她自己都不知道，会不会后悔。许家的双眼又重新亮了起来，没多久，他就面带笑容地接过了陈错手里的相机。陈错也毫不客气地把身上的重物一股脑儿地给了许家，自己轻装前行。

第五章 你真无情

第二天，她没有看到陆峥，也没有特意去找他。只是偶尔拿出手机，看到她和陆峥互发的短信，出神。这也许是他们最后的交集。想到这里，陈错心里就一阵酸楚。她叹了一口气，觉得不能再想了。她一个做事如此干脆的人，总不能像现在这么拉拉扯扯、黏黏糊糊，再这样下去，自己都要看不起自己了。

从灾区回来后，陈错在家休息了几天。

她去美容院好好调理了一下疲劳的身体，将变得粗糙的皮肤，用顶贵的面膜给敷了回来。在家躺着的时候，肖春给她打来电话："陈错，你妈妈的电话都打到我这儿来了，她让你回去一趟，这次无论如何，你也得去给她当伴娘。"

陈错将电话拨到张女士那里，张雅宁的背景音十分乱，显然是在忙。但接到陈错的电话，还是洋洋洒洒说了一大堆。陈错赶紧叫道："张女士，我记得你上一场婚礼，我就说过，我再当你的伴娘就是傻子吧。”

张雅宁“呸”了一声，说道：“哪有你这样跟妈妈说话的，我不管，你必须来。你说你干那活儿又没几个钱，又辛苦又累，还是找个人嫁了……”张雅宁话还没说完，陈错就说自己有事要忙，把电话给挂了。

这是张雅宁的第四次婚礼。陈错的长相全靠张雅宁的优秀基因，当然她的亲生父亲也长得非常帅气。张雅宁当年也是嫁给了爱情，后来发现无法有情饮水饱，便当机立断，拉着陈错离婚改嫁。

第二任丈夫很有钱，只是身高和颜值大幅度缩水，还企图对陈错动手动脚。陈错在饭桌上把继父的手放在自己大腿上揉捏的事情说给了张雅宁听，张雅宁虽然是跟陈错的父亲穷日子过怕了，但绝对不是忍辱负重的人。她当天没有发作，第二天将陈错送到自己哥哥家，然后跟现任丈夫撕得天昏地暗，头破血流，打了场轰轰烈烈的离婚官司，还从他那里得到了不少赡养费。离婚后，张雅宁得了轻度被害妄想症，一旦陈错离开自己的视野，她就怕。

她的第三任丈夫是位心理医生，在治疗张雅宁这位母亲的同时，也兼顾陈错。只是后来，医生跟张雅宁离了婚，但陈错偶尔还是会去看看那位温文尔雅的心理医生。

从美容院出来，陈错抱着一束花，绕道去了心理医生那里。她让前台助理不要声张，悄悄走了进去。

心理医生姓陈，和陈错同姓，名台演。陈台演是位很不错的父亲，起码要比前两位靠谱得多。张雅宁要和他离婚的时候，陈错还非常不乐意。张雅宁和陈台演，谁也不肯说离婚原因。陈台演一看到她，顿时就笑开来，欣欣地说道：“今天怎么有空到我这里来。”

陈错乖巧地走了过去，甜甜地叫道：“爸爸。”她抱了抱陈台演，然后坐到咨询室的椅子上说道，“我想我爱上了一个人。”

陈台演接过陈错递过来的花，放在桌上。他摘下眼镜，整个人放松了下来，目光柔和地鼓励着陈错：“‘他’还有再出现吗？”这个“他”是陈错因为三年前的那场地震，被困太久。又对那个背影的过于执念，而幻想出来的一个人物。

她实在是撑不下去了，将自己关在屋子里整整半个月后，“他”出现了，很真实，看不清脸，却能让陈错感觉到非常安心。压力和痛苦都有了能够宣泄的地方，她曾经一度迷恋“他”，哪怕知道“他”是不存在的，一切都只是她的幻想罢了。

陈台演知道她的状况，给她开药，做心理疏导。陈错听到陈台演问“他”的事情，顿了顿：“本来，‘他’已经很久没有来过了。”“他”只会在她状态极差的时候出现，陈错曾认为，她不会在现实中得到她爱的人。

可陆峥的出现，打破了这个僵局，成了她生命中的意外。她甚至觉得，陆峥实在太像“他”了。陈台演在本子上记录着，听陈错描述她和陆峥的事情，并且得知了他俩的最后一场遗憾对话。陈错说，她害怕得到后又失去。陆峥的职业太危险了，她受不住。可陈错又太想跟陆峥在一起了，一想到他，她的心就会疼。

矛盾挣扎，无比纠结，这就是陈错当前的状态。昨天，陈错在家中休息，明明状态很好，可“他”却突然出现了，甚至有了陆峥的脸。陈错吓坏了，所以今天特意来见陈台演，想知道自己到底怎么了，是不是精神出现了问题，这些是不是前兆。

陈台演看着陈错紧张的神色，笑了笑，他说道：“不用紧张，你太勉强自己了。你在心理上还没做好准备，去面对地震环境。而你说的那位陆先生，他的遭遇和你当年的情形太像了。这些都会让你回想起曾经被困的感受和场景，你觉得你的状态还可以，但你的潜意识却在说不行。所以“他”又出现了，并且有了陆先生的脸，我想，这些都离不开你最开始跟我说的，你爱上了一个人有关。”

陈台演手里的笔，无意识地写下了“契可尼效应”。陈错当然看到了，她将那行字念了出来，问是什么意思。

陈台演扣着双手，解释道：“契可尼效应，以我们通俗的说法，叫做未能完成的初恋。在一个人的记忆里，它能非常快地忘记已经完成的事情，却对未完成的事情，记忆犹新。我想，你对那位在地震中救了你的人印象非常深刻，所以当陆峥他刚好能满足了你潜意识里的所有标准时，你就对他产生了移情。”

同样的职业，过于相似的背影，在大火中的救赎，这一切都是让陈错产生移情和替代的前提条件。陈错脸色渐渐变白，陈台演的说法，就和林庄舟愤怒指责她的说法一样。意思是，她将陆峥当作“他”了，她对陆峥所有的爱意，只源于“他”。

陈错下意识地摇头，她想否认不是这样的，她喜欢陆峥。只是纯粹的喜欢，可她的话说不出来，也无法否认。

从初次见面时所产生的兴趣，到最后的满是爱意。如果这一切，都只是因为她的心里对旁人的念念不忘，这样对陆峥来说，太残忍。而她，也过于无耻。可她却不能否认，她爱上他，都是因为有了特定的前提条件，偏偏“他”在前，而陆峥在后。

灾区，陆峥接过一名消防员递给他的一瓶水，先喝几口，再吃饭。他浑身都很脏，都不记得上一次洗澡是几天前了，实际上他有一点儿洁癖。但工作的时候，就什么都顾不上了。因为太累，也没条件。陆峥将瓶盖拧好，端起盒饭，大口地往嘴里塞。他吃得很快，因为不知道什么时候又要行动，所以必须快。

不管是换班还是吃饭，他的眼睛从没离开过不远处的救援队。他抓紧每一分每一秒，却还有人不识趣地上来凑近乎。陆峥掀起眼皮，想看看这人到底是谁。这个给他递烟的人，他见过，就是那天在帐篷中，拽起陈错就走的人。陆峥将嘴中的饭咽下，眼睛不再看他，又开始专心吃饭，根本就没想搭理林庄舟。

林庄舟表情微变，将烟盒搁到嘴边，叼出一根烟，他说道：“兄弟，别这么冷淡嘛，我不过就是想给你拍几张照片。”为了证明自己话语的真实性，他还特地拿出单反在陆峥面前晃了晃，而他眼前的这位消防员，竟然抬手夺下他嘴里的烟。

这一动作吓得林庄舟的眼睛都瞪了起来，以为对方是要打自己，怎知不是。陆峥将他的烟按在地上熄灭了，毫不客气地说道：“现在最好不要抽烟。”地震损坏了太多东西，很多具有不确定性的危险物品。万一烟头没熄灭，都有可能导致火灾。

林庄舟哑口无言，盯着那根还未抽就已经灭了的香烟，有些暴躁地说道：“陈错也抽，你怎么不管她？”

陆峥听到陈错的名字，总算正眼瞧了林庄舟一眼：“她要是在我旁边抽，也不行。”

林庄舟愣愣地站了好一会儿，才哈哈大笑：“你不喜欢她。”他点点头，笃定道，“你不喜欢她，陈错也有今天。”陆峥非常不喜欢林庄舟说话的语气，他加快了吃饭的速度，打算赶紧远离这个人。

这时，林庄舟的一只手拍在了陆峥的肩膀上，跟哥俩好似的，说道：“我可跟你说，你看不上那女人最好，她啊，就是个坏女人！心里装着别人，把咱们都当替代品呢。”陆峥没说话，只是肩膀动了动，甩开了林庄舟的手。

林庄舟有些尴尬地收回手：“我跟你说的都是真的，我是她前男友。”紧接着，他就赶紧把自己所知所闻，甚至连陈错甩他的理由都跟陆峥说了。

他把自己塑造得苦情极了，而陈错就是那个按梦中情人标准找替身男友的坏女人。林庄舟说得兴起，他身旁的陆峥却猛地站起了身，林庄舟吓了一跳，赶忙往一旁躲避，一脚没站稳，一屁股就跌坐在了地上。地上全是砂石瓦砾，硌得慌。

陆峥居高临下地看着林庄舟，突然轻蔑一笑：“我倒觉得陈错眼光不太好，不然怎么会看上你这种分手以后，还到处搬弄是非的小人。”

林庄舟脸色由白到青，他“腾”地一下从地上站了起来，狠狠搡了陆峥一把，没搡动。陆峥站得即稳又直，林庄舟反而被力道反弹地后退了好几步。他见陆峥一脸鄙视地望着他，恼羞成怒，他用手指了指自己，又指了指陆峥：“你就还别不信，我俩的身材是不是差不多！”

陆峥不语，林庄舟狠狠地瞪了陆峥一眼，转身就走。陆峥看他离开了，这才弯腰将自己放在地上的饭盒，筷子收好，找到垃圾筒，丢了进去。力道有些大，砸得垃圾筒一阵响。

白田满头大汗地跑过来交接，刚想有气无力地冲陆峥笑一笑，就被他脸上可怕的神情给吓了回去。他心里嘀咕着，看陆峥拿出手机，眼睛瞪着屏幕愣在那儿，过了许久才把手机放进了裤兜里，跟白田招呼都不打一声就走了。

陈错和陈台演一起吃了顿饭，饭桌上陈错提到了张雅宁。她小心地问陈台演："你知道我妈又要结婚了吧。"

新老公还是一位外国人，她妈有可能给她生个混血弟弟。实际上在张雅宁这次婚礼前，陈错还有心想撮合他们复婚，但毕竟都是成年人，她也只能是电话通知两个人，在一起吃顿饭而已。

然而每次聚会的气氛会非常尴尬，陈错也曾经怀疑过陈台演抑或是她妈出轨了。她拐弯抹角地试探过双方，但张雅宁跟陈错说："是我决定要跟他分开的，他没做错什么，你别问了。"

她问陈台演，陈台演又一副内疚的模样："你妈妈是个好女人，我很爱她，但也许我们并不适合在一起。"

两个人都把责任往自己身上揽，弄得陈错莫名其妙。饭桌上，陈错实在没胃口。但为了不让陈台演担心，陈错还是勉强吃了一些。那些食物跟石头似的在她胃里翻滚着，难受得紧。将陈台演送回诊所，陈错到楼下的药房，买了一些胃药。回来的时候，却看见陈台演穿着医生大褂站在街边，手里还拿着手机。

没多久，一辆轿车停在陈台演跟前，一个穿西装的男人下了车，走到陈台演面前，将他紧紧地抱住。陈错惊得目瞪口呆，很快，她就明白过来。陈台演安慰着那个人，还在那个男人的鬓边处吻了一下……

好好的继父，怎么喜欢男人？

这个男人是从哪儿冒出来的，难道这就是陈台演和张雅宁离婚的原因？陈错气势汹汹地走了过去，她穿着高跟鞋，鞋跟踩地的声音非常响亮，充满了存在感。陈台演抬眼看到她，立刻就松开了抱着的人，还往外推了推。

陈错双手交叉抱于胸前，打量着那个一脸疑惑的西装男，竟然长得还不错。陈错皮笑肉不笑地说道："爸爸，您是不是该给我介绍一下，这位是？"

西装男听到陈错喊爸爸，悠然地说道："你是陈错吧。"他朝陈错伸出手，以示友好。

在不知道具体情况的时候，陈错也不能没有礼数。她配合地伸出手跟那个西装男握了握，眼睛望向陈台演。而陈台演也只是在刚开始时有些惊慌，现在倒是非常镇定。他对陈错说：“既然你看到了，那就介绍一下，这是我现在的爱人，罗舟。”

此时，罗舟的手还揽上了陈台演的腰，冲她笑了笑。陈错只好找理由，说有事要先走。大概是她的态度让陈台演有些受伤，但他也能理解，他点点头：“今天挺仓促的，改天我们一起吃顿饭。”

陈错尴尬地笑了笑，上了车，一路飚到了张雅宁那里。张雅宁在放着悠闲音乐的婚纱店里，美滋滋地试婚纱。她的外国未婚夫站在旁边，表情浮夸地说好看。张雅宁确实好看，将近五十岁的人，看起来不过三十岁左右，身材极好，皮肤白皙，长相妩媚。

张雅宁在镜子前美滋滋的时候，陈错闯了进来，因为走得太急，呼吸还有些喘。即将成为她第四位爸爸的克洛伊上前跟陈错拥抱了一下，热情之极。陈错一把将张雅宁推进试衣间，反手关上了门。

张雅宁觉得陈错今天有些莫名其妙：“你干吗呀！小心踩到我的裙子！好贵的！”

陈错逮着张雅宁，神情紧张地问道：“爸……不是，你前夫，他，他有个男性朋友……就是，这个事你知、知道吗？”

张雅宁看着说话开始结巴的女儿，将她推了推：“我还以为什么事呢。”

见她神情过于淡然，陈错以为她没听明白，又重复道：“就是，那个朋友不是你想的那样。”

张雅宁点点头：“我知道，他男朋友嘛。”

陈错有些吃惊：“他是不是骗你了！”

眼瞧着陈错怒得双眼通红，张雅宁笑出了声：“什么啊，你想到哪里去了。他是和我离婚后才找的，我当时也很惊讶。”

陈错回过神，有些茫然地说道：“那你们为什么离婚啊。”

张雅宁看着一脸蒙的陈错，摸了摸她的头发：“傻孩子，因为不爱了啊。”

陈错不能理解：“你们之前在一起的时候，不是很好吗，天天都那么甜蜜。”

张雅宁笑着摇头：“爱情哪有那么多道理，因为喜欢，所以在一起。因为不适合，所以分开。”

陈错还是有些蒙，但她已经知道了答案，她俩从试衣间退了出去，克洛伊迎了上来，搂着张雅宁的腰。陈错坐在婚纱店的沙发上，看着母亲甜蜜地靠在克洛伊怀里，百思不得其解。她拿出手机，走出婚纱店，给陈台演打电话。

很快，电话就接通了，陈错在电话里向陈台演道歉，为自己刚才的态度。她说不管怎么样，陈台演还是她爸爸。至于罗舟，她让陈台演替她向他道个歉，还开玩笑地说道：“下次去外地工作，她可以买两份同样的男士礼物了，不用再想破脑袋。”

也许是没想到陈错能接受他们，陈台演被感动了，声音有些哽咽，一时也不知道该说什么好。陈错挂断了电话，突然觉得这个世界还真没什么不可能发生的事情。她迎着艳阳，眉宇舒展。她想：她和陆峥之间也许还隔着许多距离，如果还没开始就瞻前顾后，那就没有所谓的未来。

但在那之前，她应该去正视自己的内心。她要去找那个当年救她的人，想要知道他到底是谁。肖春接到她的电话，知道了她的打算时，不由得哀号道：“祖宗！你可别恋爱脑上头，一会儿一个样好吗？你这样人家消防哥会觉得你一点儿都不诚恳。而且都过去三年了，你上哪儿去找一个连脸都没看清的雷锋啊。”

陈错慢条斯理地说道：“想找还找不到吗，心诚则灵嘛。”

肖春头疼道：“心诚则灵不是这样用的！我看你啊，赶紧把这部宣传片拍好了，来做我手上给你接的活儿，是一个广告，能赚不少。姑奶奶，收收心，别光顾着想男人了。”

陈错明面上应了，但挂断电话后，还是托了人去找。当代社会，关系网错综复杂，也许想找一个人很难，但有时候，却也很容易。只是在于，想不想找罢了。

陈错刚想把手机放回兜里，手机却震动了一下。竟然是陆峥发来的短信："衣服记得还我。"

陈错看到短信，忍不住笑出声，她脸红了，心跳也加速了。紧接着第二条短信发送过来："别想太多，只是两件衣服都给了你，我很不方便。"

收到陆峥的短信不久，剧组的电话就打来了，通知她回去工作。原拍摄对象回不来，就只能换人。剧组和经费经不起这样消耗。消防队里还有人，跟上面反应一下，调一批出来，把剩下的镜头都拍完。而刚开始定的时间虽然是一个月，但宣传片不至于要拍那么久。

只是这次拍摄，诸事不顺，平白耽误了好几天时间。要是真误了档期，那可就真误事了。别说导演，剧组的其他部门，也都是手上还有其他活儿的。陈错挂断了剧组打来的电话，给陆峥回了条短信："等你回来，衣服你不用担心，香着呢。"

晚上白田休息的时候，陆峥坐在简易搭起的行军床上看手机。手机光在他脸上突明突暗，不知道是不是累花了眼，白田竟然看到陆峥脸上一闪而逝的笑意。很浅很淡，本来脸上还挂着的沉重神情，被这笑意冲淡了许多。

白田顿时心下稍安，他一直都很担心陆队。在他看来，陆峥平时话不多，但也代表心思重。消防员这行心理压力极大，没经历过争分夺秒的生死较量是体会不到的。尤其是陆峥，他救人的时候比谁都拼，可救不下来怎么办。事后是不是会想，如果我的速度再快一些，这个人是不是就可以活下来。

这种事也没法习惯，只能经受多了，自己看开。他们队有专门的心理咨询师，陆峥去得并不比他们这些新进的新兵少。这次灾区救援，陆队更是从头到尾冷着脸的。而这时的陆队，竟然笑了。白田不由得心想：不管手机那头的人是谁，能让陆队笑的，就是好人。

受上次火灾的影响，这次换了个更高大上的酒店。陈错拖着行李进到那个装潢复古又明亮的大厅时，还吹了个口哨，仿佛看到了制片心痛得无法言语。她拿出手机看了看，陆峥没回她短信。

她上楼，在电梯里编辑着短信，可编辑了又删除，直到进了房间，她都没想好要说些什么。

陈错还从没这样找不到话题，大概是因为陆峥对她来说，是与众不同的。之前的轻佻态度和种种调戏，反而拿不出手了。陈错把手机收起，进了浴室，等裹了条浴巾出来，她总算想好了短信该发些什么内容了。

她将陆峥的外套翻了出来，铺在床上，拍了一张照片发过去。等发送完毕，她才察觉照片里的异样来。她裹着浴巾，坐在冷硬的军装旁边，露出一双腻白的大腿。照片将她的腿也拍了进去，还有挨在床边的脚，趾头圆润，微微蜷起。幸好大腿处裹着浴巾，没露太多。可正是因为能看出来是浴巾，才讶异。

她心想：一个女人大半夜刚洗完澡，把你衣服铺在床上，拍下来给你看，还顺便露了个了大腿。

她要是陆峥，都觉得这里面肯定藏着什么暗示。但发都发过去了，这又不是其他的聊天软件可以撤回。

陈错把自己重重地摔到床上，翻了个身，捧着自己微微发烫的两颊。她的腿碰到了陆峥的衣服，忍不住，把衣服提上来，紧紧地搂在怀里，闻了闻。

在灾区，白田刚刚欣慰陆峥这么久以来紧绷的神经终于松懈了下来。这时，陆峥的手机又震了一下。他看着陆队点了点手机，不知看见了什么，表情瞬间就变了。他眸色深深，翻看着手机屏幕，眯起眼，突然“啧”了一声。

白田可没放过任何一个细节，有些担心地问道：“陆队怎么了啊，看到了什么？”

他边说边凑过去，完全没多想。许是因为陆峥一个人惯了，联络陆峥的除了以前的好友就是战友，或是家里人，没什么不能见人的。所以白田这个凑过去的行为，在平时，陆峥并不会怎么样，甚至无所谓白田看自己的手机。而这次，白田脖子刚伸过去，迎面而来就是一个军绿色的枕头，捂着他的脸，把他怼回了自己的床上。

白田呆呆地愣在那儿，他看见陆峥用枕头击退他后，火速把手机放进了自己的裤兜里，跟藏个什么大秘密似的。但陆峥不给看，不代表白田猜不出来。只见他那张娃娃脸上浮现出不羁的笑意：“嘿，陆哥，是不是嫂子发来的信息啊？”

陆峥冷觑他一眼：“话怎么这么多？”

白田“嗷”地叫了一声：“陆哥！你竟然不否认！你变了！”

陆峥用“哼”了一声，说道：“少废话，早点儿休息，明天还有硬仗要打。”

陆峥说完，就躺在了床上，拉上被子，好似要睡。白田在自己床上哼哼唧唧，叨叨着什么英雄难过美人关，陆哥不出手，一出手就是大美人……

大概是嫌白田烦，陆峥瞬间从床上坐起来，白田立即就闭了嘴，他见陆峥起身到他床前，以为自己要被打，忙求饶道：“陆哥，我错了，不嘴贱了，你和嫂子天生一对非常般配，俊男美女，祝早日结婚。”

陆峥从他床上拿回自己的枕头，抬手拍了白田一下：“胡说八道什么，闭嘴。”

白田委屈地直哼哼，看着陆峥躺在自己的床上，还是没忍住说道：“陆哥，你教教我呗。”陆峥背对着白田，只留给他一个深沉的背影。

白田继续说道：“你怎么追的啊，我看你们平时也没怎么说话啊。”陆峥在床上动了动，然后他看到陆峥的手机又亮了起来。

陆峥看了一会儿那张照片，在删除键上犹豫着，最后还是没删。他警告过陈错别瞎撩，这女人真的一点儿都没将他的话往心里去。竟然给他发这样的短信，生怕别人不知道她腿白。白田还在嘀咕着，话都比平时多了许多。

陆峥知道白田这是压力太大了，压力一大，他就话多。好似这样能排解一些情绪出来，这一点，有时候陆峥挺羡慕白田的。

白田还在那儿自顾自地嘀咕：“陆哥，你也不懂那些泡妞招数，天天冷着一张脸，陈大美人是怎么到手的，你教教我呗。我以后的终生幸福，可要靠你了。”

白田感觉到陆峥转身，忙惊喜地半撑起身体，等对方发话。陆峥确实说话了，可是说的话能把人气死。

陆峥说：“谁跟你说我追她，是她追我，还没追到。”

在灾区拍下的镜头做素材，再从资料库里调取一部分。将几个救火场景模拟一遍，再将平时训练的拍摄内容剪辑整合，一部宣传片就像模像样地出来了。目前的进度除了训练内容，就差救火模拟。实拍要有火，后期再调。美术组进行现场环境模拟，小松和周眉去给他们化妆。每个消防员的脸都藏在消防面罩里，基本看不出什么。

但陈错要近景取眼睛部位的镜头，小松只好在他们脸上涂上化妆油彩，连鼻孔都没放过。一群消防员活脱脱被化成了战场妆，脸上全是黑的。化完了过来让陈错看效果，拍完就反馈给导演。导演满意，陈错在镜头上把关，基本就可以开拍了。

现场的火生得很猛，因为是模拟，只在安全范围内燃烧。即便知道现场环境安全，但火蹿得太高，也很吓人。周眉和小松这时候也不想着盯妆了，躲得远远的。小松扯着周眉的衣服，小声说道：“错姐真厉害，明明被困在火场里不久，现在就敢这么近距离地去拍摄大火了。”小松佩服陈错的胆量，周眉却有些担心。

她去给陈错送衣服的时候，陈错那时显然是被吓到了，也许现在只是强撑而已。但她们两个人也无法做什么，总不能阻止她不去拍吧。真要是这样，导演都能把她们两个多管闲事的人给生吞了。只好等中途休息的时候，周眉在外面买了瓶凉丝丝的水，给陈错送过去。

陈错的脸都被现场的高温给烤红了，额头上还冒着密密匝匝的汗珠。见周眉来送水，便缠着她调戏了一阵，还让周眉喂她喝水。万万没想到周眉这个小姑娘，平时腼腆，做事认真。陈错让她喂，周眉还真拧开瓶盖，给陈错喂一口水。

这好待遇引起了一旁收音组老王的羡慕嫉妒。他起哄，让周眉也给他喂一口水。周眉心里委屈，脸上却不显露出来。怎知陈错一个转身，将周眉护在身后，冲老王说道：“小姑娘看我好看，心甘情愿给我喂水。

老王你少调戏人家小姑娘，一大把年纪了。”周眉吓了一跳，怕陈错为她得罪人。哪知道老王也没多少心眼儿，就站在那里嘿嘿傻笑着，也没再提这事儿了。

周眉心里顿时暖暖的，她知道她这是被人护住了。剧组的化妆师，苦累不怕，最怕的是无尽地被调戏揩油。有些人什么手段都会用上，言语上的骚扰更甚。虽然都不算太猖狂，可那些都是绵绵密密的刺，膈应人一阵一阵，难受得紧。

陈错把水放下，然后问周眉多少钱。周眉忙摇头，也没多少钱。陈错倒也没执着，只是下午场的时候，给周眉送了瓶冰凉的西瓜汁。不只是周眉，整个剧组都有。但周眉那里比别人多了块蛋糕，搞得小松咬着吸管，说错姐偏心，疼周眉。

周眉心里明白，这是陈错惦记着给她送过水，而这种方式，却不会让别人觉得陈错划分得清，只觉得暖心。你有心对我，我也有心对你，很贴心。周眉咬了一口蛋糕，很香很好吃，甜进了心底。

拍摄了一天，陈错浑身都晒得红通通的。她将自己的模样拍下来，发给陆峥，委屈地说自己被烤得好熟哦。如果陆峥在的话，以他的技术，她大概不会被烤成这样。确实也是，现在的消防员都不如前面那一批有经验。陈错拍得很艰难，也很累。

陆峥的短信是晚上发给她的，很简单，也很扎心。

“不好看。”

陈错对着这三个字，翻了个硕大的白眼。她愤怒地编辑短信，噼里啪啦地输入了一堆，还没等她发送出去，陆峥又发来了一条很长的短信，教她怎么处理身上的轻微烫伤，教她怎么现场安全拍摄，让她去找一位叫史少杰的消防员来现场把关，那是他教出来的，可以放心。

陈错看着那条短信，脸上浮现了自己也不知道的微笑。她回了一条短信给他：“等你回来给我抹药好不好。”等了许久，陈错也没有等到陆峥的信息。陈错披了件外套，踩着人字拖出门买药。路过一家超市时，她走进去买明天的早餐。

超市的收银员是一个年轻的小伙子，戴着耳机晃着身子，整个人跟弹簧似的。陈错把水和面包放在收银台上，埋头给她扫条形码。陈错哑着声音说要包烟，收银员回过头去拿，陈错左右看了看，旁边的一排架子上，放着许多五颜六色的小方盒，是糖和巧克力。

她拿了一盒巧克力，想了想，又取了个红色的小方盒，放在一起。盒子很薄很轻，颜色是暧昧红，盒子上几个硕大的英文字母，Durex。收银员终于抬头看了陈错一眼，眼前这位女人长卷发，灰外套，黑背心。背心露出胸部以上一片亮眼的白，深锁骨，不妖艳，却性感。

收银员对上女人的双眼，脸涨得通红。这个女人眼神太懒，是漫不经心又勾人心魂的那种懒。再看她放在收银台上的Durex，收银员在键盘上一连按错了好几次，一边偷眼打量。因为她态度坦然，又长相美艳，大晚上来买这东西，实在是引人遐思。

他在输入的时候，女人拿出手机，拨了个电话。她的声音很软很柔，因为在打电话，她没法用手机支付，只得从裤兜里拿出钱包，捻出几张纸币。她话题随意，说自己出门买东西，外面好黑啊。收银员看了眼外面的街道，晚上十点，不算太晚，街边长长的一溜小吃摊都还没收，人来人往。她又问对方知不知道自己买了什么，那人显然没给予她满意的回答，她皱起眉，视线便落到了那盒Durex上，忽地笑出了声。

她笑得明艳动人，像洒落的月光，柔软明丽："我在想，你什么时候才能让我用上这个。"收银员不知道电话那边的对象感觉如何，反正他是有点儿脑充血了，尴尬得不知所以。

说着这女人将笑一收，表情又重回冷谈，抬眼看了看收银员，对着电话那头说："不跟你说了，年轻的小帅哥还在等我呢。"说完她就把电话给挂了，潇洒地提起收银员给她装好袋的商品，说了声"谢谢"。收银员回了声"不客气"，女人转身离开，一出柜台，双腿便映入他的眼帘。

她的腿长得很秀气，直且长，是会让人多看几眼的那种。收银员抬眼，目送她出门，心里叹息：也不知道她的对象是谁，真让人羡慕，有个这么漂亮的女朋友。一会儿他又想：不行，太没安全感了，他要是有这么好看的女朋友，一定舍不得大晚上让她一个人出来买东西，这男朋友心也太大了吧。

“心太大的男朋友”陆峥，在陈错挂了他的电话后，握着手机揉了揉眉心。白田在旁边蹲着收拾工具，然后就听见陆峥叫他的名字，问他：“我……看起来怎么样？不算老吧？”

白田被他给问蒙了，以为陆峥这些天累到变糊涂了：“陆哥，你干吗！你才多少岁啊，说什么老不老的？！”

陆峥抿唇，看了一眼手机，又把它放到了枕头底下，像跟谁生气一样，回了白田一句：“没事，我就随便问问。”

陆峥他们回来的时候，宣传片的拍摄都已进入了尾声。

陆峥他们乘坐的车子从陈错身边开过去的时候，她正趴在地上，形象全无地拍仰视，弄得浑身脏兮兮的。导演一喊“卡”，陈错便从地上爬起来，眼睛不由自主地就追上了那辆军车。她在里面找不到陆峥，一大群小伙子，这些天在灾区熬得又黑又瘦。

中午，陈错接过许家给她的盒饭，她随意吃着，眼睛却不离手机。她收工后就给陆峥发了一条短信，问他回来了没有。等陈错把盒饭吃下一半，她才收到陆峥的短信：“回来了，队里放假，我要回去休息。”

陈错瞪大眼睛，盯着屏幕，陆峥要休息，那她怎么办？她想见他啊！这个念头刚过，陈错就反省自己。陆峥其实好几天没搭理自己了，陈错例行问候早安午安，后来实在太忙，也没给他发短信，两个人断了联系好几天，陆峥好不容易回来了，又要放假休息？不知不觉，她嚼饭的力道都大了几分，满脸写着不高兴。

陆峥给她介绍的史少杰很优秀，几乎是按着陆峥的模版复刻下来的。听说是陆峥亲手带出来的兵，两人私底下都是师徒相称。所以陆峥让陈错放心去用他，史少杰年纪虽然轻，但已经有模有样，也确实帮了她不少忙。

陈错觉得史少杰在下意识地模仿陆峥，但到底还是年轻，偶尔还是会透露出些许孩子气。那故作老成的模样，还挺可爱。陈错几乎是以一种师嫂的心态去看待史少杰，甚至觉得他和周眉很配。

但陈错也就这么想想，这些话她也不会失了智地说出去。陆峥不想让其他人知道他俩之间的暧昧，她也一样。有人给她递来水，陈错头也不抬，接过来就喝。她抬眼一看，竟然是史少杰。史少杰给她递了水，就走开了。

这时小松满脸慌张，耳朵通红地回来了。陈错伸手拽着她问："你怎么了？"小松显然是被什么吓着了，魂还没回来，被陈错这么一拽，整个人猛烈地弹了一下，差点儿把陈错从椅子上拽起来。小松回过神，才发现陈错因为她的茫然，手上还未盖好的一瓶水，一大半洒在了陈错身上。

小松顿时急了，说道："错姐，这怎么办啊！我拿吹风机来给你吹吹？"陈错今天为了拍摄方便，穿了件高领背心，布料虽然不透，但身上湿了一大块，也很不舒服。

陈错摆摆手，将瓶盖拧好："没事，天这么热，一会儿就干了。"

幸好今天的拍摄，需要群演，所以有多余的衣服。因为拍摄内容是有被困人员从火场里被背出来，这还要在衣服上做下美工。只是这个镜头要在下午才开拍，有款男士衬衫，陈错刚好能换上。小松非常内疚，翻出那件衬衫，让陈错暂时穿着，陈错也没再拒绝，反正现在还有时间。

她将剩下的半盒饭盖上，许家便过来收，要装进垃圾袋。陈错忙说道："我还没吃完呢，等我回来吃。"

许家愣了愣："还吃吗？"

陈错挂着一抹调皮的笑："陆队说的，不能浪费粮食。而且我还没吃饱，放着吧。"许家跟了陈错这么段时间，怎么会不知道她的饭量。

陈错饭量一直不大，也不知道从什么时候开始，她会将剧组发的盒饭都吃完。他本来以为，陈错是因为这些天，消耗的体力太大，容易饿，却不知道，今天陈错竟然会说出这样的一番话。还有什么不明白的，这代表陆峥说过的所有话，她都放在心上了。

许家不免得有些失落，在陈错走后，他看到了陆峥。比先前黑瘦了一些，一双眼睛却愈发明亮了。他挺直的腰背，就像株茁壮的白杨，走路的气场也很强大。也不知道陆峥来做什么，靠近剧组，巡视一圈，像是在找人。

许家走过去，面带防备地问道："陆队，你的戏份不是结束了吗？"

陆峥的目光落到他身上，像是一眼就能把他看穿似的。许家没想到自己竟然连陆峥的一个眼神都招架不住，狼狈至极。但想到陈错，他还是硬声道："你要是有什么事找错姐，就跟我说吧。"

他话都说成这样了，眼前这男人却脸色都不带变的，也不理他，视线直接越过他，投到他身后："少杰，过来。"

许家愣住了，跟被人打脸了一样，难堪得要命。有人走过来撞了他一下，许家差点儿没站稳。撞他的是史少杰，跟陆峥很像，陈错点名要他过来，控制现场的新兵。许家非常不喜欢这个人，尤其是现在还被挑衅似的被他撞了一下。他没想到，史少杰竟然和陆峥认识。

史少杰回眸，轻蔑的眼神在他身上打量了一番，气得许家浑身发抖。陆峥喊来史少杰，两个人站在一旁就说起了话。他俩谁也没理会许家，许家脸上火辣辣的，愣在那儿不知所措。这时陈错的声音响起："许家，你怎么了，中暑了吗？脸怎么这么红？"

许家猛地回头，看见陈错有些忧心地注视着他。陈错换了件衣服，男款衬衫穿在她身上，很好看。宽松，挡住曲线，却仍不失性感。陈错见他不回话，左右看了看，本想找瓶水喝，可她的眼神定在了不远处的陆峥身上，顿时就移不开了。

陈错没心没肺，自然就把许家给忘了，情不自禁地朝陆峥他们那边走过去，喊道："陆峥。"陆峥闻声抬头，眼睛落到她身上，却透出一股不高兴的意味来。陈错哪管得了这么多，一心只想赶紧走到陆峥身边。突然她的手被人抓住了，往后一扯，她整个人撞进了一个人的怀里。

许家的声音在她的耳畔响起："错……陈错，别去。求你了，他不喜欢你啊。"

陈错的脸色顿时黯淡下来。她用力甩开许家，朝前走了几步。幸好剧组的人三三两两，都躲在远处的大树下纳凉，他们所在的位置还算隐秘，要不然，只需几十分钟，她大概就能听到不同版本的流言了。

陈错冷下声，没有回头："你知不知道，就你刚才的表现，就可以走人了，我不需要这样的助理。"她转过身，以一种怜悯又冷淡的语气说道，"他喜不喜欢我，跟你有关系吗？"

陈错用力一挣，许家这个身材高大的男孩儿，竟然浑身一晃，踉跄着后退了好几步。陈错站在原地，她眼里仍然望着不远处的陆峥，陆峥也在回望她。一时间，她又不想过去了，她扭过头，朝另外一个方向走去。

她能感觉到身后有目光在注视着自己，如影随形。陆峥惯来内敛，不会这么放肆看她。她回到那盒自己吃了一半的盒饭前，拿起一口口地往嘴里送。吃到一半，眼前投下一个身影，陈错以为是许家，便不耐烦地抬眼，这一看，便怔住了。

是陆峥。

陈错嘴巴里还嚼着饭，看见他站在身旁赶忙把嘴里的饭咽了下去，拿起旁边的水，喝了几口。陆峥从旁边搬来一把椅子，放在她身旁坐下，关切地问道："晒伤好了些没。"

陈错没有回答她，她将餐盒里剩下的几口饭吃完，这才张口说道："好多了。"她迎上陆峥的视线，陆峥虽然黑了许多，但一双眼睛还是那么明亮，脸上还有淤青和伤。陈错忍不住抬手去触碰他，却被陆峥给挡了下来。

陆峥动作自然，挡过她后，扶了扶帽檐，说道："太阳大，别站在底下太久。"

陈错回过神，想到：这里可不比刚才那儿，很多双眼睛都看着呢，她要是真碰到陆峥的脸了，那可就都知道了。可明白是一回事，心里不高兴是另一回事。陈错点点头，冷淡地说道："你找我有事？"

或许是没想到陈错的态度会转变得如此快，陆峥有些不自在，他站起身，皱着眉低声说道："我先走了。"陈错顿时就后悔了，眼巴巴地瞅着陆峥，欲言又止。

陆峥低声道："有什么事找史少杰，我让他多关照剧组。"

陈错舔舔唇："不是关照我吗？"陆峥沉默地站了一会儿，转身就离开了，没有半丝犹豫。

比起陆峥一开始的寡言少语和不加掩饰的厌恶之情，现在的陆峥，虽然还是冷了些，但好歹还是关心她的。她刚才和许家在那里拉扯，现在又对他这么冷淡，陆峥对她的好感，怕是又回到从前了。

陈错悔得直揉头发，这时小松打来电话说，衣服已经干了，让她过去穿。陈错拿着手机往小松那边走时，撞见了陆峥和白田。那是一个拐角，陆峥他们看不见她，她却能听见他们说话。

白田咋咋呼呼地说道："陆哥，你跑哪儿去了，都在等你呢。"

陆峥的声音顺风传过来："有事？"

白田是个高音炮："能有啥事……啊！你是不是去看嫂子了。"陈错将身体贴在墙上，竖起耳朵听他们谈话。她在等陆峥的回话，不管是承认，还是否认。那是一段让人难耐的静默，陆峥没有回答，白田又接着说道，"你看你这表情，肯定是啊！"

陆峥回他："闭嘴，快走，不是说都在等吗？"

他俩的脚步声渐渐远去，陈错的身体才慢慢放松下来，她有点儿失落。可她又一想，白田嘴里的嫂子，未必是她，说不定是兰医生，又或者是其他女人。可陆峥明明说，没有恋爱。这些问题都像小爪子一般，将陈错挠得胡思乱想。

已经走出一段距离的白田，这才问陆峥："刚刚墙那边藏着谁啊，你那么紧张。"刚刚他在和陆峥说话的时候，肩膀被陆峥轻轻一拍，眼神示意墙角有人偷听。他们当兵的练就一身机警，陆峥能力更是出众。他说有人偷听，那一定就有人偷听。

白田快走了几步，跟上陆峥："是谁啊，这么无聊偷听两个大老爷们说话。"

他问陆峥，陆峥不肯说，白田就闹了，陆峥被他烦得受不了，"啧"了一声："除了你嘴里的那位嫂子，还会有谁。"

白田的眼睛都瞪圆了："陆哥，你终于承认了！"

陆峥铁着一张脸说道："我没有。"

白田才不信呢："你都能把嫂子的脚步声给听出来了，还说不是。"

陆峥冷淡地上下打量白田：“你的脚步声我也能听出来。”

白田“嘤”的一声，后退一步，双手交叉抱紧自己说道：“陆哥，我们之间是不可能的。”

陆峥不耐烦地瞪了他一眼：“滚蛋。”白田是在开玩笑，平时他这些无聊玩笑，陆峥虽然也不配合，但从来都是纵着他的，今天不知怎的，陆峥的脾气有点儿怪。

大约是从陈错那里吃瘪了吧，白田心想。他就知道，陆哥这样冷待人家，肯定要把人吓跑。而在他心中冷待姑娘的陆峥，实际上是被姑娘冷待了。

从灾区回来后，大家都说要去喝一杯，松松身体。陆峥确实是需要喝一杯，还得去趟心理咨询室。

他有很多事要做，可偏偏脑子里，却想起了陈错的那条短信。她说她晒伤了，剧组的活儿很累。他打算去找史少杰，问问情况。他假装自己不清楚，找到史少杰，故意问了一些事情，他知道去拍摄现场一定会撞见陈错，也许这样他们两个，才有机会见面说两句话。

何必把自己弄得这么卑微呢，陆峥想。他搓了搓自己的手掌，刚刚陈错那种带着些许厌烦的神情，让他心里堵得慌。想着陈错大概是腻了吧，陆峥不由得牙关紧咬，更烦身旁聒噪的白田了。

这边陈错往回走，正好撞见来找她换衣服的小松。小松看到陈错，这才松了一口气，笑出可爱的苹果肌，说道：“错姐，你去哪儿了，找你好一会儿了。”小松毛毛躁躁的，拉着陈错就往厕所走。

走到厕所门口，小松就往里面探头探脑。陈错敲了敲她的后脑勺儿，说道：“你做贼呢？”

小松抱着头转身：“我是为你好啊，错姐，我刚刚在这里撞见裸男了。”

这话题让陈错暂时放下了烦心事，感起兴趣来，她问道：“什么裸男？”

小松红着脸，说道：“就刚刚，我来这里上厕所。那个娃娃脸……就是那个白田，在里面换衣服，我推开门，就，就看到了啦！”营地里的厕所，因为全是男兵，没有男女之分。

白田大概也没想这么多，慌慌张张就把衣服往身上套，越急越穿不好。小松还是个刚毕业的小姑娘，哪里见过这种场面。她见白田比她还慌，只好强装镇定地说道："急什么急！好好穿你的衣服，又没什么好看的！"白田闻言，脸都青了。

许家是真心喜欢陈错的，可陈错说的那句话，好比一记耳光，将他打醒。确实，陈错喜欢的人，究竟喜不喜欢她，关他许家什么事。要是这是一部电影，他自己就是一位三流的蹩脚配角。

不专业、太冲动，身为助理，帮不上一点儿忙。许家眼眶发热，他用手指揉了揉眼眶，只觉得揉擦的那地方更疼了，疼得他眼泪都要掉下来了。这时，许家的手机铃声响起，是家里打来的电话。问他在剧组怎么样，是不是受苦了。

许家的家境不错，上大学时父母想让他学商科，好回去继承家业。但许家没有听父母的话，偷偷地选择了摄影专业。他喜欢摄影，不喜欢做一个生意人。他是家里的小儿子，虽然不高兴他这样擅作主张，但他父母也是通情达理的人，还是随着他的性子，让他过自己想要的生活。

他母亲说，家里买了上好的人参，等他回去给他炖汤喝，许家的眼眶更疼了，眼泪止不住地往下掉。他努力深呼吸，然后勉强跟他母亲说了几句话，便挂断了电话。

他跑到洗手间，拧开水龙头，掬起一捧水，捂在脸上，好让自己冷静下来。突然，他听见有人在他身后扬声冷笑，他抬起头，镜子里倒映出了一抹军装身影，是史少杰。

这个史少杰，从一开始就看他不顺眼。

拍摄的时候，现场的勘察和注意事项，都是史少杰跟他说，他再转达给陈错。可这个史少杰，从刚开始，就不正眼瞧他一眼。他甚至还听到，史少杰说他太白，太娘娘腔。许家身高一米八，当然，他没有一米八八的史少杰高，亦没有史少杰的古铜肤色。但这样平白无故的就说他娘娘腔，这简直就是个兵痞！

许家抹了一把脸，转过身瞪着史少杰，再怎么输也不能输了气势，他问："你有事吗？"史少杰双手抱在胸前，背靠在墙上，一副不屑的神情。许家不动声色地皱着眉，这洗手间的墙，也脏。

史少杰没放过他脸上一闪而过的嫌恶："怎么，被女人骂哭了？"

许家眉头抽动着："你有毛病吗？你看我哪儿不顺眼，这么针对我？"这问题他早就想问了，只是没机会而已。

史少杰盯着他，冷冷一笑："我看你这样的孬种，哪儿都不顺眼。"许家大怒，直接扑上去要揍史少杰，可惜他的拳头没能挨到史少杰那欠扁的脸上，就被人扣着双手，掐着后脖颈，脸颊被狠狠地撞上了他刚刚还嫌弃过的，厕所的墙。

许家整张脸涨得通红，不断地挣扎着，良好的家教让他骂不出太难听的话，只能一句"滚开"翻来覆去地说着。

史少杰轻蔑地笑了笑，说道："就你这种不敢追女人的娘娘腔，还想揍我？"

许家一怔，他像是明白过来，却又有些茫然地问道："怎么，你也喜欢错姐？"

史少杰手上用力，掐得许家大叫起来："我不喜欢她。"

他不明白，那史少杰对他的恶意，到底从何而来。史少杰不紧不慢地说道："你不是很喜欢那个女人吗，去把她追到手。"

许家憋着一股劲儿，扭动着身子，却被压制得更狠。他有气无力地翻了个白眼，说道："我喜欢她，可是她不喜欢我，你以为事情这么简单吗？再说了，我追不追错姐，关你什么事！"

史少杰猛地松开许家，许家脚下一个趔趄，重重地摔倒在地上，整个人都摔蒙了。史少杰的右脚踩在许家的脸侧，居高临下望着许家："那你就使劲儿追，别像个娘们儿似的磨磨唧唧的，就知道哭。"

许家被羞辱得快晕过去了，他真的不明白，史少杰的逻辑究竟在哪儿？史少杰眯起眼，说道："需要我给你们制造机会吗？"

许家怔了："你说什么？"

史少杰不理他："英雄救美如何？"

许家急了："你有毛病啊，你到底想做什么！你别对错姐动手，不然我饶不了你！"

史少杰弯腰，在许家脸上轻轻地拍了拍，力道不重，嘲讽却十足："那你说啊，你能怎么饶不了我？哭着喊着让你爸妈，替你出头？"

许家愣了，他疑惑地看着史少杰："你是不是认识我？"

史少杰朝许家腹部踢了一脚，才说道："晚上九点，胡同巷子，我会给那个女人找点儿茬，给你制造机会，你可别不来啊。这机会，可不是什么时候都有的。"

许家艰难地撑起身体："我会告诉错姐，我会告诉所有人。"史少杰眉心抽了抽，突然伸手就去解许家的皮带。

许家整个人被吓得弹了起来，可在史少杰的力量面前，根本就没有反抗的余地……

那些霸凌，从来都离他很远。他上高中的时候，过得很好，甚至是在所谓的核心圈子里。他有钱，有家世，他也从不主动去欺负谁，但他不喜欢的人，也很少敢出现在他面前。他知道这些校园暴力，也曾围观过。但许家当时年纪还小，虽然心里隐隐觉得这是不对的，但他不会开口去劝说。

他在"圈子"里，圈子是有自己的规矩的，他不能开口，要不然也许之前还玩得很好的兄弟，之后就要翻脸。他只能待在一旁玩手机，直到差不多了，他才开口道："走了，再打下去，教导主任就来了。"

他从没看过那些受害者的眼神，唯一印象深刻的，是一个头发很长，长得很瘦的小子。当时他被同伴鼓吹着用烟头烫在那小子的脸上。许家根本不情愿，但周围的人都在起哄。他被气氛逼着，将那烟头烫下去，那小子没有叫，只是在凌乱的头发间，一双黑洞洞的眼，怒视着他。

后来事情闹大了，许家瞒不住，就回家把这事儿跟父母说了，父母帮他处理后，那个小子就转学了，许家后来也跟学校那些人疏远了。虽然他一直都知道做这种事不好，可事情没有发生在自己身上，谁也不知道受害者有多痛。

人最难的，就是感同身受。

如今许家躺在这里，却突然想起了那个小子了。史少杰拍完照就把手机放回裤兜里，用脚踢了踢躺在地上的许家：“放心，我不会对那个女人做什么，我有分寸。但是你，你要是不听话，我可就不敢保证，我会对你做什么了。”

下午陈错在拍摄的时候，明显感觉到许家的心不在焉。叫他拿东西，都听不见，陈错以为是中午她话说得太重，让他伤心了。陈错将他拉到一边，说了声“抱歉”，让他打起精神干活后，许家有些忧郁地看着她，欲言又止。场景拍摄的差不多了，下班收工，陈错背着包就走，许家留在原地收拾器材。

陈错先去便利店买了包烟，烟瘾上来了连棒棒糖都压不住，她从便利店出来，手指在滑动着手机，一不留神就撞到了一个人，竟然是穿一身便服的史少杰。史少杰下午盯完片场的火灾剧情后，就去训练了。没想到竟然会在这里撞见他，有点儿像特意来等她的样子。

陈错将烟揣进兜里，拆了盒酸奶喝：“你怎么也在这儿？”

史少杰压低声音说道：“师父让我来送送你。”陈错听到是陆峥让他来的，还觉得是陆峥那块大木头转性了，学会哄女孩儿了。看来是中午那通没由来的脾气，让陆峥有些在乎她了？

陈错也没多想，笑了笑说道：“你师父有心了。”

史少杰走在她身后，像个保镖似的，让陈错有些不适应。她伸手拉了史少杰一把，让他走到自己身旁来，她从袋子里拿出一盒酸奶，塞给史少杰：“天气热吧，你们消防员好辛苦，喝点儿这个解解乏。”史少杰看着那盒酸奶有些发怔，陈错催促道：“快喝呀，比你们食堂的好喝多了。”

说罢她又将酸奶从史少杰手里拿了过去，插入吸管，重新放回到史少杰的手里。史少杰捧着那盒酸奶，笑着说道：“你还是第一个送我饮料的女孩子。”

这话让陈错瞬间绷紧了神经，她半真半假地开玩笑说道：“别迷恋姐啊，姐心有所属。”

史少杰吸了一口酸奶，他垂着眼，盯着路面，说道：“我知道，是师父。”

陈错有些尴尬地摸了摸脸颊：“这么明显啊，我还以为我藏得很好呢。”

史少杰晃了晃酸奶盒子：“你这是想追师父，顺便讨好徒弟吗？”

陈错调皮地眨眨眼：“这都被你发现了啊。”

史少杰挑眉：“一盒酸奶就完事了？”他眼睛看向陈错口袋里的那包烟。

陈错赶紧捂住口袋：“烟不行，我的宝贝，你师父想要，我都不会给的。”史少杰顿时哈哈大笑起来，陈错这时才发现，史少杰不刻意模仿陆峥时的模样，更真实，也孩子气。他的年纪看起来也不大，大概和许家差不多。

史少杰将她送到楼底下，把手上的袋子还给陈错，目送她上楼。陈错进入电梯，电梯门缓缓合上时，史少杰冲她挥了挥手。陈错也回了个“拜拜”，也不知是不是错觉，在电梯门即将关上的那一刻，她看见史少杰脸上的笑容彻底消失了，有些阴郁。

半个小时后，史少杰在胡同小巷里等到了许家。他靠在墙上抽了半包烟，许家面色苍白又警惕地向四周望了望，没看到陈错，他有些慌乱地问史少杰：“你把错姐怎么了？”

史少杰看了看他身后：“你没带人来？”

许家愤怒道：“你拍了我那样的照片，不就是想威胁我吗，这不就是你的目的？”

史少杰将烟头从手中弹了出去，擦过许家的脸颊，重重地砸到许家身后的墙上。史少杰看着许家煞白的脸：“你怕吗？”

许家仍挺着腰：“错姐在哪儿？”

史少杰轻轻摇头：“你果然没救了。”

许家攥紧拳头：“你说什么？”

史少杰一步步逼近许家，他的影子一点点将许家覆盖住了：“胆小又懦弱，一点儿都没变？”

他从兜里掏出一支烟烟，重新打上火："连心爱的女人都不知道去保护。"

许家被他的这番话气得无以言表："你逼我……"

史少杰快速打断他："要是你真敢告诉别人，我还佩服你有骨气。"

许家步步后退："你少强词夺理，错姐呢，你把错姐怎么了！"

史少杰停下脚步，懒洋洋地说道："想知道？"许家不吭声，仍然瞪着他。他无所谓地说道："你要是能给我烫一下，我说不定能告诉你。"

许家看着那通红的烟头，瑟缩起来。心里虽然有些后悔，但还是瑟瑟地说道："你想烫哪儿……"

史少杰突然冲他侧过脸，露出了耳垂。那里竟然有块疤，那块疤是不规则的形状，一直到脸颊上，看不出是被什么东西烫的。面积不大，平时带着军帽，还真发现不了。许家嘴唇颤抖着，眼神中浮现出惶恐与震惊。

他看着史少杰那憎恶的眼神，模糊的记忆，渐渐清晰起来。有个男孩被人按在厕所的地上，他将点燃的香烟压灭在那男孩儿的耳朵上……而那个男孩，叫曲杰。许家突然想起了这双熟悉又陌生的眼睛，正是眼前的史少杰。他终于明白为什么，史少杰会对他有这么深的恶意，原来这个史少杰，就是当年的曲杰。

大概是从他的面部表情看出了什么，史少杰表情夸张地说道："看来我们许大少终于想起来了，我这伤，还是拜你所赐呢。"

许家面如死灰，所有的愤怒都从他身上消散了，他声音颤抖着说道："你有什么，就冲着我来好了，何必对错姐……"话音刚落，史少杰狠狠一拳打到他的脸上，将他打倒在地。

许家只觉得耳朵轰响，史少杰坐在他胸口上，揪着他的领子："大少爷，上次你烫坏我的脸，你爸妈逼着我转学，这次我打伤了你的脸，你爸妈又会做什么呢？"许家挣扎的动作停了下来，史少杰一把抓住他的下巴，生生往一边拧了过去，史少杰将烟含在嘴里，猛吸一口，捏在手上，就要朝许家的耳垂上烫下去。突然，他的后脖颈被人抓住，一把将他掀到了一边。

史少杰摔倒在地上，看着突然出现的，怒火冲天的陆峥，有些无力地扯了扯嘴角。心想：许家这孬种，不算孬啊，还真搬了救兵来。

陆峥盯着史少杰，一字一顿地说道："我教你本领，是让你救人，不是让你伤人！"陆峥愤怒又心痛，失望又难过。

史少杰仰头看着陆峥，突然抬手捂住了自己的眼睛："可是陆哥，我也痛啊……"

陈错刚回到酒店，就接到了陆峥的电话。陆峥语气严肃地问她在哪儿，陈错有些莫名其妙："在酒店休息啊。"

陆峥声音紧绷："史少杰在你旁边吗？"

陈错反应过来，她笑着说道："你干吗要让他特意来送我，今天收工也没有很晚啊。"陆峥呼吸有些粗重，好像在跑步的样子。

陆峥又问了一遍史少杰是不是在她旁边，陈错说没有，电话就被挂断了。陈错感觉事情有些不大对劲。她想回拨过去，可是没人接听。等再收到消息的时候，却是陆峥让她到一个地方，胡同小巷。

陈错匆匆披了件外套，赶到那儿，就看见史少杰靠坐在墙边，许家抱着肚子，站在那儿，陆峥怒目圆睁，盯着史少杰。许家今天下午拍摄的时候是戴着口罩的，现在摘了，脸侧的淤青非常明显。史少杰见她来了，神色有些躲闪，嘴唇深深抿起，透露出一股子倔强。

她不知道发生了什么事，问许家："你脸上的伤怎么回事？"她将视线移到史少杰身上，斟酌着又问史少杰，"究竟发生了什么事？"许家铁青着一张脸，仍是一副不想多言的模样。这诡异的场景让陈错也不知道该说些什么才好。

还是史少杰先笑起来，笑得很苍凉，他说道："陆哥，你不用为难，我自己会写报告的。"

陆峥听到这些话，显然是被冲击到了，可仍然冷着一张脸，硬着声音说道："你确实没资格继续在队里待下去了，我教出来的人，不是你这样的。"

许家面带颓色，看着史少杰说道："你……为什么不说你是曲杰。"

史少杰没理他，看着陆峥："陆哥，我知道你对我很失望。可我不觉得我有错，我只是一报还一报而已。"

陈错有些蒙，左看右看根本搞不清状况，陆峥突然猛地朝她一指："那她呢！她和这场恩怨有什么关系？你心术不正，还要强词夺理？！"

陈错被吓了一跳，她小声说道："他只是把我送回了酒店，没做什么。"

许家又开口道："陆队长，今天这件事既然没有祸及错姐，我想，还是我跟曲……史少杰两个人，自己解决吧。"

说罢，许家走到史少杰面前，看着他，看他眼中不带掩饰的恨意，好一会儿才艰难地开口道："当年的事，确实是我错了……"

他话还没说完，史少杰眼神尖锐地望着他："你觉得你现在说一句错了，有用吗？"

许家戚戚地说道："你的脸，我没想到最后会变成这样。"史少杰从地上撑着站起来，逼向许家。

陆峥赶紧去挡，试图将两人分开。史少杰抓着陆峥的袖子，以一种仿佛要从嗓子眼儿里泣出血来的声音嘶哑地说道："你根本不知道你毁了什么，如果不是你，我不会被退学，明明我才是受害者！你怎么敢以这样无辜的表情，说你错了。我不会原谅你，也不需要你虚伪的道歉！"许家的脸色在史少杰的每一声控诉中，一点点颓败了下去。

他的双唇宛如被粘住了，史少杰的话语宛如刀子一般，狠狠地一刀一刀割在他的身上，让他再也不敢说出任何的话来。史少杰眼眶红了，他面部肌肉颤抖着，望向陆峥："陆哥，他就是那个人。就算是被队里开除，我也不会放过他。现在，你还要拦着我吗？"

陆峥牙关紧咬，好半天才艰难地说道："不行。"

史少杰不可置信地看着陆峥，他眼里好像有什么东西似乎被毁得一干二净，也许是那些对陆峥的仰慕和敬重还有过往回忆。他抓住陆峥袖子的手指一点点松开，陆峥反手抓着他，隐忍道："少杰，你听我说……"

史少杰狠狠地推开了陆峥，用袖子狼狈地擦过眼眶，他点点头，又看向陈错，哑声道：“谢谢你的酸奶，真的很好喝。”

说罢他转身就跑了，陆峥笔直地站在原地，好半天才转身朝许家深深地躬下腰。许家赶紧去拦，陆峥直起腰，眉头紧锁：“今天的事，十分抱歉。我会让少杰来道歉的。”

陆峥大概从来没求过谁，语气僵硬到不行：“如果如实上报，少杰也许会被开除。许先生，希望你能等我劝劝他。”

许家慌忙摇头：“没关系，不用上报也可以，这件事情，本来就是我有错在先。”

陆峥认真地说道：“不管少杰以前和你发生了什么，现在他是一名军人。国家培养他的能力，是为了让他保护人民。而不是为一己私利，向人施暴。这件事我们会给你一个交代。”许家脸上火辣辣的，他对陆峥说的话简直受之有愧。他本来就没想过要追究这件事情，他和史少杰之间是一笔算不清的烂账，要说是谁的错，显然是他在先。

他不会无耻到现在还会在这件事上做文章，让史少杰被开除。他记得以前史少杰的成绩很好，为什么当年不是转学而是退学，一个学生有了被学校退学的经历，还会有什么好学校肯要他。过往的事情在他的脑海里翻涌，让他的心情变得十分沉重，他满腹歉疚纠结。

陆峥突然又想起什么，继而说道：“照片我一定会让他删除，你别担心。”

陈错站在一旁幽幽地说道：“什么照片。”许家表情有些慌乱，却阻止不了陆峥将事情经过说出来。

陈错眉眼带怒：“打人，裸照？还用我来威胁许家？”

许家赶紧解释：“错姐，这件事不是你想的那样。”

陈错转头瞪了许家一眼，看向陆峥：“你的意思是让许家咽了这一口气，还要给史少杰打掩护，好让他不被开除？”

陆峥注视着陈错，慢慢点头。陈错抱起手：“别的不说，光是裸照，你怎么敢保证他没有备份，之后不会流传出去。照片一旦泄露出去，你知道会有什么后果吗？如果许家帮了他，他还要报复怎么办？”

面对陈错的质问，陆峥坚持道：“很抱歉，我保证会把照片……”

他的话被陈错打断："陆峥，你的保证一点儿用都没有。照片一旦流出去，毁的是许家。我知道你心疼你徒弟，但这件事，不管谁对谁错，都不该用这么卑鄙的手段。"

许家想要将此事平息，但他却说不出口。因为陈错说的也是对的，他确实很怕照片流出去。

陆峥语气也突然重了起来："少杰并没有你说得那么无药可救，我敢保证。"

他强硬，陈错也没办法服软，她说："陆峥，这件事你没法保持中正，也许你也觉得当年许家做的一些事情，很过分。你想保护史少杰，我能理解，但是……"

陆峥突然失态道："你不能理解！"

陈错被他说的话愣住了，她双手自胸前放了下来，她看着陆峥身上猛地升起的怒意和疏离，不由得上前一步。陆峥却往后退，且深深地望着她："你不了解，也不知道事情究竟是怎样。你只是想护着你想护的，你也根本不在乎少杰究竟发生过什么。作为一名军人，我是觉得他错了。可作为朋友，不是。"

陆峥眼里那股子失望，打得陈错猝不及防。她不认为自己说的有错，她是担心照片会向外泄。她不是不信任陆峥，是怕史少杰控制不住自己的情绪。如果当年，许家和史少杰的恩怨很深，那谁能阻止这场报复。也许现在将史少杰的事情上报，还有挽回的机会。可这样，必定是毁了史少杰。

这些话，陈错再也无法往下说了，实在是说不出口。可陆峥这样说她，她也很委屈。他俩的立场不同，本就没法从对方的角度来考虑问题，能说什么呢？而且，史少杰用她来要挟许家，如果史少杰没打算对她下手，何必在便利店等着她。可这些猜测，她没法去跟陆峥争论，不管她现在说什么，陆峥也不会听。

她只能忍着心里难受，转身问许家："你愿意帮史少杰瞒着吗？"

许家苦笑着点点头，然后对陈错说道："谢谢你，错姐。"

陈错刚说"好"，身后的脚步声就已经走远了，她回过头，只看到一抹衣角快速闪到了墙角后方。如此迫不及待地离开，甚至不愿意跟她说声“再见”，满满的都是距离感。

陈错心塞得喘不过气来，只能揉揉生疼的额角，问许家：“你和史少杰究竟是怎么回事，能给我好好说说吗？”

许家慢吞吞地揉了揉眼睛，胳膊上的伤口还蹭到了墙上的灰，他点点头说道：“好。”陈错拉着他去药店买了消毒水，创可贴，先帮他把伤口处理好后，再去买了半打啤酒和一些下酒菜，随意在街边找了把长凳，就坐了下来。

她点上一支烟，一口气就吸了半支，烟雾弥漫，等许家咳嗽起来，才将眼斜斜地瞥向他：“说吧，当年都干了什么混账事了。我刚刚都没弄明白你究竟对人家做了什么，你看我帮你说话，被陆峥怼成什么样子了。”她弹了弹烟灰，将发拢到耳后，静等许家将过往尽数说出来。

许家将当年做的事没有半点儿隐瞒地说了出来，那就是一场残忍的霸凌，仗着无知，糟践别人的人生，却不知后果。直到他俩重新遇见，一切因果卷土重来，他被打被拍，都是因为他欠下的债。史少杰唯一不该的，就是拖陈错下水。许家前思后想，还是去通知了陆峥。

因为史少杰是陆峥的徒弟，也救过陈错几次。这件事，他只能向陆峥求助。如果说最后真的照片外泄，他是个男人，影响没那么好，但也不会坏到哪儿去。陈错听完他的话，好半天也没出声。而她只是咳了一声，声音有些沙哑，许是被冷的，又或者是被烟熏的。她唇峰紧抿，线条很冷。

陈错望着街道上稀疏的路人，看树叶缓缓飘落在地，被过往的车辆碾过。就在许家以为陈错再也不会理他，甚至后悔刚才帮助他时，她似回忆起往事，语速缓慢地说道：“我有个朋友，女孩儿，床照被人传到了网上，后来自杀了。”许家身体一僵，惶惶抬起头，这时他才明白，为什么当时，陈错会这样为他出头。

大概是猜到他在想什么，陈错摇摇头说道：“你和她一点儿都搭不上边，她是无辜，你是活该。”许家的眸子黯了下去，他难受地双手攥了攥拳，没有说话。

陈错继续说道：“我很讨厌那个男人，我花钱请了律师，找了她家里人，想要那个男人进监狱。可惜……”她的声音顿了顿，再开口时，声音已冰冷，“她家里人嫌她的事丢人，不愿意闹大。”

陈错眯着眼，将剩下的烟碾息在一边：“我不希望我身边的人再出这样的事，但许家，史少杰也许做的不对，却也情有可原。你能做的，不是被动挨打请求原谅，而是想着，该怎么去补偿。哪怕史少杰嫌你恶心，让你滚，都得忍着。当然，你也可以马上离开剧组，陆峥如果可以处理那些照片，你完全可以当作什么事都没发生过，甚至连这个人都不用再想起。也能更卑鄙一些，去告诉史少杰的上级，让他们开除他。”

许家被羞辱得无地自容，他讪讪地说道：“我知道我当年做的过分，可不代表我现在没有是非观，我怎么可能再去害他！”

他因为被激怒，眼睛因而变得又亮又深，可陈错看着他这样的眼神点点头，说道：“成，你脸皮厚点儿，但也别太厚，别在人家面前瞎晃，自己斟酌着补偿，别一个劲儿地瞎胡闹，省得添乱。”

而这时的史少杰，没有回宿舍，也没有回军营。他整个人都是蒙的，脑子里一片空白，还有无尽地疲累侵袭着他。当年父母得知他被人欺负，被退学。不是没想过要去闹，可是他们一介平民，怎么闹，闹给谁看？现在，也许可以到微博上去闹一闹，会有些转机。可史少杰没有这样的机会，就要面临高考了，却被毁容，被退学。

耳垂上的伤蔓延到脸颊上，每天都是烧心的疼，还有强烈的不甘与愤怒，在他的心中燃烧。就因为他家穷，因为他成绩好，因为他性格古怪，从不肯任由那些人抄他的作业。所以要被堵在厕所里挨打、作业经常找不着，衣服被泼墨水……。老师也曾管过，可是老师的管教，就是火上浇油，让欺凌来得更猛。

直到有了那所谓的谣言，说隔壁班有个女生喜欢他。可他连那个女生长什么样都不清楚，却污蔑成动了大佬的女人。不过是一群在家长庇护下为非作歹的高中生，就敢自称大佬。这些事现在想来，都有几分可笑，却又可恨至极。他强大了自己，现在别说一个所谓的“大佬”，十个他也不惧了。

可有什么用呢，他保护不了那个备受欺凌的曲杰。曲杰是懦弱的，固执又别扭。史少杰不是，史少杰重头来过了，哪怕高考失利，后来家里人求了关系，将他送进部队，现在成了消防员。可史少杰的脸上，永远留下了曲杰的伤疤。那疤就像一条毒虫，时时刻刻往他心里钻。

母亲的哭号，父亲的苦闷，杂乱无章的新学校环境，新同学注视他伤口上的异样眼光。他多少次梦到许家，将烟头烫在他的脸上。可他动不了，欲哭无泪。直到来到部队里埋头苦练，直到认识了陆峥。陆峥是多么强大的一个人，他就像一块巨石，只要站在他身边，他就不会被风雨所撼动。

他一直想要成为陆峥这样的人，陆峥下的命令，他比谁都遵守得更严格，他追随他，视他为偶像，也同陆峥说过以往的心事。陆峥听完以后，只是拍着他的肩膀，低声说道："一切都过去了，你现在是谁都欺负不了的史少杰。"陆峥还跟他说，如果遇到那些人，他还是动不了的话，他来替他动。

就是这样的陆峥，当在他告诉他，许家就是那个人的时候，对他说"不行"。

原来一切只不过都是说说而已，怪他自己太当真，直到心中巨石，轰然倒塌，化作尘土。

陆峥到处找史少杰，电话不接，只能继续打。他怕史少杰想不开，也担心许家那边的情况。万一史少杰做的事被上报，他护不住少杰。陆峥想起第一次见少杰的时候，那个无法融入群体，性格孤僻的怪小子。是他将他一点点带出来。当他知道许家是当年欺负少杰的那个人时，陆峥不是不愤怒，但他更怕少杰做的事情，会殃及少杰的前途。

少杰曾经跟他说过，如果没有遇到校园暴力事件，他是准备报考军校的，这样他的人生就会大不相同。他说起自己曾经的成绩，眼里的光，就像一闪而过的花火，很快就无影无踪。少杰不喜欢提当年的事，陆峥和他关系最近，便知道的多一些。少杰刚刚那失望的眼神，跟狠狠地捶在陆峥心口一样。但他不能冲动，少杰还有潜力、前途，这孩子不能因为当年的事，而毁了自己。

他一刻不停地寻找，直到看到颓废坐在巷子深处的史少杰。少杰躬着身体，掩着脑袋。他应该听到了陆峥的脚步声，可他没有任何反应，大概是太失望了，所以无所谓，甚至不想抬头看一眼。陆峥缓步走到史少杰旁边，同样跟着蹲坐下去。他看着自己的手指，低声说道："这次赈灾援助，很多人被挖出来的时候，身体都僵了。"

史少杰脑袋动了动，却没有抬起来。

陆峥继续说道："有个女人的丈夫，被掩埋在下面的时候还活着。可挖出来就断了气，她趴在尸体上哭，一边哭一边问我们为什么不能更快一些，再快一点儿，这样她也不会没了男人。"他断断续续地说着话，灾害中也不全是坏事，虽然受了伤，虽然很累，但附近村民做好送来热乎乎的饭菜，抱着孩子过来感谢的父母，在灰色的灾难中，也有鲜活的血色。

陆峥的手轻轻地按在史少杰的肩膀上，意味深长地说道："我说不行，不是不想你去报仇。只是少杰，如果你被部队开除了，以后你打算怎么办？如果是正常流程的退伍，倒也还好。如果是犯了错被开除，那可是留有档案的，会影响你一辈子。"

他知道史少杰心头的这道坎过不去，陆峥说道："我知道你一直不喜欢当一名消防员，觉得这活儿又苦又累，薪水还低，也不安全。"

史少杰猛地抬起头，一双通红的眼睛望着陆峥，委屈地说道："我没有这样想过！"

陆峥迎着他的眼神，冷静地说道："你说过你一直想跟我出任务，说实话我认为你根本没做好准备。"

史少杰脖子上的青筋暴起："我没有！每次比赛，我都是第一，队里不管是身体素质还是操作经验，没有谁能比得上我！"

陆峥右手握拳，狠狠地捶在史少杰的肩膀上，呵斥道："那你现在在做什么！"史少杰肩膀生疼，陆峥这一拳可是一点儿情面都没留。

陆峥又狠狠捣了他一下："什么叫你自己会给队里打报告！怎么着？觉得训练这么多年，次次那么拼，就为了打个仇人，拍人裸照，再声名狼藉地被赶出部队？你辛苦训练这么多年的目标！只是为了报仇？！”陆峥说话的声调越来越高，近乎冷厉。

史少杰攥紧拳头，望着陆峥，恨恨地说道：“我不会放过他！”

陆峥不耐烦地挥手：“没人让你放过他！”

史少杰脸色变了又变，许久才无力地笑了笑，说道：“他是你喜欢的女人要护着的人，你当然要来劝我，阻止我。”

陆峥眼神一暗：“我到底为什么阻止你，你要是看不明白，我也不劝你。你要是真觉得你现在做的这些事，能让你失去的都挣回去，那你就去。”

他站起身，不欲再劝，但还是忍不住说道：“少杰，人生在世，除了活着，还得知道有些东西，不能丢。若是丢了，这人就回不到正道上了。不管你有什么理由，你自己仔细想想，有些人，有些事，值不值你这样做。”

说罢，陆峥整了整衣角，朝外走。他的步子向来坚毅、沉稳，史少杰听着这脚步声，竟让他有种异样的亲切与安心。陆峥跟他说的那些话，他都明白。再怎样去恨许家，报复许家，能得到什么。只会毁了自己，这一点他比谁都要明白，可他不甘心。

他看着陆峥的背影，声音沙哑地叫道：“陆哥！”陆峥停下脚步，史少杰问他，“你说成为一名军人，值得吗？”

陆峥知道史少杰在向他要答案，也是要他替自己做个选择。值得吗？为了这个，放弃当年的曲杰，放过那些伤痛，放过那些人，值得吗？

天色逐渐暗下来，不远处汽车的鸣笛声此起彼伏。史少杰本以为，他能从陆峥那里听到许多大义凛然和劝诫的话，可陆峥却说：不知道。夜色里，幽暗的巷子，他看不清陆峥脸上的表情，陆峥也看不清他的。

陆峥说：“值不值得，你自己决定。”

陆峥快步离开，在离开那条暗巷后，他才右手握拳，狠狠地抵住肋骨那儿。那儿太疼了，舌根都被咬的泛着一股血腥味。医生说他的伤起码得养上十天半个月。因为他受伤时仍继续着高强度的工作，就算是铁人，也熬不住。

他刚刚跟史少杰说的那对夫妻，他没能救出丈夫，那妻子就哭着问他：你们为什么不能快一点儿。是啊，或许快一点儿那位妻子可能就不会失去丈夫。虽然别人都说，消防员也是人，怎么能不累。救那么多人，但总有救不了的时候。那男人命该如此，他们也没办法。但陆峥知道，他确实是因为身体的缘故和过度疲累，没有更好地下判断，跟上救援的速度。那男人真的是救不出来吗？未必。

史少杰问他值得吗，陆峥是真的不知道。

这个行业从一开始，就是一条条人命债，负在身上，蹒跚前行。他带着那群半大的小伙子，看着他们一步步成长，再带出队。看他们第一次救人后的兴高采烈，也看过他们无能为力时的抱头痛哭。

他让史少杰自己做选择，因为就连他自己，都不知道究竟该走什么路。他不想去劝少杰原谅，因为除了少杰自己，没人可以让他原谅。他也不想看少杰以这种自毁前程的方式去报复。陆峥的脚步渐渐缓下来，他捂着肚子，靠在墙上，突然眼前一片黑，身体摇摇欲坠。

后来，他靠到了一具柔软又具有力量的身体上。他嗅到了烟味，和那曾经充斥在他梦里，女人的香水味。

"陈错。"他似叹息又呢喃的声音，喊着她的名字。

水声很慢，四周很香，身下很软。

这是陆峥清醒过来后闪过的念头，他很少允许自己陷入昏迷状态，这次是意外。他睁开眼睛，从床上坐起，手掌刚好压着一团绵软，又有磨砂质感的东西上。陆峥垂下眼皮一看，一件黑色内衣，嵌入他的掌心。陆峥跟燎到火似的，将那薄薄的内衣一把甩开。

这应该是剧组后来给他们安排的酒店，环境不错，就是房间凌乱了一些。他看到了女人的高跟鞋、化妆品、内衣、裙子、面膜，还闻到了满屋子的香水味。他看到自己的外套，方方正正地用衣架撑着，挂在床尾正对着的衣柜上。

浴室的门被推开，沐浴乳的清香混着闷热的水蒸气，扑鼻而来。先入他视野的，是一双嫩白的脚，光着踏在酒店房间的地板上，一个个湿漉漉的脚印子，晕出点点水气，散开。忽地有水滴滴落在上面，混乱地洇开。再往上看，陈错穿着黑色的睡袍，搭着毛巾，头发湿着团至一边，水滴就是从发梢滴落下来的。

她的双颊还泛着滚烫的红，眸里带着未散的热意，迷蒙地朝他望过来。直到对上他清醒的视线，陈错这才站定，抬手抓着浴巾揉了揉她的长发，说道："你醒了。"陆峥点头，陈错也跟着点点头，她没有说话，此时房间里的气氛有些尴尬，可她却第一次不想打破这场沉静。

顺着他的视线，陈错也看了看他的那件外套，她将浴巾放在一旁，走了过去，把那件外套取了下来，转身抛到陆峥身上。她的态度算不上很好，因为他们刚刚还算得上是吵了一架，再好的态度，陈错一时半会儿，也拿不出来。但看着陆峥泛白着双唇，她到底还是心软了，轻声问道："要喝水吗？"

陆峥捂着腹部，脸上闪过一丝痛苦的神色，他哑着声问道："我怎么来这儿的？"光靠陈错一个人，怕也是搬不动他。

陈错倒了一杯水，轻描淡写地说道："史少杰帮的忙。"她跟许家分别后，往回走，车灯一闪而过，她看到一个半倚在墙边的身影，微微佝偻着，很痛苦的样子，一点点滑落下去。

她跑过去，拖鞋都掉了一只。陆峥摔倒在她身上时，她差点儿没撑住。还是史少杰从后面搀了陆峥一把，那个沉默阴郁的年轻人，接过了陆峥的另一半体重。然后莫名其妙的，陆峥就被送到了她的房间。史少杰大概是误会了他俩的关系，说了句"好好照顾陆哥"，就走了。

陈错靠着门，望着史少杰的背影，有些话，再怎么也不能说出口。她知道陆峥已经跟史少杰好好谈过了，因为这时的他，情绪已经好了很多。没走多远，史少杰回过头，冲她说道："刚才很抱歉。"

陈错也赶紧回了一句："对不起。"他们谁也没有深究彼此的道歉，究竟是为何而说。但大抵都心知肚明，不用再问。

捧着水杯，陈错对床上的陆峥说道："需要去医院吗？是不是地震时受的伤还没好，既然没好，为什么回来了不去治疗。"许多关心的话，她说不出口，她和陆峥毕竟什么都不是。

她思来想去，最后她还是语气平平地又接着说道："我这里也没什么药。”

陆峥沉默地摇摇头，他起身，差点儿被一个圆滚滚的东西绊倒，陈错赶忙丢了手中的水杯，伸手过去扶他。他再次拥住了那个他昏迷前抱在怀里的身子，只是头发是湿的，挨着他的脖颈儿，刺痒，冰凉。他俩的视线一同看向那个圆滚滚的东西，是只空了的啤酒瓶，在地上滴溜溜地转着，好一会儿才停下。

陈错不好意思地推开陆峥，弯腰将酒瓶捡了起来。她不愿留给陆峥一个自己是酒鬼的形象，但陆峥差点儿因她乱丢的空酒瓶而摔跤，这实在是够丢人的。

她弯腰捡起酒瓶放到垃圾桶里，玻璃杯不小心又被她摔碎了，她抽了几张纸巾，想去收拾地上的碎玻璃。突然陆峥从身后把她抱了起来，陈错的心跳顿时过百，怦怦乱震。很快，她坐在了绵软的大床上，那个让她心猿意马的男人，只是用眼神在她光溜的双脚上溜了过去。陈错顷刻间反应过来，这是他的绅士风度在作祟，才让她有了这样的误会。

陆峥在房间里四下寻找着什么，陈错坐在床上，冲他说道：“别忙了，我叫了客房服务上来。”话音刚落，陆峥就从陈错手中接过那几张薄薄的纸巾，在陈错还没来得及阻止之前，便把玻璃碎片逐一拾了起来。

她瞪着眼说道：“还说我，你自己也这样收拾。”

陆峥将纸巾一团，丢进垃圾桶里，对着陈错说道：“让服务员上来再清理一遍。”说罢他又从衣柜里找来一双拖鞋，放在陈错的脚边，“记得穿上鞋。”

陈错的脚趾不自在地蜷了蜷，又松开，她说道：“你管我做什么？你之前，明明是那么讨厌我。”陆峥之前的疏离和怒意，还烙在她的心口上，现在又来对她好做什么，惹得她心里直难过。

陆峥的话不多，他取下衣架上的外套说道：“衣服我拿走了。”陈错不想跟他说话，她起身在床头柜上拿起烟，朝着窗边走去，陆峥拿着那件衣服，转过身，向她道谢。

陈错夹着烟挥挥手，说道：“别谢我，我有私心。要不然送你去医院就好，何必扶你来这儿。”陆峥不应声，陈错觉得有点儿委屈，猛抽一口烟，烟雾卡在她的喉咙里，一股股直往鼻腔涌，她被呛到了，紧接着一阵咳嗽充斥着整个房间。陆峥给她递来一瓶拧开盖的矿泉水，陈错接过一连喝了好几口，才缓过来，没等彼此再说话，她突然踮起脚尖，抬起双手一把扣住了陆峥的脖子。

窗前的影子合为一体，一高一低。

陆峥的身子僵硬着站在那里，只感觉陈错的柔软，紧紧地贴着他。她的手，搭在他的肩膀上，指尖冰冷，她身上的烟味，模糊了她身上的香水味。她的舌尖舔过男人紧闭的唇角，低声说道：“你真无情。”紧接着，她用力将舌尖顶了进去，冲开了陆峥的铜墙铁壁，往最柔软深处的那点儿火热，去索取。

第六章 恩人

这不是陈错第一次接吻。

追寻记忆里的初次，还是她和她的小男朋友交往的第六十六天，在教室的讲台后面，完成了兵荒马乱的首次亲密接触。陈错没觉出什么滋味，那男孩儿倒是被激得满面通红，呼吸急促，连手都不知道该往哪儿放。

再后来，也和别人有过好些次。

陈错觉得自己对接吻这件事，也就这样吧。和陆峥的吻，是突如其来，也是一时兴起的。等她回过神来，就已经大胆的把陆峥给搂住了。只是双唇相贴，就让她头晕目眩。她腰部用力，抵着陆峥往后移。

陆峥手里的外套掉在了他俩的脚背上，他们的脚步急促，陆峥似有些站不稳，直到后背抵在房间的墙壁上才停了下来。陈错的脚踩在陆峥的鞋面上，脚尖微微踮起，她仰着脖子，将陆峥压制在墙壁上，为所欲为。

陆峥的嘴唇是僵硬的，不知所措极了。他们的舌头相触那一刻，陆峥恍惚才清醒过来，猛地抓住她的肩膀，力道出奇的大，好像要把她给揉碎了。陈错的双手自他肩膀上滑了下来，强硬地搂住了陆峥的腰，双手一扣，想把自己揉进他的身体里。

他的身体很结实，肌肉在衣服底下，寸寸隆起、紧绷，像他的人，克制又有力。里面流着的，全是野性的血。她是富有攻击性的，他亦是。可陆峥却不给予她任何回应，陈错越急，陆峥抗拒就越强，直到有股血腥味在嘴中散漫开来，陆峥突然用力地扣着她的后颈根，将她拉开，再搡一把，将她推离自己。

唇舌分离后，火热消失，陈错才觉出一股冷冽来。她看着陆峥用手指狠狠地蹭过唇角，眼里似乎藏着火，怒意在燃烧，他的声音压抑低沉："你知不知道你在做什么？"陈错后退几步，她觉得自己身上，还留有陆峥的味道。她舔过嘴角，是她的嘴唇破了。这个时候，陆峥倒不讲究他的绅士风度了。

陈错抿嘴笑了笑，这一吻过后，之前所有紧绷的情绪和不满，连带着那些犹豫不决都被她扔到了九霄云外。刚刚接吻的时候，她手中的烟掉落在木地板上，烧出了一个小小的黑圈。她蹲下身，将烟头捡起，回他道："我知道啊。"烟熄了，可她怎么也擦不掉地板上那个烧焦的痕迹，那块颜色就如同陆峥现在脸上的表情一般，黑如锅底。

陆峥绕开她，往门口的方向走去。他的脚步声很重，陈错盯着陆峥的背影，突然喊道："站住。"

这声命令，竟然被执行了。陆峥直直地站在那儿，全身紧绷着，显得很压抑，他将脸侧过来一些，让陈错能看清他紧咬的下颌骨和额上若隐若现的青筋。她把衣服从地上捡起来，轻轻地搭在陆峥的肩膀上。陆峥将衣服扯了下来，纽扣在空中划过一道冷光，粗暴至极。

她用手指擦拭着嘴唇，指腹沾着血，递到陆峥面前，说道："你刚刚咬得我好疼。"

陆峥将她的手推开，冷冷地说道："活该。"

陆峥走了，走的时候，他竟然还能保留绅士风度，轻轻地把门关上。陈错笑着倒在了床上，摸着嘴唇上火辣又麻酥酥的伤口，回味无穷。她用手机，给陆峥发了条短信：“别不好意思，大家都是成年人。短信显示已读，却没有回她。”

陈错继续编辑着短信发送给陆峥：“我知道你今天下午在为史少杰的事生我的气。只是许家的事，我没法不担心，也许我该相信你。”

还是已读不回。陈错犹豫了一会儿，又给他发了一条：“只是亲了一下，为什么要生气呢？”

这次，陆峥竟然迅速地回了一条短信：“陈错，你明白当我的女人，要意味着什么吗？”

这次，换成了陈错已读不回。她知道是什么意思，曾经也一度为之考虑过。可当选择终于摆在面前时，却又退缩了。她想着，她还没找到那次地震的救命恩人，还没把自己所有的情感收回来，怎么将一个完整的她，交给陆峥呢。

她将内容删了又重新编辑，编辑了又删，最后发送了过去：“你想，我当你的女人吗？”陆峥没有回她，直到第二天她醒来，都没有收到任何消息。陈错起床，看了眼镜子里的自己，面部略有些浮肿，嘴唇上的伤口结了痂。她用热水将血痂一点点擦去，再用正红的口红抹上。

到剧组时，她和导演整理了一下所拍摄的镜头，发现要拍摄的内容所剩不多了，这两天稍微加点儿班，也就能拍完。陈错弄清楚行程后，便给肖春发了条短信，让她把自己之后的行程起码留上半个月的空档，她要好好休息一下。肖春很痛快地答应了，因为上次陈错刚经历了火灾，又去了地震现场。现在肯定身心俱疲了，她这个当经纪人的，自然会怜惜她。

肖春的短信一条接一条发送过来，絮絮叨叨，陈错干脆将手机塞进衣兜里，不再去理会她。今天的拍摄仍有史少杰到现场来把关，许家在旁边当她的摄助。陈错夹在中间，觉得浑身不自在，但那两个人，就跟约定好了似的，谁也不理谁，连个眼神交流都没有。

陈错一眼接一眼地瞄过去，见这两个人像没事人似的，也就放下心来，专心拍摄。哪知道中午刚休息，她就见许家被史少杰拎着后衣领，被拖走了。两个人的动作不算大，其他人大概以为是在开玩笑，也就没有理会他们。陈错虽然有点儿急，但她知道，他俩之间的事，只能由他们自己解决。

半个小时后，许家戴着口罩回来了，他埋头走到陈错身边。陈错正在整理资料，看了他一眼，不假思索地问道："又被揍了？"许家点点头，将口罩稍稍拉开，露出了嘴角的伤。

陈错叹息着摇摇头，许家拿出一张纸巾，擦了擦受伤的嘴角，含糊不清地跟陈错说道："我得谢谢陆峥。"

陈错问："谢他什么？"

许家的眼睛越过人群，望向已经归队的史少杰："他当着我的面，把照片删了。"

许家刚说完，陈错的睫毛就动了动，往下一敛。她手指翻着资料，沙沙作响，她笑了。许家不由自主地问道："你笑什么？"

陈错的视线仍没离开资料，手指抬起，轻轻从嘴唇边蹭过："我笑我没爱错人。"他欲言又止，呼吸的热气全闷在口罩里，熏到眼睛上。陈错将资料收起，问了许家几个专业方面的问题，许家一一作答，陈错满意地点点头，说道："不错，来了趟剧组，还是学到了不少东西。"

许家脸上露出苦笑的神情，转身去收拾摄影器材。陈错端坐在摄影机前，拍摄临近收尾，她把在消防队拍的照片一一翻出来看了一遍。

要不怎么说相机记录时间，回忆时间呢。

不知不觉，一个月就这样在充满激情与困惑中过去了。从烈日当空，到现在的绵绵雨季，一场又一场的雨，将温度浇了下去。下午，又下起了雨，陈错穿着雨衣，抱着摄影机，消防员们穿着服装部两个小姑娘特别制作的黑短袖，配上部队的迷彩裤和军靴，扛着巨大的木头，风里来雨里去，再精神的小伙子，淋了这么一场雨后，都有些神情萎靡。

因为天气的缘故，灯光录音都用不上，只有摄影组的人淋着雨在赶工，幸好雨停的时候，境头都拍完了，不需要人工降雨补拍镜头。等到收工，大家的衣服也都湿透了，陈错将摄影机收好，就去找小松拿衣服换。小松不在，只有周眉在收拾化妆品。陈错问周眉小松去了哪儿，周眉回答说，小松去了卫生间。

剧组的衣服都被小松锁在一个很大的行李箱里，以防丢失。陈错去找小松，看见经常跟在陆峥身边的那个娃娃脸消防员，陈错记得他的名字，叫白田。此时他正和小松在一个拐角处说着什么。陈错犹豫着要不要上前去打个招呼，毕竟看气氛，好像不太对劲的样子。

小松见快收工了，应该也没人要找自己，就上了趟洗手间，哪知又在洗手间遇到了白田，真是冤家路窄！白田忍不住把今天小松的穿着打量了一番，没忍住从鼻子里“哼”了一声，不屑极了。

小松今天穿着一件嫩黄色的鸭子T恤，牛仔吊带裤。很休闲的打扮，只是胸前一马平川，没什么起伏。看着白田对自己的不屑，小松忍不住翻了个白眼，没理睬白田，掉头去洗手。此时，白田正好接了个电话，只听白田不正经地说道：“知道了，知道了，我会帮忙看着嫂子的。”

对方好像纠正了他什么，白田就嘟囔着说道：“人家陈大美人哪儿配不上陆队，你这脸真是三月的天，一会儿一个样。”小松抓住关键词，竖起耳朵，默默地偷听着。小松这个姑娘，看起来大大咧咧的，其实很多事情，她都有股很敏锐的直觉。不要小看一个小姑娘对八卦的热衷，她们很有可能根据一些零碎的关键词，直接得出事情真相。

小松今天早上到剧组的时候，就觉得错姐有些不一样。错姐平时都是扎个马尾，今天却披散着，身上穿着条吊带长裙，外面套着一件薄薄的衬衫，将肩膀和手臂都遮住了，还有比平时涂得更红的嘴唇。在拍摄的时候，小松跟周眉说过错姐今天有些不一样，她觉得错姐的嘴唇肿了，周眉觉得是她多想了。

可事实上真的是她多想了吗？

白田拿着手机往外走，小松跟在他身后，看着白田将手机放回衣兜里，这才鼓起勇气喊了声：“你，你说的嫂子，是错姐吗？”

白田转过头，不客气地说道：“关你什么事？”

小松被堵得说不出话来，好半天才气鼓鼓地回道：“不是最好！你们少打错姐的主意！”

她这话惹恼了白田，别看白田长着一张清秀的娃娃脸，平时害羞起来怪可爱的，一冷下脸，还真有几分阴沉吓人。他逼近小松：“你什么意思，什么叫我们少打主意，就算真打了，又怎么了？”小松见他逼近，只能往后退，不知不觉，便靠在了墙上。她觉得白田这副模样，有点儿吓人。实际上心里也有些后悔自己刚刚说的那些话，多得罪人啊。

哪知道，白田竟然跟她理论起来：“我们怎么了，强壮正直富有正义感，不优秀吗？”

他的眼神牢牢地锁定小松，小松虽然有些胆怯，但仍然说道：“错，错姐那么好，你们不要乱说话。什么嫂子不嫂子的，女孩子不喜欢这样的玩笑话。”她要维护错姐，她不想错姐在背地里，被人乱传谣言。

要是今天在这里的不是她，那明天剧组里肯定都在说关于错姐的流言了。小松见过多少漂亮的女生，因为漂亮，所以招致流言，百口莫辩，她不喜欢这样。白田看了她好一阵，突然松了气势，往后退了几步，抓了抓头发说道：“这种话，说不定陈大美人还挺喜欢的呢。”

小松认真地反驳道：“不会喜欢的，没有影儿的事，怎么会喜欢。我知道错姐漂亮，你们都有些心猿意马，但是……”白田只觉得眼前这个女人怎么会有这么多话说，叨叨得他头疼。

他总算有些明白，平日里陆队嫌他话多，让他闭嘴的心情了。但白田还是没忍住，问道：“你怎么知道是没影儿的事？”

果然，话音刚落，小松就傻眼了，一张小嘴张张合合，好半天才长长的“啊”了一声。白田知道自己说漏了嘴，想要赶紧离开这里，哪知一转身，就看见陈错朝着他们这边走来。陈错跟白田打了个招呼，走到小松身边，道明来意。她拉了拉身上湿透的衬衫，一不小心，衣服滑落到她的臂弯处。这下，不止白田，连小松都清晰地看见，陈错白皙的肩膀上，被捏出来的手指印。那力道和形状，几乎一眼就可明了，绝对是一位力气很大的男性留下的。小松被吓坏了，她以为陈错经历了暴力事件。

而白田，只是咂舌，心想：陆哥真是不懂得怜香惜玉，看把他嫂子弄的，都青了。

周眉刚把化妆箱收拾好，便见到忧心忡忡回来的小松。周眉走过去，问她怎么啦，该不会是又在厕所里撞上换衣服的裸男了吧，说着她便忍不住笑出了声。小松在厕所的遭遇，她也知道，确定了小松没被占什么便宜，还把那消防员损得脸都青了，她就觉得好笑。

当时小松见她取笑自己，还委屈地过去挠她痒痒，说她坏。如今周眉的打趣，非但没能让小松的表情缓和一些，反而更加严肃。小松将她拉到一边，像说悄悄话似的，小声说道："错姐好像被人欺负了。"

周眉只觉得双手发凉，后背一冷，她下意识地反驳："怎么可能！"这声音有些高了，高得有些突兀，引来些许旁人的视线。

小松赶紧竖起指头，抵在唇边，示意周眉小点儿声，被旁人听见了怎么办！周眉脸色有些难看，压低声音，又问道："你是看到了什么吗？"小松就把自己刚刚怎么和白田相遇，又如何听到的那些话，再看见了错姐肩膀上瘀青的指印。诸多种种，结合起来，可不就是被欺负了吗。

说到这里，小松不由得忿忿然："你说那个陆峥，人模人样的，结果呢！"她越想越气，要是陆峥还在营地里训练，定是要为了错姐出口气的。

周眉听完小松的话，蹙眉细思了一会儿，摇了摇头，说道："我觉得你说得不太对。"

小松睁大眼睛："怎么不对了，我亲眼看见的。"

周眉轻轻敲了她一下额头："笨啊你，错姐看起来会是让自己吃亏的人吗？"

小松不由得点了点头："这倒是不太像……"

周眉又将当时陈错受困在酒店，被陆峥救出后，陆峥让周眉去给陈错送衣服的情形说了一遍。当时她听说，陆峥中途从三楼不用任何保护措施，爬到四楼去，就是为了去救陈错。就算陆峥经验再丰富，这也是有很大风险的。万一在爬窗的时候，突然来一次爆炸，那就完了。

四楼摔下来，可大可小。这些话，也是周眉从当时救火的那几个消防员口中听来的。那些人说着，便打趣起来，说陆队真是英雄难过美人关，为了美人，连命都不要了。后来周眉去给陈错送衣服，陈错的那副模样，可不像是单纯在穿一件救命恩人的外套。陈错嘴角的笑，眼里的柔情，抚摸着衣服的力度，周眉猜想：陈错，大概是对陆峥有爱慕之情的。

听她这么一说，小松这才恍然大悟：“原来他俩……”

这时周眉用力拉了她一下，小松还没反应过来，周眉便使了个眼色。原来是陈错换好了衣服，过来问小松要吹风机的。小松去给陈错找吹风机的时候，周眉仔细留意陈错的嘴唇，还真有点儿肿了。

大概是察觉到了她的视线，陈错看着她，问道：“怎么了？”

周眉也不知怎么的，就问出了口：“错姐，你和陆队长是不是……”她没有要八卦的意思，但也怕陈错觉得她多管闲事。周眉太敏感了，她很喜欢陈错，不愿在剧组剩余的这几天，惹得陈错不高兴。

哪知陈错大大方方地笑着说：“还没成呢，成了请你吃饭。”

周眉愣了一瞬，也跟着笑了：“会成功的。”

最后拍摄的几天，都在下雨。在导演嘶吼出杀青的时候，所有人都在尖叫庆祝。陈错只觉得一直绷在脑后的那根弦，突然一松，所有疲惫，浮肿、头晕、肌肉酸痛都杀了上来，把她搅得头晕脑涨，恨不得回家躺上三天三夜，才能恢复元气。

当天剧组要吃杀青饭，消防宣传部的人过来问导演，要不要和消防员们一起吃。导演欣然同意，不用从拍摄经费里出，当然好。于是一群人浩浩荡荡去了食堂，端上来的饭菜也不比外面餐厅的差。消防部的伙食向来都很好，有鱼有虾，菜式丰盛。

确实也是，本来做消防员就很辛苦，平时要是还吃得不好，那不是折磨人吗。导演让制片在外面扛来一箱酒，一人分了一瓶。饭桌上互相敬酒，喝得好不畅快，酒过三巡，制片竟然起哄要剧组里的几个女孩儿喝酒。嘴里还放肆地说，你们这些小姑娘，不学会喝酒，以后怎么会有出息。

小松表情不好，周眉也不舒服。这时陈错突然将酒杯往桌上一放，愤愤地说道：“张制片，人家两个小姑娘，都跟你女儿的年纪差不多了，你逼她们喝酒，也不害臊啊。”张制片今年也不过三十多岁，活生生多了两个二十多岁的闺女，被陈错足足说老了不少，脸色当然就不好看了。

陈错拿起一瓶啤酒，掌心压着瓶盖，往桌沿上一扣，干净利索地就将瓶盖给打开了。她拿着那瓶啤酒，瓶嘴对着制片晃了晃，说道：“我知道你特想人陪你喝酒，你看，咱俩对吹，看谁能一口气把这瓶酒喝完。”

制片已经喝了两瓶，现在胃里沉甸甸的全是酒。看着那满满的一瓶啤酒，心中有些叫苦。

酒桌上的其他人也开始起哄，让张制片陪陈错喝。陈错看着张制片脸上僵硬的笑容，心里冷笑。这些人，厚颜无耻地灌小姑娘喝酒的时候，理直气壮。轮到自己了，倒是一脸菜色了。

这时周眉的手，从桌下伸了过来，捏住了陈错的衣角，轻轻扯了扯，一脸担忧。陈错拍拍周眉的手背，眨眨眼，示意自己没事。开始对吹时，陈错扶起酒瓶毫不犹豫地嘴里灌，那边制片也脸色难看的开始吹。身旁都是剧组的人在起哄，筷子敲碗，鼓掌，一片哗然……

陈错边喝边想，消防宣传部的人，怕是都后悔留他们这剧组的人吃饭了。一点儿规矩都不懂，一群浮躁的社会人。等杀青宴终于散了，张制片趴在厕所里吐得死去活来。周眉他们要送陈错回酒店，陈错却不愿意，她觉得自己没醉，只是有点儿晕，回酒店睡一觉就没事了。周眉她们坚持把陈错送到酒店，让她睡在了床上，才放心地离开。

哪知周眉他们刚离开，陈错就猛地从床上爬了起来，化妆，换上性感内衣，再穿一身吊带露背裙。拿着手包，在包里放上一盒安全套，心心念念都是：她今晚一定要把陆峥给睡了，谁也不能阻止她。

陈错以前的酒量，确实很好，她自己也以为是很好。当然，酒量这东西，不练，也是会倒退的。陈错修身养性好些年，早就很少碰酒。今晚英雄救美，没了分寸，醉出了真性子，将自己装扮成十足的妖艳女郎，倚靠在酒店大堂的沙发上，给陆峥打电话。刚接通，她就用自以为勾引，实则是醉得软绵绵的声音，问道："你在哪儿呢，我今天好想你呀。"

陆峥那边沉默了一会儿，说道："你有什么事？"

陈错捧着手机，笑着说道："我问你在哪儿，你干吗要回问我。"

大概是听出了她的口齿不清，陆峥便问道："你喝酒了？"

陈错娇"哼"一声："嗯，所以我想你了，想去找你，你在哪儿？"

沉默了好半天，陆峥才冷酷地说道："别耍酒疯了，我不吃你这一套。"

哪知陈错越挫越勇:“可是现在我在街上走……”陈错骗他道,“你不告诉我你在哪儿,我只能一直走下去了。”她在酒店大堂坐得好好的,故意说道,“街上好黑啊,车也多,好冷。”她委委屈屈,最后低落至极,“陆峥,你真的一点儿都不喜欢我吗?”

终于,陆峥还是不忍心地问道:“你在哪儿,我去找你。”

陈错才不要呢,她哼哼地不肯说她在哪儿,就只追问陆峥的住址。陆峥都无奈了,只好把地址报给了她。

陈错一听就笑着说:“你别唬我,这明明就是……”后半句还没说出口,陈错的酒就醒了一半。陆峥不可能知道她住哪里,那只有一个可能,就是陆峥跟她住同一个小区。

她打了辆出租车,快到小区门口时,陈错就看见陆峥等在那里了。她下了车,高跟鞋一着地,就崴了一下,陆峥一个箭步上前,将她扶住,脸色很不好看,声音却很温和,跟司机说了声“谢谢”,关上车门,然后扶着陈错往小区里面走。

他本来想揽着他,掌心刚碰到她腰背上那片光裸的皮肤,便火速地移开,又落到她有衣服挡住的腰上。可就算这样,陈错也不老实,她扭着腰,低笑着说道:“你别挠我痒痒。”

闻着陈错身上的酒气,陆峥额上青筋一跳:“你喝了多少酒?”

陈错迷蒙地睁着大眼睛,小声地数着数:“一二三四五瓶吗?”

陆峥一路搀着她,走向地下停车场,陈错察觉不对,这男人是要将她送走!她不干了,反手搂住陆峥的腰,像个妖精似的,直往陆峥身上贴。她踮着脚尖,挨着陆峥的耳朵,酥酥地跟他说道:“你不是要我做你的女人吗,我来了,你敢要吗?”

她感觉自己抱着的这副身体,一下就僵住了,紧绷绷的,有些不知所措。过了好一会儿,陆峥压抑的声音才传来:“你喝这么醉,我怎么信你。”陈错将滚烫的脸颊往陆峥的脖子上蹭,她记得陆峥脖子上有根隆起的血管,她给他拍照的时候就发现了。很性感,鼓鼓的,跟那喉结一起,组成男人味十足的部位。

她伸出舌头,找到那根血管,轻轻一舔。陆峥一下用力,抓着她,把她从自己身上推开。刚想说她几句，结果发现自己手中的女人已经晕乎乎地睡了过去，直直得往后仰。陆峥盯着陈错好一会儿，才认命地将她抱了起来。陈错不算沉，抱着不费劲儿。只是陈错的头发太长，一直蹭在他的脖子和下巴处，这让他有些不适应。

那股子不适应从刚刚被陈错舔过的地方一起，痒到了心里，痒出了一股子火气。陆峥脸色严肃，看着怀里喝得醉醺醺的陈错，真是又恨又爱。

抱着陈错走进电梯，到了他住的楼层。住隔壁的大爷出来丢垃圾，看见陆峥抱着个女人，唠了一句："我就让老太婆别给你介绍女朋友，你这么大一个小伙子，还能没女朋友啊。"

陆峥朝大爷笑了笑，没回话。

大爷看了眼陆峥怀里的陈错："哎哟，这是喝得有点儿多了，好好照顾这姑娘。"

陆峥点点头，打开门，进到屋里，把陈错轻轻地放在沙发上。哪承想，陈错刚一挨到沙发，就猛地睁开眼，咧嘴一笑："女朋友？！"陆峥没想到她是装睡，刚想站起身，陈错的手就挽住了他的脖子，嘴唇也凑了上去。

陈错只觉得陆峥的手重重地拉住她的头发，毫不怜惜地将她往后一扯。陈错轻呼一声，双手只好松开了陆峥的脖子，极哀怨地看了一眼这个不解风情的男人："你是不是男人啊，怎么能这样。"

陆峥抬起手，站在沙发旁瞪着她："你是不是女人啊，大半夜来找我闹，有劲吗？"

陈错在陆峥的怒视下，伸了个懒腰，随手拿过沙发上的抱枕："我当然是女人啊，所以晚上来找自己喜欢的男人，有什么不对？"

陆峥哭笑不得："我同意了吗，你怎么这么不自爱？"

陈错看向陆峥，她眼睛勾着上扬的眼线，轻轻一抬，再斜斜地望过去。她懒懒地笑着说道："你也喜欢我，不是吗？"

陆峥不答话，陈错坐直腰，伸手去拽陆峥的双手，将他的手拉到跟前，用嘴唇"叭叭"的一只手亲了一下，在上面留下了红润的唇印："不要生气，给你亲亲。"

陆峥挣开她的手，抓着她的下巴，抬起她的脸，俯身。陈错以为他要吻她，便噘起嘴，一脸傻乎乎的模样。陆峥被她逗笑了，低声说道："醉了倒是可爱。"

陈错睁开眼，调皮地说道："一直都很可爱，不是吗？"想了想，又辩驳道，"也很好看。"

陆峥毫不客气地回道："丑。"

"好看！"

"丑。"

陈错被他说生气了，掰开陆峥的手，倒在沙发上，用抱枕挡住自己的脸，说道："不丑，烦你，不要亲你了。"陆峥站在那里看陈错发酒疯，摇摇头，进了浴室。

陆峥从浴室里拿了条湿毛巾出来，在给陈错擦手的时候，陈错突然坐起来，吐了他一身。陆峥低头看着自己脏兮兮的一身，又看看陈错。这女人吐他一身，自己身上倒干净得很，还倒回去继续睡。陆峥只得起身，又进了浴室。

陈错在失重感中清醒过来，她看了看四周，这不是酒店，也不是自己家。看着这房间的摆设，陈错脑子一团糟，过了好一会儿，刚刚醉酒那些记忆，才一点点回过神来。

陈错正犹豫着要不要悄悄地离开，这时浴室门被打开了。陆峥没想到她这么快就会醒过来，随意地在腰上裹了条浴巾，就走了出来。男人的宽肩窄腰，精装腹部，深邃的人鱼线，出浴后还在滚着水珠的古铜色皮肤，湿答答的头发，性感至极的眉眼……

陈错直勾勾地看着陆峥，咕咚一声，咽了一口口水。

陆峥从浴室出来就看见沙发上的陈错，眼睛正直勾勾地望向自己。他的脚步顿了顿，然后就进了房间，关上门，落了锁。听到门锁的声音，陈错咬咬唇，这陆峥，怎么防她跟防个女色狼似的。明明那天晚上，和她接吻时，他也有回应不是吗。

她这么一个漂漂亮亮的大姑娘送上门，他竟然还爱搭不理的。没一会儿，陆峥就从房间里出来，短袖长裤，刚刚那副精装的身体，全被衣服给遮住了，只能在薄薄的衣料下，隐约可见轮廓。陈错踢掉脚上的高跟鞋，双脚踩在软软的沙发上，抱着双膝，下巴靠在膝盖上，歪头看着陆峥。

陆峥见她一副乖巧模样，问道：“酒醒了？”陈错点头，长长的头发，带着微卷，披散在身上，顺着她的动作上下滑动，黑黑亮亮的，甚是撩人。搀她回来的路上，就是这样的一头秀发搔着他的脖颈。

陈错的视线在陆峥身上扫了一圈，赞赏道：“身材不错。”

陆峥面色不改：“你也是。”

陈错穿得是紧身露背裙，胸部高耸，腰间窄细，裙角直直收在膝盖处，露出一双笔直的小腿，裙子自后方开了个叉，走动时隐约可见诱人的大腿。这条裙子精彩处全在后背，陈错自己也知道。她将长发挽至胸前，斜斜地靠在沙发上，曲起一双大长腿，摆出一个曼妙撩人的姿势，说道：“还有更不错的，要看吗？”

陆峥看了她交叠的双腿一会儿，慢慢地向她走了过来。他走得很慢，一步步像踏在陈错心尖儿上似的，他越慢，她的心跳就越快，口唇愈发干燥。陆峥终于走到她身前，手扶着沙发，俯身下来。

陆峥身上有沐浴后的清爽味道，下巴微微泛着青色。他头发没干，有水珠顺着他的脸颊，滴落在陈错的脖子上，缓缓下滑，直到窝进她的锁骨。陈错的眼睛一眨不眨地看着陆峥靠近，他们胸口相贴，鼻息相缠，陈错嘴唇颤抖着，欲言又止。陆峥头发的水不断地滴落到她身上，那点儿水非但没能让她身体降温，反而让她更加敏感了。

陈错在安静又充满期待地等着，等他的下一步动作。不管陆峥会给出什么结果，她都欣然接受。她想要他，从看见他的第一眼开始。陆峥的手突然放在了她的腰上，那手上有茧，很粗，很厚，也很有安全感。她正想入非非，陆峥已经托着她的腰，几乎是半抱着将她搂起。陈错忙伸手搂住他的脖颈，正要将唇凑过去。哪知陆峥从她身下抽出一条毯子，并快速地松开她，仍由她噘着嘴倒在沙发上。

这会儿，陈错有些蒙了，脸涨得通红，暴怒到：“陆！峥！！”

陆峥给出的这个结果，她不想接受！陆峥将毯子扔到她身上，嘴角扬起一丝笑意。他望着姿势全无，刚才性感，如今恨不得跳起来给他一拳的陈错说道：“你今晚睡沙发。”

陈错被毯子盖住了下身，那点儿故意露出来的大腿，也被盖住了。她气得拍打着沙发，像泄愤似的，眼睛幽怨地盯着陆峥说道：“你是不是不行啊。”都撩到这种程度了，还不上，不是性能力有问题，就是性取向有问题。

没有任何一个男人被质疑性能力是不动怒的，陆峥用手指弹了陈错的额头一下，疼得她后仰抱头，气呼呼的。这时他才说道：“我不想占你便宜，也不想被你占便宜。”

听到这话，陈错幽幽地说道：“你听没听过有便宜不占是傻子。”陆峥懒得理她，又回房拿了个枕头扔给陈错。陈错把毯子和枕头往旁边一推，弯腰捡起地上的高跟鞋，起身要走。

陆峥上前一步拦住她：“去哪儿？”

陈错翻了个白眼：“你管我，我才不要睡沙发。”

陆峥不肯让开，皱眉道：“太晚了。”说罢还用眼神扫了陈错一眼，“很危险。”

陈错气鼓鼓的，执意要走，哪知陆峥死活不让她走，她本来想说，自己也住这个小区，走几步路就到了，哪儿有危险了。但她突然福至心灵，陆峥该不会以为她还要去哪儿吧，看她穿成这样，所以不同意。陈错便装模作样地拿出手机在陆峥面前晃了晃：“放心，我有的是护花使者。”

陆峥听到她的话，眉头皱得更紧了。仍拦着她：“不行，哪儿也不准去。”

陈错似笑非笑地横了他一眼：“你凭什么管我。”她抬手去搡陆峥，让他闪开，她要走要浪，去哪儿浪跟谁浪，都跟他陆大队长无关。

陆峥没被她推动，跟座山似的挡在了陈错面前：“你从我这里走的，要是出什么事，我担不起责。”

陈错本意是要激一激陆峥，结果一听他这没情调的话，气得直翻白眼：“行，我陈错今晚出了你家这扇门，不管什么事，都跟你陆队长无关，就算真有什么事，也绝对不会赖上你，行了吧！”陆峥冷着一张脸，不再说话，就杵在那儿一动不动地看着陈错。

陈错哪里会被他这个冷脸吓到，她一下越过陆峥，踩着高跟鞋往门口走，动作利索，毫不留恋。手刚碰到门把手，她就被人从身后搂住了，还没等陈错反应过来，就被陆峥扛在了肩膀上，进了房间。

陆峥用被子把陈错一裹，扔到了床上。然后拖过一边的椅子，坐在上面，跟个门神似的：“别闹，睡觉。”

陈错好半天才从被子里钻出来，头发凌乱，脸上的妆都蹭花了，加上满脸的怒意，整张脸顿时变得难以入目，陆峥忍不住笑了起来，低声道：“花脸猫。”

陈错拍着被子，怒不可遏地说道：“你是我爸吗？管得这么宽！”

陆峥看着她气得通红的脸，好一阵才柔声道：“我是你喜欢的人。”陈错顿时被他的话堵得语塞。好半天才揪着被子愤愤地说道：“算你狠！我要卸妆洗澡换衣服！还有，我不要睡沙发！你去睡！”

陆峥终于满意地点头：“我睡沙发，你洗澡吧。”

卸妆要洗面奶，陈错要陆峥到楼下的便利店帮她买洗漱用品。陆峥走之前，还反复确定了陈错会不会偷偷溜走。陈错没好气地说道：“就走，就走，气死你。”结果陆峥进了浴室，洗了方帕子，凑到陈错面前，把她的口红给擦了。

陈错不知所以：“你为什么擦我的口红？！”

陆峥将帕子翻了个边，又将陈错的眼影眼线擦了一遍，一看没掉，还皱着眉说道：“一会儿你用洗面奶能洗干净吗？”

陈错都他被气乐了，敢情这人觉得把她的妆给擦了，她就会老实待着，不敢出门去浪了。这跟猪八戒偷仙女的衣服有什么区别？竟然卸了她的妆！好吧，这招她服了，没化妆，她还真不敢出门了。见陆峥又用帕子在她眼皮上揉了两下，陈错拉着他的手：“防水的，再擦也没用。”

这时陆峥的动作实在是太轻了，本来蹭花的口红，褪了一层，还是花的。陆峥忍着笑，慢慢地将她脸上的那些妆拭去。陈错双手后撑，晃着脚，仰着脸，让陆峥给她擦，她一副挺享受的模样。大概是发现她还享受起来了，陆峥将帕子往她手里一塞，就下楼去了。

楼下有二十四小时便利店，陆峥在里面逛了一会儿，买了毛巾，牙刷，想了想，还买了一些零食……结果提了一大袋回去。进门时，浴室里水声潺潺，陆峥把洗漱用品从袋子里拿出来，走到浴室门前敲门。没多久陈错打开门，露出一只湿润白皙的胳膊。陆峥将洗漱用品递到陈错手上，随意一抬眼。浴室镜子在入口处，如今蒙上一层白雾，雾里隐约可见女人身体的轮廓。陆峥慌乱地将视线移开，耳根微微泛红。浴室门“砰”的一声关上了。

陈错在陆峥出去后，进到他的卧室，在衣柜里拿了件陆峥的大T恤衫，然后往他的书柜前一站。那些书都是正经书，还有些是军事上用的教材，她手指点了点那些书，虽然不太清楚，但总该知道这些书不应该是一个消防员能用得上的。但她没深想，哪个男人，还没有一点儿别的梦想呢。

她进了浴室，直到陆峥过来敲门。

洗过澡后，她用毛巾将头发裹起，穿好衣服，准备出去。可想了想，这个样子会不会太保守了，哪里能引起陆峥的注意，她赶紧松了裹在头上的毛巾，拿在手上，揉着长发，走了出去。

一出浴室门，就觉得全身一冷。陆峥开了窗，靠在窗口，看着外面，也不知道在看什么。夜风一阵阵吹进屋里，将陈错身上的热意都冲散了。她出声问道：“你有吹风机吗？”陆峥听到她的声音转过头，一看到陈错现在这副模样，不禁皱起眉头。陈错光着两条长腿，穿着深色的男士T恤，站在不远处，盈盈地望着他。

T恤下摆很好地遮住了她的下身，不至于走光，她身上都是他常用的沐浴露的味道，但他可从来都不知道，他用的洗浴用品，有那么香。陆峥的视线闪躲，不停地在陈错身上扫射，他讪讪地说道：“没有，我下去给你买。”

陈错及时将他喊住，买什么啊，擦一擦得了。她看到沙发上已经铺好了被子，再看着陆峥高大的身材：“你晚上挤这个小沙发，能睡得好吗？”

陆峥点点头，还是不看她。陈错坐到沙发上，臀部陷进被子里，很松软。她用力地在沙发上颠了颠，头发上的水滴落在被子上，洇出深深浅浅的圆印子。陈错抬头看站在不远处的陆峥，笑着说道：“我睡沙发吧，这个沙发只能装得下我。”

这时候陆峥倒较起真来：“你去睡床。”

他将那袋零食递给陈错，放在茶几上，让她选自己想吃的吃。刚刚喝了不少酒，这些零食实在是吃不下。陈错撒娇道：“不想吃这些，想喝粥。”陆峥点头回答说“好”，陈错本以为陆峥会给她点外卖，哪知陆峥转身就进了厨房，熟练地将围裙系在身上。围裙是藏蓝色的，系带勒出陆峥的腰身，很有男人味的性感。

陈错脚上穿着陆峥给她的拖鞋，鞋子是女款，嫩粉色，刚好合脚。陈错将那鞋踩得啪啪作响，脸上酸溜溜地看着陆峥说道：“你会做饭，给谁做过呢？”

陆峥利落地切着姜丝答道：“给家里人做。”

陈错看着那姜丝：“我不吃姜。”

陆峥头也不抬：“一会儿挑出来。”

陈错又看了眼脚上的拖鞋，不禁问道：“这拖鞋是谁的，前女友的？”她话里的醋意明显至极，陆峥停下手上的动作，看了她一眼。

陈错气哼哼地说道：“怎么了，不能问？”

陆峥：“这拖鞋是我妈的。”

话音刚落，陈错的脸色由阴转晴。她又笑了起来，走进厨房，挨着陆峥：“我来帮你啊。”陈错不会做饭，帮的全是倒忙，还险些用刀伤到了自己。陆峥忍无可忍，将她赶了出去。

回到客厅，陈错坐在电视机前，手里摸着游戏机，旁边一排游戏碟。她惊讶地睁大眼睛，没想到像陆峥这样成熟款的男人，也玩游戏。她心里这么想着，随口也就这么问了。陆峥将刚熬好的粥放在餐桌上晾一晾：“我也是从小孩儿过来的，玩游戏怎么了。”

陈错手里拧着一款最新才出的游戏：“你骗人。”

见陆峥没反驳她，她起身走到餐桌前，粥的味道让她食欲大开。她开心地坐了下来，夸他道："有你真好。"受了夸赞的陆峥将勺子递到陈错手里，让她赶紧吃，吃完刷牙睡觉。陈错撇嘴："你要是以后玩游戏不理我可怎么办？"

陆峥似笑非笑地看她："想得够远。"

陈错不理会他的这些嘲讽，舀了一勺粥，呼噜噜地吹凉了，喝了一口，高兴地说道："很好，很好，结婚后都是你做饭。"

陆峥没绷住脸上的表情，大声笑道："你又在幻想什么？"

陈错嘴里叼着汤匙，弯着双眼："幻想我和你啊。"说罢，她脱了拖鞋，光着脚在桌下，踩上了陆峥的脚背，重重的用力："你喜欢我，我看得出来。"

陆峥不理她，她一个人自娱自乐："今晚我不会锁门哦，你会不会破门而入。"

陆峥看她想入非非，忍不住说道："我怎么觉得，我才是那个需要锁门的人。"陆峥给自己倒了杯水，慢慢喝。

陈错又喝了一口粥："怎么，后悔把卧室让给我了？晚了，小心我今晚搞大你的肚子。"她话刚说完，陆峥就被水呛到了，咳得形象全无。

陈错喝完粥，就去刷牙，浴室和厨房在一条道上，她开着浴室门，看着陆峥洗碗。刷着刷着，她就想笑。现在这情况，怎么跟婚后似的，陆峥怎么看都是贤惠持家。他挽起袖子，露出紧实的小臂，在水流的冲刷下，泛着健康的光泽。

她嘴里叼着牙刷走过去，伸手顺着陆峥手臂的那块由肌肉形成的凹陷，轻轻一滑。陆峥的手臂颤了颤，用警告的眼神看了陈错一眼，满嘴牙膏泡的陈错含糊地说道："我喜欢你的肌肉。"陆峥用水冲她碰过的地方，陈错不满了，怒道："为什么用水冲？"

陆峥双手在水槽里甩了甩："很烫。"

陈错咧开嘴，觉得陆峥还真会哄她开心。她漱完口后，一嘴甜凉味道。陆峥的牙膏竟然是西瓜味儿的，甜丝丝的，让人忍不住吞下去。她以为像陆峥这样铁铮铮的汉子，用得应该是薄荷味的牙膏，没想到口味跟小孩儿似的，意外的反差萌。她走到陆峥面前，抓着他的双臂，把嘴唇往他的脸上凑。

陆峥早有防备，抓着她的后脖颈儿，轻轻钳着，跟拎猫后脖颈儿似的，看着滑头的陈错：“干吗呢？”

陈错冲着他的脸吹了一口气：“我甜不甜。”

陆峥当然能闻到牙膏的味道，他的脸涨得有些红，讪讪地说道：“别闹了。”

陈错无辜地看着他：“我哪里闹了。”

陆峥让陈错站好，陈错不愿意，跟没长骨头似的往陆峥身上倒。陆峥将她送到卧室，用被子将她裹得紧紧的，然后摸了摸她的额头，跟哄孩子似的：“乖，好好睡觉。”

陈错还没被人这么哄过，别人都把她当作大女人看，而陆峥却把她当小女孩来哄，她觉得这样的陆峥，可爱极了，这让她情不自禁地想去撒娇。

陆峥问她要不要留床头灯，陈错点头，他将灯熄了，昏黄的视线里，她看到陆峥走到客厅，睡在了沙发上。陈错睡得很香，直到肖春的电话将她震醒。肖春问她在哪儿，为什么在酒店没看见她。陈错蹭了蹭温暖的被窝，听着外面的动静。陆峥好像在做饭，她听到了油锅的“滋啦”声。

那声音很有烟火气，温馨十足。让陈错很快便觉得饿了，她懒洋洋地回肖春：“我不在酒店，一会儿回去退房。”

大概是听出了她声音里的心满意足，肖春疑惑地说道：“你到底在哪儿？”

陈错笑嘻嘻地答道：“男人家啊。”

那边沉默了一会儿，突然暴发出八卦的尖叫：“你，你，你糟蹋人家消防员了！”

陈错在床上伸了个懒腰：“谁糟蹋他了，我房门都没关，就等着他来糟蹋我。结果他倒好，去睡沙发了。”

肖春听到她的话，第一个反应就是：“他性取向有问题？”

陈错大笑道："肯定不是，他喜欢我。"

肖春无端地被她秀了一脸，牙直痒痒。但还是劝了她一句："他的职业不安全，你确定吗？"

这话问得陈错一顿，手指缠着自己的头发说道："确定啊，如果以后在一起了，他救火的时候，想着他身边还有一个我，怎么样都会拼了命活下来吧。"

肖春听到她说的那句"如果以后在一起"，不由得惊讶道："你还没搞定他啊？"

陈错"嗯"了一声："我想把我的全部都交给他，等我知道地震中救我的是谁，我就跟他在一起。"

房门外，陆峥过来叫陈错起床，刚好就听到了那句：等我知道地震中救我的是谁，我就跟他在一起。他想起林庄舟的话，林庄舟说，陈错喜欢的不是他，是他这一类型的男人。陈错心里还有一个人，结合刚刚她说的那段话想一想，大概就是地震时救过她的人。

陆峥将手从门把上撤离，昨天的温情种种，在他心里都渐渐冷了下去。他转身进厨房，将早餐端了出来，然后穿上鞋子，出了门。等陈错从床上爬起来，满面春风地拉开门，客厅里空落落的，餐桌上放着粥和小菜，就是不见陆峥的人影。她在屋里转了一圈，没找到人。

她给陆峥打电话，电话很快就接通了，陈错问他在哪儿，陆峥声音有些冷淡："我有事出来了，你吃完早餐就回去吧。"

陈错小声地问道："什么事啊，就不能陪我吃完早餐再走吗？"

陆峥回答道："你起得有些晚了。"

陈错闹别扭了："我起太晚了，你可以叫我啊。"

陆峥的声音近乎严厉，还叫着她的名字："陈错，不要无理取闹。"

陈错被这火气冲了一下，气性也上来了，语气生硬地向他道了个歉，便挂了电话。陆峥听着手机里传来的嘟嘟声，叹息地捏紧了眉心。陆峥去了医院，检查在地震中受的伤。那天追史少杰，也牵动了伤口，昨天将陈错扛起来的时候，肋骨也隐隐作痛。

陆峥并没有不把这个当一回事，相反他挺惜命。干他们这行的人，不惜命不行。在去医院的路上，陆峥的手机响了，他开着车，不方便接。到了医院，这才回拨过去。是他妈妈打来的电话，老调重谈，让他回家。陆峥现在的性格近乎刻板，谁也没能想到，陆峥高中的时候，坏得不行。

也不能说坏，就是男孩儿的青春叛逆期。抽烟打架，样样精通。后来陆峥的父亲陆少坤嫌陆峥给他丢面子，也怕陆峥犯下更大、更无法挽回的错。所以把陆峥送去了军事学校。等陆峥父母发现不对劲的时候，将陆峥接回家，才发现他一身伤，差点儿没能救过来。自那以后，陆峥就沉默寡言了许多，对陆少坤，更是无话可说。

偶尔陆峥对他妈，杨雪，还会说上几句话。再后来，陆峥不管是考上大学，还是去当兵，最后在服役的时候，因为得罪了高干子弟，最后只得分配到消防部队。他一句话都没跟家里说过，把他爸气得直接晕了过去。

陆峥家里是做生意的，陆少坤对陆峥不肯接管家里的生意，跑去当个出生入死的消防员很不满意，直言陆峥是当年被打傻了，人是救回来了，可脑袋落下了残疾。陆峥那次是因为过年，才回了家。听到陆少坤说这话，他当下放下筷子，站起身，愤愤地说道："我从来没有希望过你因为当年的事向我道歉，但也请你不要用那事来嘲讽我。"

陆少坤铁青着脸，他看着这早已比他高，同他离了心的儿子，无可奈何。他不是不悔当年的决定，可是当爹的，没法落下面子，他也曾尝试过和陆峥和解，但陆峥对他这个父亲，还比不上对一个外人好。久而久之，他心中也有一股无名火。

两父子闹得很僵，心结也无法解开。杨雪今天劝劝这个，明天又劝劝那个。哪个都劝不好，只能经常偷偷抹眼泪。

这次杨雪给陆峥打电话，说的是相亲的事。语气委婉，小心翼翼。陆峥听着自己亲妈恳求似的语气只好说：会考虑见一面，但回家的事，还是以后再说吧。挂断电话，陆峥想到家里那位心有所属，还来撩他的女人，心里就直打颤。救命恩人，他也有，只不过他不像陈错，这么念念不忘罢了。

第七章 软软

陆峥在医院挂号，又接到了陈错的电话。这次陈错的语气变得很乖巧，向他示弱，还问是不是觉得她昨晚发酒疯很闹，嫌弃她了，她不是故意的。她起床把被子叠好，碗也洗了，浴室里掉的头发都清理干净了。她没有给他添麻烦。陆峥明知道这是陈错的把戏，却仍然忍不住心软。

陈错又接着说道："喝酒后脑袋很难受，胸口好闷，刚刚喝了你熬的粥也不舒服。你又凶我，让我更难受。"

陆峥哭笑不得："我什么时候凶你了。"

陈错说道："你叫了我的全名，还让我别无理取闹。"

陆峥在自助挂号机上，点了点："我不叫你陈错叫什么？"

陈错柔声说道："我有小名，你叫小名好不好。"

自助机吐出一张纸条，陆峥接过："不好。"

陈错哪里管他的阻止："我小名叫软软。"

这时自助机突然响起响亮的播报音："欢迎来到第一人民医院，您的排号是，33 号，前面还有 25 个人。"陆峥赶紧抓着手机，离那台自助机远了一点儿，可惜陈错已经听到了。

陈错急切地追问他："你去医院了！怎么了？是地震时受的伤还没好吗？我就知道，你那天还昏迷了，你昨天抱我的时候有没有事，是不是伤到那儿了？你为什么不叫我跟你一起去医院！陆峥！你过分！！"

陆峥本来就被她噼里啪啦的一顿质问给砸得说不上话，女人的一句带着气音的过分，让铁骨铮铮的陆队长，很没骨气地说："没什么大事。"

陈错咬牙："你在那儿等着，我现在就过去！"

陆峥挠挠脸："其实也不严重。"

陈错冷声说道："闭嘴，我现在一个字都不想听你说！"

说完她就把电话挂了，陆峥："……"。

陈错赶到医院的时候，就见陆峥坐在医院等候区的蓝色胶椅上，坐得端端正正的，在人群中尤为显眼。一旁抱着小孩儿的妇女，用手抓着小孩儿的手，因为小孩儿总是想去扯陆峥的耳朵。妇女对着陆峥抱歉连连，陆峥摇头说没事，眼睛看着小孩儿，眉眼温柔。

这画面让风风火火赶来的陈错，手足无措。步子也慢了下来，缓缓走过去。她披头散发，匆忙中穿了件内衣，换回了裙子，脚上还踩着一双粉色拖鞋。陆峥似感应到了什么，转头望向她。陈错站在不远处，却不知道为何，踌躇不前。

陆峥起身，朝她走过来，看她乱糟糟的头发，皱巴巴的裙子，还有那粉色的拖鞋："怎么这副模样就来了？"

陈错虎着脸，瞪着他："还不是怕你有事，没好好梳洗就跑来了。"

陆峥笑了笑，扶着她的肩膀，往椅子的方向一揽："我没事，让你为我担心了。"陈错听着哄她的话，也不高兴。嘴里嘟嘟囔囔着陆峥没有审美，惹得陆峥在她脑袋上用力揉了揉，将她的脑袋揉得一晃一晃的。

周末医院人多，座位少，陆峥把他原先的座位让给了那个抱着小孩儿的妇女，后来妇女旁边的病人读号进去了，妇女就投桃报李，喊他去坐。如果陈错不来，有人需要那个位置，他还是会让出去的。毕竟来医院的人，都身体不舒服。他还可以，能撑住。

陈错直到被按到椅子上，才搞清楚状况。医院到处都是人，她坐在椅子上，茫茫然地抬头望着陆峥："你让我坐着干吗啊，明明是你不舒服啊。"

陆峥看着她两颊泛着一层薄薄的红，鼻尖还渗着汗珠子，一看就是跑着来的。他说："不是喝醉了头晕胸闷哪里都难受吗？"

她被陆峥这样一说，脸上的红，一路蔓延到耳朵上去了。她揉了揉自己膝盖上的裙子，把布料折腾得皱巴巴的，然后一双忧心忡忡的眼睛，看着陆峥的腹部、手臂、腿，上上下下仔仔细细地打量了一番，才说道："哪里不舒服啊，严重吗？"她的手不自觉地抬起，抓着陆峥的衣角，皱起双眉："早知道昨天就不跟你闹了。"

陆峥想去掐陈错的脸颊，却忍住了。他摩挲着指腹，低声道："还好，只是来复查而已。"

陈错垂下眼皮："你下次别这么拼了好不好。"

陆峥没回她，一阵沉默。陈错很快松开衣角，脸上露出轻松的表情，她笑着看陆峥："也是，你能有什么事嘛，就知道欺负我。"

这没由来的控诉让陆峥忍不住想要回一句，到底是谁欺负谁啊。但他是不可能跟陈错在这里斗嘴的，多幼稚。他站在陈错身前，两腿分开而立，站得稳稳当当。陈错一双脚故意插在他两脚之间，十根涂了甲油的趾头，一翘一翘的，活泼得很。陆峥从来不知道，这双粉色的塑胶拖鞋，能被她穿得这么好看。

他刚刚说陈错好看，是真的在夸她好看。陈错怎么样看都是美的，这是陆峥从见到陈错的第一眼就知道的事情。所以他才一开始，对陈错就那么防备。这女人像团不能碰的火，一不留神，就会引火烧身。

喊到陆峥的名字时，陈错想陪着过去，陆峥却不让，只用手在她肩上一按，让她听话待在原地。陈错只好眼巴巴地看着陆峥的背影拐进了诊室。大概是她这副望穿秋水的模样，逗乐了旁边的妇女，她抱着孩子，打趣地望着陈错说道：“刚结婚吗？”

陈错被这么一问，搞得面红耳赤：“还没呢。”

那妇女了然地点点头：“还在热恋呢？”虽然并没有，但陈错也不会去否认了。

妇女怀里的孩子“哇哇”地叫着，要去碰陈错的头发，妇女拽着孩子的手，拉了回去：“你男人很好啊，有担当，还懂得疼你。”陈错抿唇微笑，看着自己的头发，上面仿佛还留着陆峥掌心的温度，她很喜欢。

那是温柔，安全又贴心的，一路暖进了她心里，就像昨晚的粥、床头的灯、深夜里男人的呼吸声。

陆峥拍完片子，就出来接陈错。陈错看着自己的一身打扮，不肯动。陆峥将她上下一打量，最后点点头：“我觉得还行。”

陈错怒道：“我觉得不行。”

陆峥只好问：“下午两点才能拿报告，去吃饭吗？”在医院也耗了有一段时间了，陈错喝的粥早就消化了。更别提为了验血的陆峥，连粥都没喝一口，肚子空空的就来了。

陈错看着自己这一身行头，又想着陆峥还饿着，只好跟着他去吃饭。她倒是想回家换一身，但感觉有点儿太费时间了。陆峥笑了笑：“我的车在外面。”他在前面走，陈错跟在他身后，眼睛盯着陆峥的影子，伸手去捞，这样在影子里，他们就牵手了。

陈错一个人在陆峥身后玩得开心，陆峥似感觉到了什么，回过头，陈错又故作正经，抱着手问道：“去哪儿吃，我很挑的，太油腻的东西我不吃啊。”

陆峥随意地说道：“来的路上看到一家店，人挺多的，就去那儿吧。”

走到车前，陈错才发现是辆和古板的陆队长，非常不登对的重机车。陆峥轻松跨腿上去，将头盔递给陈错。陈错没接，只绕着那车转了一圈，说道：“这车怎么那么眼熟？”

陆峥将她拉了过去，头盔罩在陈错的脑袋上，替她系好锁扣：“这车挺多的。”

陈错看着流畅的车身，看一眼就知道价值不菲的喷漆和零件，突然想起来：“你是不是！那个被我碰了两次的……”

见陈错想起来了，陆峥也不瞒她，回答道：“是。”

陈错睁大眼睛说道：“你一开始就认出我了？”

陆峥继续点头：“嗯，认出你的声音，职业和名字。”陈错给他留了名片。

这意外发现，让陈错回想起她当时是怎么对机车车主的，好像因为起床气，还把他骂了一顿来着。太失算了，人果然不能脾气太差，谁知道哪天就骂到未来对象身上了。见她面有悻悻然，陆峥也不继续这个话题，戴上安全帽，问陈错：“还不上车？”

陈错提着裙子，毫无淑女风范地坐上去，搂紧了陆峥的腰。陆峥闷闷的声音从头盔里传来：“你现在倒不在乎形象了？”

陈错有气无力地翻了个白眼：“反正我有形象的时候，你都不喜欢。”她可算是看明白了。陆峥笑了，笑得陈错忍不住在他腰上轻轻一掐，表明自己不高兴了。却不敢太用力，掐完了，还要安抚似的摸两下。殊不知自己那点儿力道，对陆峥来说，无异于轻轻挠了一下痒痒。

一路上，陈错都在想：这次也算是约会吧，陆峥会带她到哪里吃饭？要是那种正式场合，她死也要去买一双高跟鞋。哪知陆峥直接将她领到一家油炸串串店里，店的环境一般，人却很多，陈错看了一眼自己的塑胶拖鞋，认命地叹了一口气。

陆峥个高腿长，长相英俊，一进店就充满了存在感。许多或明或暗的视线都到了他身上，顺势也扫到了他身边的陈错身上。陈错猛地伸出手，将自己的手臂插进陆峥的臂腕里，自然得好像一对情侣。她仰着头，淡定地往店里走。陆峥看了她一眼，没有抽开手，甚至还替她拉了一把椅子，让她坐下。陈错有些不好意思了，毕竟陆峥现在怎么说也是病患。陆峥问她有没有忌口的，想吃什么。陈错干净利落地回了一句：“肉就好！”陆峥点头，转身去拿菜。

陈错托着腮帮子，看着陆峥。店里当然不止她一个人看，陆峥也不知道是不是当过兵的缘故，动作利索，自有一股英气逼人的味道，迷人得很。可惜这个男人，他们都看得着，吃不着，就连她也没吃着，其他人就更别想了。

想着想着，陈错不由得脑洞大开，陆峥究竟为什么不答应她呢。除了刚开始觉得她这人不诚恳，别的理由呢？该不会……她意味深长地看了陆峥一眼，想起陆峥在消防队里，很受尊敬和喜爱，那些大小伙子，每次看到陆峥，都像看见偶像一般，眼睛里像有光。

陆峥将选好的菜交给店里的服务员，拿了两瓶饮料回到桌子前，就看见陈错目光炯炯地盯着他，神情有些诡异。他不理会，将两瓶饮料的瓶盖一一启开，刚忙活完，就听陈错问道："陆峥，你喜欢男人吗？"陆峥手里的开瓶器差点儿飞出去，隔壁桌的人显然也听到了她说的话，异样的眼神跟着扫了过来。

陆峥恨不得把陈错脑子里的水给挤出来："你又怎么了？"

陈错："你看你吧，天天混在男人堆里，按理来说，应该对女人没有抵抗力才对啊。"

陆峥将吸管放到饮料里，推了一瓶到陈错面前："所以我喜欢男人？"

陈错猛然摇头："不行，你不许喜欢男人，你要喜欢我！"

听到这厚颜无耻的宣言，陆峥一时无语，不搭理她了。很快串串就被端了上来，来之前她还在挑剔，说太油的不吃，现在不但不嫌弃，还吃得美滋滋的。甚至拿出手机，翻出美团，看有没有外卖。陆峥看到她喜欢，也浅浅笑了一下，很快便敛起，没让陈错发现。陈错吃撑了，直到回了医院拿报告时，她还在揉着肚子，打着嗝。

将片子拿去给医生检看完后，陆峥从医务室走了出来，却没看见陈错的身影。刚刚还站在走廊上玩自己头发的她，一转眼就不见了。陆峥的脚步情不自禁地急促起来，四处张望，哪里都没有。他正要跑起来，腰就被人搂住了，回头，看见陈错一脸疑惑地看着他："找什么呢？"

陆峥平复着呼吸，冷着脸说道：“没什么。”

陈错的一双眼睛瞬间发亮：“刚刚找我呢？”陆峥不回答，陈错追在他身后。

“没看到我是不是着急了？”她高兴起来，一顿噼里啪啦，“你在乎？！完了陆峥，你在乎！你心里有我！”

大概是看不惯她太得意，回医院的路上，车子颠得厉害，陈错软乎乎地趴在陆峥背上，小声地喊着难受，胃疼。陆峥背脊一僵，车速很快就慢了下来，一辆飙速用的机车，开得跟代步车似的，这把陈错又给逗乐了。

她猛地在陆峥的耳垂上亲了一口，吓得陆峥险些把不住车头，到达目的地后，陆峥面色严肃地把陈错从车上拽下来训话：“谁让你这么亲男人的。”

陈错背着手，跟一个被老师训话的小学生一样，低低地垂着脑袋：“亲一下不行吗？”

陆峥铁面无情：“不行！”

陈错期期艾艾地抬起头：“那什么时候才能亲呢？”

陆峥硬声道：“什么时候都不可以。”

陈错不服气地问道：“万一哪天你跟我在一起了呢？那你不就打脸了？”

陆峥看了她一眼：“真到那个时候，我来亲你。”陈错的脸霎时就红了，她很没骨气地服软了。

也不知道陆峥究竟是真古板还是假正经，撩人于不动声色之间。陈错用手拨了拨头发，故作跟没听见似的，眼睛四处乱转：“快去拿结果呀，我还得回酒店收拾行李。”

陆峥拿了片子，这次陈错跟在陆峥身后，一起进了诊疗室，听医生的诊断。幸好医生说没什么大碍，让陆峥回去注意休息，近期不要做太激烈的运动就行。

从诊疗室出来，陈错陪着他去拿药，一边走还一边问：“队里这次放假，你休息几天。”

陆峥答道："三天。"

陈错一听，急了："三天怎么够，你没听医生说近期不要做太激烈的运动啊！"

陆峥面不改色："我会注意的。"

陈错忍不住去拉他的袖子："你能怎么注意，要是出警，你去还是不去。"

陆峥停下脚步："当然会去。"陈错被气得脸都青了。

陆峥看着陈错咬紧唇，这会儿全没了刚才撒娇的可爱模样，眉眼冷下来，这是恼了他了。陆峥只好道："我答应你，我不会勉强自己。"

陈错脸色慢慢缓和了下来，接着，明媚一笑，好像天都跟她一起亮了，让陆峥忍不住轻眯起眼，视线却无法离开。

回去的路上，陈错乖乖抱着陆峥的腰，头靠在他的背脊上。肌肉紧实,腰部有力,很有安全感。她的手顺着陆峥的衣服钻了进去,往前摸,一点都不矜持。陆峥身体僵了起来，八块腹肌在她掌下绷得紧紧的，她指头一个个贪婪地拨了过去，直到红灯，车停下，陆峥才将她作乱的手从衣服里拉了出来，用了一点儿劲，掐的陈错手腕微微泛白。

陆峥咬牙切齿："我说没说过，不许……"

陈错飞快地回答："你说不许亲你，又没说不许摸。"

陆峥松开她的手："不许摸。"

陈错乖乖将手收回："哦。"

陆峥像是不能理解："你一个女孩儿，怎么能那么自然地占我便宜呢？"

陈错厚脸皮地说道："我没占你便宜，我这不是怕你骑车紧张，给你放松放松心情嘛。"

这话让陆峥沉默了好一会儿，说道："女流氓。"陈错哈哈大笑，笑声从车上飘散出去，久久未停。

陆峥把她送到了酒店，陈错下车，手在车身上摸了摸，她啧啧地说道："这车也是跟我有缘分啊，两边都是我给碰掉的。"

陆峥瞪她："还挺骄傲的是吧。"

陈错软着嗓音说："我错了嘛。"

陆峥接过陈错摘下的头盔，挂在机车把手上，启动车。陈错伸出手，摊平，掌心粉嫩，五指纤纤。陆峥从她的手看到她的脸上，挑眉无声地问何事。

陈错很自然地说道："手机，加个微信呗。"

陆峥没给，启动车子就想走，陈错赶紧抓住他的手："睡都睡过了，微信还不给我啊，负心汉。"

大庭广众，众目睽睽之下，陆峥只能忍了，他将手机掏出来，递给了陈错。陈错加上了微信，把自己的备注名改成了陈软软。还把陆峥存她的号码给翻了出来，备注名竟然是：没礼貌的女人。陈错瞪着那备注，陆峥尴尬地咳了一声："之前留的，忘记改了。"陈错把这个备注改成了陈大美人，然后把手机塞回了陆峥手里。

陆峥看她给自己备注的称呼，眼里染上了些许笑意："有这么夸自己的吗？"

陈错叉着腰，不服气地说道："我不美吗？你刚刚还说好看的，现在又来取笑我。"真是唯女子与小人难养也，陆峥不想跟陈错在路边这样争执下去，他将头盔的护罩拨下，拧动机车把手，一溜烟就走了。

陈错站在路边看他远去的背影，笑意盈盈。一回头，就见周眉和小松提着行李从酒店大堂走出来。陈错上前，跟她们道别。小松显然很舍不得，抱着陈错的腰，带着哭腔说这次分开，不知道何时再能见面了。陈错揉揉小松的头发，说道："又不是生离死别，都在一个城市，想见面，随时都可以。"

周眉也柔柔地看着陈错，给陈错递了个小礼袋，腼腆地说道："错姐，送你的小礼物。"

陈错惊讶地睁大眼睛，伸手接了过来："哎呀，我年纪比你们大，应该是我送你们礼物才是。"周眉摇摇头，也学着小松过来抱住了陈错的腰。不知是不是错觉，她感觉周眉抱得力道有些大，嘴唇无意地擦过她的耳垂，留下一寸湿润的感觉。

和周眉、小松道别后，陈错上楼拿行李。在楼道间碰到了许家，许家刚好从房间里出来，一见到陈错，便是一怔，而后匆匆别过脸。就算许家这样躲闪，陈错还是一眼就看见了他脸上的手掌印，心里不由得燃起了些许怒意。她走了过去，让许家给她看看脸，许家苦笑着将脸转了回来。

陈错发怒道:“你这新伤叠旧伤，没完没了了还，我知道你想补偿，但这并不是好办法。”

许家咧了一下嘴，拉扯到伤口，面露痛苦的表情。他叹了一口气说道：“是我让家里人找关系，提拔他的事被他知道了。”

陈错闻言皱眉道：“不是好事吗，那他打你做什么？”

许家低声说道：“他烦我，觉得我多管闲事，没安好心。”

陈错看了许家半天：“许家，上次我和你说让你补偿他的话，对不起，是我想得太理所当然了。我觉得你们两个，不适合再纠缠下去。”史少杰对许家一次又一次的施加暴力，这并不是正常的做法。而许家的状态也很奇怪，正常人这样被打，应该知道厉害，躲开才是，可她不觉得许家有躲避的意思。

不管是内疚作祟，还是因为其他的事情，许家和史少杰这两个人的状态太不正常了，感觉迟早要出事。她郑重地抓着许家的手臂说道:“既然他不想接受你为他做的，也许再也不见，对你俩来说都比较好。”

她的话，许家像是听进去了，他脸色自然地说道:“好，我知道了。”

陈错凝重地点着头，又忧心地看了许家一眼，进了自己的房间。许家站在门前好一会儿，这才放松心情，靠在了走廊的墙壁上。这时他房间的门打开，有人从里面走了出来。那人听到了陈错和许家的全部对话，也是他俩话中的主角之一，史少杰。

史少杰冷漠地越过许家，走出几步，又停下，回头看着许家：“不要再让我见到你，要是我发现你再多管闲事，就不像这次这么简单了。”

许家神情沮丧：“放心，我不是受虐狂，也不是变态。”

听到这句话，史少杰猛地上前，抓着他的衣领，往墙上一抵，他眼神冷厉地说道：“怎么，觉得我是变态？”

许家脸色惨白，没有说话。史少杰拍了拍许家的脸：“别惦记陈错了，那是我陆哥的女人。”

许家眼神有些痛苦：“你报复我，已经报复够了吧，赶紧离开，我不想让她看到你。”

史少杰“哼”了一声，松开了许家，厌恶地看着他：“窝囊废。”

许家猛地睁大了眼睛，里面全是血丝：“你够了，赶紧走。”

史少杰走了，许家蹲在房门口，痛苦地抱着头。陈错从房间里出来，想去问前台要几个袋子打包行李。一眼看到走廊尽头，史少杰一闪而过的身影，也不知道是不是她看花了眼。再看许家的痛苦模样，她忙上前，要将他扶起来。许家感觉到是陈错，赶紧站起身，姿势有点儿僵硬，眼神也很惊慌，扫过走廊镜头，再看向陈错，勉强笑了笑：“错姐，怎么了？”

陈错疑惑地看着许家，她的视线定住了，有些不可思议地看着许家的衣领下，斜方肌处。大概是感受到了她的视线，许家匆匆用手捂住陈错盯着的地方，然后借口有事，进了自己的房间，留陈错一个人站在走廊上，愣怔着。

她在许家身上看到的……分明是个牙印，咬得很狠，都结成血痂了。

陈错将行李收拾好，打开周眉送她的小礼物，是支口红，正红带点儿金。她鼻尖凑到膏体前轻嗅，味道极好闻。她脱下脚上的拖鞋，这才想起落了一双高跟鞋，在陆峥家里。

而陆峥家里，陈错剩下的何止是一双高跟鞋。她说洗了碗，可厨房里到处都是水，垃圾口袋没扎，被子折成两叠，凌乱的放在床上。枕头上落了几根长发，暧昧地缠在一块儿，他甚至能想象到昨夜陈错头发散在上面的模样。陆峥回过神，赶紧起身将被子折得方正，打扫卫生。

他将衣服洗好，拿去阳台上晾，却发现一条白色的女士内裤在他的衣服边上迎风舞动。陆峥盯着那条内裤，表情难以言表，他突然想到陈错内裤在这儿，那内衣呢？昨晚他穿他的衣服里面有内衣吗？陆峥回到房间，看到陈错脱在他床上的那件深色短袖，他拿起，隔着一臂距离，都能嗅到香味。

陆峥拎着那件衣服，转身要拿去洗，可动作停了停，还是拿衣架把衣服挂进了衣柜里。

不知自己落了条内裤在男人家，还把陆队长弄得魂不守舍的陈错，在收拾好行李后，就离开了这个住了有一段时间的房间。如今宣传片拍完了，她和陆峥还没确定关系，她心里也空落落的，可救命恩人的消息迟迟没来，她也没法去行动。

但她总觉得，她要是奔向陆峥，陆峥总会伸出手来迎接她的，她就是这么自信。带着点儿甜蜜的笑，陈错去敲许家的房门，她总觉得许家有事，那脖子是给谁咬的，看牙口不像是女孩儿。她敲了敲房门，没人应。到前台去确认，果然人已经退房走了。无可奈何，只能在微信上跟他说几句。

许家回了她一个表情包，并表示：他很好，现在拍摄结束了，他和史少杰的事，也该结束了。陈错不好过多干涉他的事情，只想着下次见到陆峥，让陆峥好好地跟史少杰聊一聊，让他开导一下史少杰。

可陈错没想到，结束了宣传片的拍摄，她根本就没机会再见到陆峥。平时发去的短信，五条回一条，周一到周五二十四小时驻扎在营地，周末虽然放假，但一有需要就被召回去了。才过一个礼拜，附近乡县发生泥石流，陆峥又被调去救灾了。

自从认识陆峥后，她才知道平日里能出动消防员的事，到底有多少。大到特大火灾，小到救猫、救狗、救小孩儿，掉坑里的、掉河里的、跳楼的，都要消防员去救，消防员们整天忙得团团转。陈错叮嘱过陆峥不下五回，让他别勉强自己，注意身体。哪知道陆峥在泥石流现场，又出事了，这次新伤叠旧伤，伤筋动骨，直接退出了救灾任务，被送回了家。

知道这件事的时候，陈错还在拍一个广告。消息是白田发信息告诉她的，不知他从哪儿知道了她的电话号码，跟她说了陆峥的事。还说现在陆峥一个人在家躺着，说不定连口热水都喝不上。

陈错又忧又气，广告片一拍完，她就一脚油门，回了家，先到自己家打包了一个行李袋，然后直接跑到陆峥家门口，急匆匆地按门铃。没人来开门，陈错更气了，用手拍着门，大声叫道：“陆峥！快开门！”

她没拍几下门，手就抡空了，门从里面被打开，一位中年妇人惊讶地看着她。陈错的手还保持着敲门的姿势，看着这妇人和陆峥几分相似的眉眼，立刻将手收了回来，下巴收敛，做出一副乖巧的模样：“阿姨好，我来看看陆峥。”

陆峥出事，直接通知了他家里。杨雪吓坏了，赶紧来看儿子。陆峥看着妈妈哭哭啼啼，又在闹着让自己换工作的事情，只能借口说饿了，让杨雪去做饭。才支开杨雪，陈错就来了，将他家的门敲得震天响。他艰难地从床上起来，拄着拐杖，慢吞吞地从房间里出来。

杨雪将陈错上下打量了一番，脸上立刻浮现出热情洋溢的笑容：“来来来，快进来。小峥，有姑娘来看你！”

她话音刚落，就听见陆峥的声音传过来：“你怎么来了。”

杨雪咬牙，恨不得将自己的儿子掐两下：“怎么说话呢，你？

陈错将门关上，把行李袋放到脚边，声音比平时温柔了八个度：“白田告诉我，说你受伤了，让我来看看你。”

陆峥看了眼她脚边的行李袋，努力忍着笑，说道：“你只是来看看？”

陈错背着手，脚后跟将行李袋往后边一踢：“只是来看看。”

杨雪看看坏心眼儿的儿子，又看看羞愤的姑娘，心里美坏了，恨不得立刻给陆峥他爸打个电话，报告这个喜讯。自己儿子英俊帅气，人品端正，就是一直不谈女朋友。他们夫妻俩也不敢催，就怕把儿子逼得更远了。谁能想到，儿子藏着这么个大美人。杨雪又看了看陈错那张漂亮的脸蛋，又想想，以后生下来的孙子，能有多可爱。

她不由得拍手说道：“哎呀瞧我，灶上还煲着汤呢，姑娘你快进来坐，还没吃饭吧，阿姨的手艺可好了。”陈错闻言，看向陆峥求助。这场面也太尴尬了，她贸贸然地跑来，结果没想到陆峥的母亲也在这里。看这情形，她可是把陈错看成儿媳妇了？

可是她和陆峥什么也不是啊，一会儿在饭桌上，要是问起了尴尬的问题，那可怎么办才好，陈错打算赶紧离开。陆峥看她求助的眼神，咳了一声说道：“妈，陈错不是很能吃辣。”

杨雪欢快地在厨房“欸”了一声。陈错更头疼了，但看着陆峥都拄着拐杖了，心里更气。

她走了过去，瞪着陆峥：“这就是你说的，会好好照顾自己，不会勉强自己的吗？”

陆峥不自在的移开视线：“还好，这次队里给我放了长假，应该能养好伤再回去。”

陈错眼睛都红了：“都这样了，若再不让你养伤，你可就不能再干消防了！”她有情绪了，皱眉把陆峥扶回床上，板着一张脸说道，“我要回去了，白田说你一个人在家，连口热水都喝不上，既然你妈妈在这里照顾你，我就先走了。”

陈错抬腿就要走，陆峥把她拉住：“吃完饭再走吧。”

陈错想把手抽出来：“我干吗留在这里，万一待会儿你妈问起来，说我是你的谁，怎么办？”

可陆峥还是不放手：“那我该跟她说你是我的谁呢？”

陈错故作凶狠道：“朋友、同事，行了吧！”

陆峥笑了，陈错更生气。陆峥揉着她凉丝丝的指尖，眉眼带了点儿疲倦：“陈错，别生气了，我下次一定注意，保护好自己。”

陈错听他示弱，明知道他说话不算话，但还是不忍心去为难这个状态的陆峥。她蹲在陆峥床边，将脸贴上了对方的手背：“那说好了，再不许骗我了。”

陈错从陆峥的房间里出来，杨雪就已经把菜都放到了餐桌上，招呼陈错去洗手。饭桌上，杨雪热情地给陈错夹菜，还问陈错是怎么跟陆峥认识的。陈错都一一做了回答，陆峥坐在旁边，闷头吃饭，跟个木头人一样，惹得杨雪很不满，把他掐了几下。还是陈错先开口，也没有很直白地让杨雪不要掐了，而是：“阿姨，陆哥不是受伤了吗。”

见姑娘护着儿子，杨雪高兴地问陈错：“今年几岁啊？”

陈错如实回答：“二十五岁。”

杨雪一击掌：“哎呀，我家儿子比你还小一岁，登对。”陈错闻言睁大了眼睛，上上下下把陆峥看了一遍，怎么也看不出他竟然比自己要小一岁。

她打量他的眼神太露骨，陆峥终于忍不住将眼睛从饭碗里抬起来，看了她一眼。陈错笑着移开视线：“陆哥跟您长得很像呢。”

杨雪笑着说道：“就眼睛像我，别的地方都像他爸，一样的倔脾气。”话音刚落，杨雪就惊觉自己失言，情绪有些失落，尴尬地朝陈错笑了笑。

陆峥将饭碗一放，愤愤地说道：“吃饱了。”

杨雪拉着他的胳膊：“再喝碗汤吧。”

陆峥刚拿起碗，陈错就配合地接了过去。汤就在她左手边，现在陆峥行动不便，还是由她来盛汤吧。陆峥将盛好的汤碗接过去，三两下喝完，再往桌上一放：“妈，你今晚回去吧。”

杨雪显然没了刚才的兴奋劲儿，小心地应了声。陆峥掀起眼皮，撩了陈错一眼：“你也回去。”

陈错攥紧手里的筷子：“我本来就没打算留下来。”杨雪看着这小情侣斗气的画面，心里有点儿失落，却又被填得暖暖的。

饭后陈错帮着洗碗，杨雪没拦着，她进房间找陆峥说话，问外面的姑娘究竟是怎么回事。陆峥躺在床上玩手机：“就那回事。”

杨雪“啧”了一声：“那回事是哪回事啊？是你女朋友吧。”

陆峥手指滑动着屏幕：“不是。”

杨雪惊了：“你别瞎胡闹，她要不是你女朋友，怎么会来伺候你啊。”

陆峥勾起唇角：“大概是救命之恩，无以为报吧。”

杨雪说道：“少给我扯这些没用的，你要是不喜欢，能让她进家里，跟我吃饭啊。”

陆峥终于把视线从手机上移开：“你都知道了，还来问我？”

杨雪又乐了：“那你们到底怎么回事啊？”

陆峥将手机塞回被子里：“成了再说，现在还什么都不是呢，你别一头热。”

杨雪刚走，陈错也要走，她到房间问陆峥要回她的高跟鞋。陆峥靠在床头看书，听到这话后往阳台上一指。一看露天阳台，陈错就心疼地皱起眉："你就把我的鞋扔到阳台上风吹日晒啊。"

陆峥将书一扣，转移话题："你换口红了？"

陈错笑了，将脸往陆峥眼前一凑："好看吧，周眉送我的。"

陆峥问道："谁？"

陈错凑得很近，连脸上细细的绒毛，都能看得一清二楚，在自然光下，淡淡的一层，像颗桃子，让人忍不住想咬一口。陈错提醒他："就是给你化妆的那个姑娘，文文静静的，你不是还让她给我送过衣服吗。"陆峥"嗯"了一声，也没再说还记不记得。

说到周眉，她又想起许家的事。于是坐在床头，手指捏着陆峥的被角，把自己的担忧说了出来，说完看了陆峥一眼："我也没别的意思，但许家总是被打也不是个事。这样对他不好，对少杰也不好。"陆峥听进去了，脸上带了些许沉思。这次史少杰跟着他去救灾，已经成为一名正式队员。

史少杰没再提起过许家，他也没去问。因为他觉得，男人的事，得男人自己解决。但如果像陈错说的那样，这事儿还是不对。少杰可别闹出什么心理毛病了。他拿出手机给史少杰打电话，第一次没人接，拨打第二次的时候才接通。史少杰讲话的声音有些喘，问他什么事。陆峥随口敷衍了两句，想着该如何扯到许家这个话题上。

史少杰是比他晚一天回来的，也还在假期。陆峥还没说两句，就听到有人在电话那头痛苦地呻吟，陆峥脸色一沉："你在做什么？！"

史少杰笑着说道："陆哥，我在跟人练手呢！"

陆峥骂道："你练个屁！你是不是在揍许家？！"

听到许家的名字，陈错便靠了过来，她隐约听见史少杰笑骂："许家跟你告状了？"

陆峥警告他："你别再浑下去了，我上次跟你说的话，你是一句没听进去是吧。"也不知道那边说了什么，陆峥脸色阴得可怕，然后便挂断了电话。

陈错忙问："怎么了？"

陆峥摇摇头：“他不想跟我说，让我别管。”

陈错没想到，史少杰连陆峥的话都不听了。陆峥突然掀开被子，拿起拐杖。陈错拦他：“你干什么，身体不要了？”

陆峥说：“我得去他家一趟，许家，可能在他家里。”陈错还没回过神，陆峥就已经站了起来，拄着拐杖到衣柜前，还回头望向她。

陈错茫然问：“怎么了？”

陆峥看向门口：“我要换衣服，你回避一下。”

陈错不紧不慢地从床上站起来：“要帮忙吗？”

当然不会要她帮忙，陈错被赶出房间后，等了好一会儿。待陆峥出来，她扶着他下楼，坐上出租车，前往史少杰家。路上她给许家拨了几次电话，没有人接，陈错难免忧心忡忡：“许家不会出事了吧？”陆峥皱眉不语，他不知怎么安慰陈错，因为就连他自己也不确定。

史少杰的家在棚户区，四处都是小巷，头顶上挂满了沉甸甸的电线。地上污水横流，旁边是污水渠，里面还有老鼠的尸体。陈错没想到，史少杰竟然住在这种地方，连出租车都无法通行。陆峥扶着拐杖，跟没事人一样快步如飞，她走他身旁战战兢兢，怕他摔倒再受伤。

幸好史少杰住在三楼，要不然陈错也不会愿意让他上去。走过那灰扑扑的走廊，阳台上还晾着鲜红色的内衣，有一家住户的垃圾堆在门口，口袋漏了，招来许多虫子。陈错扶着陆峥，脸色越来越难看。直到站在那灰色的铁门前，她忍不住问道：“你们消防员的工资这么低吗，他怎么住在这里？”

陆峥无奈地看了陈错一眼：“少杰他妈妈生病了，需要医药费。”他敲门，没多久，史少杰就把门打开了，见到陆峥，有些惊讶。陈错看着史少杰穿着简单，嘴里叼着一根烟，脖子上有指甲刮出来的印痕。房间里传来咳嗽声，陈错认得出来，那是许家的声音。

陈错想进去，史少杰拦着她，说道：“错姐，你这样闯进我家，不好吧。”他声音很大，跟说给谁听一样。

突然，房间里有东西被碰倒了，一阵叮当作响。陈错推开史少杰，就往里面走。外面环境差，房子里面却很整洁，家具很少。许家从卧室里出来，还反手带上了门，他吃惊地望着陈错：“错姐，你怎么来了。”

他神色惶惶，嘴角红肿，手腕上还有青紫的印记。陈错有些怒了：“不是让你别被打了吗，你怎么又……”

许家的脸色有些尴尬，推着陈错往外走：“我们走吧，错姐。”

陈错要回头检查许家到底哪里受伤了，可是许家牢牢地按着她的肩膀，不让她回头，只执拗地说道：“我没事，你别多想。”

陈错站着不动，她反手攥住许家的手腕，强硬回身，注视着许家的眼睛，认真地说道：“你不能这样继续下去了。”许家感觉到女人的手指，凉凉地搭在他的手腕上。曾经多少次，他想要牵着这只手，可现在不行了，从前是她不喜欢他，现在是他没资格追求她。

许家不说话，陈错却将他拉到史少杰面前。屋子里，陆峥坐在椅子上，盯着史少杰。史少杰靠在墙边，嘴里叼着烟，痞得不像是一个兵。他眼神凉薄地看着陈错将许家拉到自己面前，意味不明地笑了笑。

陈错对史少杰说道：“今天就把话说明白了吧，许家当初是做过错事。他那些事，再怎么补偿都没有用，如果你看他不顺眼，那就让他以后都别出现，你俩不再碰面，对你也好，对他也好，是吧。”

许家在后面拉了陈错一把，哀求道：“错姐，别说了。

史少杰将烟从嘴边取下：“这是我俩的事吧。”

陈错甩开许家的手：“对，没错，这是你俩的事。所以我之前从来没打算要干涉。可是许家被你打不是一次两次了，算上今天，足足三次。你这是把揍他当一日三餐，家常便饭了，是吧。”她继续说道，“我今天也没别的意思，许家他糊涂，但你是个明白人，你要是想找人发泄怨气，我建议你找个心理医生比较合适。”

这话一出口，史少杰就笑了，笑得手上的烟都掉了。他目光绕过陈错，直勾勾地落在许家身上：“听到了吗，以后别让我再遇见你。”

许家的手从陈错的衣服上松了下来，史少杰拇指蹭过眉尾，目光有些邪性：“你也别在自作主张，干涉我家里的事。你这种补偿，只让我觉得恶心。”

屋子里彻底安静了，陆峥站起身，让史少杰跟他谈一谈。许家听到陆峥的话，像被解了定身术一样，转身就朝门口走，脚步由慢变快。陈错急匆匆地跟陆峥说：“电话联系，一会儿我回来接你。”然后就跟在许家身后。

许家失魂落魄，在走廊上快步走着，跟逃似的，一脚踏进邻家的垃圾袋，渗出的脏水中，还丝毫不知。陈错踩着高跟鞋，跑不快，好半天才追上他。

许家被陈错拉住，跟个小孩儿一样，埋着头不吭声，也没反应。陈错只好把他带到一家药店，买了一些绷带和创可贴，给许家处理伤口。她处理好双手，就让许家掀开衣服，让她检查一下他的伤口。

以史少杰的性格，许家肯定不止是伤在手上。许家无力地摇头，拒绝了。陈错也不勉强，她陪许家坐了好一会儿，斟酌着起了个话头：“史少杰说，你干涉了他的家事，是什么意思，方便跟我说说吗？”

许家沉默了好一会儿，才用沙哑的声音说道：“我确实有负罪感，所以想弥补他一些。他不愿意接受调任，我就想着从其他的地方，补偿一些。他是单亲家庭，他爸知道史少杰被学校退学后，就不管他了。他妈妈还是想让他上好的学校，花钱进去都没关系。结果日夜操劳，熬坏了身体，倒下了。”

陈错没想到，这事竟然还有衍生。她想到刚刚陆峥说史少杰的妈妈在住院，没想到，竟然也和当年的事情有关。许家又说道：“我想，可能是因为他不肯再拖累家里，所以没读大学，就去当了消防兵。”

许家看着自己的双手：“我时常在想，如果当时我没那么蠢，这事儿是不是就不一样了。”陈错不知道该说什么，许家泛红着双眼继续说道，“错姐，你不知道当年他的成绩有多好，也许……他该有另外一种人生，我每次这么一想，就觉得……”他用手捶了捶心口，“这里过不去，闷得慌。我毁了一个人，我得背着这负罪感一辈子。”

许家又继续道：“他妈妈现在住在医院里，我没想着要干涉他们，我只是想给她找个好点儿的医生，调理身体，然后被史少杰发现了。”陈错静静地听着，她把手轻轻地放在许家的背上，慢慢地拍着。

她又听着这个大男孩儿说道：“史少杰说我虚伪，我确实是。我做的这一切，只是为了能让自己好过一点儿。我偷偷去看过他妈妈，他妈妈看起来太憔悴了，我不知道是不是因为我她才会这样，我不能想。错姐……我……”他说不下去了，用双手捂着脸。

陈错软声道：“许家，你知道错了，想补偿我明白。因为你会后悔，并且深深地内疚。有些人伤害了别人，并不会觉得愧疚。比起那些人，你要好很多。可是许家，想要补偿，不是这样的。既然史少杰不愿意你这样做，说明他根本没办法从你的那些补偿中，得到些许慰藉。这样对你对他，都没有任何意义，你明白吗？”

许家没有说话，陈错也没有再劝，她陪着许家坐了一会儿，等他的情绪稳定下来，就叫了辆车，把许家送回去。再转头去找陆峥，天色已渐渐暗了下来，下起了雨。

陈错脚步急促地往回赶，她不知道陆峥是不是还在等她。她拿出手机，给陆峥打电话，这才发现手机没电了。陈错加快脚步，雨好像有越下越大的趋势，她看见巷子尽头拐出来一个人，拄着拐杖，拿着伞。陈错放慢了脚步，陆峥看见她，便疾步走了过来。

陈错慢慢走了过去，明知故问地说道：“找我啊。”

陆峥皱起眉头：“手机怎么关机了。”

陈错道：“没电了。”

陆峥将伞挡在陈错的头顶上：“快回去吧，雨要下大了。”

陆峥一转身，她才看到陆峥的衣服上，沾了很多水，还有些脏。她赶忙说道：“你身上怎么回事，在哪儿碰到了？”

陆峥执着伞，故作镇定：“蹭墙上了。”

陈错怒道：“你骗谁呢！是不是摔倒了！在哪儿？让你等我吧，你出来找什么，现在还疼吗，要不要去医院。”

然后她的话音全消失了，因为陆峥抱住了她，温情地将她的后脑勺儿按在了自己的胸口上。感觉到怀里的女人不再激动后，陆峥才松开手，低声说道：“果然抱一抱你，就乖多了。”

第八章 多了个保镖

陈错直到被松开，才反应过来，她这是被哄了吗？还挺受用的，不过陆峥这一套一套的，究竟是从哪儿学来的？陈错扶着陆峥的手臂，叫来了车，他俩住在一个小区，但陈错要去他那儿拿行李袋。

本来心急如焚，收拾好行李要搬进陆峥家，反正陆峥也不碰她，他俩孤男寡女也干不出什么事情来，只是单纯想照顾他而已。没想到陆峥不愿意，在车上就让陈错把行李拿走，说他一个人可以。

陈错侧过身，眼睛盯着陆峥因为摔倒而沾在衣服上的污渍：“你确定？”

陆峥一本正经地把弄脏的地方，挪到身后压着，假装不存在：“我确定。”陈错也不跟他争辩了，大不了白天去陆峥家，晚上回自己家呗。

陈错到了陆峥家，也没有就这么走了。她脱下高跟鞋，换上拖鞋，进厨房，系上围裙，对着中午的剩菜剩饭大展身手。陆峥靠着门看她：

“我还是能够放微波炉热一下的。”

陈错将头发挽起，落下几缕，垂在耳边，听到他的话，瞪了他一眼：“锅里热的才好吃。”男士围裙系在她身上，就像一条大长裙，裙边一路落到了她的小腿前，藏蓝色的布边，衬得她的皮肤愈发得白。

厨房里热，没一会儿她的鼻尖就冒汗了，她随意用手背蹭了蹭，然后让陆峥别这样盯着她看。陆峥被赶到沙发上坐着，陈错踩着拖鞋，吧嗒吧嗒地走过来给他开电视。

火舔着锅，锅里冒着泡，屋子里很快就有了饭菜香。锅碗瓢盆的碰撞声，组成了家的味道。陆峥觉得这种感觉很奇妙，像是有股柔软的情绪，一下撞进了他的胸腔里，裹得他那颗跳动的心暖暖的。

陈错端着两个盘子出来，脸颊热得通红。她把饭菜都端上桌后，就去浴室洗了把脸。陆峥看她脸上湿漉漉的，眼尾微挑，沾了些许粉意，只觉好看。晚饭过后，陈错收拾碗筷，得意扬扬地说道：“微波炉热菜容易，洗碗难吧。你该谢谢我，等你身体好了后，也要帮我洗碗。”

一切收拾妥当，陈错提着行李箱就要走。陆峥拄着拐杖，要和她一起。陈错摆手：“我家跟你家两百米都不到，你这个伤患就别送了。”况且小区里很安全，只是路灯不够多，有些黑罢了。

陆峥拇指摩挲着拐杖：“我只是下去买点儿东西。”自作多情的陈错“哦”了一声，不是很高兴。进电梯，出单元楼，除了脚步声，还有第三个声音。拐杖驻地，声音又重又沉。

陈错听着那有节奏的声响，有些难过起来：“下次，记得要保护好自己。”月光被雾拦住了，灯下扑满了飞虫，他俩的影子很长，在夜色里缠在一起，陆峥沉默着。

他没有去楼下的便利店，经过便利店时陈错说道：“你不是要买东西吗？”陆峥说这家店没有他要买的。他也不说究竟要买什么，直到陈错停下脚步，指着不远处的一栋楼说，她到了。夜里的姑娘眼睛很亮，以一种狡黠又明了一切的语气问：“陆队长，你要买的东西，买到了吗？”

陆峥将重心放在了拐杖上，低声说道：“买到了，这不就到了吗。”

他意有所指，陈错只得认输，真是撩不过这个男人。

陈错仰着头："那你是因为不喜欢，所以退货吗？"

陆峥沉默了一会儿："我是怕收件人不是我，送错了。"

陈错听到这话，直接愣住，陆峥朝她摆摆手："上去吧，晚安。"陈错站在原地，看着陆峥走远，那背影还是一如既往的坚定、有气势，根本没有因为行动不便而被影响。

她小步跑了上去，从后面抱住了陆峥，嘴唇若即若离在对方的颈部，轻声道："晚安，愿你梦里有我。"

陆峥被逗笑了："梦里有你做什么。"

陈错也跟着笑："做春梦啊。"在陆峥又开始教育她前，她赶紧跑进了楼道里，留下一连串放肆的笑声。陆峥看着陈错的背影消失在楼道拐角，他自己都不知道，他的眉眼都在笑。

陆峥在家几天，陈错就天天去报到。前几天还会穿着紧身裙，化着完整的妆，跟要把人吸干的妖精似的，摇曳生姿地在陆峥面前晃来晃去。可惜陆队长不解风情，落花有情流水无意，陆峥生病在家的时候没事干，除了看书就是打游戏。

一个礼拜后，陈错就生气了，她天天打扮得美美的，就给瞎子看了是吧。她不去了，给陆峥点外卖，反正陆峥打游戏，吃外卖还方便一些，她生气地想。

肖春给她接了个活，要去一个礼拜，问她接不接。陈错没有立刻回，而是给陆峥发微信，说自己要离开走一个星期，让他妈妈来照顾他。陆峥回了个言简意赅的字，好。把陈错气得想晕过去，穿着件睡衣踩着双拖鞋，散着头发去找负心汉。

她是没有形象了，在他面前也不在乎形象。女为悦己者容，陆峥令她很不悦，她也不想再花心思打扮自己了。她冲到陆峥家门口，开始一通乱敲，门打开，烟味酒味烤串味，一下全涌了出来。

白田拉着门，看陈错这一身打扮，眉开眼笑地说道："错姐！你这是怎么回事啊？！"陈错僵着身体，一步步后退，转身就想狂奔。一边跑还听到白田在她身后高声喊，"陆哥，错姐来看你，但又跑了，陆哥！快去追啊！”

陈错恨不得堵住白田的嘴，又想自欺欺人地捂着自己耳朵。她刚透过白田的手臂往里看，看到一群人，虽然都穿着便装，但看体格和气质，就知道都是陆峥的队友。

她上次在陆峥母亲面前丢人就算了，这次更丢人，穿着睡衣，跟个疯婆子一样，见陆峥的兄弟，她不想活了！

陈错埋头狂走，进了电梯，疯狂按关门键。“嗙”的一声，门被人稳稳地推开，陆峥喘着气，将电梯门挡着：“你跑什么？”

陈错缩在电梯角落，疯狂摇头：“我不进去！”

陆峥一看她这身打扮，眼里就带着笑：“之前来见我的时候，不还好好的吗。”

陈错气得脸都红了：“都怪你，都怪你！”

陆峥哄道：“都怪我，你来都来了，进来吧，兄弟们都认识你，你也眼熟他们吧，跑什么。”

陈错还是摇头，甚至把手背到身后：“不行，他们没见过我这副邋遢的样子。”

陆峥见她不出来，也进了电梯，端详着她的脸：“哪里不好看了，脸好看啊。”陈错身上的睡衣有点儿幼稚，粉色底，派大星的图案，搞笑至极。

她今天存心想用这件睡衣来刺激陆峥，告诉他老子不想为你打扮了，你爱看不看。哪知道，最后丢人的竟然是自己，她快气晕了。

陆峥伸手去拉陈错，陈错背着手，恨不得把自己嵌入电梯的墙壁里，她十个脚趾头蜷得紧紧的，尬得头皮发麻。陆峥又拉了她一下：“他们都知道你来了，你再回去换衣服也来不及了。”

陈错恼怒地看了陆峥一眼：“谁说我要换了衣服再回来，我回去就睡觉。”

陆峥笑着说道：“好好好，我送你回去。”陈错又不高兴了，她“哼”了一声，将头发顺了顺。确实穿得不好，这不是还有一张脸吗。美人穿麻袋也是美人，她拍开陆峥的手，出了电梯，朝他家走去。

进到屋里，烟酒味、卤味，还有一张张憨笑的脸，陈错淡定地跟他们打招呼，其中一位长着国字脸的小伙子，冲着陈错嘿嘿一笑：“陈大摄影师，巧啊，没想到咱们还能再见。”

陈错拍过这张国字脸，大家都叫他老其。是消防队里的侦察员，上次陈错受困火海，被救下来后，老其还来给她送过水。这时陆峥从门外进来，老其大笑：“老陆！连拐杖都不拄就往外跑，腿不要啦！”他话音刚落，满屋子的男人都在大笑着起哄。

陈错自然地从桌上拿起一个橘子，慢慢剥，全当没听见，也没感觉到大家在她和陆峥身上来回扫射的暧昧视线。陆峥将身子斜斜地往墙上一靠，半挑眉半威胁道：“别闹啊。”

长得比较黑，牙却很白的那个年轻人，才十九岁，叫李柏，念起来和著名诗人名字同音，他叫道：“哎哟，亏咱哥儿几个怕老陆在家养伤寂寞，刚从灾区回来，就巴巴地来看他了。你们看看老陆，一点儿都不老实！”

陈错将一瓣橘子放进嘴里，有点儿酸。这时白田倒了杯啤酒递给陈错：“姐，来一口吗？”

陈错刚要接，陆峥低沉的声音就从旁边传来：“别给她喝酒。”

陈错的手非但没停，接过来后，举起来跟这些人说：“今晚我也就过来串个门，没想到你们都在，打扰你们聚会，是我对不住了，来跟你们碰一杯赔罪。”

见她这么豪气，大家也不是扭捏人，都纷纷跟陈错碰杯，直当没听见陆峥说的话似的。陆峥在旁边看着自己的兄弟，还有一口干的女人，只觉得头疼。

陈错把气氛热起来了，陆峥只好坐在旁边，劝他们少喝一点儿。他有伤在身，忌酒，只能看着他们一群人瞎胡闹。陈错才来找过他发酒疯，今晚要是醉了，他还能把人好好送回家吗？睡他家其实也可以，但他俩没确定关系，好好的一个大姑娘，连续两次睡他家，不太好，这是他对陈错不负责。

酒过三巡，李柏嘴上就不把门了，他跟陈错说：“我跟白田一起喊你姐，可以吗？”

陈错笑着点头：“当然可以，你本来就比我小。”

李柏抱着酒瓶子，醉蒙蒙地说道：“姐，实不相瞒，你刚到咱们营地的时候，就跟个仙女似的，穿着条白裙子，我当时就在想，这是哪个女演员啊，真好看。”

老其一巴掌拍在李柏的后脑勺儿上，把小伙子拍得一个摇晃，语气很不和气地说道：“没那个酒量还喝那么多，说什么胡话呢。”被称为仙子的陈错看着自己一身派大星，又一次后悔没能维持住形象，谁不喜欢被夸呢，陈错脸上的笑容更灿烂了，还看了陆峥一眼。陆峥面沉如水，倒看不出个什么情绪。

李柏委屈地抱着头：“我还没说完呢！”他打了个酒嗝，接着说道，“姐，咱们干的都是出生入死的活儿，每天出警之后，我最期待的就是，晚上能吃到食堂香喷喷的饭菜。”他这话题一下就变得沉重起来，大家都不说话了。

李柏脸上仍然挂着傻兮兮的笑：“陆哥是咱们队里的主心骨，只要他说能成的事，咱们都不怕。我总想着啊，陆哥这么好，什么女人才配得上他。后来啊，我真想不出来。可你出现了，姐，你跟陆哥，真的要好好的……”话说到后面，尾音渐弱，李柏滑了下去，倒在了老其腿上，睡着了。

大家的情绪也没刚才那么高了，老其说要送李柏回去。白田和另外两个人自然不会那么没眼力见儿，都说时间晚了，该走了。走之前白田他们还帮忙收拾了客厅，贴心地带着垃圾走了。

陆峥从椅子上站起来，对陈错说：“你也走吧，我送你。”

陈错稳稳地坐在沙发上，又喝了一杯啤酒。陆峥皱眉，过去将杯子从她的手里夺过去：“够了啊，再喝就醉了。”

陈错一把抓住他的手，用滚烫的脸颊去揉陆峥的手背：“你刚刚为什么不反驳他们啊。”

陆峥看着陈错绯红的脸，低声说道：“反驳什么？”

陈错抬起头：“反驳他们说我们很配的话啊。”

陆峥手指抽动了一下，指关节蹭过她脸部的皮肤，很滑，很嫩，和他想象中的触感一样，让人觉得眷恋。

他说："没什么好反驳的。"

陈错醉乎乎地说道："怎么就没什么好反驳的，你根本，不同意啊……我追了你这么久，你都不肯和我在一起。"说到这里，嘴巴还嘟了起来。

陆峥看着她的唇，反问道："难道我们不配吗，为什么要反驳。"

他这话让陈错猛地睁大了眼睛："你说什么？陆峥！我听见了，你觉得我们也般配，对吗？"

陆峥却把手从她手心里抽出来："时间不早了，快回去吧，走，我送你。"

陈错突然躺在沙发上，睡裙掀起一个小角。她跟耍无赖似的："我不走，你别以为我好糊弄，你不把话说明白，我就不走。"

陆峥看着她胡闹的模样，蹲了身去，把那些缠在陈错颈项的头发，轻柔地拨开："陈错，我不是一个玩具，是你哭着吵着，就能得到的。"

陈错无辜地看着陆峥："我没把你当玩具啊，你瞎想什么呢？"

陆峥深深地看着陈错的脸，他眼里有许多情绪，都是陈错看不明白的，陆峥手指上缠着她的一缕头发："陈错，你心里有其他人，何必来招惹我呢。"

他话音很轻，可该听的人，却没听到。因为陈错已经不胜酒力，睡着了。她的头发还缠在陆峥的手上，发质柔软，凉凉的，陆峥撑着沙发，缓缓将唇压在了陈错的唇上。他在她睡着之后，才敢去偷一个吻。却那么轻，像是生怕惊醒谁的梦。许是她，又或者，是他。

陈错是被渴醒的，她睁开眼的时候，已经在陆峥床上了，窗帘开了个小口，一缕温柔的光洒了进来。床头柜上放了一杯水，杯子盖着盖，一摸，触感还是温的。他知道她醒酒之后，会口渴。

陈错根本不知道自己是什么时候睡着的，她喝下半杯水，看着半掩着的门，屋外还传来轻微的翻炒菜锅的声音。真是个居家好男人，她心想。

推开门出去，陆峥刚好端着一样小菜出来，放在桌上，动作还有些僵硬。后知后觉的陈错才想起来他受了伤，她揉了揉眼睛，说道："你为什么不等我醒了我来做啊，你伤还没好呢。"

陆峥端出热腾腾的粥，陈错走上前来接，陆峥避开，着急地说道："烫。"然后放到了桌上。

陈错问道："你端着就不烫？"

陆峥回答道："我手上长了茧，不怕烫。"陈错要看，陆峥不肯给，但架不住他缠，只好摊开手，让陈错的手指在他手上的老茧处滑来滑去，很暧昧，带点儿挑逗的意味。

最后他忍不住了，一把将陈错的手指头攥在手心里，低声道："还闹吗？"

陈错笑着说："不闹了，我乖乖吃饭。"

等陈错洗漱完出来，桌上已摆了好几个菜，有小炒土豆、糯米甜藕、还有溏心蛋，都是些配粥的清淡小菜。陈错喝着粥，才想起来自己今天就要去干活了，没法在这里多待。她赶紧将粥喝了一半，把长头发用手腕上的皮筋扎起，还趁机摸了把陆峥的脸："乖乖在家养着，等我赚钱回来养你。"

还没等陆峥开口说话，她就三两口把蛋给吃了，穿着自己的拖鞋，溜之大吉。陆峥看着门被关上，听着陈错趿着拖鞋离开的声音，笑着摇摇头。他看了眼陈错碗里喝剩的粥，挪到自己面前，想着下次一定要好好训训她，让她记得把自己碗里的饭吃完。边想着边把陈错碗里的粥喝得干干净净。

陈错没想到，她回来的时候，陆峥根本就没在家。这家伙竟然才休息半个月，就回部队了。陈错去他家，家里没人，打电话也没人接，发短信，晚上才回，陆峥说在营地，陈错忧心忡忡，问伤有没有好一些。

陆峥说自己恢复能力好，也习惯了训练强度，在家待着快闷死了，就回部队训练新兵了。短期内不用出警。也不是不想出，只是他现在身体未愈，出警要是因为伤势复发，耽误了救人，那是对人民的不负责任。

陈错想去看陆峥，但现在不比从前，进营地要办诸多手续，繁杂得很，她咬唇：“你如果想见我，我还能进不去吗？”

陆峥顿时沉默不语，陈错又接着说：“你知道我一个礼拜后就回来了，不会等等我吗？”陆峥那边还是没有说话，陈错又问，“你是不是不想见我？”

话音刚落，那边竟然挂断了电话。陈错看着手机，不敢相信陆峥就这么无端地挂断了电话。明明她走之前，这男人还为她洗手做羹汤，怎么才一个礼拜，就无端地挂她电话了。这男人心海底针吗，陆峥到底在想些什么？

沉默不语的陆峥，其实没挂电话。

陈错打来电话的时候，陆峥正站在水槽边洗衣服。记得今天陈错要回来，刚结束训练，就进宿舍翻出手机，给她回了条短信。衣服洗了一半，陈错电话就来了。他将湿淋淋的手往裤子上一抹，拿出手机，没说两句。白田这个欠揍的，挤眉弄眼地从后面撞了他一下，还笑嘻嘻地问是不是错姐打来的电话。陆峥的手本来就湿滑，一个没握住，手机直接掉洗衣盆里，拎出来就黑屏了。

白田听到“咚”的一声，还不知道自己闯了大祸，还在问是什么声音，掉了啥东西了。见陆峥转过身，脸色黑沉，手里握着报废的手机，当下脚底抹油，溜之大吉。

白田躲进宿舍，偷摸着拿出手机，给姑娘发短信，说自己今晚怕是不能活命了。这话把姑娘吓了一大跳，直追问发生了什么事，是不是受伤了。白田这才发现自己用词不当，赶紧解释，说陆哥在跟错姐打电话，他撞了陆哥一下，把陆哥手机给碰掉了，今晚陆哥铁定揍他。

姑娘哈哈大笑，说他活该。白田刚要回短信说你有没有良心啊，手机就被陆峥抽走了。白田“欸欸”了两声，眼巴巴地看着陆峥：“哥，咱这还在跟人聊天呢。”

话音刚落，手里就被塞了一台死机的手机，陆峥垂眼望他：“用这个吧。”

白田可怜巴巴地说道：“至少让我跟她道个别吧。”陆峥不是有心想看，但跟白田聊天的姑娘，就用的是自己的照片当头像。他认识这个姑娘，叫小松，是化妆组的。

陆峥似笑非笑地瞅着白田：“挺能干的啊。”

白田把手机要了回来，脸上挂着贱贱的笑：“陆哥你不也是吗。”

陆峥推了他脑袋一把：“德行。”白田回复完短信，就把手机递给陆峥。陆峥把手机随手揣兜里后，就开始穿衣服，系扣子。

白田不明白，问道：“大晚上的，你这是要去哪儿呢？”陆峥看了他一眼，不说话，还去洗了个脸，整了整头发。

他这副模样，白田就明白了：“错姐电话里说，她要来吗？”

陆峥头也不回：“没说。”

白田想歪了，不由得说道：“我的天，陆哥你这是要出轨啊，不行，不行，虽然医务室的兰医生气质还成，但这不是没我们错姐好看吗，陆哥，你可不能眼瞎啊。”

话音刚落，陆峥没忍住又给了他一下：“胡说八道什么呢？！”

白田很无辜地说道：“你这又穿衣服又整头发的，肯定是去见女人啊，但错姐不是没说要来吗？”

陆峥整了整领子：“她要来的。”白田这下搞不明白了，可是陆峥已经迈步往外走了，拦也拦不住。

陆峥走到营地门口，跟守卫说了两句，然后打开门，走了出去，站在门口。

陈错刚从车上下来时，夜风还有些凉。她裹紧了身上的外套，看向门口，拿手机的动作就愣住了。因为她看到大门口，有人站在那儿。影子被拉得很长很长，站着的姿势，像盏孤灯，又像一把枪。像是在那里，等了她很久很久，宛如第一次见面，他在门后，她看他。这次他在门前，朝她走来。

一股突如其来的柔软抓住了陈错的心，让她的心跳，一拍快过一拍。这样的情绪，不止一次，却从来没有今天这样强烈。也许是那一次次堆起来，直到心口难以盛下，溢了出来，就像破了口的软心糖，甜透了。

是那些瞬间，是在陆峥给她外套，她看着外套上的名牌；是在火里，陆峥破窗而入；是在地震中，她抱着他的安全帽；是在早上醒来，他为她做的早餐；是在她光脚时，递到面前的一双拖鞋……还有现在，猜到她要来，候在门前等她的身影。她总说她要等，要等地震中救她的那个人，不然对陆峥不公平。可从来没有想过，这种等待，也是一种不公平。

她为什么要等呢，她就是移情别恋了。那抹深深刻在她身上，橙红的身影，不知不觉，被陆峥渗透了，她再也没想起那个人，如今满满的，都是眼前这个男人。

她朝陆峥跑了过去，薄外套在她手臂后面掀起，就像翅膀，带着她一路坠到了陆峥怀里。陆峥被她冲得只后退了一步，就稳住了身体，陆峥没有搂她的腰，而是按住了她的后脑勺儿，低声问："怎么了，我还以为你会生气呢。"

陈错将脸埋在陆峥怀里摇着头，她紧紧搂着陆峥的腰，想这样永远沉醉在他怀里不愿醒来一样，陆峥轻轻地捏着她的脖子，问道："怎么了，发生什么事了？"

陈错心口的爱意和冲动，难以言表，陈错不禁说道："陆峥，我们在一起吧。"陆峥的动作停住了，他好像有些不知所措。

陈错从他怀里抬起通红的脸，眼睛特别亮："我是认真的，你当消防员不能陪我，没关系，我会来找你。没有钱，没关系，我可以去赚钱。不安全没关系，我相信你会保护好自己。"

她看着陆峥一点点睁大的眼睛，继续说道："陆峥，我脾气坏，反复无常，刚开始还不真诚。我知道我那样很不好，可我真的喜欢你。"

陈错的手搂在陆峥腰上，轻轻晃了一下："你就从了我吧，好不好。"陆峥还是不说话，让陈错的兴致勃勃，慢慢冷了下去。

她有些害怕地看着陆峥，追问道："你……不想要我吗？"

陆峥将陈错推开，让她站好。他看着陈错，抱起双手："陈错，如果和我在一起，就不能想其他男人了，你能做到吗？"

她忙不迭地点头，陆峥却说道："就连地震中救你的那个人，听说和我很像的消防员，也不能想，知道吗？"

陈错惊讶道："你怎么知道他的？！"

陆峥：“你别管我怎么知道的，就问你同不同意。”

陈错下意识地挺直腰，仰着脑袋：“我同意！”

陆峥本还冷着一张脸，在听到陈错像做报告似的，喊出一句我同意后，脸上的表情，才渐渐回暖。他再也不掩饰自己，开怀地笑了出来。

陈错看着他笑，也笑了：“报告长官！”

陆峥饶有兴趣地望着她：“说。”

话刚说完，眼前这个女人，就歪着脑袋，张开双手，软绵绵地说道：“能不能给你女朋友一个抱抱呀。”

陆峥伸手扣着她的腰，将她带了过去，却不止给她一个抱，而是寻到了她的唇，狠狠地吻了下去。陈错惊喘着，搂住了陆峥的脖子，任由男人将她的唇撬开，舌头强势又不失温柔地顶了进来，缠住了她。

陈错本来以为，上一次在酒店的吻，就足够让她神魂颠倒。却不承想，两情相悦的吻，更让人深陷其中。她脑子里一片空白，身体也变软了，化在陆峥怀里，像一汪水，被陆峥勾着腰捞起，吻住了她的唇。

她感受着男人紧绷的肌肉，还有那压在她脖子上，粗粝的指头。他舌头有力，唇间还有好闻的味道，这些，如今都是她的了，这个从第一眼就看中的男人，终于属于她了。

陈错被缠狠的双唇间，发出近乎欢愉的轻哼。她不甘示弱地回应着陆峥，吮咬着陆峥的下唇，恨不得让这个男人嘴唇肿上许多天，让所有人都知道，这男人有主了，是她陈错的。

陆峥感觉到身体的热度一节节攀高，他克制地离开了陈错的唇。月光下，女人头发微乱，被他吮肿的嘴唇轻轻张着，双眼也朦胧又迷糊。她的眼她的唇，她整个人，都在散发着还想亲吻的情绪。她追上来，要找到他的唇。

陆峥不想出丑，身体的反应可没那么容易消退。一会儿他还要回宿舍，大门口的守卫兵说不定已经注意到他们了。种种忧虑，可在陈错追吻上来后，又无法再想起了。

无法控制情感的不只是她，她将他卷进这个漩涡里，无法脱身。她是他曾经不会考虑的错误，在他来得及阻止时，就已经强势留在了他的生命里。

而他只希望，这个错误能停留久一些，越久越好。

结束这个吻时，陈错的脑子还是有点儿晕。她感觉到陆峥的手指轻轻压着她的下唇，在她耳边低语："我说过，到时候我来吻你。"陈错心动得不行，整个人都飘起来了。

等她找回意识，她又突然羞涩起来。要知道，她曾经以为这种小女人式的娇羞不可能会出现在她身上，果然人不能太铁齿。她陈错，现在刚表白，被接受，然后接吻之后，诡异地害起羞来了。

想着今晚太不正式了，她穿着随便，来得时候满腔怒火，最后却收获了一个男朋友，不远处还有两个守卫兵。陈错推了陆峥一把："我先回去了，下次不许挂我电话！"说罢不等陆峥回话，就转身往车子的方向跑去。

还没跑几步，就听见那两个守卫兵起哄地叫了起来。果然！刚刚被围观了！陈错让自己冷静，毕竟她也是个成熟女人了，不就是交了个男朋友吗？不就是接了个吻吗？冷静！一切都没什么。

她开门上车，把脸埋进双手里，心跳越来越快，让她忍不住赶紧开了空调，调低温度。她现在太热了，刚刚在陆峥怀里的时候，她不止被吻得浑身发麻，小腹也酥软……

手机在这时候响了起来，是白田的手机号码发了一条短信过来：我是陆峥，刚刚挂你电话是因为手机掉水里，泡坏了，大概这几天都联系不上了，周末等我。"

陈错一下坐直身体，看着手机，怒了："有没搞错，刚开始谈恋爱，就失联啊！

肖春来找陈错吃饭的时候，陈错敷着面膜哼着歌来开门。肖春看她心花怒放的模样，开口就说道："把人泡到了？"

陈错穿着件蕾丝吊带，裙摆刚过屁股，脸上顶着面膜还冲肖春扭了扭屁股："好看吗，性感吗？"

肖春笑着给了她屁股一巴掌："你干什么呀！"

陈错撕下面膜，揉着面膜水："你说这男人，刚得了我这么个如花似玉的女朋友，他头也不回就回营地训练去了，还跟我说手机坏了联系不上，让我等他。”

陈错忍不住踢了一脚沙发，把沙发垫踹得都震了一下：“这周末怎么还没到呢！”

肖春斜斜地看着她：“你看你这欲求不满的样子，以前不是都嫌男朋友缠人，说要找个体贴懂事不干涉你的人吗？”

陈错倒在沙发上：“以前是以前，他不一样，我倒是想他管我来着，别让我连人都见不到。”

陈错拖着腮帮子，裙子太短，胸前又低，动作间，白腻间挤出一条深沟，看得肖春都有些受不住：“姐姐，你漏沟了，注意形象。”

她坐起身，拿出手机，又扔开，这才跟肖春说：“别出去吃了，我做给你吧。”

肖春忙道：“可别，你的剧毒料理，我不想尝试。”

陈错已经把围裙系上了：“不行，你必须给我吃完再走。”

肖春哀号：“陈错，你还有没有人性，我不吃，我不吃！”说着不吃的肖春，最后还是吃了，味道没想象中那么坏，但也好不到哪儿去。

她看着陈错将头发扎起，白净的脸上和眼睛里，全是光，那是和以前完全不一样的状态。自从陈错经历那场地震后，她自己感觉不到，实际上性格却大变了。

从前是那么爱玩，到处闯的一个人，后来大门不出二门不迈。除了接活儿，基本都不怎么出门了，跟人交流也是淡淡的，心事一个人藏着。有次肖春来，还发现陈错竟然对着某个地方说话。她吓坏了，心里全是担忧，可是再忧也没用。陈错有去看心理医生，也配合着出门，在聚会上仍是耀眼的，可从里面，就不一样了。她的眼睛太安静了，找男朋友一个接一个，跟强迫症似的，把生活过得乱七八糟。

而现在的陈错，精气神都好起来了。虽然她不认为那位消防员是一个很好的对象，可就目前为止，只有他能让陈错重新活过来。什么是好的？能让伴侣变得更好，就是好的。她打心里祝福这一对。

有了肖春做试验品，陆峥放假的那天，陈错终于接到电话。她用肩膀和耳朵夹着手机，看着火，把自己家地址报了过去，让陆峥来。陆峥显然有些犹豫：“过去做什么？”

陈错差点儿被他逗笑：“能做什么，我还能吃了你不成！”

陆峥也跟着笑：“难说。”

陈错没好气地说道：“我煲了汤，你喝不喝？”她知道消防员辛苦，日头正晒，她怕陆峥暑气太重，特地煲了清淡的汤给他喝，其他的等她学会了，再做。

挂断电话，她快步跑进浴室，看自己有没有蓬头垢面，又换了一件黑色吊带裙，脖子上戴着一块用红绳吊着的玉坠，皮肤显得愈发得白。

陆峥按响门铃时，陈错过来开门，一见面就报了一串数字给他。陆峥站在门外，淡淡地望着她问道：“什么？”

陈错扶着门笑得妩媚：“开门密码啊。”话音刚落，陆峥的手就上来逮着她的脸掐，把她的笑都掐散了。

陈错掰开他的手，细细的眉头皱在一起：“你干吗？！”

陆峥松了手，又扶着她的腰，将他搂入怀中：“一看你笑啊，我就想捏你。”

陈错双手跟着攀上了陆峥的背：“你这是什么恶趣味？”

进到客厅，陈错端着汤出来，陆峥看着那碗汤：“你不是不会做饭吗？”

陈错把碗放在桌上：“不会做饭，煲个汤还是会的。”

陆峥喝了一口，没有如陈错所愿地露出赞赏的表情，说道：“味道还行。”

陈错：“只是，就还行？”

陆峥抬眼，伸手去拉陈错，本来是让陈错坐得离他近一些，没想到陈错倒是直接坐到了他的腿上，勾着他的脖子说道：“不好喝？”

女人香扑了个满怀，陆峥的脸以肉眼可见的速度，泛起红来，但也没被她转移注意力，而是握着她的手，垂眸道：“你没必要为我学这些。”

陈错双眼微睁：“你不喜欢？”

陆峥摇了摇头，说道：“不是不喜欢，只是想着，你的手太好看了，和我在一起以后，变难看了怎么行。”陆峥的手，骨节分明，也大，将她白细的手攥在掌心里，十指一扣，她感觉到了这个男人想要宠着她的心，这份心意让她心里暖融融的。

感动还没多久，陈错就感觉到了异样，她忍不住动了动身子，就被陆峥掐住了腰。他手指长，轻轻松松拢住了她的腰。陈错有些痒，忍不住笑出了声。陈错坐在他身上没多久，陆峥就感觉身上有股火在燃烧。他故作镇定，还面无表情，卡在她腰上的手却久久不愿松开。

陈错柔声道：“陆队长，陆峥，阿峥，峥哥，哥？”叫到最后一声，嗓音又轻又哑，几乎是贴着他耳根喊的，一股热意送到他本就通红的耳垂上，陆峥忍不住手上用力，掐得陈错大叫着喊“疼”。陆峥赶紧松开了手，陈错却趁机贴了上去，手臂缠着他的脖颈儿，胸前的柔软紧挨着他，裙子领口松下去了一些，那块翠绿的玉坠，陷进了胸前的细缝里，露出一半，半遮半露，活色生香。

陆峥哑着声，身体往后靠，双手扶着陈错的腰，想让她起来：“别闹了。”

陈错面带无辜：“我和我男人亲热怎么了，我没有闹啊。”

陆峥忍得额露青筋，只能硬声道：“你再不起来，我就来真的了。”

陈错大笑，笑得身体一颤一颤的，她意有所指地说道：“陆峥，你已经够真了。”

他双手穿过陈错的膝盖，一个公主抱，把她托了起来。陈错吓了一跳，看着陆峥精准地找到了她的卧室，她急促地说道：“等等，我这里，这里没有安全套！”她这话更是让陆峥的脚步加快了一些，几乎是小跑跑到床边，把陈错往床上一丢。

陈错有些蒙了，以为她把陆峥招惹得兽性大发，要把她给办了。

哪承想陆峥把被子掀开，将她裹在里面，直接把她卷成春卷，动弹不得。

陈错气得脸都青了：“你又来这一招！！！你能不能有一次把我抱上床是干正经事的！”

陆峥被她逗笑了，陈错艰难地在被子里动着：“笑什么笑，不许笑！

快放开我！不再调戏你就是了！”

陆峥双手压在她被子两端：“真的不闹了？”

陈错被裹得脸颊红红的，头发在床上乱成一团：“不闹你了，放开我吧。”

陆峥见把她惹火了，赶紧把她松开。被子刚展开，陈错就一跃而起，挂到了陆峥身上，企图把他扑倒在床上。可惜陆队长身板结实，陈错气势汹汹地压上去，除了撞到了自己的胸，疼得鼻子皱紧之外，陆峥腰板铁直，稳稳当当，没有被她动到分毫。

陈错“哼”了一声，想从陆峥身上下来。没想到，陆峥反而搂住她的腰，要亲她。陆峥的吻落在了她的耳垂上，轻轻的，像蜻蜓点水，一掠而过：“不生气了，别胡闹，我只想好好珍惜你。”

这时，陈错的眼神突然诡异起来，她骑在陆峥身上，上看下看，犹豫道：“你该不会是……”陆峥一看她那眼神，就知道没有好话。果不其然，陈错笑出一口白牙：“没有经验吧，我的陆队长！”

陆峥的脸顿时涨得通红，神情严肃地把陈错跟袋大米一样往旁边一搬，就要走。陈错笑得上气不接下气，团在床上，满脸通红，头发像花一样散开来，那块玉坠也从她胸口被挤了出来，躺在了床单上。

陈错也不拦他，自己在那里笑得正欢。没想到脚踝被陆峥的手一攥，那粗糙的掌心，跟带着火似的，捉着她，往下拖。陈错尖叫起来，裙子掀在了大腿上，陆峥压在她身上，将她两个手朝脑袋上按着，就吻住了她。

吻是热烈又霸道的，吮得她生疼，张开嘴，就被攻了进来。陈错有些喘不上气来，陆峥单手攥着她的一双手，另外一只，却从她的曲起的右腿处，钻进了她的裙子里。

陈错身体都僵住了，她身上压着男人沉甸甸的身体，很热，摸在她腿上的手，也火燎似的。

陆峥的手停住了，他离开了她的唇，他眼里有火在燃烧，视线在陈错的身上扫射着，他的脸凑到了陈错胸前，陈错忍不住双手扣着陆峥的手。

只是预料中的感觉并没有来，陆峥只是含住了那块玉，轻轻叼起，眼里带笑地望着她。嘴一张，玉带着些许的湿润，重新落到了她身上。

陈错怔住了，陆峥似笑非笑，露出一股陈错从没看到过的痞劲儿，他说："你比我看起来，好像更没经验的样子。"陈错回神，干咳一声："谁说的。"

话音刚落，腿间那处又被撞了一下，陈错惊呼着缩起两条腿，夹住了陆峥的腰，求饶道："放开我吧……。"陆峥埋头在她的脖颈儿处，吻着她颈部的细腻皮肤："不要轻易招惹我，知道吗？"

陈错乖乖地点头，然后在陆峥脸颊上亲了一口，全当示弱。

陆峥以为是她老实了，正要起身，怎知身子才起了一半，双腿间就撞到了陈错的膝盖，不轻不重地往他要紧处一顶，那力道轻佻，膝头还在那处缠绵地蹭了蹭。

陆峥一下松开了陈错，赶紧站到了床边："你真是！"陈错在床上换了个姿势，眼睛斜斜地往上一挑，跟个妖孽似的："我怎么了，你有种办了我呀。"

陆峥："……"

没种的陆大队长进了陈错家的浴室，万万没想到，第一次来女朋友家，就要借用人家的浴室。陈错还不知死活地跟到浴室门口，朝门上敲了敲："陆队长，里面有我的浴巾，还香着呢，你凑合着用一用吧，但是注意，别弄脏了。"

里面马上传来咬牙切齿的一声："陈错！"陈错大笑着离开，回房间重新化妆换衣服，等陆峥出来，就见陈错妆容完整，漂漂亮亮地端坐在桌前，用他喝过汤的碗，盛汤喝，碗口还留下一圈深红色的口红。

陆峥问："你要出去？"

陈错点头："是啊。"她看了看手机，又笑着说道额，"快四十分钟，陆队长，你不错嘛。"

陆峥面无表情地走到她身边："你让我过来只是喝汤吗？"

陈错眨眨眼："不然呢，我要出门和朋友见面了，你要在这儿待着吗？"

陆峥皱眉："我们几天没见了。"

陈错说道：“是你跟我失联，又不是我跟你失联。”

陆峥又说道：“我们才在一起几天？”

陈错扶着桌子起来：“嗯哼，先走了。”见她穿上细高跟，陆峥跟了过去，跟黏人的小孩儿似的，用眼神挽留她。

陈错假装看不见，去开门，身体从后面抱住了，陆峥亲吻她的后脖颈儿：“要不带上我？”

陈错差点儿没忍住笑，但还是端住了:“你跟着干吗，我朋友怕生。”

陆峥：“我可以不跟你们一桌。”

陈错：“你一直跟在我身后，我朋友以为你是变态怎么办？”

陆峥闷闷地说道：“你就不能跟她说，我是你的保镖吗？”

陈错屁股往后一撞：“刚缴枪的保镖？”

陆峥被她这话逼红了脸：“你这女人！”

陈错硬是从他双臂间把身体转了过来，仰着头看着他：“我这女人怎么了！”

陆峥看了她一会儿，眼神就软了下来，喃喃地说道：“我怎么就那么喜欢呢。”说罢又想吻她，陈错忙抬手，陆峥只吻到了她的手背。被再三拒绝的陆峥，叹气道：“好吧，那我回去了，你早点儿回家，太晚了给我电话，我去接你。”

陈错到底还是忍不住欺负自家男人了，她双手搂着陆峥的腰，在他脸颊上留下了个大大的唇印:“笨，我化好妆，就是等着带我家男人，出门约会啊。陆队长，你来不来？我亲爱的保镖先生。”

第九章 命中注定

陆峥之前就发现了，陈错身段特别能扭，踩上高跟鞋就更摇曳生姿。陆峥看着那细细的鞋跟，白瘦的脚踝，劝她道：“换一双鞋吧。”

陈错踩着高跟鞋，原地转了个圈，裙摆翻飞，她笑着说：“为什么要换，我穿得很稳，还能跑一跑呢。”

劝不住女人爱美，只能拉着她的手出门。陈错的手白白软软，陆峥在路上都忍不住捏了又捏，陈错问道：“手感好吗？”说罢她的手顺势摸到了陆峥的胸肌上，抓了一把：“你占我便宜，我也要占回来。”

陆峥挑眉：“我摸的可是你的手。”

陈错挺了挺胸：“你要是想当街耍流氓也行啊，我不介意。”

陆峥无奈：“我介意。”

陈错定好了餐厅，一个礼拜前就预约好的，浪漫西餐，在一栋玻璃房子里，灯光华美，花团锦簇。他牵着陈错，陈错挨着陆峥，一双登对璧人，引来诸多注目。陈错突然抬手搂住了陆峥的腰，用力把他往自己身上一带。

陈错力气虽大，但要是陆峥不配合，她也带不动，只能气恼地瞪他一眼。上次吃饭的时候，陆峥被那么多女人看，她就想这么彰显所有权，但那时候陆峥还不是她的男朋友，就算是了，也名不正言不顺。可是这次，怎么还不配合她，没看到多少女人的目光都在他身上痴缠吗。

陆峥叹息望着她，最后配合着被她搂住，缓下脚步，跟着陈错的步伐，见他配合，这下陈错眉眼间的那股得意劲儿就藏不住了。陆峥心想：没办法，自家的姑娘，就得宠着。

饭后陈错拿着手机结账，陆峥按住了她，站起身，把账给结了。这一顿饭，差不多花掉了陆峥三分之一的工资。陈错本想着，刚赶完一场活，手上有钱，带自家男的人出来吃顿好的。

她心里有点儿后悔，刚刚也想过偷偷结账。但感觉不管怎么做，都不对劲。她就不该看着微博上都说，好多情侣第一次约会在这里，求婚也在这里，是有名的情侣餐厅，就不顾价格来了。

陆峥拉着她，走出餐厅，见她脸色不好，笑着说道："存了这么多年的钱，可不就是现在花吗。我吃住都在队里，养你还是养得起的。"

陈错眼巴巴地看着陆峥："你不许大男子主义，我也想养你。"

陆峥看向陈错的车："我哪有大男子主义，我这不是坐你的车来的吗。"

陈错今天穿了裙子，不方便坐陆峥的机车，于是陆队长就让自己的女朋友全程开车，他坐副驾。陈错还在旁边开窗抽烟，被他一把夺下，要她戒。陈错顿时一脸愁容："你这人，还没结婚就这样了，以后可怎么办哦。"

陆峥用纸巾把烟包了起来，淡淡地说道："一会儿接吻难受的是我。"这理由简直绝了，陈错无力反驳。只好从车里拿出口香糖，用力地嚼着。

约会的第二站是电影院，两个人跟小年轻一样，一边看着电影，一边偷偷接吻。在黑暗中，陈错的手指出了汗，凉凉地压在陆峥的手背上。陆峥捧着她的头发，将她的口红吃干净了。陈错偷笑着，用手去给他擦，还在陆峥耳边偷偷地说道：“全是口红印。”

陆峥轻吻着她的耳廓，呼吸沉重：“那你再吃回去一点儿？”

陈错说道：“我不要，我买了电影票的，我要看电影。”陆峥把她松开，让她看，很可惜，陈小姐无心看电影，最后还是抱着陆峥，把对方嘴上的口红，又吃了回去。

回去的路上，陈错的脚后跟被高跟鞋磨得红红的。陆峥一言不发，就把她给背了起来，陈错乖巧地趴在他的背上，跟他说道：“我下次穿平底鞋好了。”

陆峥低声道：“喜欢穿高跟鞋就穿吧，脚疼我背你。”

陈错轻轻捶了一下他的肩膀：“你怎么不按套路来啊，一般来说，你应该霸道的命令我，下次再也不许穿高跟鞋了？”

陆峥笑了：“你不是喜欢吗？”陈错将脸贴在他背上，一副心满意足的样子。这时，陆峥又接着说道，“只要你喜欢就去做，没什么不好的。”

陈错搂紧了陆峥：“我就喜欢漂漂亮亮的。”

陆峥道：“我也喜欢。”

陈错不安分地动了动：“你明明不喜欢，我每次打扮得好看的时候你都不看我，丑乎乎的时候，你倒说喜欢，你审美有问题。”

审美有问题的陆队长这才明白，这女人，非得说不字，才能安安分分。于是，得了便宜还卖乖的陈错说道：“好吧，谁让我是你女朋友呢，忍一忍你吧。”

陆峥力气大，背她背得很轻松。陈错抚着他结实的肩膀，骄傲地说道：“我男人是靠着这副肩膀，救了多少人啊，我是不是你背过最轻的。”

陆峥老实地答道：“不是，我也背过小孩，还有瘦得剩一把骨头，轻得像小孩儿的老太太。”

陈错没好气地说道：“能不能哄哄我！”她又好奇，“什么样的老太太瘦成那样。”陆峥静了一会儿才说，那是他第一次出警时救的人。

老太太的老伴很早就去世了，一个人拉扯着几个小孩子长大，小孩子长大后都出去工作了，老太太一个人在家里，吃不好，睡不稳。国家免费体检，去检查才发现得了癌，老太太不愿意拖累小孩子，就想从楼上跳下去，一了百了。

陆峥把她救下来后，一个七八十岁的老太太，哭得跟个小姑娘似的。她其实也怕得要命，但是人老了，孤独病痛，身边没有个说话的人，日子过得很凄冷。可临到死了，又怕了。被陆峥救下来，好好劝慰了一番，才慢慢缓过来。

陆峥后来去医院看老太太，老太太身边有小儿子陪着，照顾得很妥帖。老太太见了他，还给他剥了个大橘子，橘子瓣水足，吃进嘴里甜得很。陆峥说，他从来都没吃过那么好吃的橘子，直甜到心里头。

陈错听着，心里软得一塌糊涂，她说道："我男人真棒。"

这时，陆峥把陈错往上托了托，极其破坏气氛地说道："你还是有点儿沉了。"

陈错："……我体重没过百好吗！你行不行啊！"

陆峥刚把陈错背到两人停车的地方，就见不远处一阵响亮的撞击声，引起一阵喧哗，还有人惊呼尖叫着说车子起火了！陆峥身体一紧，陈错就知道陆峥要做什么了。她快速地从陆峥身上滑下来，陆峥拉着她的手，回头看了她一眼，重重一握："待在这里，别乱跑，车钥匙给我！"

自从和陈错在一起后，陆峥第一件事就是在陈错车里放了一套灭火器和安全锤。安全锤在前座放着，灭火器放在后备厢。

陆峥开了车子的后备厢，将灭火器从里面取出来，就义无反顾地朝那个方向跑去，陈错手里还提着高跟鞋。她匆忙地把鞋子穿上，站在原地等他。怎么等！怎么可能等得住？她朝着陆峥的方向，跑去。

明明刚刚还在浓情蜜意，如今倒觉得夜风冷得人心头直颤。

起火的车辆是一辆撞到路边大树上的汽车，陆峥赶到的时候，汽油泄漏的味道已经很严重了。车前盖还在冒着火花，这车分分钟要爆炸。

陆峥大吼一声："快散开！这车随时会爆炸！"他的声音就像水

进油锅，引起一连串的反应。本来被声音吸引过来的群众们纷纷散开，陆峥往车里看了一眼，脸色沉了下来。

驾驶座一位，后座两位，皆头破血流，还有一位清醒的女人，抱着孩子，艰难地掰着已经变形的车门。可是车身损坏严重，根本无法打开车门。女人看到陆峥扛着灭火器过来，泪流满面，陆峥上前去掰车门，可是根本掰不动。他打了个手势，让里面的人让开。

女人抱着孩子往另一边退，双手护住了孩子的脑袋。陆峥将灭火器高高举起，重重的砸在了车窗玻璃上，一下两下。玻璃尽碎，女人把孩子从窗子里送了出来，玻璃割破了两个人的手，鲜血淋漓，孩子被陆峥接在了手上。

他一刻不停地抱着孩子跑到不远处，交给一位围观群众。又转身回去，这时他听见了一声撕心裂肺地喊声："陆峥！"陆峥脚步一顿，却没作停留，继续朝那辆火势越来越猛的汽车跑去。

陈错往事故现场跑的时候，就见许多人往她的反方向奔跑，嘴里都喊着要爆炸了，车子要爆炸了！

她整颗心都被狠狠地拎了起来，逆着人流，她几次被撞得差点儿摔倒在地上，脚踝也扭了，衣服也乱了。直到跑到现场，又被一些人拉住了，他们拦着她，不让她过去，说那边随时都有可能爆炸。

她看到陆峥将孩子抱起来，也看到了引擎盖上越来越大的火。陆峥是消防员，可他没穿消防衣，没戴安全帽，没有灭火水枪和队友。

他也是肉体凡胎，不是神，只是她陈错爱的一个普通男人。她尖叫着陆峥的名字，他明明听见了，却不理会她。

陆峥绕到了车子的另一边，成功地把女人从车子里拖了出来。火着得更大了，整辆汽车都燃了起来，在陈错站的地方，已经完全看不见陆峥了，只能看见触目惊心的大火，在她眼里，越来越大。

紧接着，一声爆炸声响起，汽车的引擎盖被炸得飞了起来，陈错眼睛睁得都痛了，腿也软了，根本站不稳，只得坐在了地上。

她耳朵一阵轰鸣，有人想把她起来，可根本拉不动她。这时她好像隐约听见鼓掌声，似乎在庆祝什么？陈错失魂落魄地望着汽车的方向，却看见陆峥在街头的另外一端，背着一个人，走了出来。

这时，消防车来了，救护车也来了。陆峥跟队里打了个招呼，老其还捶了他一下，嬉笑道："行啊陆峥，休个假还见义勇为呢！"

陆峥简单地交代了一下过程，就急匆匆要走。老其拉着他："去哪儿呢！"

陆峥不耐烦地拍开他的手："哄媳妇儿去，别烦我。"

老其"嗷"的一声："成啦！行啊你陆峥！"陆峥没管老其的叫嚷，他往陈错的方向跑去。

刚刚他听见了陈错叫他名字的声音，那声呼唤，他的心都疼了。他知道当时有多危险，脑子里只有一个念头，却不是以往那样的，能救一个人，是一个。

而是满心满脑的都是，不能死，陈错还在旁边，他不能让他的姑娘，看着他出事。就算是铁汉，有了心爱的女人，都得添几分柔情和弱点。

他为了陈错，也怕死了，比以前都要怕。

陈错坐在路边，竟然在哭，身上也狼狈得很。她出门的时候，漂漂亮亮的，现在眼线花了，裙子脏了，坐在地上看着他。陆峥的心狠狠地揪成一团，他跑到了陈错面前，陈错也猛地从地上爬起来，紧紧地抱住了他。

他感觉到了女人在他怀里，轻轻地颤抖着，然后下一秒，陈错狠狠地推开他，用刺耳的嗓音喊道："陆大英雄，我今晚不想见你，你自己打车回去吧！"

说罢她转身，一瘸一拐地往停靠汽车的方向走去。周围的围观群众很多，一双双眼睛都在盯着他们看。还有很多拿出手机拍照片的，在这种情况下，陈错也不搭理他。

陆峥快步地跑了过去，一把将陈错抱起，搂在怀里，在女人的尖叫声中，朝陈错的汽车方向跑去。他听到了身后群众的起哄声，陈错也听到了，还用手指狠狠地掐着他的耳朵，命令地说道："你放我下来！你再不放我就喊非礼了啊！"

陆峥非但不放，还抱得更紧了，把她抱到了车边，确定没人跟过来，才把陈错抵在车门上亲。刚开始陈错还躲闪，根本不肯让他亲到，陆峥只好强硬地捏着陈错的下巴，噙住她的唇。

陈错狠狠地咬了他一口，又软了下来，轻轻地吮着他的嘴唇，哭了。陆峥有些无措，松开了她，把她拢在自己的臂弯里，轻声地哄道："怎么了，我没事啊。"

陈错咬着嘴唇，忍住抽噎，好半天才说道："下次我喊你，你就得停，不能装听不见！"

"好。"

"你要当英雄，我不拦你，但是别让我眼睁睁地看着，我害怕。"

"好。"

"再也不许在我俩约会的时候见义勇为。"

"这个……呃……"

"陆峥，我讨厌你！"

"陈错，我喜欢你。"

回程的路上，是陆峥开的车。陈错蜷在副驾座上，脸上带着泪痕，睡着了。陆峥心里涌起阵阵内疚，他们在一起还没几天，就让她直面这样的危险。他到底在做一份怎样的工作？

他把车停了下来，安静地坐了一会儿，手指忍不住搓了搓，泛起了烟瘾。其实他今天做的事，很莽撞。那车有随时爆炸的可能，他过去是很危险的，可是如果他不去救，也许他们都活不下来。事情总得要搏一搏，不同的是要用生命当赌注。这事儿他见到了，就没法视若无睹。

他对救赎生命的渴望，是那一个个流经他手中的生命，所累积下来的。刻进他的骨血，成为他的职责。

身旁的陈错动了动，然后痛呼了一声，睁开眼。陆峥打开车里的灯，仔细地端详她："是不是刚刚扭伤的地方在痛？"陈错不说话，也不搭理他。

陈错打开车门，脚踩地面。双脚刚落地，脚踝就疼得一抽。她扶着车门，抿紧唇，慢慢往前走。身后有脚步声追来，下一刻，陈错整个身体都悬空了，她气得捶了陆峥的肩膀一下：“又来这一招！”

陆峥托着她的身体，往上颠了颠：“有用就好。”陈错不说话了，她默默地看着陆峥，那眼神看得陆峥都有些不自在了。

这时陈错将手摸上他的眉骨，那里有个小伤口，她问：“还有其他的地方受伤吗，刚刚救护车不是来了，你怎么不检查一下再走。”

陆峥笑着说道：“女朋友都要跑了，再不追就来不及了。”

陈错闻言，脸上一红，嘴硬道：“我又没让你非跟着我。”

陆峥叹气摇头：“要是我让你一个人回来，你岂不是要哭一路？”

陈错被气笑了：“谁要哭了，我才不可能这么丢人呢。”

陆峥说道：“好吧，那让我一个人回来，我得哭一路。”

陈错被哄高兴了：“你哪里会哭啊，我的陆英雄，你这点儿男儿泪，怕是不会为我掉啰。”

陆峥没有送陈错回家，而是把她抱回了自己家。这次又撞上出门扔垃圾的大爷。这大爷，怎么次次都晚上出来扔垃圾？但不同上次，这次陈错是清醒的。有旁人在，她还是会有些害羞的，她偷偷把脸埋在陆峥的怀里，假装睡着了。

大爷笑嘻嘻地问：“媳妇儿又喝醉了啊。”

陆峥回道：“没，跟我闹脾气扭伤脚了。”

大爷哈哈大笑，笑的陈错忍不住偷偷掐了陆峥一把，小声道：“谁是你的媳妇儿？！”

陆峥看着怀里的女人，无奈道：“我是你的媳妇儿，成了吧。”

陈错满意道：“欸，媳妇儿。”她还抬手一摸陆峥的脸颊，“媳妇儿，你这下巴怎么还有胡渣呢，我得退货。”陆峥让陈错在他兜里拿钥匙，陈错不老实，手指头在陆峥兜里乱窜，把陆峥身子都摸僵了，这才不紧不慢地把钥匙从他裤兜里勾了出来。

陆峥用脚踹上门，沉着脸抱着陈错往沙发那边走，怀里的陈错还不知死活地吹了个口哨：“陆队长，你刚刚踹门那一下好帅哦。”下一秒陈错就凄厉地喊了起来：“疼疼疼！”

陆峥攥住了她的脚踝，认真查看：“扭成这样，刚刚还敢跑呢。”

脚上的扭伤暴露在灯光下，才觉出严重来，没一会儿就肿成很大一个包，看起来确实挺严重的。

陆峥拿出药酒倒在手上，搓热双手，说道：“忍着点儿。”本以为陈错要喊个不停，没想到除了刚开始叫了几声，后面就没再出声了。

她这么安静，陆峥倒是动作轻了下来，哪怕知道这样效果不好。他抬眼看陈错，却见她靠在沙发上，没有哭闹，只是呆呆地看着他。陆峥停止了动作，问道：“怎么了？”

陈错突然凑了过来，在他的额头上吻了一下：“你还活着，太好了。”

说话的声音很轻，话却重。

陆峥沉默了一会儿，说道：“对不起。”陈错却捧着陆峥的脸，望进他的眼睛里：“有什么好对不起的，你是把我吓坏了，可是就算没有我，你也会去救人吧。”

陆峥看着陈错的眼睛，哑声说道：“我不应该在你面前冒险。”陈错摇头：“陆峥，你可以去救人，但你一定要好好的，我只想你活着，答应我好吗？”陆峥侧脸亲吻陈错的手掌心，垂眸说了声“好”。

三天过得很快，陆峥要回队里，陈错也要去工作。两个人在家的楼下分别，陈错还拉着陆峥的手，摇了摇说道：“媳妇儿，你什么时候才给我睡一睡啊。”

陆峥神情正经道：“别一天到晚想这些乱七八糟的事。”

陈错委屈：“这哪里是乱七八糟的事了。”

陆峥抬手搂住陈错的腰，俯在她耳边说道：“那天是谁害怕了？”

这话让陈错干咳了一声：“我没紧张，这不是怕你不用安全套吗。”

话音刚落，陆峥就抬手弹了陈错额头一下：“警告你，别瞎撩，闹出人命了我看你哭不哭。”

陈错听到这话就想笑，她拉着陆峥的手，依在他怀里，娇羞地说道：“生下来我养呗，我都不怕，你怕什么。”

哪知道陆峥听到这话，嘴唇却绷紧了：“生小孩不是胡闹的事。”这话一出，听起来好像有些心结。陈错愣了愣，还没多问几句，陆峥就扶着她，让她站稳了，跟她告别，一点儿都不贴心。

陆峥回到营地，拿出手机。

上面有杨雪给他发来的信息，还是让他回家一趟，顺便问他上次见的那个姑娘，现在进展如何。陆峥唇边含着一丝笑，回道："成了。"

顿时杨雪的电话就打了过来，兴高采烈地说道："那带她回家看看啊！"

她这话一出，陆峥眼神就冷了下来："我不会让她去的。"

杨雪不解道："为什么啊，你好不容易交到女朋友了。"

陆峥不容反驳地说道："爸只会从头到脚将她批判一番，最后羞辱了她，也羞辱我。我不会让她受这样的委屈。"

杨雪无言，好半天才说道："可是，再怎么说他也是你爸啊……"

陆峥握紧了手机："在那次我跟他求救，我跪下来求他，他都没理我之后，他就再也不是了。"

当年他在那所学校惹恼了里面的教官，被殴打禁闭。他躲进女厕，偶遇一个女生帮他报警，警察到学校去调查。昏迷的陆峥才从禁闭室里救了出来，紧急送往了医院，并且通知了他的父母。病好后，他想见那个女孩儿，却被告知，女孩儿已经被警方保护起来了。

陆峥听到这样的说法，心里也害怕起来。他不敢再提那个女孩儿，心里却时常惦记着她。后来只要街上有戴眼镜，白白净净地像只兔子一样的女孩儿，他都会多看两眼。

虽然早已不记得那个女孩儿的模样，但是如果有缘能够再遇上，他也该好好谢谢人家。

其实那个女孩儿，也算是他的初恋呢。他也以为，自己以后肯定会找个白皙、安静、胆子小，却充满正义感的女孩儿。没想到，半路上，就被陈错给折下了。

陈错和那个女孩儿一点儿都不像，除了皮肤一样白。

他骗陈错，他有过经验，有过女朋友。其实没有，他连初恋都是单方面的。刚开始吧，是惦记着那白白软软的女孩儿，后来是真的没有精力去想。

真正的军校，让他从男孩成为男人，却没有多余的时间，让他去谈恋爱。之前是没时间，后来也就淡了心思，左右也没有看上的。

他不高兴陈错心里惦记着的那一位，但他也没资格说她，谁还没有过曾经在乎的人呢。陈错既然选择了和他在一起，那他就该用心套拢他的姑娘，让陈错知道，这个世界上，他是对她最好的男人，让她没法变心，不就得了。

……

陈错跟了个组，因为苦夏又瘦了好几斤。再和陆峥见面的时候，是在陆峥家，吹着空调，穿着背心短裤，露出雪白的大腿，在陆峥面前晃来晃去，不断地喝着可乐。

陆峥毫不留情地收了她的可乐，让她喝汤。这大热天的，陈错哪里喝得下汤啊，鼓着腮帮子不乐意。这让陆峥只好跟她商量："汤喝了，一会你看电视剧的时候，就把那半罐可乐还你。"

陈错看着那碗热腾腾的汤，摇头，换了个条件："你亲我一下，我就喝了它。"话音刚落，陆峥的唇便贴了上来。这个吻带着夏天的味道，跟外面的太阳一样火辣，烧得陈错的脸通红。

她气喘吁吁地把汤喝完，这时肖春打来电话，告知了她一个重要的线索，当时营救她的那支消防队，有人跟她进了同一家医院，做了登记，上面有写是哪一支中队的。

陈错整颗心都提了起来，不由得屏住呼吸，等肖春说出来。

这时陆峥进厨房继续炒菜，听说猪蹄美容养颜，他闷了一锅，准备给外面的爱美精补补胶原蛋白。他刚把锅盖掩上，就听到陈错猛地把厨房门推开，瞪着眼望他。陆峥愣了愣，还没问怎么回事，陈错就问道："三年前，你们队是不是去过南县救援？"

陆峥想起三年前，他那时才刚进队就发生了特大地震，他确实被分配到南县救援。陆峥放下手里的勺子，点点头问道："怎么了？"

陈错继续问："那你记得被山体淹埋的'有家客栈'吗？"

陆峥回想了一下，犹豫着说道："那个地点是旅游景点，客栈多，你问的是哪一家？"

陈错急切地说道："就叫'有家客栈'，招牌是红色的！"

陆峥陷入回忆中，当时现场被困人员其实不算多，因为是淡季，没什么人往那里去，所以伤亡没有预计中的多。看陈错激动不已的样子，陆峥只好问：“怎么了？”

陈错看着他：“查到了，当年救我的人，就在你们队里。”陈错根本没法想象，这世间竟然有这么巧合的事情，也许她见过的那些消防员，其中一个，就有救过她命的人。

见陈错这样激动，陆峥熄了火，拉着她的手，将她带离了厨房：“别急，当年我也去过南县，你可以跟我说说他的特征，说不定我能帮你找出他来。”

陈错听到这话，突然有些内疚：“我这样想找到他，你会不会不高兴啊？”

陆峥听到这话，倒是自负地挑眉：“就算他救过你又怎么样，总归你俩没缘，要不然，你怎么最后喜欢的是我，成了我的女朋友呢？”

语毕，他又认真地说道：“我帮你可不是为了给自己添情敌，我帮你，是想了你一桩心愿，从此以后，你就彻彻底底，从里到外，都是我的女人了。”

征得陆峥同意后，陈错开始详细地描述自己当时的情况。

她被埋了三天，就是震后第三天早上十点多的时候，被挖了出来。她裹着红色的围巾，名族风的图案，被血给染黑了。围巾是她用来裹着背上的伤口的，她的背被钢筋割开了很大一个口子。如果她熬不过饿死，说不定也会因血流干而死。只能简单自救，用围巾包扎了伤口，用来止血。

她之所以没有被倒塌的建筑物砸死，是因为地震发生时，客栈的栅栏倒了过来，恰好搭建成了一个支架，撑住了建筑物的废墟。陈错彻底陷入了回忆，她看着自己的手，对陆峥说道：“那个人发现了我，我当时已经没有喊叫的力气了。”

三天，七十二个小时，没有进食，失血，吃过虫子、土、纸片、树皮，能往嘴里塞，饱腹的东西，她都吃了。她以为她喊得很大声，可实际上，那声救命，只有她自己能听得见。

她被埋的地方，有个小小的缝隙，露着一缕光。被困在里面时，她经常出现幻觉，所以，当缝隙里有橙红的救援服一闪而过时，她以为还是幻觉。

她听到了有狗的叫声，有碎石滑落的声音。再然后，那些石头被一块块清理出来。当那人的手，伸到陈错面前，碰到她的脸时，陈错突然哭了出来，她跟发疯似的，眼泪止不住地往下流。她咬住了那个男人的手，终于，一股力量从她的胸腔里，迸发而出，带着血腥的味道，撕心裂肺："救我！"

回忆到这儿，陈错的身体已经止不住地颤抖起来，她十指冰凉，后背腻出了虚汗。陆峥伸手将她搂在自己的怀里，吻着她的发心："没事了，没事了，一切都过去了。"

陈错忍过那阵颤抖，总算缓了过来，她眼睛里包着一层泪，对陆峥说："那个人被我咬了，还一直跟我说，姑娘没事了，马上就能出来。可能是为了照顾我的情绪，所以他一直在跟我说话。"

救援并没有那么容易，搬开建筑物容易引发一连串的效应，一个不慎，被困者就会被二次掩埋。这才是地震救援为什么这么艰难的原因。要考虑很多因素，也要照顾被困者的情绪。

因为她被困了三天，她非常需要和其他人对话，才能勉强压下心头的恐惧。那只手给她递了水，递了压缩饼干，还给她递了一个对讲机。只要她说话，那边总是会回答她。陈错刚开始一直在胡言乱语，喊疼，想家，想吃楼下的汉堡。

那人说，会吃到的，回去就买一堆，慢慢吃。陈错还说，背上划了一道口子，好疼，不知道会不会有疤，要是有疤了，就很难看，不能穿裙子了，可能还会被男朋友嫌弃。

陈错抬手抹了一把泪，望着陆峥："你知道他对我说什么吗？"

陆峥的脸色非常奇怪，他这种怪异，也影响到了陈错。陈错还没问怎么了，陆峥就跟她说："他是不是跟你说，要是因为这条疤嫌弃你的男人，不要也罢。"

陈错只觉得脑子里有根神经，轻轻一抽，她的手指一点点回温，陆峥用手擦掉她脸上的泪，说道：“我身上也有疤，挺血性的，搁你身上，肯定也又酷又美。”他的声音，就像有回音似的，跟记忆里的人，融在了一起。

陈错“哇”的一声哭了出来，边哭边抽噎着说：“你不要哄我了，哪有女孩儿有疤能又酷又美的！”她的手紧紧搂住了陆峥，心跳得胸腔都疼了，整个人都快晕了过去：“是你，是你！你为什么不告诉我你的名字！”

被挖出来之后，陈错因为太久没有见光，根本无法识别外面的时间，和一直陪伴着她的人。她拉着那人的手，闭着眼睛，追问：“你叫什么？！”

那人凑到她耳边，还没说话，突然那边有人喊了起来：“这里还有一个，赶紧过来！”

然后她的手就被人松开了，陈错心猛地坠了下去，她拼命地睁开了眼睛，只能在刺眼的白光中，看到那人的背影，离她而去。她眼球像是要被炸开一样疼，太疼了，可就算如此，她怎样也不愿意闭上眼睛，直到被推上了救护车。

她再也看不到他了。

兜兜转转，失而复返，三年以后，她接了个活，到了消防营地里，拍着一只鸟儿。

这个人，入镜了，他们透过镜头对视，她对他一见钟情，冥冥之中，一切皆是注定。

陈错哭得累了，形象全无，可手指头依然死死地攥着陆峥的衣角，不肯让他走。她对他依恋极了，肿肿的眼角和脸颊，蹭在陆峥的脖颈儿上，像个缠人的树懒，抱着她的树，太想啃下几片叶子，却不知道该从何下口。

陆峥揉着她的脸：“你先松开，我去给你打些水来洗脸。”

陈错睁开眼睛，吸了吸鼻子：“叫我软软。”她这是在撒娇了。

陆峥还没看过陈错这么孩子气的一面，一时心都化了，他低声说道：“陈软软，我得去给你打水洗脸了，你看你哭得脸都快破了，不疼吗？”

陈错颊边冒出了一点一点的红血丝，泪水汗水洇上去，刺刺的。她仍勾着陆峥的脖子，小声说道：“亲亲就不疼了。”陆峥被她逗笑了，只好抱着她，跟抱着个小孩儿似的，托着屁股搂起来，到浴室里洗脸。

陈错哭得身上全都是汗，也该洗一洗了。她闷闷地对陆峥说：“我想洗澡了，你去帮我买内衣好不好。”

陆峥答应了，给她擦了一把脸，又揉了揉她的头发：“好，洗完澡出来吃饭，我都做好了。”陈错乖乖地点头，看起来可爱得要命，让陆峥忍不住在她脸上亲了亲。

陆峥下楼给她买了内衣，想了想，又买了一袋巧克力。听说吃巧克力，能让心情恢复平静，陈错哭着问他为什么不说名字的时候，其实陆峥当时，是不会告诉她名字的。

他知道像这类型的被困者，会因为特殊的情况，而产生近乎爱情一般的情感。所有营救者将人救出来以后，最好是适当地保持距离，等被救者缓一段时间就好了。但是他没想到，陈错会惦记他这么多年。当然，他当年也不知道，自己救出来的人，以后会成为自己的媳妇儿。可就算如此，他很庆幸陈错并不是一开始就将他认出来。

她爱他，纯粹爱他这个人，没有别的其他因素，没有什么英雄救美恩怨情仇。只是简简单单的，几年后相遇，她单纯的喜欢上了他而已。

陆峥买了东西回来，敲浴室的门。门被打开了，却不是安全距离。陈错站在朦胧的雾气里，赤身裸体，她逮着陆峥的双手，将错愕的他，一把拉了进去。

陆峥一贯知道陈错胆子大，没想到陈错能疯成这样。赤条条地把男人往浴室里拉，陆峥被水和女人身上的味道熏了一脸，脑袋都有些蒙了。

陈错也不是胆子大，情绪上来了，就容易冲动。她抓着陆峥的双手，垫脚，将身体往陆峥身上贴，舌头缓慢舔过陆峥的下巴：“陆峥，我敢把自己给你，你敢要吗？”

下一秒，她的腰臀就被人托住了，她吓得惊叫一声，旁边传来瓶罐落地的声音，她被置于洗手台上。陈错双颊泛起红来，她远没有她自己所表现出来的大胆，她想要亲吻陆峥，却被男人一把抓住了头发，强迫着她仰起脸，她的脖颈儿处被咬住了。

就跟羚羊被叼住了要害处一样，她以为陆峥要吃了她似的。男人的气息打在她锁骨处，声音隐忍又咬牙地问她："我说没说过，不许再招我。"

下一刻，陈错抬起腿，扣住了陆峥的腰，把他往自己身上一夹一带，她捧住了陆峥的脸，她知道陆峥眼睛都不敢乱动，不想看自己。可她感受到了他的情动，自制，还有忍耐。

陆峥额头上的青筋若现，汗水淌出，喉结滚动，都那么让她喜欢。她的手钻进了陆峥的衣服里面："是男人就别再废话了。"

顿时，屋内一片旖旎。

第十章 吃醋

整个人被好好疼爱过后，都散发着不一样的味道。她双颊泛红，嘴唇红肿，眼神慵懒地倚在枕头上，像一朵含苞待放的小花，被强雨打过的那种。

陈错困倦得不行，蹭着被子，眼睛都睁不开。她感觉到陆峥轻轻地吻过她的长发，眉眼唇鼻，那么温柔，她喜欢这份温柔。她小声说道："下次不许再让我疼了。"陆峥低声在她耳边应了声"好"，指腹揉了揉她的耳垂，这才抽身离开。

她醒来的时候，天已经黑了，床边开着一盏小灯。她动了动，却意外地发现她被他从后方搂住了。陆峥也在床上，手臂占有欲十足地揽着她的腰，掌心却贴着她的小腹，将那处熨得很暖。

陈错眨了眨酸涩的眼皮，依稀记得中途陆峥回来了，喂她吃了药。她半梦半醒，还骂了陆峥几句，陆峥哭笑不得地搂着她，任由她的手掌心轻轻盖在了自己的脸上，撒了脾气。

她在床上翻了个身，陆峥没穿上衣，和他皮肤相贴的感觉特别舒服，很特殊。这大概是陈错人生中，少有的和旁人最贴近的时候了。陆峥半梦半醒，感觉到了她的动静，就将她往怀里抱了抱，无意识地在她额头上吻了一下。那个吻像一股暖流从她额头窜到心里，软成一片。

她从未爱过谁，像爱陆峥一样。她本来以为，她不会喜欢跟哪个男人这么亲密。可陆峥不一样，和这个男人近身贴着，她喜欢，甚至爱得忘乎所以。

她嗅着陆峥身上的味道，是那种浅浅的，又好闻的气息，现在裹在她身体上，这是他们亲密的证明，她喜欢。

陈错偷偷笑着，手指不老实地从陆峥的脸上摸到了胸膛，还在上面揉了揉，觉得手感不错。她本来以为，肌肉应该会更硬一些，就像陆峥手臂上，背上的肌肉一样。没想到，胸口上的肌肉手感比想象中的好，捏起来质感还不错。

陆峥只是睡着了，被怀里的陈错不断骚扰，终于没办法，睁开眼，问陈错："醒了？"

陈错眨着眼："嗯，你不许摸我，我摸你。"

陆峥叹气道："不许我摸你，你就别招惹我。"

陈错不管，还像个黏人精一样，往陆峥身上贴："你刚刚都摸了我好多下，还不许我摸回来吗？"

陆峥没办法，只能由着她去了。还能怎么办，自家女人，只能自己宠着了。

陆峥醒来时，陈错已不在他身边了，睡觉时还乖乖待在他怀里的陈错，如今只留下几根长发，卷在枕头上。被褥间还留有她的体香，淡淡的，非常诱人。

房门半掩着，他起身，拉开门，早上的阳光洒了进来，屋外亮得不行，他眯起眼，适应光线。陈错穿着他的T恤，露着两条长腿，端着一个盘子，朝他看来。

盘子里是煎好的鸡蛋，培根，看起来卖相不错。陈错的头发辫成一股，斜斜地搭在右肩，看起来很乖巧。她笑着凑到陆峥面前，亲了他一下，眨着眼睛道："我给你做了爱心早餐，我贴不贴心，爱不爱我。"

一大早，她就跟只喜鹊似的，跟在陆峥身后叽叽喳喳。陆峥把剃胡子的泡沫往脸上一抹，身后的女人的手就缠了上来，往他衣服里钻，一边摸一边调戏道："陆队长，你刮胡子的样子好性感哦。"

陆峥被她缠得没办法了，拽着她的手，往前一拖。陈错就被逮进他的怀里了，困在双臂间，他问："身子不疼了吗？"

他刚醒，声音有些哑，问得还是这样的问题，陈错认输，乖乖点头："疼。"

陆峥哄她："那不闹了，你乖一点儿。"

他剃了胡子，陈错坐在旁边的浴缸上，捧着下巴看他。她大咧咧的，由着他看。陆峥不但不看，还抓着她身上的衣服往下拉了拉，让她穿条裤子，不要着凉。

陆峥洗漱好了，歪腰抱她，跟抱小孩儿似的，把她搂了起来，陈错亲了他一下耳朵，响响亮亮的一声。他手指抵着陈错的额头："大清早的做什么呢。"

陈错不要脸道："跟你亲热亲热啊。"

陈错做的早餐全是花架子，蛋很咸，培根中间还是冷的，边上都焦了，大概是刚从冰箱里取出来，不解冻，直接下锅了吧。早餐只有一份，陆峥也没问陈错吃没吃，自己把那份全部下肚。

陈错看着看着，嘴巴就扁起来了，有些委屈："你怎么都不问问我吃没吃啊。"

陆峥淡淡地看了她一眼，拿纸巾擦嘴："要吃什么？"

陈错这才露出笑颜："蛋炒饭，你上次给我做的那种，好好吃啊。"

陆峥起身进了厨房。从冰箱里取出食材切丝，打蛋，颠锅炒饭，没多久一份色香味俱全的蛋炒饭就盛到了陈错面前，附带一盘小菜和酸奶。

陈错吃饭的时候，陆峥进了房间，忙进忙出，收拾家里，清洗床单。陈错嘴里叼着把勺子，光脚在地上走来走去，偷笑不止，还拿出手机偷拍。

光线充足，构图完美，镜头框架里的男人，正展开白色的床单，在阳台上晾晒。他的手臂舒展，从背到腰，线条漂亮。没来由的，陈错心里浮现出了一个想象：像只飞鸟。

本该一直好好在天上飞着，最后被她引诱，降落在了她的窗口。

其实她知道她做的早餐难吃，本想给陆峥重新做一份，但是想到昨晚他弄她弄得这么狠，带着点儿报复的小心思，她还是给陆峥吃了。

没想到，陆峥一口难以下咽的煎蛋下去，表情都不带变一下的。她故意说有这么好吃吗，要去抢，还被他躲了开来。这个男人，默不作声地解决了早餐，然后跟她说好吃。

陈错就在想，她运气可能在此刻都用完了吧，因为她能够遇上这个男人，并且能和他在一起。

饭后陈错回了趟家，顺便还化了妆，过来时拖着个行李箱，还附带好几个大包小包。陆峥开门的时候，看着她脚边的行李箱，笑道："你这是要在我家常住吗？"

陈错靠着行李箱，掀了把颈边的长发："你家什么都没有，我不方便。"

陆峥还想，他家东西也算够全啊，等陈错把行李箱里面的东西一一拿出来，他才知道，他家的东西确实够少的。

各色的化妆品、面膜、护肤仪、洗脸仪，还有睡衣正装内衣运动内衣，最不可思议的是，陈错竟然能从行李箱里掏出一个便携式熨斗，她拿着那东西，蹲在地上朝陆峥笑："一会儿你那些衣服，我都给你熨齐整了。"

陆峥把她从地上拉起来亲，偷吃了不少口红。陈错还捂着嘴，不让他亲，一本正经跟他说道："这玩意儿你别看它贵，它还有毒。"

她一边说话一边喘气，一张小脸通红。陆峥揉着她褪了层色的下唇："有毒你还天天往嘴唇上抹？"

陈错理直气壮地说道："我抹它也不吃它啊，哪能跟你一次性能吃完的量比。"

陆峥眼睛不离她的嘴，还要亲："毒就毒吧。"

陈错大笑道："你这是牡丹花下死，做鬼也风流啊。"虽然陈错这么说，但她也打算着，之后跟陆峥在一起，还是少涂口红，她原本唇色也还行，谁让她天生丽质。

下午，陈错拉着陆峥出门逛。她特意回家化妆，也是早有预谋的。她发觉陆峥衣柜里没几件衣服，她问陆峥，陆峥还说平时穿军装习惯了，要那么多衣服没用。

陈错哪里允许这么好的衣架子被陆峥自己糟蹋了，她要给她买衣服。并且一再声明，她给他买，她付钱。陆峥抱着手，靠在电梯上，冲她挑眉："你这是要养我？"

陈错贱兮兮地将目光往他脐下三寸走："毕竟你也付出了不少劳动嘛。"陆峥被气笑了，要不是电梯里还有摄像头，他真想把这女人抓过来打一顿屁股。

而女人这种生物，你别看她平时多可爱，多深明大义。也不知道什么时候，一些被男人无视的小事，突然会被翻出来，找你算账。陆峥万万没想到，陈错在商场逛的时候，能看到那些土特产，从而想到他给他们营地里的兰医生送过特产。

陈错站在那里不走了，嘴巴噘得能挂个吊瓶。她眼神幽怨地看看那些土特产，又看看陆峥，一副秋后算账的模样："你和你那个兰医生怎么回事。"

陆峥一本正经道："不能说是我的兰医生，我俩清清白白的，你别乱说。"

陈错幽幽地说道："我哪里乱说了，她喜欢你。"

陆峥回道："我不喜欢她。"

陈错看了他一会儿，突然点头道："好吧，那下次你妈妈带的特产，你亲手做给我吃吧。"陆峥一怔，没想到一场战争还未打响，就已经结束了，连硝烟味都没闻到。

陆峥有些惊讶："就这样？"

陈错莫名其妙："不然呢？"陆峥无言了，总不可能说，他还以为陈错能再吃醋久一点儿，要他费上些精力再哄哄。

但这么轻巧地揭过了，他怎么就那么不是滋味呢？

陆峥回到营地时，满面春风，对自己手下的兵也温和了许多。有好事者就去问了白田，白田这个嘴大的家伙，没多久，他有女朋友的消息就传遍了整个营地。

陈错来这边拍摄了将近一个月，男人私底下当然会把女人当稀罕事来讨论。谁比较漂亮，谁身材比较好。尤其是这群寂寞的战士们，陈错长得漂亮，早已是被他们公认的。

当知道陆峥的女友是陈错时，个个羡慕得不行，陆峥明面上不许他们再乱说，实际上也忍不住笑，在队里的人起哄要请吃饭，要见嫂子的时候，他让闹得最凶的那几个队员做俯卧撑，还抱着手站在旁边问道："还闹不闹了。"

几个新兵痛痛快快地做俯卧撑，还要嘴贱跟陆峥取经："陆队，你到底怎么找到这么好看的媳妇儿的，教教咱们呗。"

陆峥道："别废话了，卖力做，就这点儿身板，还想找女朋友，上火场还跑得动吗？"

下午四点，消防队接到出警调度，有人在市中心一栋建筑的天台，闹着要跳楼。陆峥清点人数，史少杰加入消防队已有一段时间，这次陆峥也把他给带上了。

救人跟灭火，性质不太一样，但本质差不多。但在火场里没能救到人，跟没能救下的自杀者，直面的冲击力完全不一样。

上出警车前，陆峥特意跟史少杰交代了几句，史少杰点点头，示意明白。以往史少杰给陆峥的感觉，都是带了几分压抑和克制的。就像是一座死火山，也不知道什么时候能够爆发的那种。

自从了解了史少杰的过去之后，陆峥大概能明白为什么史少杰会是今天这个样子。他一直没能忘记过去的事情，背着枷锁，负重前行，心怀怨念。

也不知道是不是因为许家的缘故，多少有了个突破口，所以现在的史少杰，比从前开朗多了，笑也多了。但如果这份快乐是建立在别人的痛苦上的，陆峥觉得这对史少杰，反而是件坏事。

就像是一味治标不治本的药，压一时也许可以，但堆积的毛病一旦爆发，那可不是小事，史少杰终归是要后悔的。

陆峥清点完人数后，就上了车。在车上的时候，陆峥找了机会，便问史少杰，最近跟许家还有事吗？史少杰抽着烟，放松着双肩，脑袋靠在摇晃的车身上："你说什么事啊？"

陆峥横了他一眼："别装傻，你最近没有找人麻烦吧？"

史少杰眯眼笑道："能有什么事啊，他不来找我，就没事，他来找我，自己送上门的，关我什么事。"

从史少杰的话里，他嗅到了些许不一样的味道："你俩到底怎么回事？"他的追问没有结果，因为史少杰不会说，他只含笑不语，抽着烟，任凭陆峥追问，也再不张口。

……

陈错接了个广告片，非常商业的拍摄，忙得团团转。女模特也不知道是不是昨夜宿醉，状态非常不好，面部浮肿，陈错拍了好些照片，都没能把她最好的状态拍出来。

中场休息的时候，她冷着脸，招来化妆师，给模特再上一次妆，自己转身出去抽烟了。她很久没抽烟了，陆峥不喜欢，她也有意识在戒。

出了拍摄棚，外面议论纷纷，好像有事发生。陈错不想理会，她抽完这根烟就回摄影棚。这时有几个其他部门的人走过，她听到零星几句，有人跳楼，事情闹大了，警察都来了。

陈错心里一紧，因为自己男朋友是消防员，她现在对这些消息都敏感了许多。她咬牙忍耐，回身进了摄影棚。就算陆峥来了，她也要有职业操守。她在上班，她有事做，哪怕真是陆峥来了，她也不可能丢下工作，去现场看。

其实不是没有想过陆峥工作的危险性，在那次地震救援，她就已经直面了陆峥工作的危险。可是她爱他，比起害怕，她更愿意跟他在一起。

她拆了一颗糖，放进嘴里。努力让自己稳下心来，但很快就有消防队的人走了进来，和工作室的人沟通。跳楼的人是这个广告公司的员工，这下拍摄进行不下去了，被喊了停。

陈错收拾摄影器材的时候，就遇见了熟人。来跟工作室沟通的是史少杰，他看见陈错，也有些惊讶。陈错把器材箱子关上，上前问询："你来了，那……"

话还未完，史少杰就点头："陆哥在天台。"

大热的天，陈错双手发冷，连呼吸都艰难了许多。她故作镇定，她不能太慌。如果每次陆峥出警，她都怕成这样，还活不活了。史少杰过来是跟工作室的人确定跳楼者身份的，问问平时有没有什么不妥的地方。

当听到那人的名字时，史少杰的表情很显然，变得有些怪异。陈错跟着史少杰，进入电梯，一同前往天台的时候，她把心中的疑惑问了出来："你认识那个人吗？"

史少杰盯着电梯门："也许认识。"陈错没说话了，天台很热，太阳很大。不远处有位西装男坐在天台边缘，情绪激动。

陈错看到了陆峥，她的男人站在不远处，没有靠近，而是试图跟西装男交流。陈错松了一口气，站在暗处，没有贸然上前，影响消防人员救援。

史少杰走了上去，越过了安全距离。陆峥拉了他一把，没拉住。只听史少杰喊了那人的名字："陈俊，你在这里做什么？"

陈俊盯着史少杰，好半天才红着眼睛说道："原来是你。"

史少杰面上扯出一抹冷笑："原来是你！"

陈俊的情绪顿时激动起来，指着史少杰大喊："你来看我笑话是不是！"

陆峥强硬地扣住史少杰的肩膀，把他往后一拽："你们认识？！"

史少杰点点头："当年带头欺负我的人，没想到风水轮流转，今天还要我来救他，真是笑话。"

他的话显然激怒了陈俊，陈俊指着史少杰怒道："我不要你救，你算什么东西！"

史少杰还要说话，陆峥强行把他拉到身后：“想挨处分吗，赶紧下去，别让他看见你。”

史少杰却没有听，他一直往前走，陈俊情绪显然不稳定，他们两个人说了好一会儿的话，陈俊突然就崩溃了，大吼了一声往下跳。史少杰猛地往前一扑，在众人的惊叫下，史少杰半个身子都横出了天台。

就在这个时候，陆峥猛地冲了过去，搂住了史少杰的腰，往后拉，但他显然拉不住两个人的重量，也跟着往下拖。幸好其余的消防人员及时围了上去，把陆峥和史少杰拉了上来。令人意外的是，史少杰手里还拉着陈俊。那男人被吓坏了，鼻涕眼泪都流了出来，坐在地上哭。

陆峥显然被气坏了，正要大骂史少杰冲动行事。这时有人拉了拉他的衣服，他不耐烦地回头，看见陈错白着一张脸站在他身后，嘴唇都在哆嗦，还勉强地朝他笑了笑，说道：“我男人，真帅！”

陈错看着陆峥，背光而立，阳光火辣辣的，让人睁不开眼睛，她眯着眼，忍着眼睛的酸胀。陆峥重重地拉着她的手，没有问你怎么在这里，而是留下一句：等我。然后就转身去处理事情了。

陈俊在生死边缘走了一趟，人都吓傻了，坐在那里直发抖。这时有一位中年妇人从天台门口冲了过来，扑到陈俊面前，一边哭一边捶打着陈俊：“儿啊，你把我的命拿去吧，你死了我怎么活！”

陈俊看着妈妈一把鼻涕一把眼泪，再多的冲动也变成虚无。既然已经把人救下了，现场就不再是他们消防队的管理，转交给警察。

陆峥把史少杰喊到一边，语气严肃：“你刚刚是在做什么，我有没有说过不要刺激跳楼的人，你知不知道你刚刚的做法有多危险。”

史少杰垂着眼，好半天才说道：“对不起。”

陆峥却回道：“你对不起的人不是我，你对不起的是那些拼了命，也要救人的同僚。你对得起你这身衣服！这个军衔吗？！如果那个人真死了，你就是杀人，你懂不懂！”他愤怒极了，眼睛都泛起了血色，

史少杰终于抬起眼：“我懂，我没想杀他，所以才救他。陆哥，我是要救他的。”陆峥没想到会得来这样一个答案，他知道史少杰有多恨当年那些人，所以在史少杰不顾阻止，上前刺激到陈俊，至人往

下跳的时候，他以为史少杰是在报仇。

陆峥的呼吸缓了下来，狠狠一拳捣在了史少杰的肩膀上："臭小子！欠我一次，记得了！"确实是欠，刚刚要不是陆峥及时反应，说不定史少杰会被拖着一起下去了。

虽然楼下已经充起了安全气囊，但高空摔落可不是开玩笑的，也很有可能骨折，又或者造成致命伤害。

仔细想想，史少杰刚刚，确实是想救人的。只是方法鲁莽又过激，让人心惊胆战。

史少杰抹去脑袋上的汗水，冲陆峥一笑道："我只是突然想明白了，不值得。"

值得或是不值得，也许只有史少杰自己知道。

人生机遇多奇妙，曾经的受害者变成加害者，也能成为一个救人英雄。

一念成佛，一念成魔。

只看自己的选择，心之所向。

一场闹剧结束得很快，陈错陪着陆峥往下走，大热的天，陆峥裹着橙色的消防服，额上渗出一层汗，脸颊也红了。陈错安静地陪着陆峥下楼："一会儿我给你买些东西，能等等我吗？"

陆峥手背上有些擦伤，带了些砂砾。陈错抓起陆峥的手，眼睛看着伤口，低声问："痛不痛。"

陆峥回握陈错："没事，小伤。"确实是小伤，比起以前严重的来说，这几乎算小打小闹。

陆峥问她："你怎么也在这里。"

陈错手指头勾了勾陆峥的掌心："我在这边干活，拍照片呢。拍到一半，就听说有人跳楼。我就猜你会不会来，没想到真见到了。看来今天没办法提前下班了。"

就算提前下班，也没办法见面。和消防员谈恋爱就是这样，除了放假，平时都在训练营，不太可能像别人那样，每天都能见面。

好好的同城，同小区，却谈得跟异地恋似的。对于这点，在恋爱前，不是没有想过。陆峥也认真说明过，这些陈错都是知道的，所以陈错从来没有抱怨过。可这反而让陆峥觉得歉疚了，但队员都跟在他们身后，一个个都盯着他俩，他都听见那群兄弟们的小声说笑和口哨声了。

队员们体贴，见陆峥和他媳妇儿拉着手，凑着脑袋在说话。到了楼下，纷纷上车，也没催，就在旁边等着。陈错小跑进了一旁的便利店，没多久就出来了。

提了一大袋冷饮，还有创可贴。陆峥上前，把那袋沉甸甸的水接过去，陈错拧开一瓶水，打湿了纸巾，捧起陆峥受伤的手，小心翼翼地清理上面的脏污。贴上创可贴后，还往伤口上吹了吹。她抬起湿漉漉的眼睛说道："回去不要碰水啊。"

陆峥看着陈错，觉得这女人怎么那么招人稀罕，弄得他都想抱抱她了。他还没付诸于行动，陈错就垫脚搂了上来，将脸埋进了他的肩膀。

陆峥有些害羞了，有点儿想后退："我身上汗出得多。"

陈错没忍住笑："男人味。"

陆峥的脸一下烧了起来，轻轻拉了拉她的头发："我队友还在车上看着呢。"

陈错不管："我已经买好水收买他们了，你再给我抱一会儿，我想你了。"陆峥被她一句想你，妥协了。因为他也想陈错了，每时每刻。

这种肉麻的话，他是说不出口的，所以搂着陈错的腰，多少用了一点儿力。到底还是等不住了，出警车按响了喇叭，驾驶员探出头来，喊了声陆队。陈错总算松开手，没想到惯来克制的陆峥，竟然在她唇上亲了一口，大庭广众之下，多少双眼睛盯着他们看。

陈错都傻了，见她这副傻样，陆峥笑出了声，快步朝出警车走去。他上了车，关了门，脸从窗口探了出来，朝她挥了挥。陈错也傻乎乎地向他挥着手，还忍不住，追了几步。恋爱果然能使人的脑子不太清醒，她现在不就是这样？脑子都跟个烧开热水的壶似的，咕噜噜的响着，顶开盖子。

等回到摄影棚，也不知道是不是化妆师的功劳，模特的状态好了许多，起码在她看来就是。她现在看什么都很顺眼，也很有感觉。

能拍出好的照片，进度自然就快，整个摄影棚的气氛都和谐了下来。摄影棚给她找的助理，中途给她带了杯咖啡回来，递到她手里，悄声问：“陈老师，刚刚那个消防员是你男朋友吗，好帅啊。”

陈错喝了一口咖啡，弯起好看的眉眼：“是啊，我也觉得他好帅。”

助理羡慕地直叹气：“干消防就是危险了一些，不然我也好想交一个啊。”

陈错重新端起摄影机：“是很危险，他是我的英雄。”

在各种意义上，不只是她单独一个人的。

以往轮休时，陆峥其实并不经常回家，因为家里没人，倒不如在营队里和兄弟们待在一起，食堂还有饭吃。现在他倒是觉得休息时间短，想多回去陪陪陈错。

他的这些转变可没少秀到队里其他人的眼，白田就在那里瞎嚷嚷：“说什么英雄难过美人关，错姐知道你这么黏人吗，你变了……”陆峥冷笑着把白田收拾了一顿，然后挂着白田直说恶心的柔情派微笑，回家去了。

他去了趟菜市场，大包小包地往家提。他几天前就跟陈错说了今天休假，没想到回去的路上，陈错的抱歉短信就来了。她临时有急事，要晚上才到。

陈错也知道今天她男人要回家，他们能见面了。她一早起床就开始敷面膜，洗澡，恨不得把自己浑身上下都弄得香喷喷的。

结果中午的时候，她接到了张雅宁的电话，她妈这么强悍的一个人，在电话里哭得要晕过去了，直说不结婚了，再也不结了。

陈错之前陪过她妈试婚纱，她连伴娘的礼服都试好了，婚期也已经定了。她把那段时间的活都推掉了，就等着在婚礼上替她妈捧花。

现在显然是出了大问题了，一边是男朋友，一边是亲娘。陈错只能选亲娘，让自己男朋友独守空房了。陆峥回电问她怎么了，陈错拿着电话，交代情况。陆峥只沉声安抚她，问她现在到哪了，不要开车。

人着急的时候开车容易出事，她如果没走远，他可以送她过去。陈错其实不太想让张雅宁这么快见陆峥，毕竟陆峥的情况和条件，实在不符合张雅宁对她男朋友的标准。

她才刚跟陆峥在一起，她不愿意让这段感情才刚萌芽，就承受压力。只想简简单单的，她喜欢陆峥，陆峥喜欢她，这就够了。

所以她说不用，她已经在出租车上了。她挂了电话，抬手拦下一辆，上了车。因此她也没看到，陆峥在马路那头，已经看到了她。陆峥见陈错已经上了车，自然也没多说什么。只是看陈错行色匆匆，本想着，也许能送她过去。

张雅宁躲在一家咖啡厅里，戴着一副硕大的墨镜。陈错走到她面前时，伸手去摘张雅宁的墨镜，张雅宁还躲躲闪闪的。陈错无奈，只能坐到对面，跟侍应生点了一杯咖啡，问："你怎么回事，好好的怎么就不结了，你也不小了，别瞎闹脾气。"

自从她妈遇见克洛伊以后，整个人就处于少女怀春的状态，被宠得跟个小女人似的。两个人到决定要结婚，都没有闹得跟今天这样僵过。

陈错劝得口干舌燥，咖啡都喝完了，才撬开了张雅宁的嘴。原来是克洛伊的儿子从国外回来参加婚礼，处处都提起自己的亲生母亲，克洛伊过世的前妻。加上这是张雅宁的第四次婚礼，闲言闲语也不少。总而言之，就是婚前恐惧症犯了，张雅宁不想结婚了。

她把这个想法跟克洛伊说了，她本来以为，自己这位外国情人的想法会比她更开放，不会介意结不结婚，只要他们两个人在一起就好了。没想到，一像纵容着她的克洛伊，却因此非常不安，甚至恼怒，觉得张雅宁这样的悔婚行为，他并不能接受。

从来都是被宠着的张雅宁，何曾见过克洛伊这样疾言厉色。当下就委屈得不行，克洛伊还离开了家，说两个人得冷静一下。张雅宁慌了，觉得这是要跟她分手，顿时哭得不行，给自己女儿打电话，寻求安慰。

陈错听着这一通，头都大了，她一言难尽地看着张雅宁："你都多少岁的人了，能不能别那么冲动，难怪我叔会生气。哪怕人家是外国人，也没开放到你悔婚都不介意的程度吧。"

张雅宁听陈错这么一说，就更委屈了："连你都觉得我在胡闹吗？"

眼看着张雅宁又要哭，陈错赶紧坐了过去，搂住她，柔声安慰道："唉，不结就不结吧，我养你！"

听到这话，张雅宁非但不领情，还说道："你养个屁，赶紧找男人嫁了，别让我养你一辈子。"

陈错翻了个白眼，不接受她的安慰就算了，自己还在恐婚，还要跟女儿催婚，什么人啊。她又坐了回去，偷偷给克洛伊发短信，把张雅宁的忧虑跟对方说了。也是他们没有沟通过，张雅宁更不可能把自己的担心说给克洛伊听。比如我怕我比不上你的前妻，这种话怎么说出口。

既然说不出口，只能由她这个做女儿的，当牵线红娘了。

张雅宁冷静下来，又闹着要去KTV唱歌，要去酒吧喝酒，因为自己失恋了。她妈可真是时尚的弄潮儿，年轻人失恋做的事，她都要做一次。

万幸在张雅宁更疯之前，克洛伊及时赶到了，把张雅宁拉去哄。跟着克洛伊一起来的，还有克洛伊的儿子，一位高大的金发男孩儿，长得很英俊。

男孩儿见自己的父亲和女朋友在一边解决问题，转头问陈错："我看他们一时半会儿也不能完，不如我们换个地方喝一杯？"陈错有些惊讶，她要是没理解错的话，这男孩儿，是不是在跟自己搭讪？还是说外国友人，把热情当常态，她也许不用这么大惊小怪？

陈错并不打算跟他去喝一杯，现在都已经傍晚了，陆峥还在家里等她，她得回去了。陈错不停地看着时间，眼见张雅宁的情绪缓和了下来，她上前说道："我该回去了。"

张雅宁正被哄得喜笑颜开，克洛伊一听陈错的话，赶紧说道："我们一起吃个饭吧，你还没见过扎克，他是我的儿子，你们认识一下。"

陈错硬着头皮："可是我……"

张雅宁哪里允许她拒绝："乖囡，你回去又没事做，有谁在等你吗？"面对张雅宁和克洛伊期待的眼神，陈错沉默了。

张雅宁替她做了决定："走吧，咱们一家人吃顿饭。"

陈错还是没有把有人在家等她的话说出口。

这时，在家中的陆峥，接到了陈错满是歉意的电话。她回不去吃饭了，让他不要等她。陆峥应声“好”，又问：“你妈妈没事了吧，没关系，你多陪陪她。”

陈错小声道：“我吃完饭就回去陪你，等我。”

陆峥笑着说道：“等你。”挂断电话，他把桌上的菜热了热，一个人吃了饭。

陈错也许久没见张雅宁了，她如果太急切地回去见陆峥，难免有种有了男友忘了娘，胳膊肘往外拐的嫌疑。饭桌上气氛和谐，克洛伊和扎克都很会哄女人，逗得张雅宁笑个不停，情绪好了不少。可惜陈错无心融入，不时地看着手机。

还是扎克先开口问她：“姐姐是有事吗？”

他话音刚落，张雅宁也跟着看过来，眼神带了些疑惑。陈错打算敷衍过去，这时扎克一只手托着腮帮子，略带轻佻地问：“姐姐有男朋友吗？”

虽然按年纪，扎克确实是该叫她姐姐，但是他们两个好像没有那么熟吧。陈错还未说话，张雅宁就抢先说道：“她没有，所以我才操心呢，你有认识的男孩儿能介绍给你姐姐吗？”

扎克笑着说道：“这样啊，那我……”他话还没说完，陈错就把刀叉往盘上一放。为了配合这父子俩，他们吃的是西餐。

陈错说道：“我有男朋友了，今晚也是要回去陪他的。”

她这话一出，张雅宁和克洛伊面面相觑。张雅宁就更莫名其妙了，陈错的感情生活，她一直都有关注。不过陈错之前的那些男朋友，张雅宁自然也不会太多关注，从陈错的态度都能看出来，她并没有特别喜欢那些人。

张雅宁不敢在陈错的感情生活上过多干涉，毕竟自己的婚姻史就是一本烂账。她只想让陈错能够安稳下来，早点儿成家。这几乎是陈错第一次在她面前提到有男朋友这回事，之前那些，她还是从别人那里听来的。

张雅宁试探地问：“是谁啊，做什么的，几岁了？”

陈错拿纸巾拭嘴，答非所问：“我俩才刚开始，等稳定下来了，我会带他来见你的。”

这话让张雅宁大吃一惊，陈错这是有打算让她见一见这个男人，她的女儿她知道，这得多喜欢啊，一颗心都交付了吧，怕就是奔着结婚去的。

要是等到那时，再带给她看，她还有选择的余地吗，她喜不喜欢这个女婿，陈错都是非嫁不可了吧。想到这里，张雅宁就有些笑不出来。克洛伊眼看情形不对，只好使了个眼神给扎克，让他活跃气氛。在两父子的插科打诨下，这件事明面上算是揭过去了。

饭后克洛伊去结账，扎克去开车时，母女两个总算有了单独相处的机会。张雅宁拿着她的手包，小声说：“那个男人的条件不好吧。”她言辞犀利，用的是肯定句。

陈错不喜欢她这种说话的语气，反驳道：“很好，他对我特别好，我爱他。这件事，台演叔也知道，他支持我的。”陈错搬出了陈台演，希望中止这场对话。

可是她越是这样，张雅宁逼得就越紧：“真觉得好，你会不让我见他？你就是怕我见了他，不同意你跟他在一起吧。”

陈错不看张雅宁，她手指互相摩擦着，烟瘾又犯了，想抽烟，就代表着她在烦。她蹙着眉：“我们在一起没多久，就带他来见你，有点儿急了吧。”

张雅宁远远地看见克洛伊走过来，脸上浮现出笑意，嘴上却说道：“最好是这样，你知道我的底线。”陈错当然明白，张雅宁当年嫁给她的亲生父亲，吃了不少苦。后来过上好日子了，更加讲究门当户对。男生得有份体面高薪的工作，能养家糊口的那种。

当然，在张雅宁嘴里的养家糊口，可不只是生娃养娃那么简单。孩子的教育，兴趣班贵族学校等等，全都是需要钱的。张雅宁讲究实际，她可不允许陈错随随便便就这样嫁了。

而陆峥，说好听点儿，消防员，为国家工作。说难听点儿，还没有其他兵种来得有前途。消防员怎么干，也还是个消防员，工作还很危险，张雅宁不会允许的。

陈错没有应声，张雅宁的话在她心中投下了一片阴影，加了些许沉重。这些压力，其实她一开始就知道。可是那时她并没有当回事，因为她觉得，不过是恋爱而已。可现在不一样了，和陆峥在一起后，她的爱非但没有消磨，还陷得越来越深。越了解这个男人，她就越爱他。如果陆峥向她求婚，她也是会答应的。

她现在就处于这样一个危险的状况，跟疯了一样。如果一年前，有人告诉陈错，她有一天会这么痴迷一个男人，她一定会觉得对方疯了。结果现在疯的是她自己，她非常珍惜张雅宁，也不愿意让陆峥不高兴。

她不愿意将这两个她很珍惜的人，放在一个天秤上，来称一称哪边更重要，这太令人头大了。

扎克将张雅宁他们送回去后，又送陈错回家。路上陈错心事重重，没空搭理这位今晚才认识的弟弟。中途陆峥给她打来电话，问她到哪儿了，要不要下去接她。不过就是一个小区的距离，但陈错喜欢被陆峥这样珍惜，所以她说“好”。

到了小区门口，扎克跟着她下车，要送她上楼。陈错面带疏离地说道：“不用了，我男朋友来接我。”

万万没想到，话音刚落，扎克就抱了过来：“我挺喜欢你的，你也不希望他们结婚吧。”说完，他还要吻上陈错的唇，陈错吓了一跳，而下一秒，扎克就被人粗暴地拖开，吃了一记拳头。这么高大的一个人，直接栽倒在地上，被揍蒙了。扎克其实对中国人的脸都有些脸盲，尤其是中国男人，女人倒是美得各有千秋。可眼前这个男人，高大，冷厉，像把刀，揍他的力道过于狠辣，一看就知道非常不好惹。

陈错拉着陆峥，却对着扎克说道：“不管你怎么胡闹，是你爸想娶我妈，你该成熟一点儿，别在用这样幼稚的方法，搞破坏。”他们的对话用的是英语，语速极快。

扎克恨恨地看了他们两个人一眼，开车离开了。

陈错拉着陆峥的手臂，她能感受到对方紧绷的肌肉，也有些害怕。这倒不是怕陆峥对她发火，而是怕陆峥误会，不喜欢她了。她要解释，却被陆峥反身抱住了，陆峥沙哑着声音先跟她道歉：“吓到你了吧，对不起，我刚刚……有点儿激动了。”

陆峥抱着她用的力道很大，呼吸很重。可比这些更让陈错觉得意外的是，陆峥的在乎。他很在乎她，即便如此，在愤怒的情况下，第一件事，却是跟她道歉。

刚刚那样的画面，设身处地，如果她看见有人要强吻陆峥，她的反应只会更疯狂，并且会第一时间责问陆峥。但是陆峥却没有，他只是紧紧抱着她，平复自己，让自己跟她说话。

陈错被拥在陆峥的怀里，第一次感受到这份感情，这个男人的深情。她抬手搂住陆峥，小声说道：“刚刚那个是我妈妈男朋友的儿子，他可能想对我做一些什么，好破坏我妈跟他爸的婚礼。”

陆峥松开了手，有些紧张地打量她：“你没被伤到吧？”

陈错抬手捧住陆峥的脸，踮起脚尖在他的两边脸颊上，各亲了一口：“谢谢你啊，保护我。”她的话让陆峥的眼睛微微睁圆了，这个模样落到她眼里，就很可爱。可爱的男人，她的心软软的，又忍不住抱了陆峥一下：“我今天跟我妈说了，我有男朋友了。”

陆峥的手在她头发上轻轻地抚摸着，像是在哄着她，她继续说道：“她想见你，你想见她吗？”

这话没有得来回答，陈错有些失落，但同时也心宽地想，现在就见父母，进度确实有些快了。她反手拉住陆峥，拉着他往家走，这时她才发现陆峥手里提着药房的袋子，她惊讶地要抢那个袋子：“你旧伤复发了？这么晚买药？哪儿疼了，疼你还动手，伤了没有！”

她语速极快，直到打开袋口，这才明白陆峥买的是什么。她光顾着激动，觉得药房肯定卖药，没想到还卖避孕套。她没好气地抬头，陆峥的脸先红了，有些不自在地说道：“没受伤。”

陈错把袋子塞回陆峥怀里，独自往家走，陆峥几步追上她，将她一搂：“你妈想见我，你愿意我见她吗？我想听听你的意见。”

听到这话，陈错那点儿小脾气顿时烟消云散。陆峥对于这件事的第一反应，竟然是问她的意见，而不是自己决定去不去。陈错勾着陆峥的小指头：“大晚上的，你不老实。”

陆峥没忍住，轻轻掐了她的腰一下，眼神游移道："我还不是怕你乱来。"见陈错没有回答到底要不要陆峥去见她妈妈，陆峥也没有再追问。

晚上，陈错被陆峥在床上办得差点儿下不了床。别看这男人大度，显然还吃着醋呢，使劲儿折腾她。

当兵的体力好，尤其是陆峥腰腹上的肌肉，摸上去跟人体雕塑一样，硬邦邦的，陈错头发全湿了，蔫蔫地躺在被子里，脖子上全是吻痕，肩膀上还有个圆圆的牙印。

她的小腹涨痛得厉害，陆峥在浴缸里放了一缸水，过来抱她。整个房间都还弥漫着暧昧的味道，陆峥先开了窗，再过来，把她当个宝宝似的，用被子做了个襁褓，将她抱进了浴室里。

被子被扯开，陈错躺进浴缸里，她舒服地"哼"了一声，耳朵就被陆峥不轻不重地捏了一下。陈错睁眼，捂着自己的耳朵，借机发作，骂他："禽兽！"

陆峥笑了笑，过来亲了亲她，低声喊道："软软。"

可惜陈错刚刚被他折腾得太狠，就算喊天仙也没有用。陈错还是有些生气："帮我洗头，我动不了。"陆峥遵命，叠起袖子，伺候女人。

他洗头洗得很小心，但难免有些笨拙。陈错的右眼被水糊住了，睫毛湿漉漉的，凝成一撮。陈错小声抱怨着，嘀咕了几句，然后陆峥的吻就下来了。花洒里的水还在流着，打着圈往浴缸里涌，泡沫噼噼啪啪地消散。浴缸里的水很暖很舒服，陆峥的手扶着她的脖子，湿润温热，有力的指腹，还有他的吻。

一切感官，都在眼睛闭上的那一刻，变得清晰起来。他万分珍惜地亲吻着她，明明只是极普通的一个吻，却是那么让人沉醉。

他先亲了她湿润的眼睫，顺势往下走，脸颊，鼻尖，最后才到了嘴唇。陆峥的衣服也湿了，呼吸也渐渐急促起来。最后他想克制地离开，却又舍不得，他说："我爱你，陈错。"

陈错睁开眼，捧着陆峥的脸，将他拉了下去。他们额头抵着额头，两个人都在笑，她说："我也爱你，很爱很爱。"

第十一章 反对也不行

回到床上，陈错整个人都被泡得粉粉的，陆峥给她穿好了睡衣，她不想动，倚在陆峥怀里的时候，还在说："我明天要喝萝卜排骨汤，你上次做的那种。"

陆峥说："好。"

陈错又说："我要去我妈的婚礼上当伴娘，你跟我去好不好，到时候你就能坐我旁边了。"

陆峥这次沉默了好一会儿，才说："好。"

陈错困得要命，艰难地问："如果你见了我妈妈，她跟你说什么不好听的话，你别理她，你绝对不能不要我。"陆峥捏了捏她的脸，亲吻着她的额头，无声地回答了陈错。

陈错继续艰难地睁着眼问道："我妈妈都知道你了，你什么时候，带我去见你家里人啊。"

她没听到那声好，也不知道是因为她睡着了，还是陆峥没有说。反正陈错第二天醒来后，还是不知道陆峥的答案，她想见他爸妈，他愿意吗？

陆峥的生物钟是早晨六点，怀里的女人还在睡，长长的睫毛垂着，嘴巴微嘟。有时候陆峥都会想着，如果以后有女儿了，是不是就该长成陈错这个样子。他想，他会把那个小宝贝宠到天上去。

第一次谈恋爱，他就想到永远了。

他看着窗外黑沉沉的天，将被子拉高了一些，盖住了她的脖颈儿。陈错不自觉地动了动，头发乱乱地散到了他的脸上，送过来几缕清香。明明用的是一瓶沐浴露，女人总是能比他香许多。他的嘴唇触碰着她的头发，深深浅浅地吻着，将陈错弄得有些醒了。陈错不高兴地皱皱眉，手指头跟猫似的，在他下巴处挠了一下，翻了个身，背对着他。

他去叼着她脖子上滑腻的皮肤，种下一记记吻痕。陈错醒来的时候，床上已经不见了陆峥。她的作息跟陆峥不太一样，陆峥起床后，要到楼下晨跑一个小时，回到家中还要做一组训练。

她从床上半梦半醒地起来，揉了揉眼睛，听到客厅有电话铃声响，她喊了陆峥好几声，没人应。她伸手拿一件陆峥的T恤，往身上一套，踩着拖鞋，踢踢踏踏往座机的方向走。到旁边时还对着那电话机犹豫了好一会儿，她不知道自己该不该接这通电话，可是陆峥又不在，万一队里有急事呢？

在她犹豫的时候，电话铃声就停了。她耸耸肩，觉得这大概也是上天注定，于是扎起了头发，跑去浴室洗漱。就在她满嘴泡泡的时候，电话铃声又响起，陈错赶紧漱完口，想了想还是接起了电话。

那边传来一道女声，一开口就喊了句阿峥。陈错虽然有些疑惑，但还是礼貌地说："我不是陆峥，他现在不在家，你有什么事的话，一会儿他回来了，我让他给你回电话。"

那人安静了一会儿，突然就把电话给挂了。等陆峥提着菜回来的时候，就看见陈错端坐在电话机旁，抱着手，表情不善地盯着他。

陆峥把门关上，随口问："怎么了？"

陈错“哼”了一声：“刚刚有人给你打电话，是个女人，还叫你阿峥！”

陆峥皱眉，显然想不起有哪号人物是这样叫自己的，他进到厨房，放下了手里的菜。但他这样的行为，被陈错理解成避而不谈，肯定是前女友。陈错起身跑到厨房门口，叉着腰，委屈地嘟囔道：“我知道我现在这个样子很小气，但是你能不能不和前任们联系啊，我也是，我都删光了。”

听到陈错嘴里的前任，陆峥突然想起，这个女人，好像还有许多前男友呢，还喜欢过自己的背影好多年，要是真吃醋，那也是自己。

陆峥洗完手，这才过来捏陈错的脸，把她捏得娇娇地喊疼才松手，怜惜地揉了揉：“我哪儿来的什么前女友。”

陈错明显地不信任：“你骗人，你第一次跟我一起吃饭，还说过你有很多前女友的。”

陆峥一回想，好像是有那么一回事。当然他那时候只是纯粹想把陈错吓跑，当然就随口胡诌了，没想到今天会被她拿出来当说辞。果然饭可以乱吃，话不可以乱说。谁知道以后会如何，又会和谁在一起。

陆峥只好说道：“我那次是骗你的，至于电话，我也不知道是谁打来的。”他一边说着一边朝着电话的方向走去，陈错在他后面缀着，像根小尾巴。

陆峥查看了一下通话记录，表情有些许的变化。那确实是他认识的一个姑娘，是个老师，叫薛玫，书生气很重，白白净净的，戴着眼镜。相亲认识的，当时陆峥确实对她有那么一点儿意思，可惜姑娘对他没有安全感，有一次陆峥撞见姑娘和别人相亲，两个人就没再联系了。

再后来，薛玫所在的学校有个学生的头卡在围栏上，陆峥出警到那里，把那个学生给救了出来，薛玫就又开始联系他。陆峥的反应一直淡淡的，薛玫也明白，也就没再联系他。等再次联系，是因为薛玫被一位疯狂的追求者给缠上了，她拜托陆峥帮忙，陆峥帮了。两个人一直都是淡淡的，有来往，却也没有更多的发展。

这次陈错刚好接到薛玫的电话，陆峥只好一五一十地跟陈错说了。

他是男人，他觉得他跟薛玫甚至都不能算是男女朋友，所以陈错要问，他也没什么可隐瞒的。

可是这些在陈错心里，完全就不一样了。这分明就是一位暧昧对象，到现在还有联系的那种，这太气人了。

眼看陈错的脸色越来越差，陆峥也反应过来了，要想抱着陈错哄哄她。陈错拧着身子不从，说道："你为什么不跟她说你有女朋友了。"

陆峥一脸莫名："我跟她又不熟，干吗要特意跟她说。"这句话诡异地将陈错打翻的醋坛子扶了起来，让她没那么生气了。

她想：陆峥根本不用特意跟薛玫交代一声，可想而知有多不熟。而薛玫，一听到她接电话，就把电话给挂了，一看就知道对陆峥有什么想法。

可惜啊，有也没有用，陆峥已经是她的了。陈错自己把自己哄好了，然后才主动坐到陆峥的大腿上，搂着他的脖子，手指头戳了戳陆峥的脑袋："你啊，真是个呆子。"

陆峥搂紧她的腰，手往前走，捏了捏陈错的肚子："你呢，你那些前男友，不交代一下吗？"

陈错立刻从陆峥腿上跳了下去，伸着懒腰，夸张地喊道："好饿啊，我要吃东西，你买了什么，快去做，你要饿死你老婆吗？！"

吃早餐的时候，陈错的脚在餐桌底下不老实地去勾陆峥，在他脚背上来回踩着，还跟陆峥打听薛玫长得怎么样。

本来还以为这件事已经翻篇的陆峥，这才明白，女人的小心眼儿哪里那么容易过去。他喝了口粥，回了个求生欲十足的答案："你比她漂亮。"

陈错被陆峥哄得心花怒放，做作地说道："还好吧，一般漂亮啦。"

陆峥被她的厚颜给逗笑了，双膝一并，夹住陈错不老实的脚丫，沉沉地说道："大早上的，别闹。"

陈错"哼"了一声，收回脚："给你点儿福利你还不要，没情趣的男人。"

喝了几口粥，她又问："那你第一眼见她就对她有意思，你当初可是拒绝了我不少次。”

陆峥有些头疼，感觉这事儿要是不交代完，可能就没完没了了。但是要交代，必定要把他当年那些事给翻出来。那些回忆对于陆峥来说，并不好，他不愿意让陈错看到。他想展现给陈错的，是他强大的一面。所以他转移话题，提起了刚刚陈错说的话：“你要当我老婆？”

陈错眯起眼：“怎么，我现在还不是吗？”陆峥摇头，差点儿把陈错气得一个后仰。

还没发作，陆峥就说：“我结婚需要审批，还是军婚，你要嫁吗？”陈错没想到这么严肃的一件事，就被陆峥这样轻描淡写地说了出来。

结婚这事儿她虽然有想过，却也不敢细想。虽然她认为结不结都可以，但她妈那关就非常难过，她现在都还没有应对之策呢。再加上，陆峥的态度也太不端正了。哪有吃饭的时候，随随便便问要不要嫁的。更何况，他们才在一起多久，要是真结了，可不就是闪婚吗。

陈错捏紧筷子：“不行，不行，我们在一起没多久，还有你这个求婚好没诚意，哪有你这样子骗姑娘的！”陆峥也认同地点点头，就没再提这个话题了。

见他不提，陈错心里又不是滋味，她闷闷不乐道：“你还真的不求婚了啊。”

陆峥淡然道：“你不是觉得太急了些吗？”陈错恼怒地瞪着他，恨不得上前把他咬一口。

她用筷子拨着碗里的土豆丝：“你也得哄哄我啊，你什么都不说，都不给，就让我嫁了，好没安全感。”

眼见陈错蹙着眉，都委屈起来了，陆峥赶紧放下筷子，过去把她抱住：“我错了，我刚刚也不是在求婚，你放心，真到了那个时候，我会给你我能给的一切。”

陈错抬眼，终于露出个笑脸：“这还差不多，你要是敢欺负我，我就不要你了。”

……

陆峥休假结束，就回了队里。陈错自然也回了自己家，开始认真工作。

她的工作性质也是到处跑的，今天飞南方，后天去岛国。来来回回，没个定数。等陆峥有假期，说不定她还在外地，等她回来，陆峥又回了营地。

算下来，两个人也快半个月没能见上面了。陈错想他都快想疯了。恨不得到营地去见陆峥。只是进营地的手续麻烦，更何况她也不敢贸贸然过去，怕给人造成麻烦。只好等到晚上，陆峥有空了，跟她视频。

这天视频的时候，陈错刚洗完澡，穿着件小吊带就出来了，头发还一缕一缕地披在肩膀上，还在往下滴着水。黑色的吊带，还是V领，她对着视频，微微弯着腰，用毛巾擦头发。

那边陆峥咳了一声，用微哑的嗓音说道："加件外套。"

陈错笑得有些妩媚，还懒洋洋地拨开头发，露出白润的肩膀，漂亮带水的锁骨："我刚洗完澡，太热了。"

她喜欢陆峥专注看她的样子，尤其是这个时候，眼神有火，带着热度，很撩人。陆峥在镜头那边苦笑了一下："别招惹我，我可不想待会儿回去被兄弟们笑话。"

他躲在外面和她视频，外面的信号也比里面好。安静，就是光线不是很好，相比陈错这边暖暖的光，陆峥那边很暗，他的脸都看不清。

陈错捋了捋头发，说道："我想你了，你来找我好不好，或者我去找你，你偷偷出来跟我见一面。"他们确实很久没见了，陆峥很想去找陈错，但是不能。他们得二十四小时待命，因为谁也不知道出警铃会何时响起，必须留在营地。

陈错屈膝，踩在椅子上，抱着膝盖，脸颊软软地搭在膝盖上，她见陆峥面带难色，小声说道："不逗你啦，陆队长，等你放假回来，得让我好好抱抱。"陆峥应了声"好"，可惜他食言了。

台风肆虐的季节，洪灾泛滥，陆峥所在的消防队被调去抗洪抢险。事发突然，陈错都到陆峥家了，这才收到消息。陆峥给她留了语音，在她收到这条语音后，陆峥已经在前往救灾的汽车上了。

和消防员谈恋爱就是这样吧，聚少离多，陈错难得有个假期，就陷入忧心忡忡之中，担心陆峥受伤，遇到危险。陆峥跟她保证晚上十点会给她电话，每天一个，定时报平安。如果有哪天晚了，陈错就会一遍遍地拨电话过去。其实她也觉得自己现在这样，有点儿反应过激了。

她如果一直都是这样的一个状态，说不定会影响到他们两个的感情。也许陆峥会嫌她烦的，想到这个假设，陈错就觉得揪心。她觉得自己现在变得都不像自己了，明明在恋爱前，信誓旦旦地说不怕，可现在她怕得要命，还得强忍着让自己不要说出那些，你为了我换工作好不好的自私话语。

为了不让自己沉浸在这些坏情绪里，陈错只能投身于工作。陆峥回来时，已经是一个月以后了。他瘦了也黑了，更有男人味了。

显然，不止她一个人十分想念。

……

第二日，陈错的门铃响了一遍又一遍，陈错累得要死，把脸埋进被子里，跟个鸵鸟似的。

她迷糊听见有人开门，有人说话。声音很熟，好像是她妈。陈错猛地睁开眼睛，从床上爬了起来。她忙不迭地穿上衣服，拉开门，她看见了她最不愿见到的一幕。她妈和陆峥，两个人一左一右，坐在沙发上，同时朝她望过来。

陈错尴尬地拉了拉领子，干笑道："早，早啊。"

她的早安，外面的两个人都没应她。陈错不清楚，她在睡觉的这段时间，张雅宁和陆峥究竟说了些什么。面对眼前的情况，她根本找不出可以解决的方法。

突然，张雅宁问："这是谁？"

陈错抓了抓头发，靠在门边："我男朋友，陆峥。"她侧向陆峥，又说："这是我妈，张雅宁。"

张雅宁今天穿得光鲜亮丽，手提名牌包包，做了头发。陈错跟她长得有些像，但因为保养好，貌美如初，加上精心化妆修饰，她和陈错，更像是姐妹。

陆峥刚开始也是这么认为，因此在陈错出来前，他根本不知道怎么称呼她，只能问："你是？"

张雅宁先是目光直白地将他上下打量了一番，从刚开始发现陈错家里有男人的惊慌，到最后渐渐稳了下来。她没有应陆峥的问话，而是直接进入客厅，走到沙发前，坐了下来。

见张雅宁对屋里的摆设如此熟悉和与陈错长得很像的面容，陆峥没有拦她。张雅宁看向四周，看到桌上摆着的早餐，重新将视线落到了陆峥身上。从身材到五官，眼前这个男人无疑是出色的。与此同时，这也让张雅宁很心惊。她当年也是，被陈错她爸迷得死去活来，那男人也很英俊，身材高大，男人味十足，让她死心塌地。

可结果又如何呢？他根本护不住自己的妻女。而陈错，如果眼前这男人条件真的好，陈错那天晚上，就不该是那种反应。眼看自己的女儿，又要走上自己的老路，张雅宁脸上的表情渐渐沉了下去。

直到女儿从房间里出来，满面春光，脖子上的吻痕历历在目，加上大早上的这男人还在，说明这两人昨晚在一起过夜了。关系即然已经到了这种地步，如果不是这两个人自己分手，她插手也实在是不近人情。陈错要是肯听她的话，那才怪呢。

见陈错大方承认，也可知其态度。反倒是陆峥，听到她是陈错的母亲，便拘谨起来，说了声："失礼了，伯母好。"

张雅宁转向陆峥，面带微笑："你好。"

陆峥客气道："您用早餐没，要一起吗？"

张雅宁点点头："好。"陆峥进去拿碗筷，陈错仍靠在门边，不自在极了。

张雅宁冷眼扫了陈错一眼："还不赶紧收拾好！"陈错只好前往浴室，干净洗漱。

她不想耽误时间，匆匆洗了一下，就完事了。等她出来，张雅宁的盘问早已经开始。陆峥，哪个陆哪个峥，家里做什么的，现在职业是什么，几岁了。

陆峥一一回答，听到家里做生意，年纪比陈错小，张雅宁的脸色缓和了一些。家里有生意，说不定还是个能继承家业的，当一听到职业是消防员时，张雅宁脸上的笑，就再也挤不出来。她看向刚从浴室出来的陈错，那眼神，陈错完全明白是什么意思了。张雅宁是在告诉她，决不可能，她不会同意的，她非常不满意。

陈错只当看不见，张雅宁她了解，爱面子，不管多不满意，也不会当着陆峥的面，跟她吵架。

果然，张雅宁客气地跟陆峥说："所以过几天你会陪着陈错出席我的婚礼吗？"张雅宁本来以为，会在陆峥脸上看见惊讶的表情。

因为她以为，陈错也许没将这件事告诉她的小男朋友。结果没想到，陆峥点点头，说知道这事儿，并且陈错邀请了他，到时候一块儿去参加。

张雅宁都已经准备好了，要虚伪地捂嘴说：哎呀，陈错竟然没告诉你吗，抱歉，我不知道她并没有打算邀请你当她的男伴呢。如果她早点儿说，我就不会给她安排男伴了。这会儿，这些所有的准备和挑拨，全都没了用。她这个傻女儿，这是准备带这个男人见家长了，不管她同意与否。

张雅宁起身，走到门边，陈错紧忙喊道："妈。"

张雅宁匆匆走了出去，陈错直追，陆峥体贴地留在客厅里，没有跟着她一起。

张雅宁踩着高跟鞋，直奔电梯门口。她用力按着电梯键，可电梯就是不上来。见陈错追来，她转身就进了楼梯间，往下走。

陈错追着她喊，撒娇地让张雅宁等等她。张雅宁撑着扶手，红着眼回头，瞪着站在比她高半层楼的陈错："一个消防员？！"她声音拔得很高，尖利带着破音。陈错停在原地，不敢再追了。

张雅宁继续道："消防员有什么前途，他有什么用，能给你带来好的生活吗？！我是不是太早让你过上好日子了，所以你就是学不会妈的教训！"

听到张雅宁的声声质问，陈错艰难地开口："他和爸不一样。"张雅宁猛地把眼睛睁大了些，快速地上楼，走到陈错面前，甩了她一耳光。

陈错头被甩得偏了过去，张雅宁气得胸腔一鼓一鼓的，脸上的细纹都浮现了出来："那个男人，我年轻时多爱他，现在就有多恨。你别怪妈没提醒你，妈不愿意看你跟我一样，你明白吗？！"

她的声音都带了点儿哭腔，看着陈错脸上浮现出的手指印，又心疼得要命。她伸手抱住陈错，眼泪全掉进了陈错的衣服里："软软，妈这辈子都记得，你发高烧的时候，妈背着你，从出租屋被赶出来。妈没钱买药，你冻得直哭，差点儿烧得救不回来。我那时就发誓，为了你，我什么都可以不要，什么都可以去做。"听到张雅宁的话，陈错也没忍住，泪目了。

张雅宁抚着陈错的头发："你是妈千辛万苦养大的乖囡，妈这辈子最错的事，就是遇上你爸，这辈子最不后悔的，就是生下你。妈不想你后悔，不想你受苦，只想你好好的，你懂吗？"

陈错心酸得几乎要喘不过气来，这一切她当然懂。张雅宁离开她亲生父亲时，背了多少骂名。说她嫌贫爱富，不好好过日子，是个坏女人。

可陈错知道，张雅宁不是的。她是为了她，如果只是为了让自己过好日子，怎么会发现自己刚结婚的继任丈夫是个禽兽时，毫不客气地撕破脸皮，打官司。

张雅宁打官司的时候，把她送到了乡下，就是怕被继任丈夫报复，连累到陈错。她连保险都买好了，受益人填的是陈错的名字。

她是这个世上最爱陈错的女人，陈错知道。

张雅宁的情绪，好久才缓和下来。等清醒过来，在自己女儿面前哭成这个模样，又让她有些不自在。她从包里拿出手帕，压了压自己的眼窝。大怒大悲，很耗体力，张雅宁坐到楼梯上，平复着心情。

陈错也跟着坐了下来，她脑袋靠在张雅宁的肩膀上，小声道："妈，你知道吗，他救过我两次。一次在三年前那场地震，一次在三个月前剧组的那场大火。"

张雅宁本以为陈错要替陆峥说好话，没承想听到的是这些。她是知道陈错三年前那次遇险的，自那次以后陈错心理就出现了很大的问题，治疗了很久。

没想到，那个消防员，竟然是女儿的救命恩人。张雅宁应该对他感激涕零的，可偏偏是这个人拱了自己如珍如宝的女儿，那份感激之心，顿时变得微妙起来。

她忍不住掐了陈错一把："你别跟我来那套英雄救美，以身相许。"

陈错哭笑不得："怎么会呢，跟他在一起之后，我才知道三年前的救命恩人是他的。"

张雅宁还能说什么，知道这事儿以后，就明白这两个人是更难分开了。她苦口婆心："我说的那些，你也听不进去。就算不说他家境和你配不配得上，他一个消防员，永远在前线，万一有什么事，你怎么办？"

陈错假装听不懂，傻傻的也不知道该说些什么。

张雅宁拍了她的手一下："就算你最后跟他在一起了，你生病、怀孕、生孩子，他那边，一个电话就被调走了，你一个人去医院，你能承受得住吗？这种委屈，你要忍受，你明白吗？你说他和你爸不一样，是！你爸是人渣，他不是。可是他一样会给你委屈受，我心疼你，所以我不能同意他。"

话都说到这份儿上了，陈错也没法再开口。她妈确实是为她好，说的都有道理。然而世上哪有事事如意的呢？如果像她妈说的那样，起码她是喜欢陆峥的，她嫁给了一个她喜欢的人。

而且她相信，陆峥尽管会身不由己，却永远都是将她放在心尖儿上疼的那个男人。

因为喜欢，才会在乎，才会想着对方是不是会对自己好。如果不喜欢，哪怕那个人对自己再好，也看不见，不在乎，这样的结合，又有什么意义。

张雅宁见陈错没有反驳，脸上也没有赞同的神情，知道再劝也没有用。她也是女人，当年也是要死要活嫁给陈错她爸，最后结局不好，所以不希望女儿重蹈覆辙。陈错是她生的，跟她一个模样。当年她没有被家里劝住，自然到了今天，她也劝不住自己的女儿。

张雅宁长长地叹了一口气，起身，从包里掏出粉饼，补妆。她向来优雅，如今也一样。她没有过多纠缠，只是抱了抱陈错，让她想明白了一些事情。

陈错拉着妈妈的手，一起下楼。她替张雅宁拦了辆出租车。张雅宁上车前，还凑到她耳边说："自己好好想想，注意安全，别逼我同意你们登记。"

陈错听完她是话，不由得恼怒地喊了一声：“妈！”

张雅宁从鼻子里“哼”了一声：“逼家长那套，你妈比你熟练。”

张雅宁走后，陈错在楼下抽了一会儿烟。其实张雅宁说的，她都懂。感情的事，要是能理性一点儿，那就不叫感情了。

她抽完烟，才觉出冷来。下过几场雨，转眼秋天就到了。之前她为了追张雅宁，穿着家里那套短袖短裤，此时露在外面的胳膊腿，都冻出了鸡皮疙瘩。陈错搓着手臂，往回走。一转头，却看见陆峥站在不远处，手里拿着一件外套。陈错心里突然就委屈了起来，好像刚刚在张雅宁那里憋住的眼泪，在见到陆峥的那一刻，都忍不住了。

她朝陆峥跑过去，陆峥展开外套，将她裹住了：“怎么不穿衣服就跑下来了，我还以为你们走了，找了你好久。”陈错在陆峥怀里摇摇头，突然陆峥的手就摸上了她的脸，是她被抽了一耳光的那一边。

陈错要躲，陆峥却不让。他抓着她的下巴，将她的脸抬起来。她从未见过陆峥这么严肃的表情，语气更是低沉，带着质问：“她打你了？！”

只这一句话，陈错就皱了皱鼻子，湿了眼眶。她没有否认，只是带着鼻音，说：“我好饿，好冷啊，我们回去吧。”

陆峥没有再追问，手指在她红肿的右脸上轻轻触碰了一下，眼里满是心疼。他搂着她：“好，我们回去。”

到了家中，陈错坐在餐桌上，吃早餐。她心情不好，胃口就变大。这也是那场地震落下的毛病，胃里有了东西，才会让她有安全感。

陆峥熬的粥，炒的小菜，煎的蛋，全被她吃得一干二净。最后还不满足，翻出一袋饼干，盘腿坐在沙发上，吃了起来。

陆峥从厨房出来，他端着个盘子，上面有热毛巾，是给陈错敷脸用的。陈错皮肤白且嫩，他平时稍微用力点，都能留下印子，更别提这么一记耳光，血丝都打出来了。

陈错看着陆峥给自己敷脸，眼里明显带出了些许隐忍的怒意。他因为她被打而生气，却又不能对张雅宁有怨言。而且从根本上讲，他才是陈错被打的主因。陈错伸手去抱陆峥，想哄哄对方，她撒娇地说道：“没事的，不管怎么样，我是不会离开你的，你也不许离开我。”

陆峥搂住她的背，在她太阳穴处亲了一下。这种护不住自己女人的感觉，特别难受。但就算陈错的母亲，对他有再多不满，他也不会放手的。

最初，他答应跟陈错交往的时候，就已经想好日后有可能会面对的情形。如果陈错没有来招惹他，没有让他心里有了她，也许他不会让自己陷入这种境地。就算陈错因为今天的事，要跟他分手，他也不会放手。

这段感情，也许会让他变得没有尊严，本该是可怕的事。可他心甘情愿，深陷其中，不愿自拔。

和陈错交往过后，陆峥才渐渐明白女人究竟有多矛盾。比如让她吃得好，她开心，又担心长胖。提醒减肥，陈错又气鼓鼓地问他，是不是嫌她胖了。陆峥在日复一日中，磨练出了一套求生欲十足的相处方式，变得识相了许多，总而言之，就是没那么直男了。

回到营地，他每天晚上都要给陈错打电话，因为他知道，这样陈错会高兴。这女人，接电话的时候，还要说你怎么这么黏人，假模假样地抱怨几句，实际上心里都乐开了花。

谈恋爱也就那么一回事，总是容易生气，容易满足，也容易开心。一举一动，皆被另外一半所影响。例如陈错在勾搭他的时候，每天都美美的，无时无刻都在散发着魅力。

现在不了，跟个小女孩一样，喜欢耍赖，动不动要抱抱，还用嫉妒羡慕的眼神，跟他说："为什么你们男人不用穿睡衣，女人却要。"

她的那些性感内衣，一套又一套，陆峥洗完衣服要叠，对着那堆不知道怎么才能穿上去的内衣，无可奈何。只能通通卷成团，都塞进柜子里。吃饭的时候，陆峥提了一嘴。当晚，陈错就在床上示范给他看，这内衣，到底是怎么穿上去的。

陆峥挺喜欢的，还不许陈错出差带出去。陈错无语道："都穿在里面，谁知道呢。"陆峥不说话了，他把陈错抱了起来……

后来陆峥发现，陈错是位肤浅的颜控。他会有意无意地在陈错面前，用手背擦去下巴的汗，折起袖子，露出结实的小臂。还会在家中几组体能训练过后，撩起衣服下摆，擦汗。陈错无论在旁边做些什么，都会停下手中的动作，直勾勾地看着他，欣赏男色，半点儿都不矜持，很有花痴的天分。

那天晚上，陈错躺在床上玩平板，刷到微博，兴致勃勃要趴在陆峥身上，数他能够做几个俯卧撑。陆峥本来觉得，不过是件小事，结果陈错真压上来时，陆峥就后悔了。

女人的身体，曲线玲珑，软绵绵地揉在他结实的背脊上，陆峥的汗，都出得比平时多，全是憋出来的。陈错还不知道，乐呵呵地趴在他身上，吹着他的耳朵报数。最后陆峥实在支撑不住了，就将陈错压在身子底下，继续做起了“俯卧撑”。

陈错以后就不敢了，连陆峥训练，都躲得远远的，就怕陆峥一个高兴，拉着她做“俯卧撑”。

陆峥哭笑不得，但总不能让女朋友怕这种事吧。他只好多看了几个片子，好好学习。当晚，抱着学习的精神，把陈错折腾得差点儿晕过去。

两人聚少离多，没多久，张雅宁的婚礼就到了。陈错提前带着陆峥去试了礼服。她的伴娘服是在张雅宁的婚纱店试的。白色的轻纱布料，蕾丝，刺绣，前面是雪白托住胸部的抹胸裙，后面则像是盛开的许多花，一瓣一瓣的，非常漂亮。

陈错提着裙摆，在原地转了一圈，基本店里的所有客人，视线都落在了她身上，甚至无法挪开。

礼服是张雅宁替她早就选好的，自己的女儿，总得要穿的漂漂亮亮的。说不定在婚礼上，还能被别人看中呢。张雅宁一开始是这么打算的，直到陈错有了陆峥。

连试伴娘服，都要拉着男朋友一块儿去，张雅宁正好要操心婚礼的大小事宜，只得由着她了。

陈错手里拿着捧花，问陆峥：“好不好看。”陆峥没有说话，但眼神却十分炙热，不用言语，她都知道，她现在是有多好看。

陆峥伸手替她将一缕头发，顺至耳边，突然道：“没有其他的伴娘服了吗？”

陈错没想到陆峥的第一句话竟然是这个，还莫名了一下。

一旁等待的店员脸色为难道：“张女士已经定了这款了，定金都交了，而且先生，这款小姐穿得很漂亮啊。”

陆峥目不转睛地看着陈错，目光在陈错胸前扫了一圈，这是一条抹胸款的礼服，理所应当地，露出了胸前半点儿春光，一点儿深沟。他继续道："换一件，没这么暴露的。"

店员说："这伴娘服差不多都是这样的，而且小姐身材这么好，这款正好。"陈错知道这是男人的独占欲发作，她也觉得无奈又甜蜜。

她问店员，将其他几款都拿出来试一下，定金不是问题，可以不用退。接着陈错又试了几套，但因为都是贴身款，再加上陈错的身材很饱满，她出来一次，就引人注目一次。还有一旁跟着新娘来试衣服，试到萎靡不振，倒在沙发上玩手机的新郎，腰板都坐直了，就等着自己媳妇儿没出来之前，多看两眼美人。

试到后面，陆峥脸色都青了。陈错只好匆匆定下了一件，然后拉着陆峥出了那家店。

陆峥有些不高兴，他别扭地说道："伴娘的裙子不都是很丑的吗？"

陈错笑道："她是我妈，哪有妈妈希望女儿丑的。"

陆峥知道陈错长了一张足够招蜂引蝶的脸，就好像在营地里拍摄的那会儿，陈错穿着白裙子、黑裙子、背心、吊带，都能引来许多讨论。

晚上，宿舍里，一群寂寞的大老爷们，就会谈论起陈错，陆峥是从来不参与这些话题的。现在想想，胃里都直泛酸水，哪能知道以后会成自己的媳妇儿，自个儿的媳妇儿给自个儿的兄弟调笑是什么感受。

虽然是过去式了，但陆峥还是不高兴，心里也不好受，难免脸上就带了一些哀怨。但他并不想干涉陈错的穿着，女孩子喜欢自己漂漂亮亮的，男人就该保护自己的女朋友，而不是管束太多。

他捏了捏陈错的手，为自己刚才在婚纱店的小肚鸡肠道歉，并说道："要不我们回去再试穿一遍，你刚刚定得有点儿急。"

陈错打量着眼前这个男人，终于还是没忍住，踮脚将他抱住，脸颊在陆峥胸膛上狠狠地蹭着："你怎么能这么好，吃醋没关系的，我喜欢你吃醋。"

第十二章 受伤

张雅宁的婚礼，在一家大堂华丽的酒店举行。

陈错去新娘化妆室的时候，找到了她忐忑不安的亲娘。张雅宁今天非常美，也非常的不安。白纱后面，是张雅宁湿润的眼帘。陈错让众人出去，握着张雅宁的手："怎么了？新娘子哭成这样。"张雅宁的手很冰，出了一层汗。

她苦笑地看着自己的手，对陈错说道："一会儿都不知道能不能戴得上手套，出了好多汗。"陈错重重的捏了捏她的掌心，取来手套，给自己的母亲戴上。

张雅宁让陈错过去，坐到自己身边，她挽着陈错的手，低声说道："你说这次会不会跟之前一样，我嫁了太多次了软软，我好害怕。"

陈错给了张雅宁一个拥抱："你怕什么，你这么漂亮，把克洛伊迷得死去活来的，连我都看出来了，他对你死心塌地。再说了，最后不是还有我养你吗，别怕。”

张雅宁含着泪，笑着搡她一把：“天天说你养我，等你有了丈夫，有了孩子，还会再回头看你妈一眼吗？”陈错心里哀呼，又来了，张雅宁真是很会撒娇，跟自己的女儿也一样，本质上不过是为了让陈错哄哄她。陈错哄她，甜言蜜语都用上了，总算把张雅宁哄得展开了笑颜。

婚礼上的事情很多，她一会儿作为伴娘，作为新娘的女儿，还要在宴会上致辞。她早已把自己要说的话准备得滚瓜烂熟。

但也许因为她是张雅宁的女儿，婚礼上遇到的问题，其他人都会下意识地来问她，让她做决定。陈错也不想把这些烦心事，都推到那对要结婚的新人身上，因此能解决的，她都帮着解决了。

她今天没有跟陆峥一起来，因为陆峥临时出任务去了，有家餐馆因为煤气罐引发了爆炸，陆峥本来应该调休下班，过来参加婚礼的。她接到陆峥的电话时，不能说没有失落，但她体谅他，让他小心一些，只要他平安就好。

婚礼是晚上八点举行，听说是良辰吉日，特地选好的。

新娘入场的时候，英文歌一放，哪怕是陈错已经参加过几次张雅宁的婚礼，都有些感慨。红毯尽头，克洛伊高大英俊，神情激动，双手紧握地看着朝他走来的张雅宁，陈错知道，这男人是真的爱她妈妈。

她用纸巾压了压眼窝，深吸一口气，压下心头酸溜溜的感觉，看那在美好的灯光下，拥吻的新郎新娘。

也许在从前，没有喜欢的人，没有陆峥，所以她对婚礼，从来都没有太大的感觉。如今不一样，有了感触，一切都变了，变得想要祝福，艳羡。

陈错为张雅宁送上捧花，她朝自己母亲走去，但张雅宁满心满眼，显然只有自己的丈夫。陈错不能说没有吃醋，她简直要心酸死了，哪里只是克洛伊深爱着张雅宁，张雅宁亦是。

从眼神就能看得出来，这两个人完全陷入了二人世界里。

交换戒指，再次拥吻，司仪宣布这对夫妻礼成，全场鼓掌。陈错照例要去接捧花，她踩着高跟鞋，提着裙摆去抢捧花，差点儿摔倒，脚也崴了一下。幸好旁边有人扶了她一下，冲她微笑着。

那个人看起来很年轻，长得也斯文。陈错回了对方一个微笑，等站稳了身子，就保持一定距离。婚礼结束，伴娘们一桌，有男朋友的给安排座位，陈错旁边留了座位，当然是空的。陈错闷头吃着，她起得太早，一天下来，什么也没吃，加上桌上其他人她也不认识，这下才觉出了自己作为女儿的失职，她连张雅宁的朋友，都不认识几个。

都是些年轻姑娘，也是，当伴娘得是未婚才行。陈错没有太多话题跟她们聊，只简单聊了几句，见她们要么跟男朋友说话，要么互相认识，说笑，她只好闷头吃东西。

突然，身旁的椅子被人拉了开来。陈错猛地抬起头，她以为是陆峥来了，毕竟在电话里，陆峥说他会尽快赶过来。陈错充满希翼地望过去，这个人却不是陆峥，是刚刚在抢捧花的时候，扶她的那位男士。

男士自我介绍，说自己的名字，叫魏笛，笛子的笛。陈错抬眼看向张雅宁，果不其然，迎上对方视线。她就知道，张雅宁可没那么容易放弃。

她说她有男朋友，魏笛脸上笑意不变："我知道。"

陈错惊讶道："你知道为什么还要来？"

魏笛看了张雅宁一眼，再转向陈错，委婉地说道："我想更了解你一些。"

陈错被他看向张雅宁的那一眼，给弄得胃部一下抽起，不用想她都能猜到，张雅宁跟魏笛说了些什么。大抵是一些她觉得不会同意陈错的恋情，年轻人可以先做朋友，陈错和她男友不会长久之类的话。

这来自于母亲的干涉，还是如此直白，这让陈错没法忍耐。可她不能闹，这是张雅宁的婚礼，她不可以在这个时候，抹了张雅宁的面子。

想必魏笛是张雅宁找来的青年才俊，说不定还在生意上有许多来往。张雅宁拿了第二个老公的资产，做起了生意，做得还挺成功的。陈错刚毕业，张雅宁就在一环给她买了房和车，恭喜她走入社会，那时就能看得出来。当然，房子陈错没去住，她将自己在大学时租的房子，用自己的钱付了首付，按月还款。

张雅宁也没有干涉她，大概是觉得，还是要保护一下孩子的自尊心。而现在，在婚姻大事上，张雅宁显然没办法给她留颜面了。

想到这里，就算担心魏笛是张雅宁生意上的朋友，陈错也无法忍气吞声："你可能不明白，我很喜欢我男朋友，也没有兴趣多结交一位朋友。"

魏笛没有被她的冷脸吓退，大概是真的很满意陈错。他给她递了一杯酒，要与她喝一杯。陈错攥紧手中的餐巾布，只想尽快离开这里。

魏笛确实是张雅宁生意上认识的朋友，但和张雅宁合作的，是他父亲。本来对这场父辈安排的相亲毫无兴趣，因为父亲给他介绍的女人，大概也就是所谓的名门小姐，大家闺秀。但没想到，照片上的这个女人，看起来很美，美得非常不安分。他也被张雅宁暗示过，说陈错有男友了。魏笛对这方面倒没什么感觉，不就是男朋友吗，又没有结婚，有什么要紧的。

所谓男朋友，不过是在攻略这位美人的路上，增加一些难度罢了。

见到真人，魏笛更有兴趣了。尤其是刚刚他扶着美人，碰到陈错的腰，又细又有手感，非常性感。

魏笛满脑子遐想，他给陈错递酒，陈错根本不接，他还要再劝，肩膀就被人给按住了。那人的力气很大，几乎让他动弹不得，根本没办法靠近陈错半步。

魏笛转头一看，一位身材高大的男子，长得非常英俊，让自持长相不错的魏笛，都知道他站在这个男人旁边，也会黯然失色。

他很快就听到这一桌其他的花痴女人，在倒抽着气，说好帅。别说那些花痴了，就连陈错，也一眼不眨地看着那个男人，眼睛很亮，脸颊还泛起红晕来。

魏笛刚想说你是谁，就听那男人用低沉的嗓音说道："我想，你坐的是我的座位上了。"

听到这话，魏笛才反应过来，这是陈错的男朋友。他悻悻然地站起身，故作镇定地端起酒杯，转到别的地方去了。他可是个体面人，总不能赖在那里不走吧，不管陈错有多漂亮。

而陈错，她压根儿没想到陆峥会赶来。她一直看着陆峥，陆峥身上的西服是她定制的，因为陆峥一直在营地里值班，还没穿过。今天是第一次正装亮相，完全是另外一种气质，英气逼人。陆峥面无表情地坐到陈错身旁，却不看陈错。陈错这才从自家男人的美色中脱离出来，想起刚刚魏笛的事。

任谁发现自己的座位，被别人占了；自己的女友，也差点儿被别人泡了，都会心情不好。

陈错非常理解，她在餐桌底下，偷偷去拉陆峥的手，还凑到陆峥耳朵边，小声说道："我都不认识他的，你再不来，我就要闯祸了。"

陆峥终于肯看她了，半挑着眉："闯什么祸？"

陈错去掰陆峥的手指，男人并不肯松开掌心让她好好握一握，陈错无辜地说道："当然是把酒浇到他头上啊，我都跟他说这个座位有人了，非不听，幸好你来了。"

陆峥被她这句话逗得忍不住笑了笑，拳头也松开了，仍由陈错将自己的手放了进去。

很显然，帅哥冰山的时候，也帅。冰山一化，露出笑容，杀伤力更是惊人。桌上其他的女性，都躁动了起来。刚刚陈错沉溺在陆峥突然到来的惊喜中，还没发现。现在发现了，只恨自己旁边的这个男人长得太帅。

惊喜过后，陈错才想起，问陆峥今天工作有没有受伤，怎么赶得过来的，没有哪里被烫到吧。说着还紧张兮兮地盯着陆峥左看右看。

陆峥一一回答，没有受伤，开车过来的，来之前，还特意去楼下做了个头发。听到陆峥这么说，陈错就忍不住笑出声。陆峥是一个连理发都会自己在家里剪的人。非常粗糙，有颜任性。

但这也足够说明，陆峥很重视这场婚礼，所以刚下火场，就急匆匆地赶了过来。

她凑到陆峥耳边说悄悄话，她可能一时半会儿走不了，一会儿吃完饭，就让陆峥先回去休息。陆峥没说好，也没说不好，只是握了握她的手，然后抬眼，说："伯母好。"

张雅宁不知何时，已经敬酒敬来到了这边。迎着陈错有些怨怒的眼神，张雅宁也心虚，她几乎不看陈错，虽然也不想看陆峥，但毕竟对方都先跟她打了招呼，她总不能不理人。

敬过酒后，陈错开始说祝福词。她起身，迎着在场所有人的目光，背稿演讲，在说到最后几句话时，她清了清嗓子，说道："今天是张女士，最幸福的日子，同时，我也有个好消息告诉大家，我陈错，也要订婚了。"

这话一出，一阵喧哗，张雅宁面色铁青，不敢相信陈错竟然敢在这里公布这个消息。日后她还怎么能将女儿介绍给其他人。喧哗过后，鼓掌声起，陈错笑着弯腰致谢，不管张雅宁的咄人目光。她欢快落座，总算出了这口气。张雅宁也没法瞪着陈错很久，她很快就被友人的祝福所淹没，说她双喜临门。

什么双喜临门，这词是这样用的吗？这个订婚，她根本不同意！张雅宁愤怒地想。见张雅宁的脸色不对，克洛伊赶紧将她拉了拉，张雅宁也没法发作，只能强颜欢笑地接受了好友们的祝福。

陈错说完话后，回到座位上坐了下来，她转过身，去看陆峥，却看见他面无表情，脸上没有一点儿笑容，眉头轻轻蹙起，像是很为难的样子。陈错的心顿时就悬了起来，她怕陆峥觉得她任性，这么大的事情，就自己做了决定，还不给商量的余地，就在这种场合公布了。就像只是为了故意跟张雅宁对着干，所以拉陆峥下水一样。

陈错怕陆峥不高兴了，她将手搭在陆峥的肩膀上，凑到他耳边，小声认错，模样乖巧，一副她在反省的表情。

陆峥捏了捏她的腰："错哪儿了？"

陈错扁嘴，不自在地动了动："不应该自作主张。"要是陆峥生气，陈错就会很委屈，但这件事，确实是她的错。

陆峥看她这副模样，好像他要是发火，分分钟就要哭给他看。当然，陈错哭是不会哭的，指不定现在已经委屈上了，他又捏了捏陈错的腰，凑近她耳朵边，说道："你错就错在，我都还没向你求婚呢，你就这么便宜我了？"

陈错没想到，会听来这样的回答，她顿时就笑了起来："你想得倒美，要给我补上的。"

张雅宁的婚礼请来了唱歌的小艺人，刚刚司仪站的地方被工作人员收拾了一下，一个旷阔的舞台就显现了出来，有模有样。小艺人还带来了伴舞，跟着唱唱跳跳，还有舞台效果，不时放出一些炫目的火花，引来众人叫好。

张雅宁敬过酒后，就退下去换衣服了，她敬酒时换了中式旗袍，之后还有一件小洋装。新娘更衣室就在舞台背后的走廊旁边，一间工作人员整理出来的房间。

意外总是这么突如奇来，不知怎么回事，也许是这个酒店的舞台搭建得不够牢固，又或者是线路老化，那些装饰效果用的烟花一放，零星几个溅到了电线上，火瞬间就燃了起来。

宾客们刚开始还以为，只是单纯的舞台效果，还一脸莫名，不知道发生了什么事。直到浓烟冒起来，小艺人惊慌失措地丢了麦往台下跑，尖利地喊道："着火啦！"

场面瞬间失控，宾客穿得多是高跟鞋，长裙，情急下摔倒的不在少数，还有人撞翻了香槟塔，酒精还引发了一次小爆炸。

在起火的第一瞬间，陆峥就跟陈错说了一句"赶紧出去"之后，自己拔腿就往一个地方跑去了。陈错知道不对劲了，陆峥经验十足，应该是发现情况不对。

但是张雅宁还在里面呢！新娘化妆间的出口只有一个，就是通往大堂这边的。陈错企图往化妆间跑，然而人群一失控，她为了不让自己摔倒，已经拼尽全力，所有人都往外涌，她根本没办法朝里面走，只能眼睁睁地看着以舞台为边界，火势汹涌，将那个化妆间的出口，包围起来。

她看到克洛伊想要往火里冲，却被扎克死死地拉住。她看到张雅宁出现在那个门口，却被火燎了回去，一脸惊恐，吓得哭了出来。陈错奋力推开那些人，大声尖叫着喊"妈"，张雅宁惊慌地看着她，嘴巴一张一合，好像在喊"软软"。

小爆炸发生的时候，陈错刚跑到舞台边上，地上的碎玻璃顺着爆炸，往陈错的身上飞去，陈错被冲击力轰到了一边，摔倒在地上，幸好陈错拿手挡了挡，要不然脸和脖子这些脆弱的地方，都得被碎玻璃刺伤。

张雅宁捂着嘴，很难受，她想叫陈错不要过来，可是她的喉咙、鼻腔里全是烟，根本张不了嘴。她看着自己的女儿，被爆炸伤到，眼都红了，她在心里尖叫：快走！软软快走！一个母亲看着女儿如此，心如刀割也不为过。

就在此时，一道严厉的声音猛地响起：“所有人都赶紧出去！别留在这里！”张雅宁望向那处，却见陆峥拿着消防栓，身后是长长的水带，他脸色严肃地对她喊道：“伯母，后退，往里面躲一躲！”

下一秒，剧烈的水流从消防栓里冲了出来，尽数浇在起火点上。就在此时，陆峥将一块湿透的桌布，扔到了摔倒在地上艰难起身的陈错旁边，喊道：“盖着自己！”

陈错听话地掀开桌布，盖到自己身上，她对陆峥喊道：“我妈！陆峥，救救我妈！”

陆峥手臂上的青筋尽显，这是他第一次在没时间分析条件的情况下灭火。可很明显，这场带电起火没那么轻易能扑灭，仅靠他一个人，根本不行。他将旁边的椅子拖了过来，做了个简易的支架。消防栓的水流冲击力太大，这把椅子大概支撑不了多久。

他深深地看了陈错一眼：“快出去，我会救她出来的。”

陈错用力点头，她信他，知道自己留下来，也许会添乱让他分心，陈错只能往外跑。她死死地憋着眼泪，里面有着两个她最在乎的人，万一他们出不来可怎么办。

都怪她，为什么刚刚有人问她，舞台效果要不要加上烟花的时候，她要同意。陆峥明明跟她科普过多少次，生活中有可能会出现的起火隐患，为什么她就是不能好好记住！

陈错跑出了酒店，酒店外全是慌乱的宾客，没多久，浓烟滚滚冒出，陈错盯着那冲天黑烟，心都冷了，陆峥再厉害，在这样的情况下，他能安全出来吗？她忽然没那么确信了。

消防车来得很快，可火烧得更快。一旁的克洛伊愤怒极了，他怒骂扎克。陈错脑袋嗡嗡作响，心烦至极。她尖声叫道：“别吵了！吵有什么用！有这个时间还不如干点儿实际的！”

克洛伊面色黯然，扎克怒视她：“你那么厉害，不也把自己母亲扔在里面了！”

陈错根本不搭理他，她转身就朝消防车上下来的消防员走过去。竟然是陆峥带的那一队，一看到那一张张熟悉的面孔，陈错再也控制不住眼泪，她忍着抽噎，条理清晰地交代起火原因，还有现在的情况。

说到陆峥和张雅宁还在里面时，她看见这些男人的脸色都变了。白田面色凝重地拍了拍她的肩膀："嫂子放心，陆哥不会有事的！"

陈错用力点头，几个消防员迅速凑在一块儿，制定灭火计划。没多久他们就进入火场，开始救援。陈错一直站在外面等着，等待的时间，非常漫长，她无数次以为，陆峥会像电影里演的一样，像个逆行的英雄，从火场里走出来。

然而在漫长的等待后，陆峥是被担架抬出来的，身上那件西装，又脏又破，张雅宁还有点儿意识，却也吓得说不出话来，一直握着陈错的手流泪。陈错跟着上了救护车，她握着张雅宁的手，低声安慰。可转过头去看陆峥，却见他双眼紧闭，一脸脏污，已看不清楚原样了。

直到将这两个人都送进了急救室，陈错才虚软地坐在医院走廊的座椅上，抱着自己的膝盖，埋首痛哭起来。如果陆峥有什么事，她永远都不会原谅自己。

陈错身上的伴娘服也脏得不成了样子，头发也凌乱不堪，她蜷坐在那里，胳膊上的血还在不停地往下滴，没多久，就变成了一小摊，吓坏了路过的护士。

护士要拉她去处理伤口，陈错就像听不见似的，茫然地睁着眼睛，只看着护士嘴巴一张一合。她不去，她家里人都没出来，她去不了。

说着说着，她抬手抹了一把脸，血粘在脸上，更可怕了。护士就劝她，她这个样子，患者醒了，该担心了。这血再不止，说不定一会儿就晕了。她要是倒下了，医生要是需要家属意见，那该找谁去？

总算把陈错给劝动了，搀着她去处理伤口，还打了一针。胳膊上的碎玻璃多，感染源也多，破伤风的概率很大。陈错没喊疼，或许她根本就忘记了疼，她的魂都还留在急救室门口。

也不知道过了多久，张雅宁从急救室推了出来，转到了普通病房。而陆峥还没出来，张雅宁还带着呼吸罩，她在火场里吸入了太多的浓烟。

陈错拉了一把椅子，坐在了张雅宁床前。

她握着张雅宁的手，将脸埋在了被子上，默默流泪。她感受到母亲的手压在她的头发上，缓缓顺了下来，是在安抚她，哄她，也是在让她不要再哭了。

陆峥从急救室出来是在两个小时后，他的伤要比张雅宁重得多，听张雅宁说，是为了保护她，被重物砸到了。后颈连同着背上那一块，全是烫伤，没有半点儿好的地方。好在陆峥的保护意识强，护住了脑袋，没有造成颅内出血。

但就算如此，烫伤这么严重，也很够呛，浓烟也损坏了他的呼吸道，得留在重症病房观察。陈错隔着玻璃，看着里面的陆峥，闭眼趴在那儿的模样，非常脆弱。她只能在外面看着他，不能进去。医院通知了陆峥的家人，杨雪来得很快，同行的还有一位跟陆峥长得很像的中年男人。

那男人威严地扫了陈错一眼，就移开了视线。杨雪含泪拉着陈错的手，问到底是什么情况。看陈错这一身狼狈，显然也是刚从火场中逃出来的。

陈错开始时，几乎开不了口。她内疚极了，嘴巴一颤，刚要说话，那中年男子就打断了她。

陆少坤拉了杨雪一把："你要问就问医生，问她做什么。"

杨雪抹着眼泪，捶了陆少坤好几下："你就一点儿都不心疼，都怪你，都怪你！要不是你，儿子怎么会去当消防员，我也不用整天提心吊胆的，你还不让我问！"

陆少坤见杨雪在外人面前跟他发飙，也没法，只能说道："你不去找医生我去，在这里发疯有什么用。"

杨雪被丈夫气得直跺脚，只能回头匆匆对陈错说："不好意思啊，看你也伤得不轻，你先回去吧。"说罢，她朝着陆少坤追去，陈错看着他们离开，无力地靠在墙上。

她又去看了看张雅宁，就想回一趟家。不但自己要洗漱一番，还要帮陆峥收拾一些衣服过来。刚走出医院，就撞见了克洛伊。克洛伊满眼血丝地看着她，问张雅宁的情况。在婚礼上发生了这样的事情，再加上克洛伊虽然是被扎克拉走的，但他没有去救张雅宁是事实，这两个人今后会如何……陈错也不想过多猜测。

张雅宁和克洛伊住在一起，她让克洛伊回去帮张雅宁拿些衣物过来，她怕是要在医院住些日子。克洛伊用沙哑的嗓音，为扎克向她道歉。

陈错摇摇头："你该道歉的人不是我。"

她知道她妈妈，本来就因为多次婚姻，对爱情是又害怕又渴望。这次爱上克洛伊，就算害怕，她还是想和他结婚。结果呢，这次的事情，对他们两个人的关系，是次巨大的打击。

但是成年人自有分寸，他们之间的事情还是要他们自己解决。陈错出了医院，无视了许多投在她身上的异样眼光。她知道她现在的模样有多糟糕，所以她不想陆峥醒来后，看到她这副模样。

她在自己家收拾了一个行李袋，洗漱完后，才发现桌上放着个蛋糕。打开一看，上面写着生日快乐。今天是她身份证上的生日，她自己都忘了，张雅宁也忘了，可陆峥却记得。

他明明只看过她身份证一次，就默默记下了。看着那个蛋糕，陈错再也忍不住，趴在桌上哭得差点儿晕过去。她不是一个爱哭的人，可为陆峥而哭的次数，多到她自己都数不过来了。

如果今天没有出事，陆峥应该会给她一个惊喜的，如果今天没出事，那现在吃蛋糕的，就是他们两个人了。陆峥厨艺好，会给她做一桌子菜，会搂着她，给她一个吻。而现在，她只能一个人对着这个蛋糕，陆峥则躺在医院的病床上，昏迷不醒。

陈错一边哭一边插上蜡烛，点燃，许愿，她希望陆峥能够早日好起来，再陪她过一个生日。也希望张雅宁能早点儿好起来，不要再次受到来自于男人的感情伤害。

……

陆峥是两天后才醒过来的，张雅宁已经能下床，还来看过陆峥一次。因为克洛伊一直待在张雅宁的病房里，陈错也不好在那儿待太久。因此，大多时间，她都待在陆峥的病房里。杨雪才陪了夜，陈错把她劝回去休息了。张雅宁来的时候，陈错刚好削了第四个苹果。一个个都削成块，放在果盘里。

张雅宁坐在一旁的椅子上，看着女儿的侧脸，问："削那么多，他怎么吃得完？"

陈错唇边不自觉地含着一抹笑："要是他醒过来，看我这么浪费，肯定又要说我了。"

张雅宁也跟着笑，见陈错拿起一块，递到她嘴边，她接过，咬了一口。张雅宁问陈错："伤口还痛不痛？"

陈错看了一眼自己的手臂，摇头："早就不痛了。"

她的手臂被轻轻碰了一下，她听见张雅宁说："是我错了，你的男朋友，真的很棒。"

陈错眼睛里顿时起了一层雾，她眨了眨眼，跟撒娇一般地说道："早跟你说了，他特别好，真的。"

张雅宁离开病房前，说道："下次一起吃饭吧，我会亲自下厨，款待你们。"

张雅宁离开病房，陈错就趴在床头，凑到陆峥的耳边，说道："听见了吗，你再不醒来，就吃不到了，我妈的厨艺很好的。"

陆峥醒来的时候，是杨雪在陪床，见他一睁眼，杨雪就哭了，跑出去找医生。医生进来询问，陆峥一切正常。医生走后，杨雪又在他跟前抹眼泪。

陆峥安慰了几句，一抬眼就看见面前摆着的果盘，里面是切好的苹果。见儿子望着那些苹果，杨雪道："都是那姑娘削的，她照顾了你一宿，才回去休息。"

陆峥笑了："我知道。"杨雪有些愕然，陆峥又接着说道，"苹果都能削成这样，也只有她了。"他的姑娘，对于家务事一窍不通，连苹果都不会削。

有一次他看见陈错在用刀，那危险的手势吓得陆峥直说，以后别削了，他来削，然后还上网买了个不易伤手的工具，给陈错用。

晚上陈错来了，脸色有些憔悴，但看到他醒来，还是很惊喜。杨雪借口回去，留了空间给他俩。陈错趴到病床前，心痛地问道："疼不疼啊。”

陆峥摇了摇头：“有麻药呢，还好。”其实麻药效果早就过了，他只是在忍耐罢了。起码在陈错面前，他还是要装出一副不疼的样子，不然看陈错的脸，一定会很内疚。

只是两天的时间，陈错下巴都尖了，还有很明显的黑眼圈，看来这两天没睡好，他低声喊陈错过来。因为他嗓子被熏伤了，说话的声音很小，也很艰难。陈错将脸凑过去，以为他想说什么。

哪知陆峥只是在她眼皮上亲了亲：“幸好你没事。”。

陈错咬牙忍着抽泣：“都怪我，我都不敢跟你妈妈说，你变成这样是因为我，我怕她讨厌我，不让我见你了，对不起陆峥，对不起。”

陆峥费力地说道：“说什么傻话，不管有没有你，我都会去救，这是我的职责。”他身上的疼痛根本没办法让他说太久的话。

身体经受了折磨，精神上就容易疲惫。护士进来打针，很快，陆峥就再一次睡着了。陈错坐在病床前，握着陆峥的手，她想握得更紧一些，又怕惊醒陆峥。只能一眼不眨地看着陆峥，看着陆峥在睡梦中，终于没能忍住皱起的眉头和粗重的呼吸。

陈错在陆峥浮肿的手背上亲了亲，用只有她一个人能听见的声音说道：“我爱你。”

她很爱很爱他，陈错意识到这一点时，却是那么的难受。她心疼他，但她宁愿这辈子，一直都不用这么心疼。

陈错想去问问医生，接下来应该注意些什么，吃点什么才能对伤势有好处。于是她帮陆峥掖了掖被子，刚想抽出手，她的手就被陆峥给攥住了，他就像个小孩儿一样，没有安全感地握着她，不让她走。陈错不敢用力，也怕弄醒陆峥，只好坐了回去，趴着看自己的男人。

想到小孩儿，她和陆峥，会有自己的小孩吗？她和陆峥的孩子，应该不会长得太差，女孩儿像她，男孩儿像爸爸就好了。她伸出手，想去触碰陆峥的五官。

陆峥昏迷了几天，胡茬儿都长出来了，嘴唇干裂，面色憔悴，实在算不上好看。但是在陈错眼里，就算是这样她也喜欢，恨不得再去亲一亲他才罢休。

她撑着下巴，歪着脑袋看着陆峥笑，突然想起什么，往床头一看，她削好的苹果，早已氧化泛黄，明明削了很多，果盘里却只剩下一些。

陈错拿起一片，放进嘴里，嚼了嚼，氧化的苹果，果然很难吃。

……

陆峥的队友都来探病的时候，陈错刚好不在。他们一个个都趁着陆峥不能动，在那里起劲儿地开玩笑。陆峥趴在枕头上无可奈何，只能用眼神去刮他们。

白田靠在椅子上，摇着头啧啧有声："唉，陆哥，你这儿也太凄凉了。怎么就那么刚好，要比赛的时候，倒下了呢，你放心，今年的冠军，肯定是我！哈哈哈！"白田笑得放肆，被队里其他参赛者压着打了一顿。

老其痛心疾首地说道："陆峥，你只伤了背，没伤到腰吧。男人，腰可不能出事！"

陆峥趴在床上，又好气又好笑："我伤到的是背！"

李柏坐在旁边剥橘子，他和史少杰都是陆峥带出来的，说话的时候，当然要帮着陆峥，因此他毫不客气地说道："其哥，你与其担心陆哥的腰，不如担心一下自己什么时候能用上你那老腰好不好。"

单身已久的老其，被李柏的话气得红了脸，指着李柏骂道："你个臭小子！下次喝醉了甭想再趴老子背上哭！"

李柏憋红了脸，好一会儿才小声说道："我哪里有哭了！"说罢他拉上旁边的史少杰，"少杰，你快说句话，咱俩可不能让他们欺负陆哥！"

老其被气笑了，陆峥也笑，笑得很小心。史少杰本来好好地坐在一边，咬着苹果，隔岸观火。这无端被拉入战局，也很无奈，只能说道："李柏，你小心其哥晚上拿袜子熏你。"

这话一出，李柏就哇哇叫了起来，大喊陆哥你快出院保护我！老其狞笑着扣住李柏的脑袋，要他现在就试试袜子的威力。

几个大小伙子闹成一团，幸好陆峥这是单人病房，要不然准被其他病人翻了好多个白眼，还要被嫌幼稚。

陈错手中提着汤走入病房，看着这一屋子的人，还愣了一会儿。刚才还咋咋呼呼的一群大小伙子，现在全都老实了下来，陆峥隔着好些人，对陈错笑着说道："你来了？"

陈错不好意思地拎起手上的保温瓶晃了晃："我来了。"旁边被秀了一脸的小伙子们，又开始造作起来，开始起哄。

陆峥维护陈错，让他们都闭嘴，赶紧离开，别在这里扰人清净。陈错把保温瓶放到一边的柜子上，看了陆峥一眼，又见旁边这些大小伙子们酸溜溜的眼神，不由得笑道："别听他的，你们来他不知道有多高兴呢，前几天还惦记着你们怎么不来看他呢。"

被陈错毫不留情拆台的陆峥干咳了一声，挠挠脸，又遭受了一波来自兄弟们的嘲笑。陈错上前小心地将陆峥扶起，调整病床，将倒好的鸡汤递给陆峥。

浓郁的香味在病房里扩散开来，有女朋友送汤这事儿显然把这群单身小伙子给刺激坏了，李柏更是嗷嗷叫着，说队里只有陆哥有女朋友，羡慕死啦！

他拉着白田，白田笑出一对小酒窝，甩开李柏的手，说道："我们不一样。"

李柏的眼睛不可置信地睁圆了："你什么时候有的女朋友？！"

这时，在喝汤的陆峥忍不住问道："是上次跟你聊天的姑娘吗？"

白田不好意思地挠挠头，垂着眼皮"嗯"了一声。陈错好奇地望向白田，也没问是谁，想来她应该也不认识。但她记得她还在剧组时，白田还是个单身汉啊。

哪知白田羞涩地笑了笑，说道："你们都认识了，是小松。"

陈错一惊，李柏倒抽一口凉气："喔！化妆组短头发那个婴儿肥姑娘？！"

白田继续笑着，笑得有些嘚瑟，眉飞色舞地点点头。李柏倒进史少杰怀里嘤嘤假哭："少杰，白田这个叛徒，当年咱们三兄弟说好的一世好友一起走，结果他转头就找了女朋友。"

少杰不自在地戳着李柏的额头，嫌弃地把他推开了。白田在旁边幸灾乐祸地说道："小李，你也别跟少杰哭了，他每次休假回来，身上都是五彩斑斓的，肯定有女人了。"

这话一出，白田就想到了陈错还在场，他怎么可以在陈错面前开黄腔呢。白田不好意思地冲陈错一笑，陈错接收到了，也安抚性地回他一笑。

李柏这边遭受了双重背叛，不可置信地去扒史少杰的衣服，果不其然，刚掀到腰边，就看见那劲窄腰身上有几道指甲抓出来的红印，痕迹很新，很显然，是昨晚才添上去的。史少杰肃着脸，眼神不自在地往陈错他们那边瞟，就把自己的衣服拉了下来。李柏没想到当初说好的两个人，一个个都有了新欢。不由得抓着老其开始哭了起来，说男人都是大骗子。

陈错被活宝李柏逗得乐得不行，病房里的气氛非常和谐，笑闹许久，史少杰中途出去了，一直没回来。陈错看着陆峥喝完了鸡汤，就提着保温瓶去清洗。厕所在走廊的拐角处，她还没拐过去，就听见史少杰说话的声音。他的声音完全没有在病房时的那会儿放松，生硬、冰冷，毫不客气。

他对着那头说道："你是不是管得太多了，不要以为睡过几次，你就真把自己当回事了。"

陈错尴尬地停下脚步，一时间都不知道该不该过去。刚刚在病房里，李柏追问史少杰的女朋友，史少杰没有否认，也没有承认，看身上的痕迹，大概是有这么一个人的。

但显然，这个人和史少杰的关系，没有他们想象中的那么好，甚至很恶劣。她都无法想象，这样的话，有哪个姑娘能受得住，史少杰这样说人家女孩儿，未免太过分了。

可这毕竟是人家的私事，陈错这样听到，都非常尴尬了。也不知道那边说了什么，史少杰长长地叹了一口气，听了一会儿又好像是被激怒了："敢走，你就试试。"

好半天，他又像妥协似的"啧"了一声："知道了。"

没多久，史少杰又说："陆峥是陆峥，你拿什么跟他比？"

这话一出，陈错都蒙了，这又关陆峥什么事，这同时也间接说明，电话那头的是个男人？听到这样的话，陈错只得悄悄往回走，去了另外一个洗手间。

结合刚刚史少杰的话，还有病房里得来的信息，史少杰有位床伴，还是个男人，并且史少杰跟对方的关系很差。但看情况，两个人来往了有一段时间，并且最重要的是……史少杰有可能喜欢陆峥。

陈错简直被这个消息，吓得不行。但她并不觉得有什么好担心的，最多只是有些吃惊而已。因为她相信陆峥，而且史少杰从来也没做过逾越的事情。

她把保温瓶放到洗手池里，打开热水，去冲。没多久，一个惊人的猜测，一个埋藏已久的怀疑，破土生根，长了出来。

那些曾经发现的细节，怀疑过的事情，不可思议的结合在一起。许家总是受伤的嘴唇，那脖子上的牙印，在史少杰家中出现的许家……

许家在营地里就不太对，一开始，她以为他是被史少杰给揍成那样的。现在回想起来，那时候许家戴着口罩出现的同时，还穿上了高领的衣服。大热的天，穿什么高领？因为剧组其他人都怕晒伤，会专门在短袖里面搭一个袖套。当时还觉得没什么，现在想想，哪儿都是疑点。还有许家帮她搬东西的时候，搬到重物时，还会不自觉地扶一下腰。

陈错不能再细想下去了，她现在满心的惊恐。她感觉自己无意间得知这个惊天秘密，想要跟陆峥说，又怕是自己多想。

陈错将保温瓶放到一边，拿出手机，点开微信，在给不给许家发信息之间左右徘徊。如果说许家真是被强迫的，她怎么帮他？如果不是被强迫的，这就是他们两个人之间的事了。

有些事情，只有当事人能够自己处理。别人最好不要插手，这些陈错都明白，所以她才头疼。更让她害怕的是，许家到底怎么了？她担心是因为她那些所谓补偿的话，让许家犯浑了。

她点开了许家的微信朋友圈，也不知道自己能看到什么。许家的朋友圈设置了三天可见，最新能看见的一条是分享了一首歌，陈奕迅的《无人之境》。

她收起手机，信息量将她冲得头晕脑涨。但她还是努力劝自己，说不定这一切都是她想得太多，这两个人怎么想，都是被所谓的仇恨蒙了心眼。陈错收起保温瓶，往外走。刚出洗手间，就撞见靠在外面抽烟的史少杰。陈错握紧保温瓶的手把，尽量用平稳的声音问："你怎么在这里？"

史少杰将烟从嘴里捏了下来，徒手熄灭，放进铁制烟盒里："我也想问，你怎么会有在厕所里听歌的兴致。"

陈错没想到史少杰站在外面都听见了，也不知道他站在这里多久了。难道是发现她刚刚在偷听，所以跟了过来？也是，毕竟是当兵的，警觉性都很好。

因为陆峥就听得出她的脚步声，甚至在她去他家的时候，她还在走廊上走，陆峥在客厅就听见了，会及时来给她开门。

陈错假笑了一声："我刚刚刷朋友圈，不小心点开了。"

史少杰拿着烟盒在手里随意地转着，食指一下一下地在边缘轻敲，眼神探寻地望着她。陈错仰起脸不闪不避，任他打量。

史少杰意味深长地说道："不管你猜测的什么，都不要跟陆哥说。"

陈错做出疑惑的表情："嗯？我能跟他说什么？"

史少杰轻笑了一声："也是，你能跟他说什么。"说罢他转身往病房走。陈错在史少杰背过身去后，才稍稍松懈了下来。她皱着眉，心里七上八下。

她回到病房，刚坐下，陆峥趴在床上，伸手够桌面上的纸巾。陈错赶紧压下他的手，问道："你想要什么？我帮你拿。"

陆峥看了纸巾一眼，说道："我想拿纸巾想给你擦擦手。"陈错的手湿漉漉的，全是水。这又让陈错想到，在一起的时候，陆峥很少让她洗碗的，哪怕她非要洗，洗完后，陆峥都会用纸巾，将她手指上的水，一一拭去。

两人相视一笑，强行喂了病房里的人一口狗粮。几个大小伙子又说了一会儿话，准备离开。走之前还让陆峥快点儿好起来，一个队，少了队长，可不行。等房间的人都走了，陆峥看向陈错，问她怎么了。

陈错心里有事，被这么一问，反而有点儿心虚。她摇摇头，不愿说，手又被陆峥重重地攥了一下。

陆峥忧心地看着她："是不是少杰为难你了？"陈错猛地抬起头，又摇头。

陆峥想要撑起身子，好好问一问陈错。陈错一看他动，就急了，说道："你好好躺着，我跟你说就是了。"

说之前，还不甘心地问道："你怎么知道跟少杰有关？"

陆峥侧脸挨着枕头，有些困倦地垂下眼皮："你俩一前一后回来，你就心事重重，能不明显吗？"

不是说直男都粗心大意吗？为什么她男朋友这么敏锐？什么都察觉得到。陈错拿出手机，把许家的朋友圈点开，递了过去。

陆峥扫了手机屏幕一眼，没理解她的意思，陈错问道："你觉得是什么意思？"

陆峥有些无奈："这没头没尾的，你是让我猜吗？"

能让陈错担心成这样，大概和少杰脱不了关系。陆峥皱眉又看了看那首歌："是不是少杰又找许家麻烦了，他上次跟我保证过，不会再那样了。"

陆峥还是相信史少杰的保证，当然，当时少杰跟他说，他可以不去找许家麻烦，但许家自己送上门来，就不能怪他了。

陆峥心想，他也算是规劝到了。只要少杰不去找他麻烦，许家就没有理由自己送上门去。陆峥奇怪地看了陈错一眼，陈错发觉陆峥没能理解自己的意思，她也没办法把猜测的内容全盘托出。

陈错只好把她在走廊听到的对话说了前半部分，并表示她听到史少杰打电话时，那边传来的是个男音，她猜那个人，很有可能就是许家。加上自己之前看到的一些细节，这两个人之间发生的纠葛比他们想象的还要多，只是他们不知道而已。

陆峥听后，久久不语。陈错小心翼翼地看着陆峥："我没有想要干涉的意思，毕竟这是他们两个人之间的事，我没搞清楚，也不能瞎操心。这些只是我的猜测，而且……"陈错话说到一半，就不说了。

陆峥沉默了好半天才说道：“如果他们不愿意跟我们说，我们就当不知道。”

陈错点点头，说道：“好。”

陈错在医院待到杨雪过来，她才回去。杨雪笑容满面，对陈错非常热情。但陈错心里总觉得过意不去，很是愧疚。

陆峥许是看出了陈错的为难，便喊他妈过去，跟她说话。陈错走后，杨雪才心满意足地看向病床上的儿子，指着他的额头说道：“真争气，不声不响的，就给我找了个这么好的儿媳妇。这样我也放心了，不用天天往这边跑。”

陆峥笑道：“妈，你也不用经常来，这边有医生护士，我也差不多能下床了，多大点儿伤。”

杨雪把包往桌上一放，看着床上的陆峥，又开始心疼：“你说你，我和你爸就你这么一个儿子。你放着家里现成的生意不接管，非要出去干这么危险的工作，以前你不管家里，非要干这行，我们也没法干涉你。你现在有女朋友了，以后是要结婚的，你看你一受伤，她就天天往这儿跑，你不为自己想，也要为她想想啊。”

杨雪这么一开口，陆峥就沉默了。他不说话，杨雪又试探道：“你是不是还怪你爸……”她还没说完，下面的话就停顿在陆峥的一个眼神里。

每次在陆峥面前提起陆少坤，就跟捋龙逆鳞似的，轻易招惹不得。杨雪不再说了，也不好劝。现在陆峥的关系和她也还算缓和，她可不想儿子像对他爸那样对她，她受不住。

第十三章　出院

陈错走到停车场，她摸出钥匙，却不记得车停在哪个位置了。

医院很大，人多车也多，陈错拿着钥匙到处按，一时半会儿还真找不到车停在哪儿了。她穿的是平底鞋，踩在地上，脚步不算重。突然，她听到了刹车声和甩车门的声音，这动静有点儿大，让她不由得抬头看过去。

这一看，陈错就下意识地躲到了一辆车的一侧。偷偷探出半个头，发现竟然是史少杰，他竟然还没走。只见不远处，史少杰一脸怒色地从一辆车上下来，疾步往外走。很快，驾驶位上的人也跟着开车门出来。

陈错一看清那人的脸，就忍不住捂住嘴巴，是许家。许家穿着灰色的连帽卫衣，牛仔裤，像个学生。陈错突然想起，许家现在可不就还是个学生吗，他大学还没毕业。

许家伸出手去抓史少杰，结果被史少杰非常粗暴地反手逮住，跟压犯人似的压在了汽车的引擎盖上，许家表情痛苦，也不知道史少杰说了什么，他脸涨得通红，开始挣扎。

陈错离得有些远，虽然能看清楚人，但听不清他们在说什么，他们说话的声音也压得很低，只能模糊听到一点儿音节，好像还听到了自己的名字。

当听到他们在说自己的名字时，陈错又往车身后躲了躲，生怕自己被发现了，那可就太尴尬了。她为什么要在这里听他们说话，这实在不像是陈错的风格。

这个念头刚闪过，她又听见一声巨响，是肉体撞在车身上的声音和痛呼声。陈错心头一紧，大概是许家又被揍了。

陈错想要去阻止，但眼下这情况，不管是她还是陆峥，再多插手，对许家都不好。陈错慢慢地蹲了回去，不敢再看。她捧着通红的脸，心里懊恼地想：这都是什么事啊！

幸好那两个人没有在这种公共场合继续表演下去，陈错蹲在那里没多久，许家和史少杰就拉拉扯扯，上车离开了。看着他们的汽车走远，陈错才从藏身的车后走出来。她全身发麻，口干舌燥，让她忍不住抿了抿嘴唇，她拿出手机，想给陆峥打电话。

可是这样在背后说人是非，陈错感觉不太好。虽然陆峥是自己的男朋友，但也是史少杰的队友。可是许家呢？他难道要一直这样‘弥补’下去吗？陈错收起手机，拿出钥匙，随手一按。刚刚怎样都找不到的车，这会儿总算响了起来，陈错快步跑了过去，逃也似的上了车。

陆峥的伤比预期恢复得还要好，连医生都有点儿吃惊，想来也是因为他的体质比较好。之前陈错为了陆峥推掉了将近两个月的工作，为此还引来了肖春的不满。现在看来，两个月的假期确实是休多了。

那段时间的记忆在她脑子里一片空白，整个人都是恍惚的，心心念念都是：我妈和我男朋友都出事了，这简直跟天塌了，没啥两样。

之前每天都要往医院跑，陆峥还昏迷不醒。现在事情往好的方向发展了，陈错便约了肖春出来吃饭，要好好补偿一下她的这位经纪人。

她们两个人合作这么多年，肖春帮她解决了不少事情，容忍了她不少任性。虽然不太记得事情发生的时候，是如何跟肖春谈话的，但还记得最后一次对话，气氛可不怎么好，肖春还生气地挂断了她的电话。

她约肖春，刚见面时，肖春还冷言冷语，直道管不了她了，让她不要再联系她。陈错再哄几次，总算将她哄得心软了下来。

吃饭的地点选在一家日式料理店，她记得肖春喜欢吃这家店里的刺身，因为价格昂贵，只有谈工作要跟客户吃饭时，才来过几次。

肖春按时到了，陈错将准备好的礼物推到她面前，满脸带笑，声音温柔地说道："都怪我，这次又让你辛苦了好久去处理这些事情吧。"

肖春看了眼礼物，"哼"了一声："你也知道麻烦？都说让你去露个面，不用多久就能回去陪你男朋友，说什么都不愿意来，你现在到底怎么了，以前你那些男朋友……"

她话还没完，陈错脸上的笑容便一收，严肃地说道："他跟以前那些不一样。"

肖春被怼了回来，一时也气得不想说话。她打开包装，是她钟意了好久的限量款香水。这礼物也算是花了陈错不少心思，肖春也没之前那么恼了。

她知道陈错的脾气，是真的想道歉，才会想办法来讨好她。加上当时出的事情，就算是陈错，估计也没办法补救。

那是在陈错当伴娘前，就敲定好的一个公司宣传片拍摄。谁知道在婚礼上会出这么大的事故，陈错不可能丢下医院里她两个最重要的人不管，就进剧组工作。

因为已经签了合同，又要临时换人，还要赔违约金，跟对方公司赔礼道歉。肖春为了妥善处理这些善后工作，忙前忙后，不管怎样也不能影响了她们的名声，砸了自己的招牌。

刺身被穿着和服的服务员端了上来，厢房里放着很有情调的音乐，陈错给肖春斟了一杯酒，认真地说道："姐，这次真的麻烦你了，我保证以后都会听你的话。"

肖春吃了口刺身，这才无奈地翻了个白眼："我还不知道你，你能听话一个礼拜，我都谢天谢地了。"

为了补偿，陈错答应了肖春手上的一桩时间短，也比较赶的单子。周末拍一天，文化产品宣传图。

拍摄工作虽然只是一天，但准备需要两三天的时间。踩点、看光线、了解产品详情，和官方洽谈方案。陈错先去医院跟陆峥说了一声，说的时候满脸歉意。她本来以为，像这种一方生病，另外一方要去工作，会先发生在陆峥身上，没想到现在反而是自己要将陆峥丢在病房里。

但有什么办法，她需要对肖春做出一定的补偿，这是两人合作这么些年以来，应有的默契。她歉疚满满地跟陆峥请了几天假，陆峥趴在床上，看着她的表情，简直哭笑不得。

陆峥让陈错凑过去，然后捏了捏陈错的脸："想什么呢，你该做什么就去做，我这一点儿小毛病也不用你每天来照顾。"

陈错被捏疼了，没好气地看了陆峥一眼："女朋友来陪你，你还不开心啊。"

陆峥坦然道："不开心。"

陈错瞪大眼："你是不是看上哪个年轻貌美的小护士了，竟然不想要我来陪你？！"

陆峥叹息摇头："你不用这样的，我从来都不觉得我受伤是你的责任。你天天来这里照顾我，虽然我很开心能见到你，但更不想你这样累。"

在医院陪床，也是一件非常辛苦的事情。坐在病床边，什么事都不能做，陆峥的身体正在恢复期，需要足够的睡眠，所以大部分时间，他都在睡觉。陈错就只能坐在病床前，守着他。

晚上回去的时候，住院部的灯都关了，只有走廊尽头一面通红的时间显示屏，在尽职地亮着。陪床不止折磨的是身体，还折磨着心理，尤其是陈错。陆峥知道，陈错心里一直都觉得这是她的责任。这是陆峥最不愿意，也不知道该怎么去解决的问题。只能让自己尽快好起来，让陈错能早日释怀。

听到陆峥这样说，陈错笑了，她摇着头，握着陆峥的手："我不觉得累，只想你能早点儿康复，我就很开心。"

的确，照顾陆峥并不累。他是个意志力十分坚强的人，如果不是伤口恢复期，还不能挪动身体，他根本不需要人的照顾。虽然从表面上看，陆峥几乎跟没事人一样。

陆峥照常跟她说笑，也会适时地让她去做一些不太难的事情。又或者让她扶他起身，去上厕所。情侣之间，按理说不该这么害羞的。但是陈错在照顾陆峥的时候，体会了一次又一次奇怪的感觉。

陆峥洗手后，湿漉漉的手握着她搀扶他的手，一扣一拢，将她的手纳在掌心里，跟捏团子似的，掰扯着她的手指头，用一些小动作，转移自己的不自在。陈错随他去，不时地偷笑，还让陆峥亲亲她，当作是护工费。

陆峥是真的不疼吗？当然不是。陈错有一次提前到医院，当时护士正在给陆峥换药。绷带褪了下去，露出惨烈的伤口。

她从没见过他换药，她以为是巧合，实际上不是。是他不想让她，或是杨雪看见。陆峥闭着眼，眉头紧皱，牙关紧咬。他疼得手扣在床板上，青筋暴露，呼吸一下，就愈发得疼，出了一头冷汗。

陈错躲在病房外，泪目忍耐，不敢发出声响。她去洗手间洗了一把脸，在那儿待了一会儿，才回到病房。陆峥已经换好了药，听到她开门的声音，他又露出笑脸，朝她看过来。他让她过去，跟她柔情地接了个吻，还跟她说，今天又要辛苦你了。

要不是陈错无意中碰见陆峥上药的情形，她真的会以为，陆峥的伤不疼了。而事实是，他一直都很疼，但是他舍不得让她知道。

所以肖春给她活，她接了。不是不想继续照顾陆峥，她是担心，陆峥在她面前一直忍着不疼，更累。陈错忙了三天，将底片都交给后期制作部门的人之后，第一时间，她又赶去了医院。

才几天没见，她又想他了。

到了楼下，陈错遇见了一个人，是那天有过一面之缘的陆少坤。也许是因为陆峥长得很像他爸爸，所以她觉得陆少坤非常面善，就像是一个老熟人一般。

陆少坤身材高大，外形和陆峥很接近。陆少坤穿着西装，站在楼下抽烟。陈错在陆峥住院的这段时间，从来没看见过陆少坤，她也隐约知道一些，陆峥跟他父亲的关系并不好。但具体是因为什么，陈错也不清楚。她也没有去问，家家都有本难念的经，要是陆峥主动或者愿意跟她说，她再跟陆峥讨论这些事情也不迟，这是她对陆峥最起码的尊重。

陈错既然见到陆少坤了，也不能当作没看见。她主动跟陆少坤打招呼，陆少坤跟她点点头，身上的气场散发着一股无形的压力，让陈错有些小心翼翼。

陆少坤看了她几眼，问她多大了，家里是做什么的。当听到她母亲的名字时，陆少坤点头说道："我认识你母亲，是个非常出色的企业家。"被他这样恭维自己的母亲，陈错心情自然不错，她含笑点头。

陆少坤欲言又止，看了看楼上，又皱起了眉头，然后说道："你……好好照顾他。"说罢，将一个纸袋递给了陈错。

陈错接过来一看，里面都是一些价格昂贵的补品，外用内服的都有。她抬起头说道："您不去看看他吗？"

陆少坤摇摇头，陈错闻到他身上有一股很浓烈的烟味，大概站在这儿抽了不少烟，却一直没上去。陈错不清楚他和陆峥之间出了什么问题，但哪有父母不去看自己儿子的道理。陆少坤要走，陈错也不好挽留，她打算到病房时再跟陆峥说一声。

怎知陆少坤跟个人精似的，突然说道："别跟他说我来过，这些东西很贵，不要浪费了。"

陈错还是有些犹豫，陆少坤又接着说道："他不会高兴见到我的，不要白费工夫了。"

说罢，陆少坤转身就离开了，陈错只好独自上楼。刚推开病房门，陈错就跟一个女孩儿撞了个满怀。陈错还闻到了那女孩儿身上淡淡的香水味，一眼看过去，女孩儿脸上还画着精致的妆。

陈错的情敌警铃一下拉响，她眯着眼，朝病床上瞧过去。陆峥靠在床头，玩着手机，听到门口的动静，这才看过来，与陈错的眼神交织时，脸上竟然还露出一点儿慌张的表情。

他竟然会慌？陈错心里冷笑，将撞上她的女孩儿扶好站稳，再妩媚一笑，说道：“你没事吧。”

面前的女孩儿白白净净，斯文秀气，还有一头如墨般的长发，看起来非常乖巧。她同样看了陈错一眼，陈错比她高，长相艳丽，还酷爱红唇。比起女生身上那种淡淡的香水味，陈错的味道显然更加富有攻击性。女生后退着摇头，说没事。她挽了一下头发，又偷看了陈错一眼。

此时，陈错却绕过她，往病床边走。她把手上的袋子和包包往桌上一放，女生手里端着果盘，显然是要拿去清洗。陈错坐在病床边的椅子上，对着陆峥笑道：“你朋友？”

那女生托着果盘回头，看着陈错：“你好，我叫薛玫。”声音温柔绵软，非常可人。

陈错也回道：“陈错。”只是她的话语简洁，冷淡，样子看起来也不甚热情。她这样的长相，再冷起来，杀气腾腾。薛玫咬唇，握紧果盘，求助似的往陆峥身上看了一眼。

陈错也跟着看陆峥，她倒要看看陆峥怎么怜香惜玉。这一回头，却对上了陆峥的眼神，陆峥仔仔细细地打量了她一番，才说道：“你瘦了。”

陈错顿时没绷住，笑出声：“才几天，怎么可能就瘦了。”陆峥皱眉，拉着她的手。这时陈错也没空吃醋了，如果不是病房里还有个薛玫，她现在都要爬到床上去要亲他了。

陆峥又对着站在门口的薛玫说道：“薛小姐，这是我女朋友，刚刚跟你说过的。”

陈错心里乐开了花，脸上还要装模作样，像是才发现薛玫端着果盘一样：“你是客人，怎么好让你去洗水果。”她起身，伸出手去接果盘，竟然还拿不动。

薛玫垂着眼，脸上的委屈不言而喻。但还是敌不过陈错的力气大，果盘还是被她抢了过去。薛玫像是受不住一般，匆匆地提起包，说道：“我下次再来。”说着转身就要走。

哪知这时陆峥却说道：“薛小姐，下次就不用来了。”不等薛玫露出受伤的眼神，陆峥又接着说道，“我今天就要出院了，你不必来了。”

听到陆峥说的话，吃惊的不只是薛玫，还有陈错。陆峥在医院里待了不过半个月，怎么就要出院了。

她把果盘往旁边一放，也没精力再去管门口的情敌了，问道：“怎么回事，你伤还没好，怎么就要出院了，医生同意了吗？”

陆峥重新趴在床上，他伤了背，在医院这段时间都是这个姿势。他眼睛看向陈错带来的袋子，手伸进去一翻：“这些都是什么，你买的吗？”

陈错坐回椅子上，抱起手：“别转移话题，说说你出院的事情。”

陆峥无奈地看了她一眼，说了句让陈错浑身上下都舒坦至极的话：“还有外人在呢，给我一点儿面子。”这是一种示弱，同时将门口那位薛玫排除在外。

陈错被他说得差点儿笑出声，但她又忍住了，她不用回头，就知道薛玫的脸色如何了，“砰”的一声，病房门被人关上，想来这位薛小姐在这儿实在是待不下去了。

陆峥看薛玫一走，陈错就笑出声来，他无奈地说道：“你这个女人。”

陈错卸下伪装气势，捧着陆峥的脸，在他嘴唇上亲了一口：“我这女人，你爱的女人。”

撒完娇，就要开始说正事，陈错拧着眉，心疼地看着陆峥的背：“要不要再住一段时间，不是说还要留院观察，得动手术吗？”

陆峥笑道：“医生说能出院，就没什么大问题了，放心。”为了证明自己没事，陆峥还从病床上下来，走了几圈。本来就没伤到腿脚，杨雪和陈错都怕他走动会牵扯到伤口，就差没把他绑在床上了。

见陈错放下心来，他又将陈错拿来的袋子翻了翻：“你怎么会买这些来？”

一提到这些药，陈错便想到陆少坤说的话，不能跟陆峥说实话，要不然这些药就浪费了。陆峥见她拧着眉，不说话，脸上有些犹豫，就起了疑心。

他把药一样样拿出来看，都是跟他伤势有关的。见陈错为难到说不出话来，陆峥问道：“别人给你的？”陈错迟疑地点头。

陆峥把药丢回袋子里：“是他？”陈错不知道陆峥嘴里的他，指的是谁，仍然沉默不语。陆峥说话的语气开始冷下来，“下次他让你带过来的东西，你不要收。”

陈错对自己的亲生父亲已经没有了什么印象，唯一让她感受到父爱的是陈台演。但就算如此，她还是背着张雅宁，偷偷藏了一张亲生父亲的照片。

她的亲生父亲长得很帅，虽然张雅宁把他说得一无是处，但陈错还是把他的照片留了下来。她想：别人都知道爸爸长什么样，她总不可能什么都不知道吧，跟少了一点儿什么似的。

又或者还带了一点儿念想，和可笑的向往吧。以后要是能遇到那个男人，希望一眼能把他认出来。因为没有，所以羡慕别人有的。她想：陆少坤是在乎陆峥的。

两个人有没有可能和好？他们之间到底发生过什么？

见陆峥冷着一张脸，不说话，也不想跟她说更多有关于他们父子之间的事情，陈错不敢追问，也不敢说，你有没可能原谅他。她怕触雷，怕触碰了陆峥的底线。正因为深爱，才有诸多顾忌。

可这种被排除在外的感觉，最伤人。陈错将袋子收起来，尽量不让陆峥看到：“我一会走的时候，带出去。”

陆峥点头，沉默了下来，像有心事，也不想说话。陈错拿起苹果想削，她给陆峥示范，这些天在医院，她也算练了一手好刀功，会削苹果了，让陆峥怎样也不许再笑话她。

陆峥含笑望着她，刚刚那股生疏感瞬间褪去。他摇头，将刀和苹果从陈错手中拿了过去，撑着病床坐了起来，他问：“有烟吗？”

陈错瞪眼：“身体都这样了，怎么还抽烟。”

陆峥看了看病房里的烟雾感应器：“这里也抽不了。”

陈错从包包里取出来一包烟，捏着一根，抵到陆峥鼻子前：“不过你可以闻一闻，过把瘾。”

陈错最近也在戒烟，她包里还有一盒戒烟糖。她取出一颗，含进嘴里。糖果碰着牙齿，碰撞出清脆的声响。陆峥看着她吃糖，突然推开她递到他面前的烟，反而凑过来吻住她的唇，舔走她唇边的甜意。

陆峥凝视着陈错，低声道："这样也行，你想知道我跟他到底怎么回事吗？"

陈错顿了顿，她以为陆峥不愿意跟她说，也不想让她知道。刚刚那样的冷淡，透着拒人于千里的气息，现在又愿意跟她说了，这让她始料不及，一时间还有些没反应过来。

陆峥看着她那副傻样儿，就忍不住想笑，伸手去搂陈错的腰，要把她抱在自己腿上坐着。陈错这才回过神，搡着陆峥的肩膀急切地说道："你疯了，伤还没好呢。"

见她死活不肯过来，陆峥也强迫不得。这让他不由得怀念起没受伤的时候，轻而易举就能将陈错托起来。陈错的身体很瘦，托在手里，却毫不费力，压在身上，却非常有肉感。

一不小心，就想歪了。陆峥咳了一声，正经起来。陈错跟个小学生似的，坐回椅子上，双手扶着膝盖，仰着脑袋，等着陆峥跟她讲他们父子之间的隔阂。

她确实很想知道，刚刚陆峥也看出来了，可她却没开口问，甚至很小心地，照顾着他的情绪。看到这样的陈错，陆峥心想自己还是不是个男人，那些往事，也没什么不好说的，何必把自己的女朋友，弄得这么心慌。

他语气平淡，用词简洁，不带情绪地将过去的事情叙述了一遍。

家里管不住他，陆少坤把他送去军事学校，在里面被打后，向陆少坤求助被拒。之所以不想见陆少坤，大概是因为没法原谅吧。陆峥说到这里，突然笑了起来，然后他对陈错说道："是不是有些孩子气，因为他是我爸，是最亲近的人，所以，更没办法原谅。"

他话音刚落，陈错就流着泪，向他靠了过来，她搂住了陆峥，红润的脸颊贴着他，带来一连串的湿润。

陆峥搂住陈错，低声说道："别哭了，现在想想，也没什么。"

当过兵后，就不怕苦，那时候最惨的不过是皮肉伤，是年少气盛被管制，不被家人信任，差点儿被虐待至死。而那些过去，现在回想起来，也没那么难以忍受。

可能正是因为年轻，所以承受不住。而陆少坤后来的态度也让这些成了心里的伤，不能轻易提起。

陈错将脸埋在他的脖子里，手轻轻触碰在他的肋骨上。刚刚陆峥跟她说，当时断了几根，养了好久。她带着鼻音和心疼问道："当时很疼吧，肯定很疼，对不起，我不知道……"

他揉了揉陈错的头发："你乖，不是你的错。不疼了，别哭了。"

下午，陆峥去办出院手续，陈错在洗手间里收拾了好一会儿，还补了妆才出来。她不让陆峥提东西，自己扛着两个包，还想去扶陆峥，被严词拒绝后，陈错不高兴地抿住唇。

上车后，陈错握着方向盘，这才想起盘问情敌的事情。她想到情敌的脸，再想到当初陆峥差点儿就跟薛玫在一起了。而薛玫，跟她的类型完全不一样，难道陆峥就喜欢那样的乖巧牌？

而她刚开始勾搭陆峥时，陆峥可是把她拒绝得灰头土脸。如果不是她足够坚持，说不定都攻不下陆队长这位高岭之花了。陈错有一眼没一眼地瞄着陆峥，酸溜溜地开始问，她来病房前，两个人都说了什么。还洗水果呢，这么贤惠吗？

陆峥看着陈错就差把"我吃醋了"印在脑门儿上，他说道："她来没多久，你就来了。因为没什么话讲，觉得尴尬，所以她才找了点儿事做，去洗水果。"

一个红灯，车停了下来。陈错"哼"了一声："骗子。"

陆峥好脾气地说道："没骗你。"

陈错又瞪陆峥："我比她好看。"

陆峥自然地回道："你当然比她好看。"

陈错没出声了，她自己也觉得自己这个醋吃得很没风度，不如不谈。小吵怡情，大吵伤身，她有分寸。薛玫是过去式，还是没在一起的那种，真要说起来，她身上的债也不少，陆峥也没跟她计较。

回想薛玫的乖巧模样，陈错眼神微妙地说道：“我猜，你应该是喜欢她那种乖乖女类型。”

陆峥见陈错吃醋的样子，就觉得可爱，因为在乎，所以吃醋，因为喜欢，所以憋屈。听到陈错说他喜欢的类型，他反问道：“怎么说？”

话音刚落，陈错就幽怨之极地望了他一眼：“因为刚开始我追你的时候，你不是说我是你最不喜欢的类型吗？”

陆峥：“……”

所以说一个人，话不能说得太死。陆峥都记不清这是自己第几次被打脸了，还能怎么办？自己之前说的谎，只能现在还了。

陆峥尴尬地换了个姿势，陈错还以为他难受，忙将车速慢了下来：“怎么了，是不是碰到伤口了。”

陆峥摇头说没有，他想了想，还是决定说出实情：“其实不是说我喜欢什么类型，只是曾经喜欢的人，长得比较乖巧而已。”

陈错挑眉：“哦，曾经喜欢的人。”她那声“哦”，有些意味深长，让陆峥一时间都不知道该怎么组织语言，甚至都有些后悔，提这些前尘往事了。

他想了想：“其实我连她长什么样都不记得了，但毕竟当时她给了我很大的帮助。我那时年轻，对她也有些好感，所以后来……”

话越说越不对，陆峥最后干脆闭口不提了，他认真地说道：“总之那是很多年前的事了，现在那个女生就算出现在我面前，我也肯定不会喜欢她！”

薛玫的事情到这里，也算是结束了。

其实陈错当年也有过一段时间乖巧模样的时候，那时的她还戴着眼镜，后来毕业去做了矫正手术，加上当了摄影师，审美愈发成熟，就变成了现在这副模样。张扬艳丽，和当年念书时的样子，相差了十万八千里。如果陆峥喜欢的话，其实她也是可以走温柔路线的，穿小白裙，披着长发，装成一朵纯洁的小莲花。

将陆峥送到家后，陈错回家收拾衣服，还特意换了一身清纯风，还化了个素颜妆，亭亭玉立地出现在陆峥面前，问对方自己好不好看，喜不喜欢。

还别说，陆峥看到这样的陈错，还愣怔了一会儿。眼前的这个漂亮姑娘，仿佛跟记忆中那位有些重合。但陆峥很快就将这个念头消散在了记忆里。

陈错就是陈错自己，她不是谁，也没必要成为谁。

他拉着陈错，让她坐在自己腿上后，再道歉。陈错莫名其妙："怎么了，这样不好看吗？"陆峥摇头，他自认为并不是很会说情话，对于陈错，他只想最真诚，发自内心地去告诉她，自己的想法。

陆峥说："我很抱歉，我曾经说的那些话。"

"可是现在，不管你是什么样子，怎样打扮，我都喜欢。"

"如果你只是为了让我高兴，而改变自己，那就是我的错了。是我没有给你足够的信心、安全感，又或者是因为我从来没告诉过你，陈错，我爱你，以后也只爱你。"

陈错听红了脸，耳朵发烫，她把脸埋进了陆峥的脖子里，好半天才说道："你说过的，你一直都在说。"

从陆峥的行为，眼神，每一个亲吻，每一次亲密触碰，她都知道，这个男人对她的情感，有多浓烈，深沉。

何其幸运，拥有这样的一位爱人，也何其幸运，能与他相遇。

她很幸福，这些就足够了。

……

陆峥在家修养的时间，陈错没有一直守在他身边。

一来，陆峥的伤口已经进入恢复期，并且很多事情，他都可以自己做，只是还没完全恢复到能够回去继续上班而已。

二来，肖春给她安排的工作，这段时间也堆积了不少。她要出差，还是一走就要许多天的那种。离开前，陈错恋恋不舍地给陆峥做了一冰箱不好吃的菜，让他到时候热着吃。

结果刚做完，又郁闷地想要倒掉，免得陆峥真吃了，还吃坏了身体。陆峥拦住她，不让她扔，他说，他难得吃到陈错做的饭菜，是稀有品，不能乱扔了。

陈错看着陆峥，小心翼翼地将他抱住，避开伤口，搂在腰上，说陆峥是祸水，弄得她都不想出去工作了。

两个人亲亲摸摸，最后避着伤口，小心翼翼地恩爱了一场。

事后，陈错仔仔细细地检查了一遍陆峥的伤口，这才去洗漱，又打了一盆温水，给陆峥擦拭身体。

工作还是要去做的，陈错拉着行李箱离开时，陆峥送她到了楼下，两个人难舍难分。陈错都差点儿没把行李给扔了，色令智昏地跟着陆峥回去。还是陆峥把她押进车里，让她好好工作。

陆峥说道："你既然决定了要去工作，那就得去，我会在家里等你回来。"

一句我在家里等你回来，填得陈错心头暖暖的，如果说能跟一个人过一辈子，大概就是这样的感觉吧。

天气逐渐转凉，陆峥的伤口也恢复得差不多了，他没在家里多待，就去上班了。陈错忙完手头的工作，火急火燎地回到家，就得知陆峥已经去了营地。

晚上陈错给陆峥打电话："你怎么都不跟我说啊，我妈昨天还给我打电话，让我明天回去的时候，把你捎上。"

陆峥听到这里，惊讶地说道："伯母？"

陈错笑着说道："多亏你上次帮忙啊，你不知道，我妈现在打电话给我，十有八九都是问你过得好不好，她给我带的补品，都让我煲给你喝，我都不知道你是她儿子，还是我才是她女儿了。"

陆峥得意地说道："我是她儿子，你也是她女儿。"

陈错不正经地说道："天啦，你什么时候成了我弟弟了，那我们岂不是……姐弟！"

听着自己女朋友说来就来的戏，陆峥压低了嗓音，跟陈错说："我当然不是你弟弟，我是你老公。"

这话一出，陈错就沉默了，脸颊的温度瞬间飙高。

这男人，怎么这么会撩！我认输！绝对认输！

陈错一害羞，就极力想转移话题："你别瞎占我便宜，我还是个黄花大闺女呢。”陈错一边接打电话，一边往购物车里放给陆峥选好的煲汤食材。

今天陈错回来，发现家里什么都没有，就出门去逛超市了。她现在几乎是搬到陆峥家住了，两个人住同一个小区，但她更喜欢陆峥的家，宽大，简洁，带点儿性冷感，很有感觉。而且那屋子被她的气息、物品，逐渐侵占，让她非常有成就感。

挂断电话后，陈错推着车，迎面就碰见了也在超市里购物的许家。

许家见到陈错，笑着跟她打招呼：“好久不见。”陈错也笑着跟他打了个招呼。

两个人买的东西差不多了，就去结账。许家提着篮子，东西往结算台上一倒，都是些生活用品，毛巾牙刷，洗面奶什么的。

陈错随口问道：“你怎么在这边买东西啊。”

许家打开环保袋，将东西一一装了进去：“我和朋友搬到附近来住了。”

陈错惊道：“你们同居？”

许家被她吓了一跳，拿东西的手僵住了。陈错赶紧补救：“哦哦哦，我的意思是，你和你朋友住一起。”

许家赶紧把东西都装好，站在一边等着陈错。就在这时，许家的手机响了，他拿着手机，偷看了陈错一眼，就避到一边，接了起来。陈错结算完后，她提着购物袋，站到一旁等他。许家打完电话，朝她走过来，许家绅士地想要接过她手里的东西，问她怎么回去，需不需要送她一程。

陈错刚想说：好啊。可感觉短短的一段时间，许家双脚的重心就换了好几次，有些站立不安的焦虑。

陈错忍不住盯着许家撑在腰上的手，戚戚地说道：“还是我自己来提吧，你看起来，好像也不是很舒服的样子。”

陈错这话一说出口，许家的脸瞬间就涨得通红。他偷眼看陈错，又不清楚陈错是不是知道些什么。提着两大袋东西，两个人尴尬地沉默了许久，还是陈错打破僵局，说道：“走吧，你的车停在哪儿了？”

超市离家不远，陈错是走路过来的。但是提的东西太多，有人送当然好。两个人顺着扶手电梯下去，路过一家运动商店，许家让陈错等他一会儿，他进去买一点儿东西。

男人逛街很有目的性，许家在里面没有逗留多久，就出来了。买了一对护腕和一对护膝，许家把东西往购物袋里一塞，就不好意思地冲她笑道："让你久等了，走吧。"

陈错有些担忧："是哪儿受伤了吗？"

许家摇头："给别人买的。"陈错侧脸，恰好看见许家坦然的眼神，投在那刚买的东西上。

陈错欲言又止，难受得无以言表。她想劝许家放手，两相别过不好吗。本就是一场孽缘，虽说是在赎罪，但赎到现在，难道还不够吗？

许家隔着袋子，在那袋东西上压了压，心满意足地抬头，就撞见了陈错来不及收起的表情。只是这个表情，许家像是意识到了什么一样，匆忙将脸别开。直到抵达停车场时，两个人都没再说过话。

陈错一直在劝与不劝的纠结中徘徊，劝又怕伤了许家的自尊心，不劝，许家又是一副要往火坑里跳的模样。实在是令人头疼，还是许家打破沉默说道："错姐，你是知道了什么吗？"

陈错顿了顿："那天在医院的停车场，我不小心看见你和史少杰。"

许家恍然大悟，这才浮现出一抹苦笑："原来如此。"

许家打开车门，送陈错回去。陈错没有多问什么，这反而让许家放松了下来。他说道："别担心，我一切都好。"

话都说到这份儿上了，陈错也只好说道："保护好自己。"

许家点头："当然！"

第十四章　最温柔的误会

第二日，下午四点。

消防中队接到警报，一所私立学校的一个女生从六楼掉到了二楼的铁皮雨棚处，身受重伤，打了120后，抵达现场的救护人员没办法将孩子从雨棚那里挪出来。

因为那个孩子身上多处骨折，根本没办法动。陆峥带队出动一台登高平台消防车，赶到现场。陆峥一看到那所学校，脸就白了。

这所私立学校，就是戒网瘾、改叛逆的学校。这和当年陆峥去过的学校，没有什么两样。被驱赶到房间里的学生们，一个个将稚气的脸探出窗口，望着他们。老其发现，自从进入这所学校，陆峥的脸色就极其难看，拳头紧攥，像是强行忍耐着某种愤怒的情绪。

他是勘察员，自然观察得很清楚，他拍拍陆峥的肩膀，让他回过神来，然后带着李柏去二楼查看女生的情况。

陆峥揉了揉眉心，站在一旁的白田问他：“陆哥，你没事吧，是不是伤还没好？”史少杰知道一些陆峥的事，当时他是队里的刺儿头，陆峥跟他谈心的时候，以心交心，也跟他说过一些自己当年的事。

史少杰上前，按了按陆峥的肩膀。陆峥侧脸，轻轻摇了摇头，示意自己没事。负责的几位教官走了过来，陆峥一看到他们，眼睛就眯了起来。

其中一个长得比较黑的，大概是带头的教官，过来就给陆峥递烟，还笑着说道：“辛苦了，兄弟。”

陆峥看了看烟，又看了看那个教官，说道：“我不抽烟。”他声音冷硬，态度很不友好。

教官把烟收了回去，白田赶紧说道：“到底怎么回事，好好的，人怎么会掉下来的。”

教官眼神闪烁：“谁知道呢，可能是不小心吧。”

这时候对讲机响起，陆峥捏着对讲机，让老其把详细情况说一遍后，快速做了决定。

他让白田上登高平台，升上去协助老其和李柏，再让史少杰去寝室里拿棉被和床单。他自己则上了二楼，问已经在现场的医护人员，营救的时候要注意哪些细节。

女生穿着军训的校服，鞋子掉了一只，光着一只脚，头发散乱着躺在那里。铁皮雨棚被砸出了一个凹陷，这是让女生受重伤，也是活下来的东西。

二楼的阳台有两扇窗，如果要用担架把女生抬到楼道里，空间根本不够。陆峥让李柏赶紧下去将切割机带上来，把两扇窗户中间的护栏锯开。

这时教官听到了响声，竟然过来说：“警官，这要是弄坏了，修好也要不少钱啊。”陆峥看都没看他一眼，直接从窗子里翻了出去，小心翼翼地踩在铁皮雨棚上。

这时史少杰将棉被和床单都送了过来，陆峥取来一床床单，盖到了女生身上。

女生还有些意识，看着他，却说不出话，嘴里还吐着血沫。那是一种极痛，又黯淡的眼神。陆峥救过不少人，他一眼就能看出来，这个女生的心理状态不对。一股激烈的情绪，撕痛了他的肺腑。

这种学校，这种地方，还要毁多少人？！他努力让自己的声音柔和下来："别怕，没事了，很快就能离开这里了。"

听到他说很快就能离开这里时，女生的眼睛亮了亮，一行泪，从眼眶中流了出来。

陆峥用工具将窗玻璃打碎，玻璃对面，是那个教官站着的地方。碎片飞出去，差点儿刺到他身上，他怒道："你是故意的吧！"

老其赶紧把他拉住，和颜悦色地说道："这位同志，刚刚就不让你站那么近，一扇窗的玻璃值多少钱啊，人命关天啊，你再阻挠我们，就是妨碍执法了啊！"

教官啐了一口唾沫，狠狠地瞪了陆峥一眼，往后退了几步。窗玻璃被砸开后，切割机也到了。所有人配合默契，陆峥根据医护人员的指导，用棉被把女生裹着，绑在了担架上，送入了楼道里。

接下来的事，就是医院和警察的事了。老其觉得陆峥状态不对，刚想说收工，陆峥就走到了那位教官面前，说道："是谁发现她掉下来的，她有没有什么好朋友，可以方便叫过来问一问吗。"

那教官的脸绷得紧紧的："关你什么事，这些不该你一个消防员来管吧。"

陆峥还要说什么，老其赶紧上来拉住他："陆峥，算了算了，救完人咱就走吧。"

陆峥脸色一沉，那教官一看他的表情，也横起来："我说你这人怎么回事，怎么着，还想打人啊，真以为你穿着这身衣服就是天王老子了！"

这时老其也怒了，指着那个教官说道："你再说一遍！"

教官拍开他的手，摆出一副想要打人的架势，这时的陆峥怒不可遏地说道："这不是一场意外吧。"

老其和教官都愣住了，看向陆峥，陆峥盯着女生掉下去的地方："她是自杀，不是意外。”老其脸色一慌，强硬地拉着陆峥，往停着消防车的方向走。

这时警车也到了，陆峥看着从警车上下来两个人，走到刚刚那位黑脸教官身边。在陆峥他们面前耍横的教官，在警察面前笑得谄媚，给他们递烟，那两个警察接了，然后不知说了些什么，教官点头，带着他们往里面走。

陆峥目不转睛地看着他们，老其狠狠地拍了他一下：“别看了，咱们又能做什么呢。”陆峥沉默地上了车，十指相扣，额头顶着手掌，闭上了眼睛。

车上的所有人都知道陆队长的情绪很不好，回去的路上，史少杰坐到了陆峥身边，过了好一会儿，才说道：“都过去了。”

陆峥没有回话，史少杰看着窗外飞驰而过的景色，许久，他才听见陆峥用一种极压抑的声音说道：“过不去。”

老其不知道陆峥的往事，看着陆峥劝说道：“陆峥，你刚刚有些过了。那女生到底怎么回事，你不能靠自己的揣测瞎说。”

陆峥笑了笑，抬起头：“老其，对生命失去了渴望的眼神，咱们还看得少吗。”

这话一说出口，车上的所有人都沉默了。他们救过想自杀的人不计其数，有些是一时冲动，其实根本就不想死。真想死的人，眼神是不一样的。

老其又想到那个女生，看起来才十四五岁的样子，像一朵含苞待放的花骨朵似的，怎么就……不想活了呢。

……

陈错提着包，往陆峥家走。陆峥这几天回她短信的状态很不对，她有点儿担心，打电话去问了白田，才知道发生了什么事。

今天陆峥休息，应该已经在家了。她提前结束了工作，往陆峥家赶。可是陆峥却不在，大晚上的，人去哪儿了？

她拿着手机，给陆峥打电话。这时门外传来了开锁的声音，是陆峥回来了。他没想到陈错竟然在，因为按行程，陈错应该还在外地。

陈错站在客厅，望着陆峥，抬起手："过来抱抱。"门口站着的男人，看起来很低落，急躁又疲惫。陆峥将手中的盒饭和药，往鞋柜上一放，朝陈错走来。

他抱住了她，女人柔软的身子，嵌入了他怀里，将他空荡荡的心口，填得满满的。陆峥抿唇，将脸更深地埋入陈错的发间，陈错抱着他，轻轻摸着陆峥的头："没事了，我回来了。"

陆峥加重了抱陈错的力道，哑声道："陈错，我很累，很累。"

陆峥的情况确实非常糟糕。那个曾经劝她戒烟的男人，重新吸起了烟，吃外卖、安眠药，胡子拉碴，还做噩梦。

陈错将外卖扔了，给他熬了粥，让陆峥去洗了澡，亲手替陆峥剃了胡子，打上泡沫，剃须刀刮在他的脸上，发出细碎的声响。

陆峥的眉毛下，是双带着血丝的眼睛。连日来的消息，让他彻夜难眠。他去看过那个女生，是自杀未遂，女生的心理状况相当糟糕。而那所学校出了这么大的事情，却只有零星的几篇相关报道，甚至没有立案。就算有媒体报道，也只是说某位女生高空坠楼，身受重伤。至于为什么坠楼，在哪儿坠的楼，都没有做任何详细解释。

这事儿就跟投入湖里的水一样，泛起丁点儿涟漪，就宣告结束。因为没有闹出人命，那个女生只是重伤致残，所以根本没有引起任何有关部门的重视，就像他当年一样。他重伤醒来，虽然逃出了深渊，可当他提出要去告那所学校时，陆少坤却让他，息事宁人。

那样的学校，能存在这么些年，自然是根深蒂固，往下深挖，只会惹火烧身。就算报道出来又如何，那些家长，只觉得所有人都多管闲事，自己的孩子需要管教，才能变好，旁人都不懂。

他们拥戴那样的学校，跟被洗脑了一样。陆峥过了这么多年，又重遭噩梦。打倒他的不是这些曾经的阴影，而是现在，自以为已经足够强大，却一样的无能为力。

强健的体格，丰富的救援经历，在这事儿上面，一无用处。上面直接下来封口令，即使有采访，也不许接受。军人本就不能轻易接受采访，更何况这件事，本就没有多少要报道的必要性。

这样的事，还不如报道一桩明星的小道消息来得引人注意。陆峥甚至对这个社会产生了怀疑，他当年想要当兵，就是想变得强大，想做正义的事，想要帮助更多的人。

他留下了一位记者的电话号码，存在手机里。他是军人，应该服从命令。但是这件事，就这么毫无波澜的过去，他心有不甘。刚刚在回来的路上，他已经在外面拨通了电话。电话结束，他抽了一根烟，带着疲倦的身躯回到家。家里灯光明亮，陈错盈盈站在不远处，伸出手来拥抱他。

那一瞬间，陆峥觉得整个人都放松了下来，负面情绪，都能远离他片刻，让他得到喘息的机会。

陈错帮陆峥刮完胡子后，在对方下巴处亲了亲："好香。"

陆峥揉了揉她的长发，哑声问："吃饭没？"

陈错摇头："一起吃吧，我熬了粥，还煲了排骨萝卜汤。"陆峥跟着陈错到了饭厅，他没有想要说话的欲望，陈错也默不作声地在一旁陪着他，吃完饭，洗过碗，再把自己洗得香喷喷的，钻到了陆峥的床上，男人的怀里。

陆峥搂紧了陈错，没有比这一刻更让他安心的了，很快，他就抱着陈错睡着了，纠缠了他好多天的噩梦，也终于远离了他。

第二天陆峥起了个早，做了早餐，喊陈错起床。陈错睁开眼睛，就发现陆峥已穿戴整齐，一副要出门的模样。陈错奇怪地问道："你要出去吗？"

陆峥点头，没有多说什么。陈错有些不安，吃早餐的时候，又问道："你不是在休假吗，去哪儿？"她感觉陆峥像是要去做一件很重要的事情，但是并不打算告诉她，这种感觉让她难受。

但想到陆峥最近的状态，她又让自己不要逼得他太紧。陈错用筷子拨了拨豆浆里的油条，低着头，不说话了。陆峥看着她不开心的样子，慢悠悠地喝了口豆浆，说道："我今天要去接受一个采访，把那个女生自杀的原因说出来。"

也许因此，他有可能会被处分，甚至要脱了这身衣服。陆峥面无表情地做着决定，紧握的双手，却充分地体现了他的不安。

他问陈错："你会觉得，是我太冲动了吗？"陈错起身，陆峥屏住呼吸，看着陈错走到他身边，坐了下来。

陈错头靠着他，玩笑般地说道："吓死我了，还以为你要说跟我分手呢。"

陆峥有些哭笑不得，还没等他回答，陈错就认真地对他说道："不会，你想做，就去做吧。这并不是什么坏事，跟你以往救火、救灾，没什么区别，都是救人。"

陈错仰望着自己的男朋友继续说道："正因如此，所以我才会这么爱你，我会支持你，做你想做的任何事。"

吃完早餐，陈错开车将陆峥送到了和记者约定的咖啡厅。一个小时后，陆峥给了她一个医院的地址，他带着她去看那个女生。

陈错在医院附近的花店买了鲜花和小蛋糕。

跳楼的女生叫李家友，病房里只有她的母亲在陪着她。她的母亲眼眶红肿，对着陆峥感激涕零。

李家友看见陆峥进到病房，才愿意开口跟陆峥说话。李家友的母亲抹着泪，找了个理由，便走出了病房。这些天的心力交瘁，让她极度疲惫，大脑轰轰作响，根本不知道该怎么办。

陈错刚进病房一会儿，也走出了病房，坐在她旁边，轻声安慰她。她不断地落泪，像是找到了一个宣泄口，将这些天心中的所有郁结都说了出来。

她说：她女儿自醒过来后，看都没看她一眼，更别说跟她说话了。当医生告诉她，女儿可能再也站不起来时，她觉得天都塌了。

她想报警，这个责任该由学校来负，她想去告学校。可是警官却告诉她：跳楼是李家友的自主行为，按理，是怪不到学校头上的。

她女儿被折磨成这样，她连去学校讨个说法，都没办法。她觉得自己太没用了，她丈夫这些天在外面到处奔波，也毫无进展。

这些天以来，她太压抑了，丈夫没法听她说，警察不肯听她说，她现在对着一个陌生人，却什么都说了出来。陈错拿出纸巾，给她擦眼泪，并柔声细语地对她说道：“大姐，没事的，一定会有办法的。”

她哭着说：“有什么办法？怎么办？”

陈错看着眼前这个憔悴的女人：“那要看你们愿不愿意去做。”

曝光，用平台曝光，当这件事在社会上影响足够大时，那些想要只手遮天的人，就再也压不住了。但这种事情，也有风险，有可能会被报复，有可能明明是受害者，但那些过往，所有的伤痛，都会暴露在人前。被肆意点评、诬陷。有可能李家友的心理状况，会更糟糕。这一切的一切，都是风险。

陈错握紧了这位母亲的手：“你要问问她自己，愿不愿意。”不是所有的事情，都应该有个结果。很多时候，现实都是无奈的。

当受害者孤立无援，面对所有压迫，无法反抗时，只能釜底抽薪，置之死地而后生。这其中，最大最危险的变数，却是李家友自己本身。

这个年纪的小姑娘，出了这样的事，他们谁也不能帮她做决定，毕竟这是她自己的人生。

以前的陈错，总是年轻气盛地认为，一定要让加害者得到报应了，才叫公平。就像李家友，谁也不知道这个小姑娘，在那样的一所学校里经历了什么，才选择从用跳楼自杀来结束自己的生命。现在面临瘫痪，从法律上来讲，这不是学校的错，甚至不能够撼动到它的存在，它依然会继续开学，往后还会有像李家友一样的孩子。

那些不公平的，充满血泪的，饱含冤屈的事，都会日复一日，被人遗忘。总是那些经历过痛苦的人，才会记忆犹新，用血泪刻在心尖儿上，一辈子。

有些事情，就像一点星火，足可燎原。

李家友的事情，没多久就在微博上被传播开来，数个微博大V转发，一时间舆论哗然。

这种网瘾学校出过的事不少，一笔笔旧账翻开来，很快热门微博、电视、报纸，全都跟上了。诸多媒体记者涌到李家友所在的医院采访，更有许多电话打到消防营地，想要约个采访。

很快，一家媒体对陆峥的单独采访整理出来后发布在网络上，这事儿一闹大，拦都拦不住。陆峥被停职了，领导让他回家思过。至于怎么处分，还要等领导开过会后，再行决定。

舆论是最汹涌，也最难控制的一种力量。不久，事情就开始偏离了轨道。许多人开始猜测，李家友为什么会跳楼，是不是被性侵、被霸凌，她的自杀到底和这所私立学校，有没有关系。

有家长出来说，他的孩子就是在这里被教好的，李家友就是年纪小，玻璃心，所以才会跳楼，她家里就是想讹学校一笔钱，才会把事情闹这么大。

又有学生出来说，那所学校就是噩梦，他在里面待过，教官动不动就闪人耳光，羞辱人，还被关禁闭，不许吃饭。有些女生甚至被叫到教官宿舍，去给教官按摩等等。

事情越闹越大，网友们一个个群情激昂，圈各种官博，写举报，到处打电话，要官方给个说法，要相关部门介入调查。

没过多久，那所学校就被暂停开课，全国各地的家长收到消息，都过来将孩子接走。但也有家长仍然觉得，这事儿与学校无关，学校的教官们也是冤枉的，一切都是李家友的父母利欲熏心。他们建了微信群，群里的家长们互相打气，团结起来，一致对外。

舆论最高涨的那几天，陈错试过联系李家友父母，但对方的电话已关机，想来是被各方人士骚扰到不行，没有办法才关机的。

但事情往好的方面想，起码这件事不再是无声无息地就这样结束，起码那所学校的孩子们的家长，都知道自己究竟将孩子送进了一所怎样的学校，起码李家友的跳楼事件，终究会在舆论的推动下，官方的高度重视下，得到一个公平、公正的结局。

可同样，陈错也担心着陆峥，陆峥曾经说过也许会出现的后果。万一处分下来，特别糟糕怎么办。陆峥能接受吗？会不会情绪极为低落。

陈错去了陆峥家，却发现陆峥表现得极为平静，他甚至做了一桌子的菜，等她去吃。陈错也故作无事的模样，笑眯眯地闻了闻桌上的菜，开心地说道：“好香。”

洗手的时候，陈错突然觉得有些反胃，一股酸气涌到喉咙间，让她难受地打了个嗝。陈错忍着那股恶心的感觉，好不容易拍着胸口顺下去，就突然反应过来，她的身体好好的，这是怎么了？

这时陆峥过来敲洗手间的门，让她出去喝汤。陈错看着镜子里的自己，再想想自己这个月到底有没来月事。

答案是没有，她没来月事。还有反胃的症状，她是不是……陈错根本不敢想下去了，尤其现在陆峥的前路还并不明朗，万一她真的怀孕了，这孩子来的可真不是时候。

更何况她还答应了一组高原拍摄，如果怀孕，她就不能去了。一个休息一年的摄影师，等重新复出，说不定就要跟圈里脱节了。

如果陆峥被队里开除的话，在这个时候，结婚生子，实在不合时宜。陈错用水洗了洗脸，觉得不能自己吓自己，也许并没有什么太大的事情，只是这段时间太忙了，肠胃有点儿不舒服而已。

陈错心事重重地从洗手间出去，陆峥也有心事，两个人吃了一顿沉闷的饭。陆峥许是以为陈错在担心他工作上的事情，安慰着说：最糟糕的就是不再继续当消防员，但他还年轻，有很多的事情可以做。

陈错夹了一块鱼香肉丝，振作精神："不怕不怕，你老婆养你。"陆峥被她逗笑了，两个人吃过饭后，下楼手牵手去散步。

陆峥说他已经去问过李家友的事情了，听说小姑娘的精神状况还不错，而且医生也说，她的病情并没有初步诊断的那么坏，因为她的神经还有反应，总而言之，重新站起来的机会，并不渺茫。

陈错听得激动，握紧了陆峥的手，说太好了。陆峥嘴边含着抹浅浅的笑，欣喜地说道："是啊，太好了。"

街边的路灯将两个人的身影拉得长长的，陈错看着影子突然笑着说道："那会儿我追你的时候，你总是走在我前面，可怜的我啊，只能看着我们的影子，拿自己的影子去牵你的影子。"

现在十指相扣，扣得紧紧的，陆峥的掌心几乎要将她整个手都裹住了。陆峥的嗓音压得低低的，情不自禁地说道："没事，下半辈子，我来牵你。"

陈错一怔，再看陆峥已经红透的耳廓。她极甜地笑了笑："才不是，是我要牵你。”

两个成年人，谈了场恋爱，都变得幼稚了。拉拉扯扯，黏黏糊糊，在小区花园里打闹了一阵，在心里认定，我要跟身边的这个人，过一辈子。

陈错要出去工作，这时候又像陆峥受伤的那会儿。

她一大早起床，穿衣化妆，卷头发，然后吃了陆峥做的早餐，穿上高跟鞋，走之前还要在陆峥的脸上留一个红红的唇印。她摸摸陆峥的脸，说道："在家乖乖等老婆，晚上我要吃可乐鸡翅。”

陆峥搂着她纤细的腰身，想要去吻她，陈错仰着脸："不行，等我晚上回来卸了妆，让你亲个够。”

陈错从电梯里出来，就撞见了一位令她意外的来客，竟然是陆少坤。陈错看了眼时间，走上前，恭敬地问道："陆伯父，您怎么来了。”

陆少坤客气地问她："陈小姐，有时间聊一聊吗？”

陈错估算了一下时间，说道："只有十五分钟左右。”

陆少坤的来意，她大概能猜出来几分，没有不关心儿子的父亲，更何况陆少坤上次去医院时，还特意买了许多昂贵的补品。从那些补品就可以看出来，陆少坤还是很关心陆峥的。只是这对父子，都是倔脾气。要不然，关系也不会闹得这么僵。

陆少坤单刀直入地问陈错："陆峥最近的工作，是不是不顺利？”

陈错拧眉，有心为陆峥辩解："陆峥的工作做得很好，而这次是因为,他不想违背自己的内心,虽然做法有些不妥,但并不是什么坏事。”

见陈错为陆峥辩护的模样，陆少坤不苟言笑的脸，放松了下来。他注视着陈错，好一会儿才说道："是啊，他幸好遇上了你。”

陈错被这突然的夸奖砸蒙了，但陆少坤听到陆峥是因为什么而接受采访之后，脸色就冷了下来。陈错直直地望着陆少坤，突然问："伯父，您有和陆峥，认认真真道过歉吗？”

陆少坤眼神一下严肃了起来，气势也变了，陈错却全然无惧："陆峥当年在里面，受了那样的苦，我认为伯父您，是脱不了干系的。陆峥说他求过您，您不信他。”

陆少坤的下唇抽了抽，他用干涩的嗓音，沉沉地说道：“哪有做父母的，跟子女道歉的。”

陈错瞳孔缩了缩：“他因为您的错误决定，断了几根肋骨，差点儿连命都没了，就算这样，您也认为您不该向他道歉吗？就算是父母给了子女生命，可大家都是平等的，什么叫父母不能向子女道歉？向孩子认错，这很难吗？跟他说一句，是我错了，是我不相信你，爸爸对不起你，有那么难说出口吗？”

面对陈错的言辞，陆少坤有些不安，他猛然起身，愤愤地说道：“够了，你只是他的女朋友，还什么都不是呢，这是我们陆家的家事！”

陈错攥紧了衣服，失望地看着陆少坤：“他当时才多大啊，一个人承受了那些，他也许只是想要听您跟他说一句，您错了。这么多年过去了，您还是觉得，您没有错吗？”

陆少坤显然血压上升了，抖着唇说道：“我并不知道送他去那里会这样，这么多年，我何尝不是一次次放下脸面……”

陈错打断他：“您放下脸面，只是您以为的，陆峥想要的是什么，您知道吗？”

陆少坤彻底沉默了下来，他盯着陈错半晌，才哑声说道：“告诉陆峥，他工作上的事情，我已经托人解决了。我知道他不想回家跟着我做生意，他要当消防员，就当吧。”

陈错猛地起身，拿出手机：“我是不会帮您转达的，这是您和陆峥两个人的事情，您自己跟他说去吧。”

陆少坤睁大眼睛，看着陈错拿着手机拨打陆峥的电话，陆少坤露出了惊慌的表情，很不符合他稳重的形象。

陈错看着陆少坤，心里叹息，其实很多时候，最亲近的人，反而最难开口，两个人都倔，得倔到什么时候。倒不如敞开心扉谈一谈，说不定，这是个突破口。

陆少坤慌张过后，就强作镇定，努力让自己的表情平缓下来：“你这样做没有用，他不会下来的。”

陈错对着电话说道：“陆峥，你爸爸在楼下，他帮你解决了工作上的事，你要不要下来见他一面。”

陆少坤没想到陈错会这么直白地跟陆峥说，他又气又无奈地想，陆峥到底是给他找了一个怎样的儿媳妇啊，太让人头疼了。

挂断电话，陈错就往停车场走。刚刚还一脸冷酷的陆少坤，急忙喊住她：“你去哪儿？”

陈错回头，十分记仇地说道：“当然是留空给你们解决家事啊，不然我这个外人在这里，你们也不方便谈话。”

陆少坤一窒，更无奈了。他冷着脸，要跟着陈错一起走。哪知道陈错转身一拦：“您在怕什么？”

陆少坤瞪她：“我怕什么！”

陈错点头：“您不怕就在这里等他下来，你们好好谈一谈，说说心里话。难不成你们要老死不相往来一辈子吗？”这句话显然刺痛了陆少坤，他脸色凝重，陈错见他停了脚步，这才松了一口气。

她把手机放回包里，将车钥匙在食指上转了几圈。陈错明面上潇洒，实际上她也怕，怕陆峥生气。

陈错平日里仗着陆峥宠她，会闹点儿情侣之间的小脾气，但都不过火。而陆峥和陆少坤之间的事情，就像一道陈年旧伤，她不敢去触碰。

这次算是陈错出面，让这对父子总算面对面了，但这同样也有多管闲事之嫌。以己度人，这事要是摊在陈错自己身上，再喜欢都要生气。

因为陈错是陆峥的女朋友，是很亲近的人，也正因为是亲近的人，才会产生背叛感。

陈错绕过小区里的绿化，最后又蹲着挪了回来，小心翼翼，好似做贼似的窥望着陆少坤的动向。

陆少坤自陈错走后，就有些手足无措起来，来回踱着步。突然陆少坤身子一定，抬腿就想往外走，但此时陆峥已经面无表情地揣着兜向他走了过来。陈错看着陆峥的脸色，心里渐渐往下沉。她这次也许真的是多管闲事了，陈错恼恨地抓着自己的头发。

本以为两父子见面会像仇人一样剑拔弩张，可事情并没有她想象得那么糟糕。

陆峥和陆少坤坐在小区里的长石板凳上，也不知道说了些什么，陈错使劲儿地将脑袋往那边凑，都没听见一言半语。不过从陆少坤脸上的表情来看，两个人的谈话应该还挺平静的。

陆峥寡言少语，偶尔点点头，看一眼陆少坤，最后说了几句话，两个人站起身，各自离开。整个过程不超过十分钟，表情冷淡，不似父子。

陆少坤离开后，陆峥在原地站了一会儿，突然朝陈错藏身的地方走过来。陈错吓了一跳，想起身就跑。可起身太猛，血一冲，就觉得眼前一黑，头晕眼花。

陈错身体一晃，瞬间就被人从身后搂住了。陆峥的胸膛支撑着她，在她耳边沉沉地说道："跑什么？"

陈错当场就想喊饶命，最后还是耷拉着脑袋，跟小学生一样掰扯着手指头，说道："我错了。"

陆峥继续问道："哪儿错了？"

陈错不自在地用脚蹬了蹬地："不该冲动喊你下来。"陆峥跟陆少坤的矛盾已经持续了很多年，怎么可能因为她的三言两语就轻而易举地化解。她这样做太自我了，简直丝毫不顾及陆峥的心情。

陈错用湿漉漉的眼睛，一副可怜兮兮的模样请求他的原谅。陆峥瞧着她，仍然面无表情地说道："我又没怪你，你道歉做什么。"

陈错看着他的脸色，心想这还叫没怪啊？脸上的表情都僵了！陈错绞尽脑汁，想要再努力一次，撒撒娇。但她实在不是这个风格的女人，之前的对象，她也从来不管对方有没有生气。

如今有了重要的人，才深知撒娇这一技能的重要性。幸好陆峥也没有表现出责怪她的意思，只说时间不早了，赶紧去工作。

陈错得寸进尺："不怪我了？"

陆峥叹了一口气："他都来几趟了，也该见一面了。"

陈错愕然瞪眼，因为陆少坤每次来都没出现在陆峥面前，她以为陆峥不知道，原来他一清二楚，只是不愿意见他而已。

陆峥说完以后，又露出些许茫然的表情："他也老了。"

是啊，当年高大严肃，古板执拗，有着旷阔肩膀的男人，确实老了。

鬓间长出白发，脸上有了皱纹，连气势都不如当年强硬了。

陆峥看着怀里的陈错："快去工作吧，我真没生气。"

陈错一步三回头地走了，工作的间隙，刚想掏出烟来抽，又想到自己反胃、呕吐的反应，又把烟给放下了。

一时间，她心乱如麻。她没想好，如果真怀孕了该怎么办。然而对于孩子的话题，也许是因为陆峥家庭的缘故，他在孩子的问题上非常严肃，说不定不会欢迎这个孩子的到来。

正苦思冥想之际，拍摄的模特来到她旁边，熟练地递了一根烟给她。她们合作过几回了，模特已经跟她很熟，见她不抽，还奇怪地问道："怎么了啊，难得见你不抽的时候。"

陈错张嘴想问问女模特的意见，看到对方年轻的脸，她又摇摇头，没说什么。

拍摄结束，陈错决定打电话给肖春问问她的意见，等肖春一接通电话，张嘴就让对方一个措手不及："小春，我可能怀孕了，怎么办？"

肖春沉默了半晌，最后不可置信地吼道："你说什么！！！"

陈错将手机拉远了一些，等那边吼完了再放回耳边，不紧不慢地说道："激动什么，我有男朋友，有……"

肖春立刻打断她："你闭嘴吧，我也有男友，可也没闹出人命啊！你男朋友不做安全措施的吗，你也由着他乱来？！"

陈错心虚回想，乱来的好像是自己，她那时想着不过一次，怎么就会那么巧，更何况还在安全期。

如果不是身体有反应，她都快忘了这回事了。陈错气弱道："这不是还没确定吗，说不定只是肠胃出了问题。"

肖春问她身体有什么反应，陈错一一说了，肖春认真道："赶紧去医院检查。"

陈错望着不远处搬着器材的工作人员，小声问道："我该告诉他吗？"

肖春都不用想，就知道陈错口中的他是谁，她笃定道："肯定要说，这也是一块试金石，这个男人能不能要，都能测出来。要是不能要，你也好趁早收心。”

陈错想着这话说得轻巧，陆峥也说过，因为他父亲的原因，如果他不能给予孩子一个好的成长环境，那何必要生这个小孩儿。不是怕有孩子，而是重视孩子，所以不能轻易要孩子。如果陆峥说不要，其实她也能理解。

回到家中，陆峥已经做好了饭菜，情绪还是淡淡的，也许还在在意早上的事情，但并不愿意跟陈错发火，只能自己调节，没有了往日那般热情。

陈错一看陆峥这样，心里就委屈，她其实也很害怕，她自己也还没做好准备，迎接一个小生命的到来。

心情不好，脸上就会显现出来。陆峥以为陈错还在因为早上的事情而情绪低落。他说："真的没事，我跟我爸这么多年僵下来，一时半会儿也好不了，你今早让我下去，我并不生气。你别多想。"

陈错得了安慰，又觉得该反思一下自己，但是接下来的事情，却不知道该怎么开口。她想了想，最后慢慢地说道："我最近胃口不太好。"

陆峥怔了怔，看了眼桌上的菜，说道："我给你做个开胃粥？"

陈错摇摇头，最后严肃地望着陆峥："我……差不多快两个月，没来月事了。"

她话音刚落，就紧盯着陆峥的脸。生怕从男人的脸上，看出什么不对劲的表情。可陆峥愣在原地，直直地望着她，好半天才缓过神来。他走到陈错面前，手想要伸到她的肚子上，又停住，心中忐忑得不知该如何是好，最后一抹脸，蹲下身子，用耳朵贴在陈错的肚子上，小心翼翼地说道："你……怀孕了？"

陈错看陆峥一系列反应，她也放下心来，她摇摇头说道："还不确定呢，我得去医院检查一下。"

陆峥抓着她的手："软软，我们去医院。"

陈错反手拉住他，摇着头说道："等会儿，陆峥。"她叫了他全名，很认真的。她问："如果我真怀孕了呢？"

陆峥的眼神一点点热了起来，滚烫又鲜明，有慌张，更多的是深沉的执着。他有些激动地说道：“我会娶你，软软。不是因为孩子所以要娶你，是因为要娶你，所以才想要我们的孩子。”

自从知道陈错有可能怀孕后，陆峥整个人就绷得很紧，去医院的路上，是陆峥开的车，小心翼翼地驾驶，简直就是个公路模范。

陈错本来还很紧张，但看着陆峥比她更紧张的模样，她反而轻松了下来，她像个男人一样哄着紧张的陆峥：“没事，你放松一些，别孩子还没出来，你就把自己整成产前忧郁了。”

医院里挤满了人，尤其是妇科，直接从科室门口排到了走廊上。

陈错和陆峥去挂了号，看着挤满人的走廊发怔。陆峥发现要等很久后，他就要陈错到附近的咖啡厅里去坐着等，他自己来排号。

陈错笑着说道：“别逗了，哪有你一个大男人在妇科排号的。”但陆峥执意，陈错只好乖乖地去附近的一家咖啡厅里坐着等。

陆峥一走，肖春的视频电话就来了，陈错一接通，就见肖春的视线从屏幕那头直追到她四周，走了一圈后才问道：“不是在做产检吗？你男人呢，逃了？”

不怪肖春这样误会，陈错要是摊牌了，男方却让女方一个人去做检查，意思已经够明显了。肖春在那里脑补到气炸，撸起袖子就想从家里杀过来把陆峥暴打一顿。

陈错赶紧解释，并不是肖春以为的那样，他们两个人好着呢，还将昨晚陆峥对她说的话，害羞地跟肖春说了一遍，脸上全是甜蜜，秀了肖春一脸。肖春抱怨归抱怨，心里也是为陈错高兴的。开心过后，难免回到现实问题，如果陈错真的怀孕了，接下来该怎么办？不管是在工作方面，还是私人方面。

对于肖春的问询，陈错没有立刻回答，过了许久才答道：“走一步，算一步吧。”

和肖春通完电话，陈错又有一股强烈的欲望，想给张雅宁打一个电话。这是自她以为她也许怀孕之后，就有的冲动。

人不管长到多大，在父母面前，都是个孩子。她惊慌的时候，就想去找张雅宁，想要张雅宁的一个拥抱。但张雅宁要是知道了这个消息，会不会很生气。

张雅宁和克洛伊最近好像恋情告急，克洛伊在危机时候的抛弃，不管什么理由，都是对他们两个人之间感情上的致命打击。陈错想，也许这就是扎克想要的结局。

如果她继父的儿子强烈反对张雅宁嫁过去，就算在一起了，她也怕张雅宁受委屈。不知道是不是母女之间的心灵感应，她正想给张雅宁打电话的时候，张雅宁却打电话过来了。

自从张雅宁接受陆峥后，常叫陆峥过去吃饭。几次接触下来，张雅宁也非常喜欢陆峥，每次去都会做很多菜。陈错还要吃醋，因为张雅宁早年苦过后，后来就很爱惜自己，基本不进厨房。为了陆峥，还特意下厨房做了道材料十足的佛跳墙。

在香气四溢的厨房里，陈错抱着她，一脸吃醋地看着张雅宁："你现在对他比对我都好，我不高兴了。"

张雅宁放下厨具，将手在围裙上擦了擦，说了一句让陈错瞬间泪目的话。

张雅宁说：如果陈错以后跟陆峥结婚了，她会对陆峥好点儿，是因为希望陆峥，下半辈子，在她去世以后，能对陈错好一点儿。

陈错一听就急了："别说这样的话，你年轻着呢，出门大家都觉得我俩是姐妹，什么去不去世的，那么吓人。"

张雅宁转回身，柔软地笑着抱住陈错，低声地说道："我的乖囡，长大了。"

那日的温情脉脉仿佛还在眼前，陈错接到张雅宁的电话，声音都放软了很多。张雅宁联系她就是找他们去吃饭的，她记得今天他俩都休息。

陈错想了想，现在时间还早。怀孕检查结果也要过一段时间才会出来，于是就答应了。等陆峥打电话给她，让她过去，陈错就把去张雅宁那儿吃饭的事说了。

一见陆峥紧张的表情，陈错赶紧拉着陆峥的手："不管怀没怀孕，都不许跟我妈说。"

陆峥说道："应该告诉伯母的。"

陈错瞪眼："你敢，你要是告诉她了，她该多生气。"

陆峥不赞同："迟早都要知道的。"

陈错："那再等那时候再说吧。"

怀孕检查有几个项目，血检、B超和尿检。陆峥陪着她跑了几趟，就剩最后一个尿检了，陈错得自己进女厕所。可偏偏就陆峥不在身边的时间，陈错就出了意外。

有个穿着女装进来的变态，偷拍女生上厕所。陈错还在酝酿感觉，就看到门下伸进来的一只手，拿着手机。陈错直接一脚下去，把变态的手给踩住了，并大声喊着让陆峥赶紧进去。

陆峥犹豫着跑进去，把穿女装的变态制伏后，医院的保安就来了，扭送着那个变态，将他暂时看管起来，直到警察来。

陆峥看着旁边淡定的陈错，脸上的表情跟身在火场没什么差别。他将陈错浑身上下打量了一番，就差没拉着陈错去做一遍全身检查了。

陈错心宽地拍了拍陆峥："放心啦，没事。"见她这么淡定，围观的群众都说：这姑娘好样的。陈错配合着警察，把事情的经过说了一遍，再去把自己没做的尿检给做完了。

等一切就绪，陈错准备拉着陆峥，去张雅宁家吃饭。一看陆峥，还在为刚才的事担心自己，陈错叹了一口气，踮起脚尖，伸手揽住陆峥的肩膀，用力地捏了捏陆峥身上结实的肌肉："放心啦，再大的风浪我都经历过，这点儿小事，不算什么。"

说罢她还嬉皮笑脸地拉着陆峥的手，按在自己小腹上："咱们的小宝贝还好好的在我肚子里呢，爸爸黑脸的话，小心宝贝儿出来以后，不亲你哦。"

这话总算是把陆峥给逗笑了，他重重地吐了一口气，转而问起了陈错，更大的风浪是指什么。

今天的意外勾起了陈错记忆里的一件往事。

她读高中的时候，张雅宁刚好要做一个小手术。那天她去医院看张雅宁，她一个人去上厕所，有个男孩子突然闯了进来。那男孩子看起来很惨，鼻青脸肿的，惊慌得像只受惊的小动物。陈错当时吓得差点儿叫出来，但她的直觉告诉她，这个男孩子不是坏人。果然，不久后就有三个大男人冲了进来，要抓那个男孩子。那男孩子明明满身是伤，却想着要护着她。

怎么护？他自己都自身难保了。也许是男生的奋不顾身，也许是因为明明怕得要命却仍然坚定的眼神，戳中了陈错的心，她为一个陌生的男孩子，连害怕都忘记了，奋不顾身地逃了出来，并报警解救了那个男孩子。

后来她偷偷地去看过那个男孩子一次，陈台演跟那个男孩子的家长接触过，跟她说那个男孩子没事，但详细的情况，却也不愿多说，只是让她不要瞎打听。

她以后就没再去打听那个男孩子的情况，只在那次唯一的一次偷看里，看见男孩子艰难地用缠着绷带的手，给趴在病床上的女人，披上了外套。

真是个温柔的男孩子呢，陈错当时心想。

说到这里，她还开玩笑地说道："要不是我当时的爸爸不许我去看他，也许我会早恋，我对他的感觉还蛮不错的。"

她以为她会引来陆峥吃醋，却不想，陆峥表情变得非常奇怪，像震惊、恍然、错综复杂极了，又像不认识她一般，呆呆地望着她。

陈错被这样的眼神望着，以为自己的玩笑开得太过火了，但反省了一下，又觉得并没有很过分，可陆峥脸上这又是什么表情？

陈错不解道："你怎么了？"

陆峥深深地吸了一口气，摇着头说道："没什么，伯母不是让我们去吃饭吗，快走吧，一会儿还要回来拿报告。"

一路上，陆峥显然没有来时专注，有些走神。陈错以为陆峥还在为那个女厕变态烦心，就想着法子开玩笑。然而陆峥的回应都十分不诚恳，陈错后来也就不说什么了。

到了张雅宁家，陈错就去对她妈撒娇去了。跟张雅宁黏糊够了后，回来发现陆峥已不在客厅里，而是去了她房间，她去找他时，发现他手里正捧着一本相册。陈错之前带过陆峥进自己的房间，但陆峥都不怎么碰她的东西，对她很尊重。当然，就算陆峥要看，其实也没什么，两个人都在一起了，哪有那么多可计较的。

陈错凑过去，一看陆峥翻的那页，正是她读高中时的照片，马尾，黑镜框，麻花辫。她的脸顿时就红透了，伸手去挡住相册："别看了，那时候的我，好丑。"

哪知道陆峥抓着她的手，一把将她拉了过去，紧紧地抱着她，都把她给勒疼了，她听见陆峥在她耳边沙哑地说道："不丑，是我见过最好看的姑娘。"

来张雅宁家前，陈错千叮咛万嘱咐，让陆峥千万别在张雅宁面前说漏嘴。别看张雅宁温温和和的一个人，可发起脾气来谁也拦不住，这顿饭也就别想吃了。

陈错一副陆峥要是敢说，她就跟他没完的表情，因此在饭桌上，陆峥只是埋头吃饭。那饭相意外地合了张雅宁的心意，觉得女婿喜欢自己的厨艺，有品味。

陈错偷眼看陆峥，发现他自房间出来后，就魂不守舍的，不知道在想什么。难道是在担心结果的事？这时张雅宁将一块炸鱼放进她碗里，一看到这炸鱼上的油，陈错就觉得胃里泛酸，被腻到了。

她皱眉："妈，你做饭油是越来越重了啊。"

辛辛苦苦在厨房里忙碌了一上午的张雅宁，眼睛一瞪："你胡说什么呢，你不爱吃就别吃！"

陈错刚想顺着张雅宁说几句，陆峥就抬手将炸鱼从陈错的碗里夹了出去："伯母，她最近肠胃不太好，医生让她忌口，不是你做的不好吃，是她不能吃。"

陆峥今天还没在张雅宁面前说过这么多话呢，说罢，他两三口就把那块炸鱼给吃了，吃完后还点评道："很好吃，伯母的厨艺棒极了。"

张雅宁倒没有怀疑什么，反而说陈错挑食，转而笑咪咪地又夹了块炸鱼给陆峥，说道："还叫伯母啊。"

陆峥顿时停了动作，抬头，神色变了几变，最后涨红着脸叫道：

“妈。”

张雅宁“欸”了一声，笑得温柔。陈错看看张雅宁，又看看陆峥。果然，不管张雅宁外表保养得多好，但骨子里还是一听到英俊的大小伙子喊自己妈就高兴的女人，这到底是什么趣味啊。

下午，从张雅宁家出来，再到医院。路上陆峥接了个电话，没有说太多内容，只简单“嗯嗯”了两声。等陆峥挂了电话，陈错试探性地问：“是工作上的事吗？”

如果是工作上的事，哪怕再不愿意一个人去拿结果，她也会让陆峥去的。毕竟自己也是经历过两场火灾的人，消防员对于火场被困者的重要性，她还是能够感同身受的。

幸好陆峥放下电话后，说不是，是家里打来的。陈错看陆峥的脸色，没再多问。上次陆少坤的事情，她已经够尴尬了，她觉得她还是不要太多过问陆峥家里的事比较好。

哪知道陆峥握着方向盘，对她说，刚刚打电话来的是杨雪，让他这周带陈错去家里吃饭，她听说陈错生日快到了，给她准备了礼物。

实际上，陈错从来都没去过陆峥家，这感觉和张雅宁让陈错带陆峥回来吃饭是不一样的。虽然同样是去见家长，但又不是一般意义上的见家长。

她问陆峥：是不是已经把她可能怀孕的事情跟家里说了，陆峥当然说没有。其实陆峥认为说了也没关系，但他并不想让家里觉得他们是因为孩子而结婚的，他迟早都要娶陈错，孩子只是让这件事提前了一些。

他没有跟陈错说过，他其实是个很较真的人，从跟陈错谈恋爱开始，他就想到以后会结婚。这也是一开始他不愿意同意陈错追求他的原因。

因为他的计划里，并不愿意让一只飞鸟住进他心里。但一切都那么的自然，兜兜转转，还是陈错。这如果不是命运，又是什么。

到了医院，陈错紧张地出了一身汗。她想将手从陆峥手里抽出去，但却被攥得更紧，陆峥不让她抽开。他用紧握的双手告诉她，不管什么结果，他们一起面对。

他俩一起去拿报告，等报告的人也同样很多，几家欢喜几家愁，那份报告捏在陈错手上的时候，轻飘飘的，却代表着更重的份量。陈错捏在手里不敢看，还是陆峥先看。陈错偷偷看着陆峥，见他脸上什么表情都没有，望着那份报告，一字一句地读着。

陈错有些急了，凑过去一看，报告上显示她没有怀孕，这让陈错松了一口气，但同时也有些怅然若失。

陈错勉强笑了笑，眼睛有些发酸。他们还年轻，现在也不是怀孕的好时候，可陈错就是觉得失落。陆峥捏着那份报告，转身抱住了陈错。

陈错轻轻地捶了一下陆峥的肩膀："现在好了，我们都不用怕了。"

陆峥的手在她的头发上轻轻拂过："我没有怕过，软软，别难过，我们以后会有孩子的。"

他知道她难过，因为什么心理准备都做好了，却又告知这只是一场空欢喜。

陈错将那点儿湿润拭去，她还没那么脆弱。陆峥拉着她去检查了肠胃，果然是因为肠胃有些问题，拿了几盒药就回去了。

陈错到家就睡了一觉，等一觉醒来，她隐约看到客厅里有光，顺着门缝望去，陆峥坐在沙发上，手里拿着那几张报告单，脸上还是什么表情都没有。其实陆峥和陈错一样难过，只是他向来情感不外泄，比她能扛得住。

肖春给陈错打了电话，问结果，陈错说没怀孕，肖春长长地松了口气，说太好了。很快，她看出了陈错的情绪低落，马上就好言好语地说道："没怀孕还不好啊，婚前怀孕你以为是闹着玩的吗，别闹啊，今晚记得吃好一点儿，好好庆祝一下。"

陈错都不想跟肖春讲话了，她不懂她，她蔫蔫地挂断电话，陆峥这时过来敲门，喊她出去吃饭。菜做得很清淡，两个人吃了一顿静默无言的饭。

第十五章 你是我最美的逆行

陆峥休假结束，回营地去了。陈错把家里收拾了一下，准备去医院看望李家友。

小姑娘离开那所学校后，情绪已经好了许多，虽然复健很辛苦，但一点点恢复知觉的下肢，给了她无限的希望。

陈错买了一束花过去，李家友在花上嗅了嗅，对她露出了一个明亮的笑容。这笑让陈错想告诉陆峥，他做的这一切都有意义。他救了一个姑娘，一个曾经和他一样受苦，身在炼狱中的姑娘。

陆峥不只是在救这个姑娘，也是在救他自己，心理上的救赎，一切都是那么不一样。

离开的时候，李家友的母亲拉着她的手千恩万谢，感谢陈错给她提供的几位媒体朋友的联系方式。如果不是有这个渠道，这件事也不能成功被闹大，他们甚至连起诉学校都没有门道。

陈错的心情就像一个气球，直线上升。她给陆峥编辑了长长的一条短信，在结尾处，她留了这样一句话：陆先生，愿你在今后的救人战场上，为国勇往直前，为我平平安安。你的软软，敬上。

陆峥把陈错带回家的那天，阳光正好。

他拉着陈错的手，走过铺着小石子路的花园。花园里的植物，都是杨雪精心修剪的，郁郁葱葱。小时候陆峥时常带着小伙伴，将杨雪的植物糟践得不成形。杨雪被气得说不出话来，陆少坤出马，将陆峥暴打了一顿，押着他，让他给妈妈道歉。

小时候，虽然陆峥也怕陆少坤，但父子俩的关系，并不像现在这样僵。陆峥指了指好几处小时候留下的痕迹，渐渐地，他神色也黯了下来。

陆家住的是带花园的小别墅，建筑有些年代了，翻新过几次，但许多东西，都留了下来，例如陆峥小时候给宠物狗亲自做的木屋，他经常打球的小篮球场，墙上他带着人胡乱涂鸦的画。

陆峥以前每次回来，都像例行公事一样吃完饭就走了，根本不会停留太久。但这次带陈错来，倒是好好遛了一圈。刚开始只是想分散陈错紧张的心情，到后来，往事浮上心头，难免深陷其中。

陈错感觉到了，她重重地攥了攥陆峥的手，把他从回忆中拉了出来。陆峥看着陈错，陈错拉着他的手，轻轻地晃了一下，还拍了拍他的肩膀。她是那么敏感，懂他的情绪，不用说太多，只用一个小动作，属于她的方式，温柔地安慰他。

杨雪精心准备了一桌丰盛的饭菜，饭后，她拉着陈错到房里去，给了她一本相册，让她看陆峥小时候的照片。从陆峥年幼时，少年时，一路看过来。陆峥的模样一点点变化，这种感觉非常奇妙，引得陈错看了又看，都舍不得撒手了。

杨雪含笑望着她，给了她一个玉镯，说是家传的。陈错看着这个手镯，讪讪地说道："阿姨，这太贵重了，我不能收。"

哪知道杨雪竟然说："小峥都问他们要户口本了，她可以收下。"

陈错惊讶地瞪大眼睛，杨雪一看她这表情，就明白自己好像说漏嘴了。她生硬地转移话题："啊哦，那个可能是他们单位有用吧，我可能弄错了。”

陈错惊讶过后，淡定下来，她配合着杨雪，说道：“是。”同时也配合着杨雪，将那手镯戴到了自己的手腕上。

房间里是一对婆媳，客厅里是一对父子。

陆少坤将陈错带来的礼物，一瓶酒，放进了酒柜里。陆峥端正地坐在木沙发上，沉默地看着电视。陆少坤偷看了一眼儿子，在部队待了这么些年，倒是将通身历练出了一身气势，刚强果断，爷们儿极了。儿子长成伟岸的大人了，很快就要娶妻生子了。

陆少坤扶着酒柜，无声地叹了一口气。陆峥不是没感受到陆少坤的眼神，但是他目不斜视，不回应，不说话，就全当这屋子里只有他一个人。

陆少坤走到放置茶具的桌前，将水烧开。客厅里唯一的声音，就是热水咕咚咕咚冒开的响声，然后陆峥看见，陆少坤闷闷地咳了几声，声音嘶哑，背也佝偻了起来，捂着嘴，几缕夹杂着银丝的头发散落了下来。

陆少坤忙倒了一杯茶饮下止咳，却反被呛到，衣服的前襟都被呛出来的茶水给溅湿了。他捂着嘴，憋着胸膛那股汹涌的咳意，这时一张纸巾递到了他眼前。

陆峥拿着纸，直到陆少坤接过，才低声说道：“注意身体。”陆少坤接过纸巾，擦擦嘴，又咳了几声。

陆峥坐回原处，继续看电视，全当没有发生过任何事。陆少坤站了一会儿，突然问：“要结婚的话，钱够用吗。”

陆峥回他：“够的。”

陆少坤想：怎么可能够，结婚样样都要花钱，陆峥才从军校出来没几年，攒的钱都拿去买房了，迫不及待就搬出去住，他就不信陆峥手上还有闲钱。

他说：“不要委屈人家姑娘，她也是家里宠着长大的。”

“结了婚，就要知道分担，不要整天闷头往火里冲，不知进退。

“像这次被处分，别硬扛着，你若真失业了，人家姑娘跟着你喝西北风吗。”

像是打开了话匣子，陆少坤的话突然多了起来，但语气仍然生硬，却不再像从前那样强势了。陆少坤刚想说到孩子，可转念一想，他自己就是一个失败的父亲，再在他面前提孩子，这不是哪壶不开提哪壶吗？

客厅里又安静了下来，陆少坤看着眼前的一盆花，大花底下长着许多个小花苞，甚是让人喜欢。他突然想到了陆峥刚出生那会儿，是公司最忙的时候。他匆匆从计程车上下来跑进医院，等了两个小时，等来了一个大胖小子。那时他的眼还没睁开，小拳头紧紧地攥着，哭得撕心裂肺。

医生把孩子放进他怀里时，他都不知道该怎么抱才好。他其实也没怎么抱过陆峥，等回过神来，陆峥已经会走了。他作为一个父亲，也确实是有些不合格。

当陆峥开始叛逆，开始跟社会上一些不良少年接触时，他怕陆峥会学坏，会走上吸毒的道路。他也是没办法，他不能让自己的儿子走上不归路，于是就送陆峥去了军事学校。但他从没想过，是他亲手将他和陆峥的关系，毁得彻彻底底。

也不是没试过想要解释，他怕他学坏，陆峥的那些朋友……他的话还没说完，只得来陆峥失望透顶，怨恨之极的眼神。他怪他，说到底是不信他。陆峥说，别说他朋友根本没碰过毒，而他这个当爹的，却觉得自己儿子会学坏，会去吸毒，真是可笑至极。

最后，陆少坤还是看着那盆花，沙哑着声音说道："如果有了孩子，记得好好爱他。别再像你我一样，做一对冤家父子。"

……

从陆家出来时，陈错发觉陆峥在走神，她拍了拍陆峥，让他回过神，笑着晃了晃手上的玉镯，问道："好不好看？"

陆峥盯着她的脸，笑着说道："好看。"那眼神，把陈错看的脸都红了。

她垂下手，手指在玉镯上摸了摸："这是妈送的，她说是传给儿媳妇的。"

陆峥好似没听到她那声"妈"，点点头，不解风情地说道："既然是妈送的，就好好收着。"惹的陈错狠狠地瞪了陆峥好几眼，心里不服地想：装！继续装，我倒要看看你没我的同意，怎么上我家偷户口本。

她打定主意，要好好看看陆峥怎么向她求婚。

陆峥的求婚，陈错一直都没等来。等到她都有些失望了，也许真的如杨雪所说，是杨雪误会了，她是白期待一场了。陆峥依然很忙，不忙的时候，两个人就会腻歪着在一起。

有次陆峥刚下火场，一身疲惫，就赶忙到外地去找她。陈错给前台留了话，让前台服务员帮忙带他到房间。陈错结束手上的工作，匆匆回到酒店，她带着喜悦推开门，可房间内一片昏暗，陆峥在床上睡着了，手中握着手机。手机上还在放着电影，屏幕明明暗暗的灯光照在他的脸上，将他的疲惫清晰地印进了陈错眼里。

陈错轻手轻脚地去洗漱，躺到床上时，陆峥仍然没有醒来，她的陆队长是累坏了，也不知道为什么，非要现在来找她，是因为想她了吗？

第二天她在陆峥的怀里醒来，两人手脚相缠，陆峥轻柔地摸着她的长发，跟她说早安。这天是陆峥二十四岁生日，他想和她一起过，从睁眼的第一刻，就能见到她，这是最好的生日礼物。

陈错感动至极，将自己当成礼物，送给了陆峥。事后迈着发软的腿，从自己的背包里拿出来一个盒子，一脸灿烂地晃着盒子向陆峥招摇道："没想到吧，我记得你的生日。"

本来是想回去再给他，因为担心陆峥在营地出不来，就算她请假回去，也见不到陆峥。没想到，陆峥自己过来了，她的礼物，能在合适的时间送给他。

那是一块手表，价格适中，款式不错，表带上特意定做了陈错名字的拼音缩写，简直就跟标记似的，只要陆峥带在手上，就能嚣张地让所有人看见，这个人是她陈错的。

这块表后来没少引来陆峥队里单身的李柏抱怨，说陆队还要这样喂狗粮，实在是太过分了，这份狗粮他不吃。

陆峥意味不明地笑了笑，然后拍拍李柏的肩膀，说道："你会习惯的。"

李柏："……"

七月，骄阳似火。

省消防总队的2018年夏季消防业务比赛开始了，全省共有十四支队伍参加，陆峥所在的队也在参赛的行列。

为了这次比赛，陈错整整一个月都没能跟陆峥见上面，陆峥直接就不休假了，没日没夜在营地操练。出警回来，就继续，作为队长，险些把队里要参赛的几位队员给操练到吐血。但队里其他人都没有抱怨，他们都是有血性的军人，好胜、勇猛，去年就是他们队夺了冠，今年还要把奖杯捧回来。

所以陈错对于这次比赛，可谓是怨念之极。她想要跟陆峥在一起，可这个男人，白白浪费他们好不容易能有的见面机会。

她作为陆峥的女友，被以家属的名义邀请去观赛。比赛项目是四百米物资疏散和救人，其实跟陈错在拍宣传片时，了解到的日常训练项目差不多。

搬泡沫桶，液化气罐，还有六十公斤重的假人。虽然刚开始陈错因为陆峥被这次比赛占用了他俩在一起的时间，有些怨念，可真到了比赛时，看着现场的气氛她也变得紧张、兴奋起来。

尤其是四周家属给力的声援，一声高过一声，如海浪般席卷了整个观众席，传到了赛场上的消防员耳朵里。他们纷纷回头，看向观众席，还有消防员冲观众席抬手敬礼，他们挺拔的身姿像一棵树，迈着铿锵的步伐，在赛场上奔跑。

陈错将摄影机从包里取出来，装上镜头，拍摄赛场上的所有人，她是摄影师的身份时，拍摄出来的镜头是冷静又客观的。

比赛开始的枪声一响，震天响的加油声就连成一片，他们欢呼着为所有参赛的消防员加油。在这些家属里，他们有的是消防员的父母，有的是他们的妻子，有的是他们的儿女、兄弟，但同样的，他们都有一颗为消防员担心受怕的心。

赛场上的消防员，扛着液化气罐拼命地奔跑，那一张张朝气蓬勃的脸，挥洒着的汗水，都清晰地记录在了陈错的摄影机里。这些消防员年纪都不大，可就是这样一群年轻的小伙子们，用肩头扛过了许多重物，背过许多伤患、孩童。他们消灭火灾，抢救灾害，参与各种救援，为人民服务等做着各种工作。

看着他们，不知不觉，陈错已热泪盈眶，直到陆峥上场，她已经没办法专注于拍摄了，只是通过摄像头，看着陆峥，准确又迅猛地一关关闯过去，像风一样，又像最靠谱，最无畏的勇士。直到最后，直达终点。

陈错放下摄影机，双手拢在嘴边，跟着人群，大喊加油。

比赛从烈日到黄昏，最后还有颁奖仪式。陈错看见陆峥上台领奖前，过去不知跟主办方说了些什么，然后才走上领奖台。

一首激扬的国歌后，陆峥领过奖杯，却没有立刻从台上下来。他拿着话筒，对着在场的所有人说道："不好意思，也许要耽误大家一点儿时间。我叫陆峥，因为今天这次比赛，我已经跟我女朋友一个月没见面了，她虽然没有说什么，但我知道，她有些不开心。"

陈错差点儿没从椅子上跳起来，她捂着滚烫的脸，坐在观众席上不知所措。

陆峥仿佛能想到她此刻脸上的表情，轻轻地笑着说道："陈错，跟你认识一年了，但其实你不知道，我们已经认识十年了。"

陈错愣住了，她不明白什么意思，不知不觉，她站了起来，傻傻地望着领奖台上的陆峥。

陆峥的视线顿时定格在了她身上，继续说道："十年前，你救过我，那时候你还是个中学生，我也还是个浑小子。你说，你我之间，我总是在救你；你说，你对我一见钟情。你说这不公平，你先喜欢上我。陈错，你不知道，其实在十年前，我就已经对你一见钟情了。"

一些久远的回忆，在陆峥的话里，一点点复苏起来。曾经在陆家翻过的那本相册，那张脸，逐渐将记忆中模糊的那张少年的脸所替代。她在医院里救过的男生……是陆峥吗，是陆峥吧！

陆峥握紧了话筒，将手上的奖杯高高举起，晃了晃，说道："陈错，原来我们的缘分从十年前就开始了。今天，我拼尽了全力要拿这个第一，也是想上台问你一句……"

他安静地走下来，从领奖台上走下来，缓缓地走进观众席，他一直望着陈错，就像当年他狼狈地被学校里的教官压在地上，所望到的那位，属于他的救赎的那位白净姑娘。

他认真低沉地问道："陈错，你愿意嫁给我吗？"观众席上瞬间响起了掌声和欢呼声。

队里的白田，老其都大声叫喊了起来。李柏还大吼道："原来最大的秀恩爱在这里！陆哥，你好样的！"

陈错什么都听不到了，她眼里只有那个穿着消防服的男人，举着奖杯，对她张开了双臂，他笑着、深情着、仰望着，跟她一样，满眼都是对方。

她迅速地顺着台阶跑了下去，一步一步，她听到了自己急促的呼吸声，听到了心脏在胸膛里激烈跳动的声音，她想起来了，她救过他，在十年前。

他也救过她，原来他们一直都是彼此的救赎。

台阶越来越少，风吹起了她的裙子，这个夏日，就好似他们再次相遇的那个夏日。她用摄影机，将他圈进了镜头里。而他用眼神，将她的心给夺走了。

距离逐渐缩小，只剩最后几个阶梯时，她张开手，跳了下去，在众人的惊呼中，扑到了陆峥怀里。她头发高高扬起，带着绝对信任和义无反顾。

他们紧紧拥在了一起。

十年前，三年前，一年前。

他们一次又一次相遇，给彼此留下了最深刻的痕迹，在灵魂上都打上了各自的标记，却不自知。

命运在最微妙的时刻，安排他们一次又一次重逢。兜兜转转，到最后终于还是找到了对方。

她在十年前，没有放弃，回身找他。

他在三年前，也没有放弃，拯救了她。

像命运的旅途，他们一次次回身、逆行，最终还是握紧了彼此的手。

你是我最美好的逆行。

万幸，能遇到你。

（全文完）

逆行